Bernice Rubens
Ich, Dreyfus

Zu diesem Buch

Sir Alfred Dreyfus, ehemals erfolgreicher Schulleiter, soll einen Schüler ermordet haben und verbüßt eine lebenslange Haftstrafe. Durch den aufsehenerregenden Prozeß angezogen, möchte ein Verlag, daß er seine Geschichte aufschreibt. Er willigt ein und beginnt die Niederschrift: »Ich brenne darauf loszulegen. Ich bin fast erregt. Es wird wie eine Entdeckungsreise sein.« Ist Dreyfus wirklich der, für den er sich zeit seines Lebens ausgab? Sitzt ein brutaler Mörder hinter Gittern, oder wurde der Schulleiter Opfer von Verschwörern, die ihn aus dem Weg haben wollten? In seiner Geschichte deckt Dreyfus die Umstände auf, die zu seiner Verurteilung führten, und findet gleichzeitig zu sich selbst zurück. Bernice Rubens schildert packend die Aufklärung eines Verbrechens, das eine angesehene Eliteschule im England der heutigen Zeit erschüttert – eine brillante Mischung aus Kriminalroman und der Suche eines Mannes nach seiner wahren Identität.

Bernice Rubens wurde 1928 als Tochter russischer Einwanderer im walisischen Cardiff geboren. Sie studierte Anglistik an der Universität von Wales, wo sie derzeit einen Lehrauftrag hat. Seit 1961 hat sie einundzwanzig Romane veröffentlicht und bekam für ihren Roman »Es geschah in einer Seitenstraße« den renommierten Booker-Preis.

Bernice Rubens
Ich, Dreyfus

Roman

Aus dem Englischen von
Gabriele Haefs

Piper München Zürich

Von Bernice Rubens liegen in der Serie Piper vor:
Es geschah in einer Seitenstraße (3274)
Madame Sousatzka (3275)
Ich, Dreyfus (3276)

Ungekürzte Taschenbuchausgabe
Piper Verlag GmbH, München
August 2003
© Bernice Rubens
Titel der englischen Originalausgabe:
»I, Dreyfus«, Little, Brown and Company, London 1999
© der deutschsprachigen Ausgabe:
1999 Pendragon Verlag, Bielefeld
Umschlag/Bildredaktion: Büro Hamburg
Isabel Bünermann, Julia Martinez/
Charlotte Wippermann, Kathrin Hilse
Foto Umschlagvorderseite: Chris Honeywell/Getty Images
Satz: Pendragon Verlag, Bielefeld
Druck und Bindung: Clausen & Bosse, Leck
Printed in Germany   ISBN 3-492-23276-0

www.piper.de

Vorwort der Autorin

Im Jahre 1894 stellte sich heraus, daß irgendein Angehöriger der französischen Armee dem deutschen Militärattaché in Paris Staatsgeheimnisse zugespielt hatte. Damit galt die Ehre der französischen Armee als besudelt, und ein Sündenbock mußte her. Alfred Dreyfus, jüdischer Hauptmann der Armee, war eine naheliegende Wahl. Die Konspiration, durch die Dreyfus zum Schuldigen gemacht werden sollte, konnte sich auf den damals in Frankreich heftig wuchernden Antisemitismus stützen. Dreyfus wurde vor Gericht gestellt, schuldig gesprochen, degradiert und zu fünf Jahren Haft auf der Teufelsinsel verurteilt. Im Wiederaufnahmeverfahren des Jahres 1901 wurde er freigesprochen, in seinen alten Rang eingesetzt wurde er jedoch erst im Jahre 1906.

Der Schriftsteller Emile Zola setzte sich in seiner Streitschrift „J'accuse" für Dreyfus ein und bezeichnete darin hochrangige Offiziere der Armee als die wahren Schuldigen. Er wurde wegen übler Nachrede verklagt und verbrachte ein Jahr im Gefängnis. Die Dreyfus-Affäre erregte weltweites Aufsehen. In Frankreich war sie heiß umstritten. Sie betonte den Konflikt zwischen den Republikanern, die auf Dreyfus' Seite standen, und den rechtsgerichteten Monarchisten, die, unterstützt von der Katholischen Kirche, ohne jeglichen Beweis Dreyfus' Schuld postulierten. Doch vor allem war es die Macht des französischen Antisemitismus, die den ersten Prozeß und dessen Ergebnis ermöglicht hatte.

Dieser Roman macht nicht den Versuch, die Dreyfus-Affäre in die heutige Zeit zu verlegen. Er beschäftigt sich vielmehr mit dem Dreyfus-Syndrom, das leider weiterhin aktuell ist.

Bernice Rubens

Erster Buch

Erstes Kapitel

Jubilee Publishing, London House, Sen Street, London W 1

6. Juni 1996

Herrn
Alfred Dreyfus
7609B
HM Prison Wandsworth
London SW 18

Sehr geehrter Herr Dreyfus,

dieser Brief soll das Interesse unseres Verlagshauses an Ihrer unglücklichen Geschichte, aus persönlicher Sicht erzählt, bekunden. Wir wissen natürlich, daß schon andere darüber geschrieben haben. Aber uns interessiert Ihre eigene Version. Wir würden uns geehrt fühlen, wenn Sie unseren Vorschlag in Erwägung zögen und sich mit uns in Verbindung setzten.

Mit freundlichen Grüßen,
Bernard Wallworthy
Chefredakteur
Jubilee Publishing

Jubilee Publishing, London House, Sen Street, London W 1

6. August 1996

Herrn
Alfred Dreyfus
7069B
HM Prison Wandsworth
London SW 18

Sehr geehrter Herr Dreyfus,

vor zwei Monaten haben wir Ihnen geschrieben, und als keine Antwort eintraf, haben wir uns davon überzeugt, daß unser Brief in Ihre Hände gelangt ist. Wir hoffen, daß Sie bei bester Gesundheit sind und würden uns über einen baldigen Kommentar zu unseren Vorschlägen sehr freuen.

Mit freundlichen Grüßen,
Bernard Wallworthy
Chefredakteur, Jubilee Publishing

Jubilee Publishing, London House, Sen Street, London W 1

6. Oktober 1996

Herrn
Alfred Dreyfus
7069B
HM Prison Wandsworth
London SW 18

Sehr geehrter Herr Dreyfus,

wir haben uns abermals davon überzeugt, daß unser Schreiben vor zwei Monaten in Ihre Hände gelangt ist. Ebenso haben wir in Erfahrung gebracht, daß Sie sich bei bester Gesundheit befinden, soweit Ihre derzeitige Lage einen solchen Ausdruck gestattet. Wir gehen davon aus, daß das Ausbleiben Ihrer Antwort mit der Frage des Honorars für Ihre Arbeit zusammenhängt. In diesem Fall würden wir unserem nächsten Brief gern zu Ihrer Information einen Vertrag beilegen. Bitte, lassen Sie so bald wie möglich von sich hören.

Mit freundlichen Grüßen,
Bernard Wallworthy
Chefredakteur, Jubilee Publishing

Ich schaue mir diese Briefe an. Ich lese sie wieder und wieder. Ich kann sie auswendig. Ich weiß nicht, was ich darauf antworten soll. Möchte ich meine Version der Geschichte schreiben? Und, wichtiger, muß ich das? Vor allem jedoch, sollte sie geschrieben werden? Selbst, wenn ich diese Fragen beantworten und schließlich und mit Mühe zur Feder greifen könnte, wäre ich weiterhin mit vielen Problemen konfrontiert. Zum Beispiel würde mir schon der erste Satz Schwierigkeiten bereiten. Darin müßte mein Name stehen. Fangen Autobiographien nicht immer so an? Aber mein Name ist ein Problem. Ich bin mir seiner nicht mehr sicher. Früher hieß ich Alfred. So wurde ich als Kind genannt, manchmal wurde auch „Freddie" daraus. In der Schule hieß ich Alfred. Beim Militär habe ich unter diesem Namen mein Gelöbnis abgelegt. Doch dann, plötzlich, gleichsam über Nacht, löste mein Name sich auf. Ich war keine Person mehr. Ich war ein „Ding", ein „Gegenstand" mit einem Etikett. In Frankreich zum Beispiel stand auf diesem Etikett „L'Affaire Dreyfus". Ich war neu getauft worden. Mein Vorname lautete nun „L'Affaire". In Deutschland wurde ich zum „Fall", in Italien zur „Affare". Hier in England war Dreyfus zu meinem Vornamen geworden, auf den ein neuer Nachname folgte, „Case". Und deshalb fällt es mir schwer, meinen Namen zu nennen. Entscheiden Sie selber. Mit einiger Verzweiflung klammere ich mich an den Namen, den meine Mutter mir gegeben hat. Aber ich habe immer weniger Zutrauen zu dessen Klang. Der Prozeß hat mich jeglichen Gefühls meiner selbst, meiner Identität beraubt. „Alfred" ist der Name eines Fremden, der ich seit geraumer Zeit nicht mehr bin. Der Name „Case" paßt recht gut zu mir, finde ich, und auf traurige Weise gewöhne ich mich an seinen Klang. Seine Hohlheit entspricht haargenau meinem nichtvorhandenen Selbst.

Ich heiße also „Case", Fall.

Mein Alter kennen Sie. Es hat in den Zeitungen gestanden. Ich befinde mich achtundvierzig Jahre von der Unschuld entfernt. Aber mein Alter erscheint mir als ebenso zweifelhaft wie mein Name, denn während der letzten Monate bin ich beträchtlich gealtert und zugleich wieder zum Kind geworden. Denn in der Erinnerung an meine Kinderjahre finde ich Trost und Hilfe. Ich habe also jedes Alter. Ich durchlebe Kindheit und Greisentum zugleich.

Meinen Beruf kennen Sie ebenfalls aus den Zeitungen und deren Geschichten. Ich bin Rektor. Und zwar der besten Schule des Landes. Doch was Sie nicht kennen, weder aus Zeitungen noch vom Hörensagen, ist meine Sicht des Falls. Sehen Sie, daß ich mich bereits als „Fall" betrachte, als „Affaire"? Selbst mir fällt es schwer, das Fleisch und Blut hinter der Geschichte zu sehen, den Körper, der sich hinter dem Etikett verbirgt. Und deshalb werde ich vielleicht diesem Verleger meine eigene Version zukommen lassen, in der Hoffnung, mich selber aus den unterschiedlichen Darstellungen herauszufiltern, festzustellen, was ich wirklich bin, um mich flüsternd „Alfred" zu nennen und wissen zu können, daß ich es bin. Warum nicht, frage ich mich. Sollen die anderen sich mit „Fällen", mit „Affaire" zufriedengeben. Soll auch die Geschichte das tun. Posthume Etiketten sind mir egal. Denn ich muß jetzt, am Ende meines neunundvierzigsten Jahres, in diesem Alptraum von Behausung, lernen, mich selber beim Namen zu nennen. Mögen die Worte „Alfred Dreyfus" in meiner Zelle erschallen und von den Mauern zu mir selber zurückgeworfen werden.

HM Prison Wandsworth, London SW 18

12. Oktober 1996

Herrn
Bernard Wallworthy
Jubilee Publishing
London House
Sen Street, London W 1

Sehr geehrter Herr,

Ja.

Dreyfus.

Zweites Kapitel

Die Buschtrommeln des Verlagswesens hatten die Nachricht bald verbreitet. Jubilee jubilierte über seinen Coup und erregte den Neid und den Zorn anderer Verlage, die aus purer Phantasielosigkeit untätig geblieben waren. Jetzt war es zu spät. Der Verleger hatte seine Beute eingeholt. Ein fait accompli geschaffen. Aber noch war kein Agent genannt worden, und während der folgenden Woche ergoß sich, trotz skeptischer Schlagzeilen in den Zeitungen, eine Flut von Briefen über das Gefängnis Ihrer Majestät in Wandsworth. Die honigsüßen Worte in diesen Briefen waren nur die Untertitel ihrer Berechnungen; die Auslandsrechte, die Taschenbuchverkäufe, die Serienmöglichkeiten und die Film- und Fernsehverwertungen ergaben zehn bis fünfzehn Prozent einer reichlich fetten Summe. Und deshalb schrieben sie und legten frankierte Rückumschläge bei, deren Kosten bei Erfolg auf ihre Spesen aufgeschlagen werden sollten.

Sam Temple machte es anders. Sam Temple schrieb nicht. Er rief an. Er rief den Leiter des Gefängnisses an und vereinbarte einen Termin für einen Besuch bei Dreyfus. Danach erreichte er das Gefängnistor in gestrecktem Galopp, als Dreyfus' Post noch längst nicht sortiert worden war.

Sam Temple war in der Bruderschaft der Literaturagenten nicht gerade populär. Nicht zuletzt lag das an seinem Erfolg. Er sei aufdringlich, hieß es, und skrupellos. Außerdem wurde er für einen heimlichen Schwulen gehalten. Und, schlimmer noch, für einen von „denen".

Doch Sam Temple war nicht aufdringlich. Er war einfach tatkräftig. Er war auch nicht skrupellos. Im Vergleich zu den meisten anderen Literaturagenten verhielt er sich unangenehm korrekt. Was seine sexuellen Vorlieben anging, so hatte er auf dem Land eine Frau und zwei Kinder, und Gerüchte schrieben ihm eine Geliebte in London zu. Nein. Sam Temple war weder aufdringlich, skrupellos noch homosexuell. Aber er war einwandfrei ein Jude. Wie auch Dreyfus, was die anderen Agenten flüsternd beim vormittäglichen Sherry in Erinnerung brachten. Denn die Engländer schwören bekanntlich auf Höflichkeit, und selbst ihr Antisemitismus ist von diskreter Zurückhaltung. Sam Temple glaubte nicht, daß diese Gemeinsamkeit ihm bei seinem erhofften Klienten Vorteile bringen würde. Dreyfus war dafür bekannt, daß er seine Religion für sich behielt, und eine Erinnerung an diesen Aspekt seiner Identität könnte durchaus seine Verärgerung erregen. Temple wollte dieses Thema umgehen. Der Zweck seines Besuches war rein geschäftlicher Natur. Wenn sich die Geschäfte zur beiderseitigen Zufriedenheit tätigen ließen, könnte durchaus eine Freundschaft folgen, das war bei vielen seiner Klienten so passiert. Auch jetzt hatte er diese Hoffnung, denn er, wie viele andere auch, hielt Dreyfus für unschuldig.

Alfred Dreyfus wäre nicht der erste inhaftierte Autor, den Temple betreute. Er hatte schon zwei von dieser Sorte auf seiner Liste, unter ihnen einen Mörder, der seine schriftstellerische Karriere erst in Wandsworth begonnen hatte. Temple hatte ihn häufig besucht, und aus ihrer geschäftlichen Verbindung hatte sich eine feste Freundschaft entwickelt. Temple hatte dabei die Möglichkeit gehabt, die Fälle seiner Klienten mit dem Gefängnisdirektor zu diskutieren, und diese Treffen hatten zu einer engen Beziehung geführt, die auch außerhalb der Gefängnismauern nicht zum Erliegen kam. Es war dem Gefängnisdirektor zu verdanken, daß Temple so bald einen Besuchstermin bei Dreyfus erlangen konnte.

Er saß im Büro des Direktors.

„Wird er seine Geschichte schreiben?" fragte dieser.

„Er hat sich mit einem Verlag geeinigt."

„Das wird eine interessante Lektüre sein. Ich halte ihn für einen ehrlichen Mann. Ich halte es sogar für möglich, daß er unschuldig ist. Aber das muß natürlich unter uns bleiben."

„Ich hatte bei seinem Prozeß denselben Eindruck", sagte Sam Temple. „Es gibt Gerüchte eines Wiederaufnahmeverfahrens."

„Die hat es immer schon gegeben. Seit seiner Verurteilung. Aber dazu wäre neues Beweismaterial nötig. Und die Leute haben Angst."

„Möglicherweise muß er also den Rest seines Lebens hier verbringen?" fragte Sam Temple.

„Das ist schon möglich. Kommen Sie", der Direktor erhob sich. „Ich bringe Sie zu ihm. Sie müssen ihn in seiner Zelle aufsuchen. Jetzt ist schließlich keine Besuchszeit. Er sitzt in Einzelhaft, wissen Sie. Das wollte er so. Ich gebe Ihnen fünfzehn Minuten. Sie werden die Hauptlast der Unterredung tragen müssen, fürchte ich. Er ist ein recht schweigsamer Mann, unser Dreyfus."

Der Direktor führte Sam Temple durch das Hauptgebäude, danach stiegen sie eine Wendeltreppe hoch. Sam ließ seinen Kugelschreiber an den Metallverstrebungen entlang wandern, um die entsetzliche Stille an diesem Ort zu brechen. Auf diese Weise untermalte er ihren Aufstieg, und als sie oben angekommen waren, steckte er den Kugelschreiber ein und folgte dem Direktor zu Dreyfus' Zelle.

Vor der Tür stand ein Wärter, der aufschloß, als er sie kommen sah.

„Fünfzehn Minuten, Sam", sagte der Direktor noch einmal. „Der Wärter bringt Sie dann zum Ausgang." Er reichte Temple die Hand. „Wir sehen uns wieder, zweifellos. Und zweifellos", er lächelte, „recht oft."

Sam schob sich durch den Türspalt, denn weiter mochte der Wärter die Zellentür nicht öffnen. Dreyfus erhob sich von seiner Pritsche, und als Sam die Tür hinter sich ins Schloß fallen hörte, hatte er das Gefühl, nun ebenfalls eingesperrt worden zu sein. Was ihn aus irgendeinem Grund beruhigte. Er lächelte.

„Ich heiße Sam Temple", sagte er. „Ich bin Literaturagent." Er streckte die Hand aus. Dreyfus nahm sie, und Sam registrierte, wie schlaff die Hand seines Gegenübers sich anfühlte, und versuchte, sich nichts anmerken zu lassen. „Darf ich mich setzen?" fragte er.

Dreyfus nickte, und Sam nahm auf der Pritsche Platz, da es keine andere Sitzgelegenheit gab. Dreyfus setzte sich neben ihn, wenn auch ein Stück von ihm entfernt.

„Ich kenne mich mit Ihrem Metier nicht aus", sagte Dreyfus. „Ich weiß nicht einmal, was ein Literaturagent macht."

„Es hört sich großartiger an, als es ist", sagte Sam. Er registrierte die gleichgültige Miene des anderen. Dennoch gab er sich alle Mühe, die Arbeit eines Agenten zu umreißen, doch während dieser ganzen Erklärungen war bei Dreyfus auch nicht ein Funke von Interesse zu bemerken. Danach widmete Sam sich den lukrativen Möglichkeiten einer solchen Autobiographie, in der Hoffnung, damit vielleicht einen gewissen Enthusiasmus zu erwecken. Aber Dreyfus blieb bei seiner apathischen Haltung.

„Ich habe noch gar nicht an Verträge oder Honorare gedacht", sagte er. „Ich werde das Buch auf jeden Fall schreiben. Nicht wegen des Geldes und aus keinem moralischen Zwang heraus, sondern, weil es sich um ein persönliches Bedürfnis handelt."

Sam Temple staunte über diesen langen Satz. Es war das erste, was Dreyfus seit langer Zeit gesagt hatte. Ein dermaßen wortkarger Mann mochte durchaus einen guten Schriftsteller abgeben, überlegte er. „Das ist ein ausreichender Grund", sagte er. „Würden Sie die geschäftlichen Fragen also mir überlassen? Ich werde die bestmöglichen Bedingungen für Sie herausholen."

Dreyfus nickte ohne großes Interesse.

„Geld ist immer nützlich, Mr. Dreyfus", sagte Sam.

„Meinen Namen kann es nicht reinwaschen." Dreyfus erhob sich und gab damit zu verstehen, daß er den Besuch als beendet betrachtete. Sam bezweifelte, daß er jemals um die Freundschaft dieses Mannes werben würde.

„Dann brauchen Sie nur noch den Vertrag zu unterschreiben", sagte er. „Der erlaubt es mir, in Ihrem Namen tätig zu werden." Er reichte Dreyfus einen Kugelschreiber, der Häftling nahm ihn und schrieb seinen Namen auf die gepunktete Linie, ohne den Vertrag auch nur zu überfliegen. Dann ging er zur Tür und rief den Wärter.

„Kann ich draußen irgend etwas für Sie tun?" fragte Sam.

„Danke", sagte Dreyfus. „Aber nein."

Sam Temple kehrte in sein Büro zurück und rief bei Jubilee Publishing an. Er hatte jedoch nicht vor, die Unterredung am Telefon zu führen. Er wußte, daß dieses Gerät eine praktische Tarnung für Lügen und Ausflüchte bot, da der Sprecher sich nicht durch Gestik oder Mimik verraten konnte. Er wollte einfach nur einen Termin abmachen und so beiläufig wie möglich auf dessen Dringlichkeit beharren. Die Sekretärin gab ihm zu seiner Freude noch für denselben Nachmittag einen Termin.

Als Bernard Wallworthy von Sam Temples Kommen erfuhr, erschien ihm das als störendes Moment in seinem ansonsten geordneten Tagesablauf. Wallworthy war der Leiter von Jubilee Publishing, einen Verlagsdirektor gab es nur auf dem Papier. Er hatte sein gesamtes Arbeitsleben in diesem Haus verbracht, hatte als Laufbursche angefangen und sich im Laufe seiner Bemühungen die Karriereleiter hochgearbeitet. Als Knabe hatte er sich für die Verlegerlaufbahn entschieden, weil es sich um ein geachtetes und ehrenwertes Metier handelte, um einen respektierten Flügel des Establishments, auf demselben Niveau wie Jura, Medizin und Politik. Doch im Laufe der Jahre hatte dieses Metier sich zersetzt. Jetzt wurde es befleckt durch Quereinsteiger, Parvenüs und Neureiche, Buchhalter allesamt, deren Aktivitäten leicht nach Geschäften rochen. Für Bernard Wallworthys beleidigtes Gemüt verkörperte Sam Temple diese Invasion aus dem All aufs Perfekteste, weshalb er sich auf diesen Besuch nicht freute. Doch er konnte ihn nicht ignorieren. Temple galt als einer der besten Agenten Londons und wurde von den besten Autoren umworben. Wallworthy glaubte, daß Agenten in den alten Zeiten auf Seiten der Verleger gestanden hatten, wie sich das gehörte. Inzwischen jedoch engagierten Leute wie Sam Temple sich für ihre Autoren, und die alte, angenehme Ordnung der Dinge schien zerstört worden zu sein. Wallworthy konnte sich nicht vorstellen, warum Temple ihn sprechen wollte, doch egal, was dieser auf dem Herzen haben mochte, er erwartete eine unangenehme Stunde.

Diese Erwartungen wurden ganz und gar erfüllt. Kaum hatte er Wallworthys Büro betreten, als Sam Temple sich auch schon als Dreyfus' Agent vorstellte. Diese Nachricht traf Wallworthy bis ins Mark. Seine Freude über seinen Dreyfus-Coup löste sich langsam in Luft auf. Sam Temples Intervention reduzierte seinen Triumph auf ein schnödes Geschäft.

„Meinen Glückwunsch", sagte er so enthusiastisch, wie ihm das nur möglich war. Doch ein Lächeln konnte er sich nicht abringen.

„Ich würde gern mit Ihnen über den Vertrag sprechen", kam Temple sofort zur Sache. „Haben Sie darüber schon nachgedacht?"

„In welcher Hinsicht?" frage Wallworthy.

„Na, fangen wir doch einfach mit dem Vorschuß an", sagte Sam.

„Nun ja - ähem - wir dürfen nicht vergessen, daß wir ein großes Risiko eingehen", sagte Wallworthy.

Sam hatte eine solche Abwehr erwartet und sich darauf vorbereitet. Er lachte Wallworthy einfach ins Gesicht.

„Der Name Dreyfus, ein Risiko?" fragte er.

„Naja, Sie können nicht behaupten, daß er sich als Autor einen Namen gemacht hätte", Wallworthy wurde jetzt lauter. „Zweifellos wird Dreyfus sich einen Ghostwriter nehmen."

„Das bezweifle ich", sagte Temple. „Ich war heute erst bei ihm. Er ist ausgesprochen wortgewandt."

„Sie waren bei ihm?" fragte Wallworthy. Diese Parvenüs kommen auch überall hin. „Wie haben Sie das geschafft?" fragte er.

„Ich bin mit dem Gefängnisdirektor befreundet."

Wallworthy überlegte kurz, ob der Direktor wohl auch ein Jude sein könnte.

„Sie haben den Namen Dreyfus", sagte derweil Sam. „Einen Namen, der im Moment jegliches Risiko auslöscht." Ohne Atem zu holen, fügte er hinzu: „Ich verlange einen Vorschuß von einer Viertelmillion Pfund und die Auslandsrechte."

Jetzt lachte Wallworthy. „Sie reden irre. Übrigens untersagt das Gesetz doch sicher, daß wir auch nur einen einzigen Penny zahlen. Schließlich ist Dreyfus schuldig gesprochen worden", sagte er.

Sam Temple rutschte in seinem Sessel hin und her und schien sich erheben zu wollen. „Sie wissen so gut wie ich", sagte er, „daß Dreyfus Ihren Vertrag noch nicht unterschrieben hat. Ich könnte morgen sein Buch versteigern und jeder Londoner Verlag würde mitbieten. Und das höchste Gebot würde viel höher sein als die Summe, von der zwischen uns die Rede ist. Ich tue Ihnen einen Gefallen, Mr. Wallworthy."

Der Verleger wußte, daß ihm keine Wahl blieb. Glühender Haß auf diesen Mann erfüllte ihn. „Übereilen Sie nichts, Mr. Temple", sagte er. „Wir können doch darüber reden. Möchten Sie einen Kaffee?"

Nach einer zehnminütigen Diskussion - zu mehr war Temple nicht bereit - gab Wallworthy sich geschlagen.

„Ich schicke Ihnen den Vertrag zu", sagte er kleinlaut. „Sie sind ein harter Geschäftsmann, Mr. Temple."

Sam lächelte. Er verließ den Verlag ohne ein Triumphgefühl. Er war einfach zufrieden. Er fand, er habe einen fairen Abschluß getätigt.

Obwohl Wallworthy seine Niederlage gern für sich behalten hätte, glaubte er nicht, daß Temple schweigen würde. Doch da irrte er sich. Temple war sich des Neides innerhalb seiner Branche sehr wohl bewußt und wollte dieses Gefühl nicht auch noch schüren. Doch schon nach einigen Stunden hatte die Nachricht sich dann doch verbreitet. Das lag am Flüstern einer schlichten Sekretärin, die große Augen gemacht hatte, als sie hinter die Summe für das Garantiehonorar im Vertrag eine Null nach der anderen setzen mußte. Das Geflüster fand in der Kaffeepause statt und erreichte den ersten Gast, einen freiberuflichen Lektor, der es danach in seinen Club mitnahm und über den Billardtisch springen ließ. Danach war das Gerücht für alle zugänglich, und noch am selben Abend meldeten es die Londoner Abendzeitungen, während Wallworthy und Temple noch immer kein Wort gesagt hatten.

Mrs. Lucy Dreyfus las diese Nachricht in ihrer Küche in Pimlico. Und sie war nicht glücklich darüber. Sie hielt diese Entwicklung nicht für einen Vorteil. Im Gegenteil, sie schürte für Mrs. Dreyfus nur Zorn und Neid der Feinde ihres Mannes, und sogar die stummen Sympathisanten mochten jetzt ihre Sympathie verlieren. Sie versteckte die Zeitung in einer Schublade, in der vergeblichen Hoffnung, diese Nachricht den Kindern vorenthalten zu können.

Drittes Kapitel

Ich sehe keinen Grund, auf den Vertrag zu warten, ehe ich mit dem Schreiben anfange. Ich habe mich dazu entschlossen, meine Version der Geschichte aufzuschreiben, und dieser Entschluß hat nichts mit Vertragsklauseln, Honoraren oder Tantiemen zu tun. Außerdem brenne ich jetzt darauf loszulegen. Ich bin fast erregt. Es wird wie eine Entdeckungsreise sein. Und außerdem wird es mich beschäftigen.

Da ich in diesen Blättern meinen Namen suche, werde ich mit meiner Taufe beginnen. Das ist nicht das, was der Verlag sich wünscht, das ist mir klar. Er wird, und das mit Recht, die Frage stellen, was denn meine Taufe mit den Ereignissen zu tun haben soll, die zu meinem Prozeß geführt haben. Aber für mich ist meine Taufe wichtig. Sie ist die eigentliche Ursache der flüchtigen Bezeichnung, die ich in diesen Blättern suche. Wer will, soll das alles überspringen oder geduldig weiterlesen, bis ich zu meinem Prozeß, dem eigentlichen Thema, komme. Denn darum geht es dem Verlag doch. Um das eigentliche Thema, das Herz der Dinge. Ich jedoch suche die Seele. Lassen Sie mich gewähren.

Ich habe in meinem Leben etliche Autobiographien gelesen. Zeitweise waren sie sogar meine bevorzugte Lektüre. Ich war weniger vom Thema selber fasziniert als von der schlichten Tatsache, daß irgendein Mensch auf dieser Welt sich selber mit Feder und Tinte einen Rahmen geben und dann noch unterstellen mag, daß andere neugierig genug sind, sein Werk zu lesen. Eine Autobiographie ist eine Beichte. Aber sie ist noch mehr. Sie ist ein Akt der Arroganz. Ich brauche die Beichte, und dazu gehört die Arroganz, ich will mich nicht entschuldigen. Ich bin von

Natur aus, ob ich nun schreibe oder nicht, ein arroganter Mann. Das wissen Sie sicher schon aus den Zeitungsberichten. Und jetzt danke ich Gott dafür, denn in einem Höllenloch wie diesem ist Arroganz gefordert. Sie wird zu einem Mittel des Überlebens. Aber ich schweife ab. Ich wollte doch über meine Taufe schreiben. Ich kann mich nicht daran erinnern. Ich weiß durch meine Lektüre, daß viele Autoren sich auf perfekte Erinnerung berufen. Ich vermute, daß sie lügen. Von Geburten, Taufen, ersten Wörtern und allerlei kindlichen Weisheitsperlen wird uns erzählt, oder wir ersinnen sie im Rückblick auf unser Leben. Der Rückblick jedoch ist von seinem ganzen Wesen her eine Lüge, denn alle im Rückblick erzählten Ereignisse sind weit von der Wahrheit entfernt. Sie werden durch erworbene Weisheit vernebelt. Ich werde also ehrlich zu Ihnen sein. Meine Mutter hat mir von meiner Taufe erzählt. Ich kenne nur ihre Sicht der Dinge, denn meine Sicht wurde vom Weihwasser zweifellos getrübt. Doch egal, wessen Sicht hier zur Sprache kommt, meine Taufe war zweifellos die erste Lüge meines Lebens. Einige Jahre darauf wurde mein Bruder Matthew derselben Täuschung unterworfen. Aber nicht wir hatten diese Lüge ersonnen. Sie wurde uns aufgezwungen, und weder Matthew noch ich können dafür zur Verantwortung gezogen werden. Es war eine Lüge, weil wir Juden sind, und verantwortungsbewußte Juden lassen sich niemals taufen.

In meinen frühen Jahren war das alles kein Problem für mich. Ich wußte nicht, daß ich Jude war. Manchmal gingen wir mit der ganzen Familie in die Kirche, und wir feierten wie die Nachbarn Weihnachten und Ostern. Bis ich eines Tages in der Schule aus Versehen den Bleistift eines anderen Jungen zerbrach, worauf dieser Junge mich in der überschäumenden Wut eines Zehnjährigen als Scheißjuden bezeichnete. Ich konnte das nicht verstehen, doch warum ich so verletzt war, begriff ich noch weniger. Ich konnte die Tränen nicht deuten, die mir in die Augen schossen, ebenso wenig wie die wütende Reaktion meines Magens, und mit Angst und Zittern dachte ich, daß ich vielleicht doch ein Jude sei. Ich erzählte meinen Eltern nichts von diesem Zwischenfall, ich hatte Angst, sie könnten meinen Verdacht bestätigen. Ich wollte wie alle anderen sein und keine Zielscheibe für Beleidigungen darstellen. Deshalb blieb ich viele Jahre hindurch ein verkappter Jude, obwohl ich auch begriff, daß das Judentum vom Betrachter abhängt, egal, wie ich mich selber verhalte. Mein Prozeß hat mich davon überzeugt. Aber ich wehrte mich gegen die Lüge, die meine Eltern mir aufgezwungen hatten, und erst später in meinem Leben konnte ich sie verstehen und ihnen verzeihen.

Verstehen Sie, meine Eltern waren Kinder der Angst. Angst war ihr Kindermädchen und ihr Hauslehrer gewesen, und sie hatten das Entsetzen so gründlich kennengelernt, daß es ihr ganzes Leben überschattete. Im Jahre 1933 waren sie gerade erst eingeschult worden. Es war ein unheilschwangeres Jahr für die Juden Europas. In diesem Jahr läuteten in Deutschland die ersten Glocken den bevorstehenden Völkermord ein. Meine Großeltern waren Nachbarn und eng miteinander befreundet. Als Paris 1940 von den Deutschen besetzt wurde, stand fest, daß französische Juden mit keinerlei Vorteilen rechnen durften. Aber sie konnten nicht entkommen. Deshalb zog die Familie meiner Mutter zu den Nachbarn. Zusammen fühlten sie sich sicherer. Sie wagten sich kaum aus dem Haus. Mein Großvater bezahlte die Concierge dafür, daß sie nichts über ihre Anwesenheit in der Wohnung verriet. Sie nahm das Schweigegeld so gern entgegen, wie es damals viele ihrer Art taten. Ihr Sohn dagegen bedeutete eine Gefahr. Der vierzehnjährige Emile wußte, wie man sich ein paar Francs dazuverdienen konnte. Bei den Deutschen wurden Denunzianten gut bezahlt. Emile hätte für die zwanzig Francs, die sie ihm gaben, auch seine Großmutter verkauft. Statt dessen verkaufte er meine.

Das Leben war schwierig, und es gab nur wenig zu essen. An einem Tag im Juli 1942 sehnte meine Mutter sich nach einer Tasse Milch, und meine Großmütter gingen zum Milchladen, in der Hoffnung, dort welche auftreiben zu können. Sie kehrten nie zurück. Seit damals hat meine Mutter nie mehr auch nur einen Tropfen Milch angerührt. Ihr Geruch und sogar ihr Aussehen trafen sie bis ins Herz. Und diese Aversion hat sie an mich weitergereicht, als ererbtes Schuldgefühl der Überlebenden. Als es an diesem Tag dunkel wurde, machten sich die Ehemänner, meine beiden Großväter, trotz der Ausgangssperre auf die Suche nach ihnen und kehrten ebenfalls nie zurück. Später stellte sich heraus, daß sie alle nach Drancy gebracht worden waren, dem Ort, wo die französischen Juden zusammengetrieben wurden, um von dort aus mit der Eisenbahn nach Auschwitz geschafft zu werden. Sie waren den Weg von sehr vielem französisch-jüdischem Fleisch jener Zeit gegangen. Und bis auf die Knochen zerschmolzen.

Nach dem Verschwinden der Erwachsenen hatten meine Eltern das unbeschreibliche Glück, in einen Kindertransport aufgenommen zu werden, der die Überfahrt nach Dover wagte. Von dort wurden sie in ein Waisenhaus auf dem

Lande gebracht. Meine Eltern waren ihr Leben lang nicht getrennt gewesen. Ich weiß sonst nicht viel über sie. Sie sprachen nur selten über ihre Kindheit, und ihr abweisendes Verhalten sorgte dafür, daß ich nicht danach fragte. Aber ich erinnere mich an eine verängstigte Erwähnung des Namens Emile. Wie bei den meisten, die entkommen waren, hinderte das Schuldgefühl der Überlebenden meine Eltern am Sprechen.

Später, als sie beide neunzehn waren, heirateten sie, und nach meiner Geburt brachten sie mich, in unbeschnittenem Zustand, in die Kirche, wo ich getauft wurde. Das ist die Lüge, die ich ihnen jetzt vergeben habe, denn ich habe erkannt, daß sie, vor dem Hintergrund ihrer Geschichte, einfach genug hatten. Jetzt wollten sie Frieden, für sich und ihre Kinder. Als ich heranwuchs, habe ich deshalb, egal, welche Bezeichnungen andere für mich haben mochten, in ihr Schweigen eingestimmt, aus Achtung und Verständnis für das Leugnen meiner Eltern. Vielleicht ist das auch der Grund, warum ich später in einer Schule der Church of England unterrichtet habe, als eine Art, ihre Abkehr von ihrer Vergangenheit zu unterstützen. Ich will mich dafür nicht entschuldigen, obwohl ich jetzt sehe, wie vergeblich dieser Versuch war, wie eitel und schließlich auch wie bar jeglicher Selbstachtung. Vielleicht werde ich im Laufe dieser Selbstentdeckung meine Anfänge finden und sie zufrieden akzeptieren, und ich werde lernen, mit meinen Großeltern zu gehen, die, wie sechs Millionen von ihnen, ihren letzten Gang allein antreten mußten.

Viertes Kapitel

Ich muß jetzt aufhören. Das Abendessen ist gebracht worden, obwohl außerhalb dieser Mauern jetzt erst Teezeit ist. Ich stelle mir vor, daß meine beiden Kinder, Peter und Jean, am Küchentisch sitzen. Meine Frau, Lucy, besteht sicher auf die Küche. Das Eßzimmer, falls es eins gibt, wäre zu schmerzlich für sie, denn immer müßten sie am Ende des Tisches meinen leeren Stuhl sehen. In der Küche gibt es keine feste Sitzordnung. Alle sitzen, wie sie gerade wollen, und das gibt eine gewisse Sicherheit.

Ich esse allein in meiner Zelle. Abgesehen vom Frühstück gelingt mir das meistens. Ich möchte es so, und der Gefängnisdirektor hat keine Einwände erhoben. An der Qualität des Essens läßt sich nicht viel aussetzen, abgesehen davon, daß ich in meinem Leben schon besser gegessen habe. Die Mahlzeiten sind ausreichend, wenn auch nicht delikat. Heute abend freue ich mich über diese Unterbrechung. Das Schreiben und die plötzliche Selbsteinsicht, die dazu nötig ist, sind neu für mich. Es entspricht nicht meinem Wesen, aber in meiner derzeitigen Lage werden mir solche Überlegungen aufgezwungen. In den Tagen meiner Freiheit wäre ich nie auf die Idee gekommen, mich einer solchen Selbstkonfrontation zu stellen. Eine solche Untersuchung hätte mich nicht interessiert. Ich liebte das Leben mit all seinen Aspekten, und deshalb lebte ich ganz einfach. Doch heute bin ich seltsam unbeschäftigt, und ich ertappe mich dabei, daß ich an meine Kindheit und meine Eltern denke, was sicher der erste Schritt zur Erforschung der eigenen Vergangenheit ist. Und das Schreiben führt zu Reflexion, einer Tätigkeit, bei der ich ein grüner Neuling

bin. Deshalb freue ich mich heute über das Abendessen. Es
ist eine Art Ablenkung und hilft mir vielleicht, nicht an
meine Gedanken zu denken.

Fünftes Kapitel

Wenn meine Mutter am bewußten Tag nicht solche Sehnsucht nach Milch gehabt hätte, dann hätten meine Großeltern vielleicht überlebt. Oder vielleicht auch nicht. Sie
hätten natürlich auch durch eine Laune des Schicksals in
Österreich geboren worden sein können, und dann hätten
sie in der Warteschlange vor Auschwitz an zweiter Stelle
gestanden. Ihre französische Herkunft brachte ihnen eine
etwas längere Zeit der Angst, länger als eine niederländische, ungarische, polnische oder tschechische Hypothek auf
die Furcht vor der Festnahme. Im Grunde jedoch gab es
keinen Unterschied. Alle schlossen sich der vielsprachigen
Warteschlange an, verwirrt, wütend, erfüllt von vergeblichen Gebeten. Allesamt. Milch hin oder her.

Meine Eltern wurden von ihrer tragischen Elternlosig-
keit bis zu ihrem Tod verfolgt. Sie sprachen kaum je über
ihr privates Geheimnis. Sie sind vor drei Jahren gestorben,
beide innerhalb eines Monats, als sei die Last dieses Ge-
heimnisses noch im Tod zu schwer, um allein getragen zu
werden. Glücklicherweise lebten sie nicht mehr, als mein
Unglück begann. Wenn sie alles miterlebt hätten, hätten
sie wohl kaum überlebt. Denn mein Schicksal enttarnte
ihre Jahre des Leugnens ein für allemal als Lüge und bewies

unwiderlegbar, wie sinnlos diese Lüge gewesen war. Ich habe sie geliebt, beide, aber dennoch muß ich zugeben, daß ihr Tod mir auch einen gewissen Trost bedeutet hat. Während ich weinte und trauerte, konnte ich doch einen Seufzer der Erleichterung darüber, daß sie endlich von einem Leben des Leugnens und der schmerzlichen Täuschung befreit worden waren, nicht unterdrücken.

Als Kind wußte ich davon nichts. Meine Eltern hatten bei der Wahl ihrer Pflegefamilie Glück gehabt. Sie waren als Flüchtlinge an der Küste von Kent gestrandet und verbrachten ihr weiteres Leben ebenfalls in dieser Grafschaft. Kent wurde zu ihrem natürlichen Lebensraum. Sie waren nicht getrennt worden und konnten in der Obhut eines gütigen Dorfschulmeisters, John Percy, und seiner Frau Elaine weiterhin zusammenbleiben. Die Percys waren kinderlos, ihre Tage jedoch waren erfüllt von Kindern. Mr. Percy war der Leiter der Dorfschule, und er und seine Frau lebten im Schulhaus, in einem kleinen Dorf in der Nähe von Canterbury. In der Gegend gab es nur wenige Juden - Bischofssitze waren für jüdische Ansiedlungen nie sonderlich attraktiv - und die nächstgelegene Synagoge, falls sie eine benötigten, war an die fünfundzwanzig Meilen entfernt. Die Dorfkirche lag nur wenige Schritte von der Schule entfernt und war ein wesentlich weniger auffälliges Ziel. Dort wurden meine Eltern getraut und Matthew und ich getauft.

Ich hatte die Percys nicht gekannt. Sie waren vor meiner Geburt gestorben. Aber meine Eltern wurden es nie leid, von ihnen zu erzählen. Ihre verbalen Erinnerungen bildeten einen Ausgleich zu dem strikten Schweigen, das sie in Bezug auf ihre biologischen Eltern bewahrten, einem Schweigen, das nie gebrochen wurde. Die Percys hatten sie wie ihre eigenen Kinder behandelt, und beide hatten die Dorfschule besucht. Mit achtzehn wurde mein Vater auf ein Lehrerseminar in Canterbury geschickt, während meine Mutter die Haushaltsschule besuchte. Nachdem sie Examen gemacht hatten, konnten sie die Percys langsam bei ihren Schulpflichten entlasten und kümmerten sich um sie, nachdem sie in den Ruhestand getreten waren. Ehe sie dann einige Jahre darauf starben, hatten die Percys meine Eltern mit der Leitung der Schule betraut, und sie lebten und arbeiteten bis zu ihrem Tod in diesem Dorf. Danach wurden sie vom Dorfpastor auf dem Dorffriedhof begraben, und eine Jesusstatue hielt über ihnen Wache, als letzte Bestätigung der Lüge, die sie gelebt hatten.

Jetzt, in meiner engen Zelle, finde ich den Gedanken daran entsetzlich. Sie lagen in bequemer Hörweite der Glocken der Kathedrale von Canterbury, eine Million Meilen von den Gaskammern ihrer Eltern entfernt. Aber ich verstehe sie, und weil ich ihrem Irrweg nicht mehr folgen will, verzeihe ich ihnen. Doch anders als sie kann ich es mir leisten, die Erinnerung an meine Mutter und meinen Vater am Leben zu erhalten, und deshalb habe ich ab und zu mit meinen Kindern das Schulhaus aufgesucht, in dem ich eine so glückliche Kindheit verbracht habe. Und wir haben auch die Gräber der Großeltern auf dem Friedhof besucht, und meine Kinder hatten nichts an dem Jesus, der sie beschützen sollte, auszusetzen. Denn auch sie haben niemals eine Synagoge von innen gesehen, und obwohl sie von den Gaskammern wissen, ist ihnen die persönliche Verbindung unbekannt. Doch ich schwöre, sollte meine Unschuld sich jemals beweisen lassen, dann werde ich ihnen sagen, weshalb Drancy, die Viehwagen, die vielsprachige Warteschlange und die Gaskammern zu ihrer persönlichen Erbschaft gehören.

Mir kommt der Gedanke, daß Wallworthy meine jüdischen Erörterungen jetzt vielleicht ziemlich satt hat. Aber das ist mir egal. Immerhin handelt es sich um das Herz meiner Geschichte. Darum, was ich, Dreyfus, überhaupt bin. Es ging bei meinem Prozeß um mein Judentum, die Anklage speiste sich daraus, es vergiftete die gesamte Gesellschaft, die mich verurteilt hat. Also halten Sie aus, Mr. Wallworthy. Ohne diesen Aspekt könnte es kein Buch geben.

Matthew und ich waren Dorfkinder, und obwohl London nur zwei Stunden entfernt lag, war ich doch bereits achtzehn, als ich die Hauptstadt zum ersten Mal sah. Und sie machte mir angst. Ebenso meinen Eltern. So dörflich geprägt, wie sie waren, teilten sie meine Unsicherheit. Matthew dagegen konnte das alles nicht verstehen. Der Ausflug nach London sollte eine Belohnung für mich sein, weil ich ein Stipendium erhalten hatte, um in Oxford Englisch zu studieren. Meine Eltern waren überglücklich, Oxford bedeutete für sie das englische Establishment, und mein Zugang zu diesen historischen und hochverehrten Toren annullierte ihre ausländische Herkunft ein für allemal. Ihr Sohn hatte es geschafft, und durch Osmose galt das auch für sie. Ein Jahr darauf nahm Matthew in Manchester sein Ingenieursstudium auf. Und meine Eltern waren sehr stolz auf ihn. Sie hatten für uns beide keinen besonderen Ehrgeiz gehegt. Es hätte ihnen gereicht, wenn wir uns wie sie im Hintergrund gehalten und einigermaßen ausreichend unser Brot verdient hätten. Was wir ja auch taten. Wir beide. Bis zu meinem Sturz, natürlich, den sie nicht mehr miterleben mußten.

Meine Jahre in Oxford waren angenehm. Ich traf auf keinerlei Feindseligkeit und kam gut mit meinen Kommilitonen zurecht. Ich trat einer Anzahl von Vereinigungen bei, machte um die Jüdische Studentengemeinde jedoch einen weiten, fast schon antisemitischen Bogen. Und ich gebe zu, daß ich mich deshalb schämte. Aber ich wollte keine Aufmerksamkeit erregen. Denn dadurch hätte ich meine Eltern im Stich gelassen. Ich hatte aber immerhin einen jüdischen Freund, Tobias Gould. Er studierte Jura, und wir waren viel zusammen. Danach ging er nach Kanada, und viele Jahre hindurch hatten wir keinen Kontakt. Bis zu meinem Prozeß, als er herüberkam, um mich zu unterstützen. Von allen Freunden aus meiner Zeit in Oxford war Tobias der einzige, der während des Prozesses zu mir stand. Die meisten anderen behaupteten, mich nie gekannt zu haben. Doch da die Anklage einen Teil des Establishments ausmachte, zu dem sie selber gehörten, konnte von ihnen ja kaum erwartet werden, daß sie sich auf die Seite der Verteidigung stellten, zumal der Angeklagte keiner von ihnen war. Bei seinem letzten Besuch in meiner Zelle erzählte Tobias mir von einem nostalgischen Besuch in seiner Alma mater, wo im Gemeinschaftsraum der Name „Dreyfus" geflüstert worden sei. „Na, was war da schon zu erwarten", hatte ein Dozent gesagt. „Er gehört doch zu 'denen'." Tobias, der diese Bemerkung nur aufgeschnappt hatte, konnte sich natürlich nicht einmischen. Und was hätte das auch gebracht? Das Benennen von Sündenböcken ist eine Zwangsneurose, und gegen ein Irrenhaus kommst du nicht an. Wir lachten darüber, Tobias und ich, und als er gegangen war, freute ich mich über diesen Beweis seiner Freundschaft.

Zu Weihnachten fanden Matthew und ich uns immer wieder im Dorfschulhaus ein. Meine Eltern nahmen die Weihnachtsfeiern ungeheuer wichtig. Auf diese Weise baten sie die Dorfgemeinschaft jedes Jahr: „Zählt uns dazu." Und deshalb hatten wir den größten Weihnachtsbaum weit und breit und die üppigsten Geschenke. Der Kranz aus Stechpalmen verdeckte die Hälfte der Haustür, und unsere vielen Besucher mußten nach der Klingel suchen. Während der Feiertage hatten unsere Eltern immer das Haus voller Gäste. Vor allem an ein Jahr kann ich mich noch erinnern. Es gab einen neuen Dorfbewohner. Ich hielt ihn für einen Ausländer, obwohl er behauptete, in England geboren zu sein. Doch er sprach gewissermaßen zu gut Englisch, mit der Perfektion, die Ausländer oft pflegen. Wollte auch er „dazugezählt" werden? Er hieß John Coleman. Er war Ingenieur und arbeitete auf einer Industrieanlage in der Nähe von Canterbury. Er habe sich unser Dorf als Wohnsitz ausgesucht, sagte er, weil es seinem Heimatdorf ähnele. Er war ein Junggeselle von Mitte zwanzig, und meine Eltern meinten, er könne sich einsam fühlen. Vor allem zu Weihnachten. Weshalb der Neuankömmling schon bald zum Tee in unserem Wohnzimmer eingeladen wurde. Durch das Vorderfenster sah ich, wie er die Klingel suchte. Ich kam ihm nicht zu Hilfe. Sein Auftreten mißfiel mir. Es war steif und zugleich kriecherisch. Endlich fand er die Klingel und schellte triumphierend. Matthew öffnete die Tür und führte ihn ins Wohnzimmer. Er reichte meinen Eltern die Hand und stellte sich Matthew vor, der ihn an mich weiterreichte.

Jetzt weiß ich genau, wer John Coleman ist, und welches Übel ihm anhaftete, und es fällt mir schwer, ihn wirklich zu beschreiben. Und außerdem bin ich müde und verwirrt von meiner Müdigkeit. Heute habe ich nur die Feder über die Seiten geführt. Und doch bin ich physisch erschöpft. Der Preis jeden Wortes scheint einer Kniebeuge, einer Liegestütz und einer Rumpfbeuge zu entsprechen. Ich werde heute nacht gut schlafen. Das weiß ich. Und vielleicht sogar, zum ersten Mal in meinem Zellenleben, mit einer gewissen Zufriedenheit.

Sechstes Kapitel

Sam Temple war ein Agent, der sich Mühe gab, seine Klienten wirklich „rundherum" kennenzulernen. Und deshalb strebte er eine Begegnung mit Mrs. Dreyfus an. Er nahm an, sie werde ihn ohne die Erlaubnis ihres Mannes nicht empfangen, und von der war er durchaus nicht überzeugt. Er rief den Gefängnisdirektor an, um eine weitere Verabredung zu treffen, aber er legte Wert darauf, daß Dreyfus erst gefragt werden solle, ob er ihn zu sehen wünsche. Später an diesem Nachmittag teilte das Gefängnis telefonisch mit, Dreyfus werde ihn empfangen, wenn auch nur für kurze Zeit, da er „in Arbeit stecke". Sam Temple lächelte, als er das hörte. „In Arbeit stecken" war ein schriftstellerischer Ausdruck. Er zweifelte nicht mehr daran, daß Dreyfus mit seiner Schilderung begonnen hatte.

Derselbe Wärter wie beim erstenmal führte ihn zur Zelle. Dreyfus saß schreibend an einem Tisch, der ihm zusammen mit einem Stuhl in die Zelle gestellt worden war. Er stand nicht auf, um seinen Gast zu begrüßen. Er hob nur kurz den Kopf und murmelte, er werde gleich soweit sein. Sam Temple kam sich vor wie bei einem Bewerbungsgespräch. Er setzte sich nicht auf die Pritsche. Er blieb stehen und wartete, bis Dreyfus „soweit" war. Er beobachtete seinen Mandanten beim Schreiben. Der Mann hatte sich verändert. Er wirkte entspannt, schien sich fast wohl in seiner Haut zu fühlen. Seine Lippen formten die Wörter, die er schrieb, und ein Anflug von einem Lächeln umspielte seinen Mund. Endlich ließ er seinen Federhalter sinken, erhob sich von seinem Stuhl und streckte die Hand aus.

„Nett, daß Sie gekommen sind", sagte er.

In diesem Moment war Sam Temple sich sicher, daß er zum Freund dieses Mannes werden würde. Er lächelte.

„Ich sehe, Sie haben angefangen", sagte er.

„Ich erzähle mir eine Geschichte", erwiderte Dreyfus. „Eine wahre."

„Ich bitte nie darum, unvollendete Manuskripte lesen zu dürfen", sagte Temple. „Aber manche Autoren zeigen gerne Portionen her. Wenn Sie wollen, dann sehe ich mir Ihre Arbeit nur zu gern an."

„Durchaus nicht." Dreyfus ließ nicht mit sich reden, und Sam fürchtete einen Moment lang, daß er niemals irgendwem seine Arbeit zeigen würde, auch nicht nach ihrer Vollendung. Er hatte schon andere Autoren mit demselben Widerwillen getroffen. Aber um dieses Problem würde er sich kümmern, wenn es akut wäre, und bis dahin wollte er versuchen, das Vertrauen seines Gegenübers zu gewinnen.

„Ich wollte Sie nicht stören", sagte er. „Ich wollte mich nur melden und fragen, ob ich etwas für Sie tun kann."

„Das können Sie", sagte Dreyfus. „Ich wäre sehr dankbar, wenn Sie meine Frau besuchen würden. Ich habe Angst, daß sie sehr einsam ist. Sie darf mich nur einmal im Monat sehen, und es wäre eine Erleichterung für mich, wenn Sie ihr ab und zu von mir erzählten."

Sam Temple war entzückt. Dreyfus schien seine Gedanken gelesen zu haben.

„Das mache ich sehr gern", sagte er. Er streckte die Hand aus, die Dreyfus ergriff, und die er dann mit seiner anderen bedeckte, und dazu lächelte er sogar. „Sie werden es lesen, wenn ich fertig bin", sagte er. „Aber ich dulde keine Eingriffe. Es ist meine Geschichte, und ich erzähle die Wahrheit. Ich will nicht, daß die Wahrheit verwässert oder der Grammatik angepaßt wird. Schon gar nicht der Grammatik, die oft nur Dekoration ist."

Obwohl er in freundlichem Tonfall gesprochen hatte, hatte Dreyfus seinen Gast damit entlassen. Sam Temple verabschiedete sich und wünschte ihm alles Gute beim Schreiben.

„Ich komme bald wieder, wenn ich darf", sagte er.

„Ich bin immer hier", erwiderte Dreyfus lächelnd.

Als er wieder in seinem Büro saß, schrieb Sam Temple sofort an Mrs. Dreyfus, informierte sie über die Bitte ihres Mannes und bat um die Erlaubnis, sie zu besuchen. Ihre Antwort kam sofort und per Telefon. Sie lud ihn noch für denselben Tag zum Tee ein.

Er brachte Blumen und Pralinen mit, nicht aus Dankbarkeit, sondern weil sich das gehörte. Er freute sich auf den Besuch. Er war neugierig. Über Mrs. Dreyfus und ihre Kinder war nur wenig bekannt. Sie hatte jeden Tag den Prozeß gegen ihren Mann besucht, und die Zeitungen hatten sich ihr Foto sichern können. Aber sie hatte niemals einen Kommentar abgegeben. Ein Treffen mit Mrs. Dreyfus war eine fast ebenso große Sensation wie der Vertrag mit ihrem Mann, aber er wollte diesen Besuch nicht bekanntgeben. Wenn die Presse davon Wind bekäme, würden die Zeitungsschmierer keine Ruhe mehr geben.

Mrs. Dreyfus öffnete selber die Tür. Sie war eine attraktive Frau von schlichtem Äußeren. Sie benutzte weder Make-up noch Schmuck. Ein einfaches schwarzes Kleid bezeugte ihren Kummer, der weiße Spitzenkragen schob die Trauer auf. Sie führte ihn in ein kleines Wohnzimmer, das auch als Eßzimmer diente. Daneben lag die offene Küche. In der Zimmermitte stand der Teetisch. Die Möbel waren praktisch, an den Wänden hingen nichtssagende Drucke. Kein Versuch, der Behausung eine persönliche Prägung zu geben, war unternommen worden. Sie war grau und deprimierend und zeigte vor allem, was der Vermieter sich unter den Minimalanforderungen an eine Wohnstatt vorstellte. Sie war anonym und gemietet.

Als gegen Dreyfus Anklage erhoben worden war, hatte die Familie Einkommen und Wohnhaus verloren, und Mrs. Dreyfus schien sich mit der Namenlosigkeit, auf der sie bestanden hatte, abgefunden zu haben. Vor der einen Wand stand ein Sofa, das sich im Laufe der Jahre Gewicht und Form so manchen Mieters angepaßt hatte, und das Moquettepolster war vom vielen Gebrauch glattgeschlissen. Es war außerdem schmutzig, doch diejenigen, die darauf saßen, waren sorgfältig gekämmt und peinlich sauber. Zwei Kinder und ein Mann, der eine beunruhigende Ähnlichkeit mit Dreyfus aufwies. Er wurde vorgestellt als Matthew, Dreyfus' Bruder, die beiden Kinder als Peter und

Jean. Sam bereute, einen dermaßen üppigen Blumenstrauß gebracht zu haben. Der Strauß lag auf dem Tisch wie eine Beleidigung. Doch alle waren freundlich zu ihrem Gast. Er hatte ihren liebsten und nächststehenden Menschen besucht.

Die Familie nahm am Tisch Platz, und Sam setzte sich auf den ihm zugewiesenen Stuhl. Die Kinder saßen ihm gegenüber. Sie waren beide sehr ernst und hatten die hoffnungslose Miene, die Sam bei seinem ersten Besuch auch im Gesicht ihres Vaters registriert hatte.

„Eurem Vater geht es gut", sagte er. „Ich war gestern noch bei ihm."

Wie kann es ihm gut gehen, dachten sie sicher, denn sie sagten nichts dazu.

„Ich kümmere mich um den Tee", sagte Mrs. Dreyfus und ging in die Küche.

Am Tisch schwiegen alle, und aller Augen hingen an den Tellern. Sie waren erleichtert, als das Pfeifen des Kessels die Stille zerriß. Dann brachte Mrs. Dreyfus den Tee, und die anderen hatten etwas zu tun. Nachdem alle Tassen gefüllt waren, hatte Sam das Gefühl, eine Unterhaltung in die Wege leiten zu müssen. Er fing mit den Kindern an.

„Auf welche Schule geht ihr?" fragte er. Und bereute diese Frage dann sofort.

Doch Peter antwortete. „Wir gehen nicht zur Schule."

„Sie sagen so schreckliche Dinge über Papa", fügte Jean hinzu.

„Deshalb gehen wir nicht", sagten sie dann beide.

„Na", sagte Sam. „Wenn das so ist, dann können wir doch alle zusammen in den Zoo gehen. An einem Werktag, dann brauchen wir nicht Schlange zu stehen und uns durch die Menge hindurchzuboxen. Ich war schon ewig nicht mehr dort. Habt ihr Lust, das bald mal zu machen? Wenn eure Mutter das erlaubt. Aber sie kann ja auch mitkommen."

Er brachte diese Einladung fast ohne eine Atempause vor, und jedes Wort steigerte seine eigene Erregung. Er konnte die Entscheidung kaum erwarten.

„Das machen wir gern. Wir alle", sagte Matthew.

Das waren seine ersten Worte, und er lächelte dabei wie vor Erleichterung, daß sie nun endlich gefallen waren. Danach war er nicht mehr zu bremsen. Er zählte alle Tiere auf, die ihm gefielen, und warum, und danach verteidigte er die Einrichtung von zoologischen Gärten gegen die Argumente ihrer Gegner. Sam sah, daß die Kinder ihren Onkel Matthew erstaunt anstarrten, als hörten auch sie ihn nach einem langen Schweigen endlich wieder sprechen. Und sie stürzten sich lachend in die Diskussion, gefolgt von Mrs. Dreyfus, und Sam hatte den Eindruck, daß seine Anwesenheit in diesem Haus sie alle von ihrem Schweigen befreit hatte, dem Schweigen der grausamen Unaussprechlichkeit, und daß sie sich einem neutralen Dritten gegenüber endlich das Vergnügen der Normalität gönnen durften. In einer kurzen Diskussionspause schlug Sam deshalb ein festes Datum für den Ausflug vor, und sie einigten sich auf den Beginn der folgenden Woche.

Er wandte sich an Mrs. Dreyfus. „Das können Sie dann Ihrem Mann erzählen", sagte er.

„Ich glaube, das kann ich den Kindern überlassen", sagte sie. „Wir können ihn in zwei Wochen wieder besuchen."

Das war das Stichwort für neues Schweigen, und Sam

schwieg auch und nahm den ihm angebotenen Keks entgegen.

„Sollen wir mit Jean in den Park gehen, Peter?" fragte Matthew dann. Er spürte, daß seine Schwägerin mit ihrem Gast allein sein wollte. Nachdem die anderen gegangen waren, kümmerte Mrs. Dreyfus sich um die Blumen, die Sam mitgebracht hatte.

„Ich bin Ihnen sehr dankbar, Mr. Temple", sagte sie. „Ich glaube, Sie haben meinem Mann endlich ein Ziel gegeben. Sein letzter Brief klang fast fröhlich. Und natürlich ist auch das Geld eine große Hilfe. Es wird alles viel leichter für mich machen." Plötzlich legte sie Sam die Hand auf den Arm. „Es ist so hart für die Kinder, Mr. Temple", sagte sie.

„Das kann ich mir vorstellen."

„Ich wage nicht, sie zur Schule zu schicken. Sie werden schikaniert und beleidigt. Sogar von den Lehrern. Ich weiß, daß mein Mann unschuldig ist. Und sie wissen das auch. Aber sie können nicht widersprechen. Ihr Vater ist schließlich verurteilt worden."

„Wir müssen auf eine Wiederaufnahme hoffen", sagte Sam. Und fügte nach einer Pause hinzu: „Haben Sie Freunde?"

„Ich hatte welche", sagte sie. „Aber jetzt will niemand uns kennen. Matthew ist wunderbar. Er kommt, so oft er kann. Aber er sagt, daß er jetzt ebenfalls keine Freunde mehr hat. Dreyfus ist kein guter Name, Mr. Temple." Sie nahm ihre Hand von seinem Arm und fing an, die Tassen aufs Tablett zu stellen.

„Ich helfe Ihnen", sagte er.

Sie wehrte nicht ab, und als sie dann in der Küche standen, sagte er: „Haben Sie vor, für die Kinder einen Hauslehrer einzustellen? Sie wären sicher fröhlicher, wenn sie beschäftigt wären."

„Ich habe schon daran gedacht, das ist klar", sagte sie. „Und da wir jetzt Geld haben, wäre das ja kein Problem. Aber wo soll ich einen Hauslehrer für die Dreyfuskinder finden? Ich habe Angst, auch nur danach zu fragen."

„Würden Sie das mir überlassen?" fragte Sam. „Ich glaube, ich kenne jemanden. Jemanden, der Mitgefühl hat. Jemanden, der wie ich an die Unschuld ihres Mannes glaubt."

Sie lächelte ihn strahlend an. „Ich wäre so dankbar", sagte sie. Dann fing sie an zu spülen und reichte ihm ein Geschirrhandtuch. Sie wollte weiterhin Gesellschaft von ihm haben. „Würden Sie uns wieder besuchen?" fragte sie.

„Natürlich. Und Sie können mich jederzeit anrufen." Er griff nach einem Teller. „Wie haben Sie einander kennengelernt?" fragte er. „Sie und Ihr Mann?"

„Durch meine Freundin Susan. Meine beste Freundin. Das war sie zumindest. Aber das ist jetzt vorbei. Das ist jetzt vorbei", wiederholte sie.

Sam stellte keine Fragen zu dieser verlorenen Freundschaft. Er hielt sie für eine Privatangelegenheit, die nichts mit Dreyfus' derzeitiger Notlage zu tun hatte. Aber da irrte er sich. Sie hatte sehr viel damit zu tun, und Lucy Dreyfus schien durchaus bereit zu sein, diesen Verlust genauer zu beschreiben.

„Ich habe Alfred eines Abends in der Wohnung von Susan und Matthew getroffen, und so ging es dann weiter. Damals fanden wir das wunderbar. Wir waren ein glückliches Quartett. Und das blieb auch so. Bis das Unglück kam.

Wir haben zusammen Urlaub gemacht, alle vier, und später eben mit den Kindern. Unsere Freundschaft schien ewig halten zu können, schließlich waren wir jetzt eine Familie, und unsere Kinder standen sich auch sehr nahe. Doch als Alfred verhaftet und der Name Dreyfus in der ganzen Welt zum Schimpfwort wurde, hat sie in aller Stille zusammen mit den Kindern einen anderen Namen angenommen. Jetzt heißt sie Susan Smith. Und dafür gibt es keine Entschuldigung. Sie erlaubt nicht, daß ihre Kinder Peter und Jean sehen, und Matthews Loyalität ist ihr gar nicht recht. Er hat sich absolut wundervoll verhalten. Die ganze Zeit."

„Sind sie noch immer zusammen?" fragte Sam.

„Sie leben im selben Haus, aber die Ehe ist zu Ende. Er wagt nicht wegzuziehen. Denn Sie können sich doch vorstellen, wie die Zeitungen diese Geschichte darstellen würden?"

„Weiß Ihr Mann davon?"

„Nein. Und er darf es auch nicht erfahren. Es würde ihn schrecklich verletzen." Lucy stellte das Geschirr in den Schrank. „Ich weiß nicht, was ich ohne Matthew machen sollte", sagte sie.

„Wo arbeitet er?"

„Wo hat er gearbeitet, meinen Sie wohl. Er ist Ingenieur. Er hatte einen sehr wichtigen Posten. Aber nach Alfreds Verhaftung wurde immer wieder angedeutet, daß sie Stellen streichen wollten, und einige Wochen darauf kam dann die Kündigung."

„Wie kommt er zurecht?"

„Er hat einige Ersparnisse. Und wir werden das Geld für das Buch teilen. Alfred besteht darauf."

Sie kehrten zurück an den Tisch. „Ich bin froh darüber,

daß ich hier war", sagte Sam. „Und ich hoffe, ich darf oft wiederkommen." Er nannte noch einmal das Datum für den Zoobesuch und versprach, einen Hauslehrer zu besorgen. „Ich würde auch Matthews Kinder gern mit in den Zoo nehmen", sagte er.

„Das würde Susan nicht erlauben", sagte Lucy. „Wissen Sie, Mr. Temple, manchmal glaube ich, daß sie meinen Mann für schuldig hält."

Sam schauderte es. „Wie zerrissen Ihre Familie doch sein muß", sagte er. Er erhob sich und reichte ihr die Hand. „Jederzeit, Mrs. Dreyfus, können Sie mich anrufen. Und das gilt auch für Matthew. Bitte, sagen Sie ihm das."

Sie brachte ihn zur Tür. „Ich sehe Alfred bald", sagte sie. „Es wird ihn glücklich machen, daß Sie mir helfen."

„Sie werden ihn verändert finden, glaube ich", sagte Sam. „Er ist mit sich jetzt mehr im Reinen. Und ich würde sogar wagen zu behaupten, daß er ab und zu einen glücklichen Moment hat."

Auf dem Rückweg ins Büro kam Sam am Park vorbei. In der Ferne sah er auf dem Spielplatz Matthew, Peter und Jean, die schaukelten und im selben Takt immer höher flogen, so, als habe sich an ihrem Horizont nichts geändert. Sie wirbelten in einer Zeit, in der es keinen angehaltenen Atem gab, keine Seufzer, keine heimlichen Tränen, und erst, wenn die Schaukeln wieder zum Stillstand gekommen wären, würden sie bemerken, daß dunkle Wolken aufgezogen waren.

Siebtes Kapitel

Es war ganz natürlich, daß Matthew und ich die Dorfschule unserer Eltern besuchten. Schließlich lebten wir im
selben Haus. Und obwohl wir in keiner Hinsicht bevorzugt
wurden, waren wir dort glücklich. Matthew ist jünger als
ich, und während unserer Kindheit war ich sein natürlicher
Beschützer. Jetzt haben sich diese Rollen sozusagen umge-
kehrt. Seit meiner Verhaftung bewacht er mich mit ebenso
großem Zorn, wie ich ihn selber hege. Er hat Petitionen
eingereicht, er hat argumentiert, und vor allem hat er Lucy
und meine Kinder beschützt. Ich liebe ihn immer inniger.
Haben Sie einen Bruder, Mr. Wallworthy? Dann werden
Sie diese Liebe kennen. Es gibt keine andere, die ihr ähnelt.
In ihrer sanften Sprache gibt es keine Wörter der Erwartung oder des Mißfallens, es gibt keinerlei Vorwürfe. Die
brüderliche Zuneigung wird uns bei unserer Geburt von
Gott eingepflanzt. Wir können sie ebensowenig ignorieren
wie ein Gen.

Mit elf Jahren wechselte ich auf das Gymnasium in
Canterbury über, wo die meisten Kinder aus dem Dorf
ihre Schulbildung fortsetzten. Ein Jahr darauf folgte auch
Matthew. Es war eine Schule der Church of England, und
auf Religionsunterricht wurde großen Wert gelegt. Jeden
Morgen wurden mindestens zwei Choräle gesungen. Und
das Wort Jesus kam unweigerlich in jedem davon vor. Aber
ich sprach es nie aus. Es erschien mir als zu exklusiv. Ich
sagte statt dessen „Gott", obwohl es nicht ins Versmaß paßte, aber es war ein Wort, das alles und alle einbezog. Trotzdem flüsterte ich es nur. Ich glaube, Matthew machte es
auch so. Ich frage mich jetzt, woher diese Wortaversion

stammte. Sicher von meinen Eltern. Auch von ihnen hatte ich dieses Wort nie gehört, und vielleicht war es mir durch sein Fehlen besonders aufgefallen. Auf irgendeine Weise war es ihnen gelungen, es zu vermeiden, und jetzt macht mich der Gedanke traurig, wie sie ihr Leben lang einem Gott, dessen Namen sie nicht einmal aussprechen konnten, Lippendienste erwiesen haben. In irgendeiner Ecke ihrer Seele hausten noch immer ihre Eltern und hielten sie von diesem verbotenen Wort zurück, und dieses Tabu muß in unsere eigenen Gene übergegangen sein. Unbezwinglich.

Wir waren gute Schüler. Alle beide. Wir kämpften mit den Fächern, die heute nicht einmal mehr gelehrt werden, und genossen sie. Grammatik, Satzanalyse, Morphologie, diese aufregenden Entdeckungsbereiche haben in den heutigen Lehrplänen keinen Platz mehr, und für die Kinder tut mir das leid. Haben Sie Kinder, Mr. Wallworthy?

Nach der Schule bekam ich das Stipendium für Oxford und besuchte dann ein Lehrerseminar. Ein Jahr darauf nahm Matthew in Manchester sein Ingenieursstudium auf. Zum ersten Mal in unserem Leben waren wir getrennt. Bis dahin hatte ich nicht gewußt, wie sehr er zu mir gehörte, und ich glaube, daß er ähnlich empfand. Wir schrieben einander regelmäßig, aber mir fehlten sein Lächeln, sein Schulterzucken, seine Rippenstöße, diese Gesten, die kein Alphabet verwenden. Ich freute mich auf Ostern, Weihnachten und die Sommerferien, die wir alle zusammen im Dorfschulhaus verbrachten. Schließlich heiratete er, und einige Jahre darauf folgte ich seinem Beispiel. Aber die Bindung zwischen uns blieb unzerbrechlich.

Während meiner langen Studienzeit gewann ich viele Freunde. Im Laufe der Jahre blieben wir in Kontakt, durch

Briefe, Feste und Studententreffen. Das alles kam mir so dauerhaft vor. Bis zu meinem Unglück. Dann blieben die Briefe aus. Sie schienen zu leugnen, daß sie mich je gekannt hatten. Mit einigen Ausnahmen, die von meinem Sturz profitierten. Die sich mit unserer Bekanntschaft brüsteten. Die den Zeitungen ihre pathetischen Geschichten verkauften. ICH WAR DER SCHULFREUND DES MONSTERS, lautete eine Schlagzeile, und DREYFUS - DER SELTSAME PRÄFEKT eine andere. Diese Geschichten verletzten mich. Zumeist waren sie pure Erfindung, und sie waren gemein und blutrünstig. Ich litt vor allem wegen Lucy und der Kinder darunter. Aber sie verloren nicht den Glauben an mich. Nicht für einen Moment. Wer ins Schwanken geriet, war ich selber. Ich verlor die Hoffnung. Ja, es gab sogar Momente, grauenhafte Momente, in denen ich selber glaubte, die vielen Vergehen, wegen derer ich verurteilt worden war, wirklich begangen zu haben. Ich hatte das seltsame Gefühl, daß es leichter sein würde, schuldig zu sein. Daß es mir fast eine Erleichterung bedeuten würde. Daß meine Schuld meine grausame Strafe rechtfertigen würde. Deshalb saß ich viele Tage hindurch in meiner Zelle und sagte mir, ich hätte getan, was ich angeblich getan haben sollte. Ich wiederholte es, bis es zu einem täglichen Mantra wurde. Aber überzeugen konnte es mich nie. Deshalb ersetzte ich es durch die Phrase „ich bin unschuldig". Aber obwohl die nun wirklich überzeugend war, gab sie mir keine Hoffnung. Sie machte mich einfach nur zornig, und ich lief viele Tage lang wütend in meiner Zelle hin und her. Dann wurde Lucy Gott sei Dank ein Besuch erlaubt, und ich kam mir vor wie ein Verräter an ihrem Vertrauen und ihrem strahlenden Glauben. Sie rettete mich vor meinem zutiefst destruktiven Selbst, und ich bin nun wieder heil, heil in meiner Unschuld. Unerschütterlich.

Ab und zu gibt der Gefängnisdirektor mir eine Zeitung, und ein Radio hat er mir auch erlaubt. Während der ersten Wochen habe ich es nie eingeschaltet. Meine Arroganz veranlaßte mich dazu, denn ich konnte mir nicht vorstellen, daß irgendwo auf der Welt etwas passierte, das wichtiger wäre als meine Gefängnishaft. Doch in den Zeitungen las ich dann manchmal Meldungen, die langsam mein Interesse erweckten, und ich wollte sehen, wie die Entwicklung weiterging. Deshalb mußte ich das Radio einschalten, und seither ist es kaum jemals stumm. Ich bin also auf dem Laufenden, was die aktuellen Ereignisse angeht. Derzeit verfolge ich die Wahlen in den USA, doch mein Hauptinteresse gilt dem Nahen Osten. Jeden Abend warte ich auf Nachrichten von dort und bin erleichtert, wenn es keine gibt. Denn ich finde, daß aus dieser Region nur selten gute Nachrichten kommen. Darunter verstehe ich solche, die für meine Seite positiv sind. Für Israel. Nach allem, was ich durchgemacht habe, kann ich ja wohl kaum auf einer anderen Seite stehen. Nicht, daß diese Seite immer im Recht wäre. Ich bin von manchem Unrecht, das sie weiterhin ausübt, entsetzt. Aber ich will, daß Israel überlebt, denn sonst wären die, die mich angeklagt haben, auf irgendeine komplizierte Weise gerechtfertigt.

Mein Prozeß mit seinem ungerechten Urteil überschnitt sich mit einem grauenhaften israelischen Angriff auf die West Bank, bei dem viele Palästinenser, darunter auch Kinder, verstümmelt oder getötet wurden. Die Zeitungen verurteilten dieses Vorgehen zu Recht; auf den Straßen kam es zu Demonstrationen. Aber dann sprangen andere auf, und alle verhärteten, verkrusteten, verbissenen Antisemiten fanden plötzlich einen neuen Namen für ihren Haß. Dieser Name war Anti-Zionismus und ließ ihren Judenhaß respektabel erscheinen. Und ich war der Funke. Der Name Dreyfus war der Dynamo.

Ich schweife ab. Schweife ich ab? Diese Gedankensprünge gehören zu meiner Geschichte. Und lagen sie nicht den gegen mich erhobenen Anklagen zugrunde? Sind sie nicht die Endsumme meiner Verurteilung? Nein. Ich schweife nicht ab. Im Gegenteil, ich bewege mich auf den Mittelpunkt zu.

Ich muß jetzt eine Pause einlegen. Ich erwarte einen Besuch von Mr. Temple. Er hat jetzt Lucy und die Kinder gesehen, und so ungern ich mit Schreiben aufhöre, Menschen sind wichtiger als die Feder.

Achtes Kapitel

Sam Temple war gerade im Zoo gewesen. Er hatte um diesen Termin gebeten, um einen frischen, glaubwürdigen Bericht liefern zu können. Er hoffte, daß der Geruch des Affenhauses, wo sie die meiste Zeit verbracht hatten, noch immer an ihm hinge, so daß Dreyfus das Gefühl haben könnte, bei dem Ausflug dabeigewesen zu sein.

Als Sam die Zelle betrat, fielen ihm die auf Dreyfus' Schreibtisch verstreuten Blätter auf, und ihre Unordnung machte ihn glücklich. Sie schien auf eine größere Freiheit hinzudeuten. Dreyfus sprang auf, als sein Gast die Zelle betrat, und streckte ihm lächelnd zum Gruß die Hände entgegen. Sam mußte diese Offenheit und Wärme einfach mit der kühlen Strenge ihrer ersten Begegnung vergleichen. Er nahm an, und das mit einer gewissen Befriedigung, daß diese Änderung der Arbeit zu verdanken war, dem Schreiben, der Erleichterung seiner grauenhaften Bürde. Sie setzten sich nebeneinander auf die Pritsche.

„Ich war eben noch mit ihnen zusammen", sagte Sam. „Wir waren im Zoo. Wir alle. Lucy, Matthew, Peter und Jean."

„Aber was war mit Susan und den Kindern?"

Sam war auf diese Frage schon vorbereitet. „Sie mußte mit den Kindern ihre Mutter besuchen", sagte er. „Das war schon seit langem so verabredet. Nächstes Mal, vielleicht."

Dreyfus schien mit dieser Erklärung zufrieden zu sein, aber Sam fragte sich, wie lange er wohl über den Verrat seiner Schwägerin im Unklaren gelassen werden konnte.

„Erzählen Sie mir alles", sagte Dreyfus. Er strahlte die Erregung eines kleinen Jungen aus, der noch zu klein ist, um auf ein Fest mitgenommen zu werden.

Sam schilderte getreulich ihren Weg durch den Zoo, vom Elefantenhaus zu den Affen, zum Aquarium und den Schlangen, dann zurück zu den Affen, den Pandas, den übrigen Bären, den Vögeln und abermals zu den Affen. Bei jeder Station erzählte er von der Begeisterung der Kinder, vor allem der von Jean, er erzählte, wie Peter sich um sie gekümmert, sie hochgehoben hatte, damit sie die Schilder vor den Käfigen lesen konnte. Er beschrieb, wie sie die Tiere nachgeahmt hatten, verschwieg jedoch die gelegentlichen Kommentare der anderen Zoobesucher. „Sieh mal, sind das nicht die Dreyfus-Kinder? Und ihre Mutter. Die haben ja vielleicht Nerven!"

Dreyfus sagte kein Wort, lächelte und schmunzelte die ganze Zeit. „Und wie geht es Matthew?" fragte er, als Sam geendet hatte.

Wie kann ich ihm sagen, wie es Matthew geht, fragte Sam sich. „Es geht ihm gut", log er und stellte sich dabei Matthews trauriges Gesicht vor, mit dem dieser sich dazu gezwungen hatte, die Freude der anderen zu teilen.

„Was macht er den ganzen Tag?"

„Er ist viel mit Lucy und den Kindern zusammen. Er und Susan", log Sam. „Ich mag ihn sehr gern. Er ist ein guter Mensch. Und er beteuert leidenschaftlich Ihre Unschuld. Jeden Tag sucht er irgendwen auf, um ein Wiederaufnahmeverfahren anzustrengen." Der letzte Satz stimmte immerhin. Matthew hatte ihm eine Liste der Personen gezeigt, die befugt wären, den Fall seines Bruders noch einmal untersuchen zu lassen. Und er reichte bei allen Petitionen ein.

„Er fehlt mir, wissen Sie", sagte Dreyfus mit weicher Stimme. „Lucy natürlich auch. Aber Matthew steckt mir im Blut. Das ist auf irgendeine Weise etwas anderes. Erzählen Sie von den Kindern", bat er dann nach einer Weile. „Wie sehen sie aus?"

„Sie sehen aus wie Lucy. Alle beide. Schöne Kinder", Sam lächelte. „Ich habe einen Hauslehrer für sie besorgt. Er heißt Tony Lubeck, ich bin mit seinem Vater befreundet. Er arbeitet gerade an seiner Doktorarbeit. Er besucht die Kinder jetzt jeden Tag. Er sieht ziemlich verlottert aus und ist recht exzentrisch. Peter und Jean sind begeistert von ihm."

„Sie sind sehr gut zu mir, Mr. Temple", sagte Dreyfus. „Ich hoffe, daß ich das eines Tages wieder gutmachen kann."

Das war ein guter Moment, um den zweiten Grund für Sams Besuch zur Sprache zu bringen. Er war neugierig auf den Stand der Dinge, was das Buch seines Klienten anging, aber er wollte ihn nicht drängen.

„Wie macht sich das Buch?" fragte er so lässig wie möglich.

„Ich habe entdeckt, daß ich gerne schreibe", sagte Dreyfus. „Ich freue mich jeden Tag darauf. Ich weiß nicht, ob das ein gutes Zeichen ist oder nicht, rein schreibtechnisch, meine ich, aber mir tut es auf jeden Fall gut."

„Soll ich es einmal lesen?" fragte Sam. „Nur, damit Sie eine neutrale Meinung hören."

Dreyfus überlegte eine Weile. „Lieber nicht", sagte er dann. „Es käme mir so vor, als hätte ich Ihnen mein Tagebuch gegeben."

Sam war von dieser Antwort beunruhigt. Wenn Dreyfus sein Werk jetzt schon als privates Geständnis betrachtete, dann könnte er auch vor der Veröffentlichung zurückschrecken. Aber er sagte nichts dazu. Es war zu früh. Trotzdem war er besorgt. Er hatte das Gefühl, einen Kommentar abgeben zu müssen.

„Es ist vielleicht eine private Beschäftigung", sagte er. „Aber es dient doch dem Ziel, Ihnen Genugtuung zu verschaffen, Ihre Unschuld zu beweisen, von der Tausende von Menschen ohnehin schon überzeugt sind. Sie schreiben nicht nur für diese Menschen, sondern auch, um Ihren Anklägern ihren Justizirrtum aufzuzeigen."

„Im Moment schreibe ich nur für mich", sagte Dreyfus.

Sam beschloß, die Sache erst einmal auf sich beruhen zu lassen. Er wollte keine weiteren Fragen über das Fortschreiten des Buches oder seinen Inhalt stellen. Er war schon vielen Autoren mit ähnlicher Zurückhaltung begegnet, und im Laufe der Zeit war diese Zurückhaltung immer schlichter Eitelkeit gewichen. Und Dreyfus, so integer er auch sein mochte, war ein Mensch wie alle anderen und hatte dieselben Schwächen.

„Ich bin mir noch nicht sicher, welche Form ich wählen soll", sagte Dreyfus.

Sam war erleichtert, denn er glaubte einen Hauch von Dünkel zu entdecken.

„Vielleicht bei Ihrem nächsten Besuch", schlug Dreyfus vor. „Aber ich möchte nichts ändern", fügte er hinzu. „Auch nicht, um die Verkaufszahlen zu steigern oder mehr Geld zu verdienen. Kein einziges Wort darf geändert werden."

Sam lächelte. Sein Mandant steckte als Schriftsteller zwar noch in den Kinderschuhen, doch er redete schon wie ein Autor, mit der Prahlerei und Arroganz, die einfach nur einen Mangel an Selbstvertrauen und Selbstbewußtsein kaschieren sollen. Sam war zufrieden. Sein neuer Mandant konnte sich durchaus als Bestseller erweisen.

„Muß es chronologisch sein?" fragte Dreyfus.

Sam hoffte inzwischen, daß er die Zelle mit einem Teil des Manuskripts unter seinem Arm verlassen werde. „Es gibt keine Regeln", sagte er. „Wenn Sie nicht-chronologisch denken, was bei Bekenntnisliteratur ja üblich ist, dann sollten Sie auch so schreiben. Die logische Entwicklung zeigt sich am Ende von selber. Ich würde mir über die Chronologie keine Sorgen machen."

Dreyfus schien erleichtert zu sein. Und sogar dankbar. Er ging zu seinem Schreibtisch - wozu nur wenige Schritte nötig waren - und sortierte die beschriebenen Blätter. Sam verspürte neue Hoffnung, doch gleich darauf kehrte Dreyfus mit leeren Händen zur Pritsche zurück.

„Ich komme immer wieder auf meine Kindheit zu sprechen", sagte er.

„Natürlich", sagte Sam mit beruhigender Stimme. „Die hat schließlich die Weichen für Ihr späteres Leben gestellt."

„Und daraus ergeben sich dann ein Gedanke oder ein Ereignis, die mit meinem Erwachsenenleben zu tun haben - ich weiß nicht, ob das richtig ist."

Sam holte tief Atem. „Würden Sie ..." fing er an.

„Würde es Ihnen etwas ausmachen, es zu lesen?" fragte Dreyfus.

Er hatte früher die Waffen gestreckt, als Sam erwartet hatte. „Natürlich nicht", sagte er. „Es wäre mir eine Freude."

„Aber ich will keine Kritik, ich will nur wissen, ob es lesbar ist."

Sam hatte diese Warnung erwartet. „Keine Kritik", wiederholte er. „Nur, ob es lesbar ist."

„Ich wäre dankbar", murmelte Dreyfus. Er ging wieder zu seinem Schreibtisch und hob die Blätter hoch. „Aber niemand sonst darf es sehen", sagte er nervös. „Nur Sie. Das müssen Sie mir versprechen."

„Schon geschehen", sagte Sam und nahm das Manuskript entgegen. Er steckte es in seine Aktentasche und versuchte, seine Aufregung zu verbergen, so, als gehöre das alles zu seiner Alltagsroutine. „Ich werde eine Kopie herstellen", sagte er, „und dafür sorgen, daß Sie das Original unverzüglich zurückerhalten." Er stand auf. „Kann ich draußen irgend etwas für Sie tun?" fragte er.

„Sie tun schon genug", sagte Dreyfus. Wieder streckte er beide Hände aus.

„Kommen Sie bald wieder", sagte er. „Und nennen Sie mich bitte Alfred."

„Nur, wenn Sie dann auch Sam sagen."

Wieder schüttelten sie einander die Hände, und Sam hatte das Gefühl, daß bei seinem nächsten Besuch eine Umarmung durchaus möglich sein könnte. Er rief den Wärter. Als die Zellentür geöffnet wurde, flüsterte Dreyfus ihm ins Ohr: „Kümmere dich ganz besonders um Matthew."

Sam Temple eilte in sein Büro zurück. Unterwegs hörte er in Gedanken immer wieder Dreyfus' letzte Bitte. Er hatte das Gefühl, daß Dreyfus von Matthews trauriger Lage wußte, die Einzelheiten mochten ihm nicht bekannt sein, doch die überwältigende Verzweiflung des Bruders eben doch. Sicher war ihm der Verdacht bei Matthews letztem Besuch gekommen, oder vielleicht hatte Lucy es auch ungewollt angedeutet. Es war hart, einen solchen Verrat geheimzuhalten. Sam war gerührt von Dreyfus' Besorgnis. Er beschloß, sich bei Matthew zu melden. Und sich allein mit ihm zu treffen. Ihn zum Essen einzuladen, vielleicht. Er würde ihn vom Büro aus anrufen. Aber zuerst mußte er das Manuskript kopieren. Das machte er selber, schließlich hatte er versprochen, es niemandem zu zeigen. Als er am Kopierer stand, versuchte er, nicht auf den Inhalt der Seiten zu achten. Dieses Vergnügen wollte er sich aufbewahren. Als die Kopie fertig war, ließ er das Original von einem Kurier ins Gefängnis zurückbringen. Dann setzte er sich an seinen Schreibtisch und sagte seiner Sekretärin, er wolle nicht gestört werden.

„Aber Mr. Wallworthy hat schon zweimal angerufen", sagte diese. „Er sagte, es sei dringend."

„Ich bin nicht im Büro", erwiderte Sam. „Und du weißt nicht, wann ich zurückkomme."

Er wußte, warum Wallworthy angerufen hatte. Der Verleger machte sich Sorgen um seine Investition. Er wollte etwas Geschriebenes sehen. Dieser Dreyfus hatte jetzt lange genug gebraucht, um ans Werk zu gehen. Jetzt würde Wallworthy eine Arbeitsprobe verlangen. „Ich muß den Schutzumschlag in Auftrag geben", würde seine Entschuldigung lauten. „Ich muß einen Klappentext entwerfen." Sam Temple hatte das alles schon häufiger gehört. Wallworthy konnte warten. Er, Sam Temple, war überzeugt davon, daß Wallworthys Investition in guten Händen lag. Er goß sich aus seiner Thermoskanne Kaffee ein und fing an zu lesen.

Sehr viel war es noch nicht. Nur ein Anfang, in ordentlicher, sicherer Schrift zu Papier gebracht. Nichts war durchgestrichen, nichts an den Rand gekritzelt. Es war einwandfrei ein erster Entwurf, der zugleich auch der letzte sein sollte. Er trank einen Schluck Kaffee und vertiefte sich in die Lektüre. Eine Stunde später war er fertig und hatte keinen Zweifel mehr daran, daß Dreyfus ein Schriftsteller war. Seine Worte wurden angetrieben von Wut, Verwirrung und schmerzhafter Einsicht, und Sam war davon überzeugt, daß diese Kräfte nicht erlahmen würden. Er mußte zugeben, daß gelegentliche Polemiken ihn ein wenig skeptisch stimmten, aber diese Kritik würde er für sich behalten. Wie Dreyfus gewünscht hatte, würde er überhaupt keine Kritik vorbringen, sondern ihm, und das ganz ehrlich, versichern, daß die fehlende Chronologie die Kontinuität nicht beeinträchtige. Dann schrieb er an Dreyfus, redete ihn mit „Alfred" an und ließ es an Lob und ermutigenden Worten nicht fehlen. Ehe er den Brief unterschrieb, rief er Matthew an und traf eine Verabredung zum Essen. Das konnte er dann Dreyfus auch noch mitteilen, als Beweis dafür, daß er sich dessen geflüsterte Bitte zu Herzen genommen hatte. Er unterschrieb mit „Sam" und gab den Brief sofort in die Post. Dann schenkte er sich noch mehr Kaffee ein, ließ sich im Sessel zurücksinken, gönnte sich eine seiner seltenen Zigaretten und zog voller Zufriedenheit daran.

Dann klingelte das Telefon. „Es ist wieder Mr. Wallworthy", sagte seine Sekretärin. „Bist du hier oder nicht?"

„Stell ihn durch", sagte Sam. Es hatte doch keinen Sinn, den armen Mann noch länger auf die Folter zu spannen. Wie er erwartet hatte, war der Verleger besorgt um seine Investitionen.

„Haben Sie Kontakt zu ihm, Mr. Temple?" fragte er.

„Ich war heute morgen noch bei ihm", ärgerte Sam ihn.

„Und wie läuft es?"

„Er schreibt."

„Ja. Aber wieviel hat er schon? Und haben Sie schon etwas gesehen?"

„Ich weiß nicht, wieviel er schon geschrieben hat", log Sam. „Und nein, ich habe noch nichts gesehen. Ich glaube, er möchte es mir noch nicht zeigen."

„Aber das geht wirklich nicht", sagte Wallworthy verärgert. „Ich habe ja wohl ein Recht darauf, zumindest eine Probe von dem zu sehen, was ich gekauft habe. Ich bestehe darauf, Mr. Temple."

Sam bewahrte die Geduld. „Im Vertrag, Mr. Wallworthy, steht kein Wort darüber, daß Sie das Werk sehen dürfen, ehe es vollendet ist. Falls Mr. Dreyfus das nicht wünscht, natürlich."

„Aber Sie als sein Agent sind doch bestimmt auch neugierig auf seine Fortschritte?"

„Das natürlich, Mr. Wallworthy", sagte Sam. „Aber auch ich muß mich nach den Wünschen meines Mandanten richten. Und sie respektieren." Er konnte durch die Leitung Wallworthys Gereiztheit riechen.

„Nun gut. Ich hoffe, ich habe hier keinen schrecklichen Fehler begangen", sagte der Verleger.

„Ich mache mir nicht die geringste Sorge", sagte Sam zu seiner Beruhigung, „und ich bitte Sie, mein Vertrauen zu teilen." Sein Gesprächspartner tat ihm ein wenig leid. „Ich versichere Ihnen, Mr. Wallworthy", sagte er, „ich werde versuchen, Mr. Dreyfus dazu zu überreden, daß er seine Karten auf den Tisch legt."

„Dann überlasse ich Ihnen alles weitere", sagte Wallworthy.

Doch Sam hatte nicht vor, Dreyfus zur Eile anzutreiben. Eine Frist würde ihn nur hemmen. Er konnte fast den ganzen Tag arbeiten. Aber er brauchte Ablenkung. Irgendeine Art Unterhaltung, die ihn nicht seelisch belasten würde. Sam war eine Stunde später mit Matthew verabredet. Er wollte ihn fragen, ob sein Bruder Schach spiele.

Sam suchte das Restaurant früh genug auf, um Matthew dort empfangen zu können. Er hatte sich für ein kleines, wenig bekanntes Bistro in einer Seitenstraße der Kings Road entschieden. Trotzdem hörte Sam, als Matthew das Lokal betrat, von den Nachbartischen her den geflüsterten Na-

men „Dreyfus". Matthews Gesicht war ebenso bekannt wie
das seines Bruders. Jede seiner Petitionen - und er reichte
viele ein, bei einflußreichen Menschen in allerlei Positionen
- wurde dokumentiert und fotografiert, und der Öffentlichkeit war er ebenso verhaßt wie sein Bruder. Es war
mutig von ihm, sich überhaupt aus dem Haus zu wagen,
und auch seine Gesprächspartner mußten in Kauf nehmen, daß, mit ihm gesehen zu werden ihrem Ruf wenig
zuträglich war. Aber Sam ließ sich nicht beirren. Er zeigte
seine Freundschaft ganz offen. Er schüttelte Matthew herzlich die Hand und legte ihm die Hand auf die Schulter, als
sein Gast sich setzte. Ehe er dann selber Platz nahm, be-
dachte er die anderen Restaurantbesucher mit einem her-
ausfordernden Blick. Der Kellner schien Matthew nicht
erkannt zu haben, und sie gaben rasch ihre Bestellung auf,
um sich ihrem Gespräch widmen zu können. Sam berichtete von seinem letzten Besuch im Gefängnis, erwähnte das
Manuskript jedoch nicht. Sie schwiegen, als ihre Mahlzeit
serviert wurde. Sie wollten keine zufälligen Zuhörer.

Dann sagte Matthew: „Sie kennen mein Problem."

„Nur in groben Zügen", sagte Sam. „Lucy hat mir davon
erzählt."

„Ich würde Ihnen gern mehr sagen, wenn ich darf. Aber
natürlich darf es nicht bekannt werden."

„Sie können mir vertrauen", sagte Sam. „Wie Ihr Bruder
es auch tut, glaube ich."

Matthew sah sich um. Dann flüsterte er, in der Angst,
daß andere ihn hören könnten. „Es ist nicht nur, daß Susan
ihren Namen geändert hat. Und die von Adam und Zak,
meinen Kindern. Das wäre schon schlimm genug. Aber es
gibt noch Schlimmeres."

Sam sah, wie sein Gegenüber litt, und fragte sich, was noch schlimmer sein könnte als der Verrat seiner Frau.

„Ich schäme mich fast, Ihnen das zu erzählen", sagte Matthew. „Lucy weiß nichts davon. Es würde ihr das Herz brechen."

„Sind Sie sicher, daß Sie es mir sagen wollen?"

„Ich muß es jemandem erzählen", sagte Matthew. „Und Sie sind der einzige, dem ich vertrauen kann. Sie können rein gar nichts daran ändern, aber es wäre doch eine Erleichterung, mich ein wenig aussprechen zu können."

„Ich bin ganz Ohr", sagte Sam.

Matthew legte Messer und Gabel hin und beugte sich über den Tisch vor. „Es geht darum, daß Susan Alfred wirklich für schuldig hält", flüsterte er, und Sam sah, wie seine Wangen sich schamrot verfärbten. „Sie glaubt wirklich, daß er es getan hat. Die bloße Vorstellung, daß Alfred zu einem so grauenhaften Verbrechen fähig sein könnte. Es ist unfaßbar." Seine Stimme brach. Sam wußte nicht, was er sagen sollte. Er hätte die Frau gern getroffen und ihr seine Meinung gesagt. Selbst wenn sie ihren Schwager für schuldig hielt, dann war es doch ihre Pflicht, zu ihm zu stehen. Aber er hätte ihr ja doch nicht viel sagen können. Er konnte Dreyfus' Unschuld ebenso wenig beweisen wie Matthew. Aber er konnte eben nicht an seine Schuld glauben, und er wußte, daß viele, viele andere diese Meinung teilten.

„Es tut mir so leid", sagte er. Und dann: „Haben Sie versucht, mit ihr zu reden?"

„Wir sind nicht mehr zu einem Dialog fähig", sagte Matthew. „Oder zu irgendeiner Art von Konversation. Ich komme aus einem schweigenden Haus, Mr. Temple", fügte er hinzu. „Sogar meine Kinder blicken mich mißtrauisch an, als hätten sie die Ansicht ihrer Mutter übernommen. Ich weiß nicht, was ich machen soll", sagte er hilflos. „Ich kann sie nicht verlassen. Das würde nur zu Klatsch führen. Und aus demselben Grund kann auch sie mich nicht verlassen."

Er schien mit sich selber zu reden, für und wider seiner Alternativen abzuwägen und zugleich zu wissen, daß er keine Alternative hatte. Sam schwieg eine Weile, dann sagte er: „Sie können gar nichts tun. Rein gar nichts."

Matthew sah ihn an. „Immerhin hat es geholfen, es Ihnen zu erzählen", sagte er. Und fügte hinzu: „Und Alfred liebt sie so sehr. Er ist ganz begeistert von ihr."

„Und so muß es auch bleiben", sagte Sam. Dann fragte er nach erneutem Schweigen: „Was ist mit den Kindern? Wie geht es in der Schule?"

„Naja, sie haben ja jetzt einen neuen Namen. Und haben sich auch schon daran gewöhnt. Sie üben ihn laut, wie um mich zu quälen, und ich fühle mich verraten."

Wieder verfärbten seine Wangen sich. „Ich glaube, Susan hat sich nach einer anderen Schule erkundigt. Auf der anderen Seite des Flusses. Sie wird sich schon irgendeinen Vorwand aus den Fingern saugen."

„Sie geht ein Risiko ein", sagte Sam.

„Das weiß sie. Ich glaube, sie wünscht sich fast, daß der Namenswechsel allgemein bekannt wird. Dann könnte sie mich ganz offen verlassen und die Kinder mitnehmen. Und Alfred würde darüber in der Zeitung lesen, und das wäre sein Ende."

Der arme Matthew wußte einfach nicht mehr weiter, und Sam hatte Angst um ihn.

„Sie müssen Ihrem Bruder zuliebe stark bleiben", sagte er. Es klang nicht besonders hilfreich, aber er hatte keinen Trost. Er hätte Susan umbringen mögen, weil sie alles nur noch schlimmer machte. Dann kam ihm eine Idee.

„Vielleicht sollten Sie ein wenig verreisen. Ich habe ein Ferienhaus in Surrey. Im Moment wird es nicht benutzt. Meine Familie ist in dieser Woche in London. Es ist ruhig und friedlich. Sie könnten sich ein wenig von Ihren Problemen entfernen. Spazierengehen, Musik hören, lesen. Ich bin sicher, daß Ihnen das helfen würde. Kommen Sie mit in mein Büro, dann gebe ich Ihnen Schlüssel und Adresse."

Matthew lächelte. „Auch Sie gehen ein Risiko ein, wissen Sie", sagte er. „Einem Dreyfus Ihr Haus zu leihen."

„Das braucht ja niemand zu erfahren", sagte Sam.

„Warum sind Sie so gut zu uns?" fragte Matthew.

„Ich halte Ihren Bruder für unschuldig."

Als sie das Restaurant verließen, hörten sie wieder, wie der Name „Dreyfus" geflüstert wurde, aber diesmal reagierte Matthew.

„Ja", sagte er an die Allgemeinheit gerichtet. „Ich bin Matthew Dreyfus, und mein Bruder ist unschuldig."

Neuntes Kapitel

Nach dem Examen wurde mir eine Stelle in Bristol angeboten. Meine Eltern waren stolz auf mich, schließlich trat ich in ihre Fußstapfen. Matthew blieb nach seinem Studium in Manchester und fand eine Stelle in einer großen Fabrik. Aber noch immer trafen wir uns zu Weihnachten und Ostern in dem alten Schulhaus.

Ich war in Bristol nicht sehr glücklich. Meine Schule genoß zwar einen guten und wohlverdienten Ruf, doch der Direktor war ein ziemlicher Schurke. Er war nicht sehr gebildet, obwohl er allerlei Examen abgelegt hatte, und er neigte zu Gewalttätigkeiten von der „das tut mir mehr weh als dir"-Sorte, die er mit sadistischem Vergnügen durchführte. Ich übertreibe nicht, wenn ich sage, daß ich ihn gehaßt habe. Jeden Morgen kam ich an einer Reihe von verängstigten Jungen vorbei, zumeist aus den unteren Klassen - die waren dem Direktor am liebsten - die auf die Bestrafung warteten, die ihm „mehr weh tun würde". Manchmal wartete ich mit ihnen. Ich schwieg, doch ich hoffte, daß sie spüren würden, daß ich auf ihrer Seite war. Dann hörte ich hinter der Tür Weinen, und trotz der schönen Reden des Direktors wußte ich, daß ich nicht seinen Schmerz und seine Tränen hörte. Während meiner ganzen Zeit in der Schule konnte ich ihm, abgesehen von den Besprechungen im Kollegenkreis, immer wieder aus dem Weg gehen. Dann, Gott möge mir vergeben, starb er zum Glück. Er war nicht viel älter als fünfzig geworden, aber ich hatte kein Mitleid mit ihm. Er war ein böser Mann, und die Kinder waren ohne ihn besser dran. Ich nahm voller Freude an seiner Beerdigung teil.

Der stellvertretende Schulleiter, der kurz vor der Pensionierung stand, übernahm vorübergehend den Direktorenposten. Ich war bereits Leiter der englischen Fakultät, und als sechs Monate später die Stelle des Direktors offiziell ausgeschrieben wurde, rechnete ich durchaus mit der Möglichkeit, in die unseligen Fußstapfen des Verstorbenen treten zu können. Doch ich war damals erst dreißig, und obwohl ich annahm, daß meine relative Jugend nicht zu meinen Gunsten sprechen würde, reichte ich dennoch meine Bewerbung ein. Ich erzählte davon im Lehrerzimmer, und mir fiel auf, daß die anderen sich kaum äußerten. Es gab weder ermutigende noch entmutigende Worte. Ich ließ die Sache auf sich beruhen. Ich hatte gerüchteweise gehört, daß ein halbes Dutzend akzeptabler Bewerbungen vorlag. Ich wartete darauf, zum Bewerbungsgespräch eingeladen zu werden. Ich wartete vergeblich. Ich wurde nicht einmal angehört. Die Stelle wurde schließlich mit einem Mann besetzt, der kaum älter war als ich. Ich fühlte mich danach an dieser Schule nicht mehr wohl, ich war verwirrt und gedemütigt. Ich beschloß, mir einen anderen Posten zu suchen.

Matthew war inzwischen nach London versetzt worden, und auch mich zog es in die Hauptstadt, wo ich in seiner Nähe sein würde. In Hammersmith war eine stellvertretende Direktorenstelle frei, und sofort bewarb ich mich. Ich hatte Erfolg und verließ Bristol ohne großes Bedauern, da ich dort nur wenige Freunde zurückließ.

Es war Weihnachten und damit Zeit für unser Familientreffen. Matthew kam in Begleitung. Seine Begleiterin hieß Susan Cohen. Ein interessanter Name, wie ich damals fand. Ein Name, der für Unentschlossenheit stand. Der Nachname ließ keine Zweifel an seiner religiösen Herkunft, doch der Taufname war genau das - ein Taufname! Ihre Eltern schienen denselben Weg eingeschlagen zu haben wie meine, doch anders als sie, nicht die ganze Strecke zurückgelegt zu haben. Susan war eine schöne Frau und von freundlichem, anziehendem Wesen. Sie und Matthew paßten gut zueinander, und ich freute mich für sie beide.

„Es wird Zeit, daß auch du zur Ruhe kommst", neckte Susan mich.

Bisher hatte ich noch nicht an eine Ehe gedacht. Ich war ab und zu mit einer Bekannten essen oder ins Theater gegangen. Ich war gern mit Frauen zusammen, aber noch hatte keine in mir andere Gefühle als die der Freundschaft erweckt. Doch jetzt wollte ich es Matthew gleichtun. Ich fürchtete, daß unsere Beziehung darunter leiden könnte, wenn ich weiter Junggeselle blieb. Auch meine Eltern neckten mich. Sie wollten uns beide im Hafen der Ehe sehen. Und sie freuten sich auf Enkelkinder.

Es war das letzte Weihnachtsfest, das wir im Dorfschulhaus verbrachten. Am Ende des folgenden Schuljahres ließen meine Eltern sich pensionieren und kauften sich ein in der Nähe gelegenes kleines Haus. Wir konnten sie nicht zu einer Übersiedlung nach London überreden. Obwohl sie in einer Hauptstadt geboren waren, waren sie zu „Dörflern" geworden. Möglicherweise lag es an ihrer gefährlichen Kindheit, daß sie sich nicht nach der Großstadt sehnten.

Ich hatte mir in Hammersmith in der Nähe meiner Schule eine Wohnung gesucht. Matthew lebte nicht weit entfernt in Notting Hill. Er und Susan schmiedeten Heiratspläne. Wir trafen uns damals sehr oft, und eines Tages lernte ich bei ihnen Lucy kennen, Susans beste Freundin. Während der folgenden Wochen waren wir ein glückliches Quartett. Eines Tages faßte ich mir ein Herz und ging mit Lucy allein aus, und im Laufe der Wochen gewann ich sie lieb. Aber ich mochte nicht um ihre Hand bitten, denn ich fürchtete einen Korb. Doch dann machte sie mir 1980, in einem Schaltjahr, einen Heiratsantrag, und ich werde ihr mein Leben lang dafür dankbar sein.

Meine neue Schule gefiel mir sehr gut. Ich wollte eine Weile dort bleiben, um Erfahrungen in der Verwaltung zu gewinnen. Ich war ehrgeizig. Das muß ich einfach zugeben. Ich strebte einen Posten als Schulleiter an. Aber nicht irgendeinen solchen Posten. Ich wollte die beste Schule Englands leiten.

1981 heirateten Lucy und ich und zogen in Hammersmith in eine größere Wohnung. Auch Matthew und Susan waren verheiratet und erwarteten ihr erstes Kind. Meine Eltern genossen ihren Ruhestand, und die Dreyfus' konnten nicht klagen. Wenn ich heute an diese Jahre zurückdenke, dann kann ich kaum glauben, daß es in unserem Leben eine so unbeschwerte Zeit gegeben hat. Doch sie ist für immer vorbei, und ich muß versuchen, nicht an die Zukunft zu denken.

Aber ich denke daran. Ich kann das nicht vermeiden. Draußen wird an einer Wiederaufnahme gearbeitet. Aber ohne neue Beweise besteht keine Hoffnung. Ich weiß, daß Matthew immer neue Unterschriften zusammenträgt, die von einem Justizirrtum sprechen. Der arme Matthew. So verbringt er jetzt sicher seine Tage. Bald nach meiner Festnahme hat er seine Stelle verloren. Ich habe meine ganze Familie zerstört. Nein, das habe ich nicht. So darf ich nicht denken. Denn dann werde ich mich wieder für schuldig halten. Sie haben uns zerstört. Die Sündenbockjäger. Neid und Angst haben uns zerstört. Ich hatte nichts damit zu tun. Ich verspüre den Wunsch, den Mann zu nennen, der mich gehetzt hat. Der ins Horn gestoßen, der sich angepirscht und mich gejagt hat, bis ich zu Boden gegangen war. Ich werde die Augen schließen und den Namen aufschreiben. Eccles. Mark Eccles.

Ich fühle mich nicht sehr wohl. Ich glaube, der Name ist mir im Hals steckengeblieben. Ich muß mich jetzt ausruhen. Dieses Schreiben tut mir nicht gut. Und doch könnte ich inzwischen nicht mehr darauf verzichten. Ich wüßte gern, ob alle Autoren solche Augenblicke kennen. Bekenntnisautoren, meine ich. Aber keiner von ihnen ist Dreyfus. Und doch muß es im Leben jeden Autors Dreyfus-Momente geben, Zeiten, in denen sie ein großes Unrecht erleben, das ihnen angetan wird. Lassen sie dann ihre Feder sinken, so wie ich jetzt, und fragen sie sich, woher der nächste Satz kommen soll, und ob er überhaupt kommen wird? In solchen Momenten denke ich an Lucy und die Kinder. Sie werden mir bei den Worten helfen, die ich schreiben muß, und sie werden mir sagen, daß sie geschrieben werden müssen, denn ohne die Worte habe ich keine Zukunft.

Abgesehen von der kurzen Zeit, in der ich meine Übungen gemacht habe, habe ich fast den ganzen Tag geschrieben. Ich habe nicht einmal in die Zeitung geschaut, die der Direktor mir heute morgen gebracht hat. Ich werde mich auf meine Pritsche legen und die Schlagzeilen überfliegen. Nur die Schlagzeilen. Sie werden mir helfen, auf dem Laufenden zu bleiben. Einzelheiten und Kommentare würden mich im Moment überfordern.

Zur selben Zeit überflog in Surrey Matthew dieselben Schlagzeilen. Genau das tat außerdem Sam in London. Und alle lasen folgendes: MATTHEW DREYFUS VERLÄSST LONDON UM SEINE SCHANDE ZU VERBERGEN. BRUDER GIBT BRUDER AUF.

Zornentbrannt packte Matthew seine Tasche und kehrte

in aller Eile zurück nach London. Sam Temple schlug einfach nur die Hände vors Gesicht.

Alfred Dreyfus griff wieder zur Feder.

Zehntes Kapitel

Es ist gelogen. Alles ist gelogen. Der arme Matthew. Er würde mich nie im Stich lassen. Er brauchte einfach eine Pause, nach all seinen Bemühungen. Aber wird es denn nie ein Ende nehmen? Dieses Dreckschleudern, diese falschen Meldungen, diese gemeinen Unterstellungen? Und werden sie mich für den Rest meines Lebens jagen und nach meinem Tod meinen Kindern das verfemte Dreyfus-Etikett anheften? Aber ich darf nicht so denken. Ich muß mich auf Hammersmith und sicherere und glücklichere Tage konzentrieren.

Ich unterrichtete sehr gern. Vor allem Lyrik. Ich stellte fest, daß noch die widerspenstigsten Schüler, die Tyrannen, die Schurken, die Unerreichbaren, daß selbst sie von Poesie berührt werden konnten. Sie lernten begeistert Gedichte und sagten sie so stolz auf, als hätten sie sie selber verfaßt. Wenn nur Mathematik auch in Versen gelehrt werden könnte. Ich gründete eine Theatergruppe, die sich nach der Schulzeit traf, und erwartete nur wenig Zulauf, doch dann war ich vom Andrang überwältigt, und bald machte Shakespeare ihnen keine Angst mehr. Ich freute mich auf jeden Tag in dieser Schule und auf die Entdeckung des ersten Lichtes in einem neuen Schurkenauge.

Ich lebte seit fünf Jahren in Hammersmith, als der Direktor in Ruhestand trat. Ich wollte unbedingt seinen Posten übernehmen. Ich hatte das Gefühl, daß die Schule mir gehörte. Doch mein Mißerfolg in Bristol hatte mir einen bitteren Nachgeschmack hinterlassen. Damals war mein Alter einwandfrei nicht das Problem gewesen, ebensowenig wie meine Erfahrung als Lehrer und meine sonstigen Qualifikationen. Ich vermutete einen Faktor, den ich nur ungern zugeben mochte - nämlich, daß eine traditionsreiche englische Schule wohl kaum einen jüdischen Schulleiter einstellen würde. Aber ich hatte meinen Glauben nie bekannt gegeben. Ich hatte wie alle anderen die Schulgottesdienste besucht. Ich war an den entsprechenden Stellen niedergekniet. Ich hatte meinen Kopf entblößt und - als endgültige Blasphemie - tausendmal den Namen „Jesus" genannt. Ich hätte sogar einen jüdischen Gott an der Nase herumführen können. Aber auf irgendeine Weise mußte ich Verdacht erregt haben. Vielleicht hatten sie mir mein Außenseitertum angerochen. Ich konnte mir keinen anderen Grund für meine Disqualifizierung in Bristol vorstellen. Ich beschloß, es nicht noch einmal passieren zu lassen, und deshalb griff ich zu Mitteln, deren ich mich dermaßen schäme, daß ich es kaum über mich bringe, darüber zu schreiben. Sollten diese Worte jemals veröffentlicht werden, dann müssen sie in der winzigsten Schrift gesetzt werden, so sehr besudelt mich ihr Thema. Ich werde deshalb mit geschlossenen Augen schreiben und mich damit für unsichtbar erklären, so, als handele meine Geschichte gar nicht von mir.

Es waren etliche Bewerbungen für den Posten eingegangen, und bisher war noch keine Auswahlliste zusammengestellt worden. Ich hatte das Gefühl, daß ich, wenn ich darin auftauchte, den Beweis erbringen würde, daß es keine Vorurteile gegeben hatte. Ich mußte rasch handeln. Ich wartete, bis zur Pause geläutet wurde. Dann lungerte ich vor der Personaltoilette herum, bis ich auf der Treppe den Direktor kommen sah. Ich ließ mir Zeit, als ich dann die Tür öffnete. Drinnen fand ich mehrere Kollegen. Ellis, ein Mathelehrer, war dort, und ich plauderte munter mit ihm, als ich sorgfältig meinen Platz aussuchte. An der einen Wand waren zwei nebeneinandergelegene Urinrinnen frei. Ich trat vor die eine, und noch ehe ich bereit war, kam der Direktor herein und trat neben mich. Ich dankte Gott (dem jüdischen) für diesen Glückstreffer. Als ich mein Geschäft verrichtet hatte, trat ich einen Schritt zurück, ehe ich meine Hose wieder schloß, und in diesem Moment zeigte ich, so beiläufig wie möglich, mein unbeschnittenes Glied. Das war meine, möglicherweise unnötige, Erklärung, daß ich zu ihrem Stamm gehörte, es war der Beweis meiner Qualifikation für den Direktorenposten.

Ich knöpfte mit zitternder Hand meine Hose zu und versuchte, nicht an meine Großeltern zu denken. Vielleicht hätten sie mir verziehen, denn ich bekam schließlich den Posten, aber ich kann mir nicht vorstellen, daß sie stolz auf mich gewesen wären. Die Erinnerung an diese schändliche Episode läßt mir keine Ruhe. Sie verfolgt mich noch in meinen Träumen. Wenn ich im Leben eine Schuld auf mich geladen habe, dann dieses üble Vergehen, nicht nur die Sünde an sich, sondern auch die Tatsache, daß ich davon profitiert habe. Doch ich habe seit damals, auch wenn ich ihn nicht laut verkündet habe, meinen Glauben niemals verleugnet oder ihn gar abgestritten. Seit meinem Prozeß würde ich ihn am liebsten von den Dächern ausrufen. Laut und klar. Aber das haben schon andere für mich übernommen. Nicht so laut, und nicht so klar. Denn englische Höflichkeit zieht weiterhin Flüstern und Zweideutigkeit vor.

Ich arbeitete mich zufrieden in meinen neuen Posten ein. Sehr langsam führte ich in der Verwaltung Änderungen durch. Ich aktivierte eine lange brachgelegene Eltern-Lehrer-Vereinigung und untersagte jegliche Form von körperlicher Bestrafung. Bei Besprechungen im Kollegenkreis ermutigte ich Meinungsäußerungen, Diskussionen und offene Debatten. Meine Tür stand immer offen, für Kollegen und Schüler gleichermaßen. Ich unterrichtete natürlich weniger. Aber ich organisierte weiterhin Theaterabende und Dichterlesungen, zu denen auch alle Eltern eingeladen waren. Im Laufe der Jahre wurden wir zu einem Vorbild, und wir konnten sogar Besucher vom britischen und von ausländischen Erziehungsministerien begrüßen. Langsam machte ich mir einen guten Namen, und obwohl ich mich über meinen Ruhm lustig machte, wurde mein Ehrgeiz davon nicht geringer. Aber ich mußte meine natürliche Arroganz zügeln und durfte nicht in Selbstgefälligkeit verfallen.

Ich hatte jetzt zwei Kinder, Peter und Jean. Und Matthew hatte zwei Söhne, was meine Eltern sehr glücklich machte. Es war eine gute Zeit für uns alle, und ich hatte Momente, in denen ich spürte, daß es nicht so bleiben könnte. Aber ich dachte an den Tod meiner Eltern, an eine natürliche Entwicklung also. Ich konnte mir einfach keine Katastrophe des Ausmaßes vorstellen, mit der ich jetzt konfrontiert bin. Wie meine gesamte Familie. Ich möchte noch ein wenig bei diesen glücklichen Zeiten verweilen, für die ich leicht Worte finden kann, während das Wörterbuch meiner Zukunft sich mir entzieht. Und außerdem liegt mein Sturz noch einige Jahre in der Zukunft.

Einmal organisierte ich während der Sommerferien eine kleine Reise nach Paris. Ich hatte diese Stadt noch nie besucht, doch ich hatte mich immer danach gesehnt, meine Wurzeln zu suchen. Meine Eltern mußten erst überredet werden, doch ihre Anwesenheit war für meine Zwecke unerläßlich. Und mir zuliebe waren sie dann bereit. Ich konnte ihr Widerstreben verstehen. Jegliche Recherche mußte doch die Lüge betonen, die sie seit ihrer Flucht gelebt hatten, und sie wollten daran nicht erinnert werden. Aber sie wußten, wie wichtig dieser Besuch für ihre Kinder und Enkel sein würde, und nahmen die Einladung deshalb an. Insgesamt waren wir zehn Reisende aus drei Generationen. Meine Eltern machten sich voller Zagen auf die Reise, ihre beiden Söhne mit Neugier, ihre Enkelkinder in freudiger Erwartung.

Unser erstes Ziel war die Rue du Bac, wo meine Eltern geboren worden waren und ihre kurze Kindheit verbracht hatten. Ehe wir uns der Nr. 7 zuwandten, wanderten wir durch die umliegenden Straßen. Vielleicht versuchte ich, die Schritte meiner Großeltern nachzugehen, die damals Milch und dann einander gesucht hatten. Meine Eltern schienen sich an nichts zu erinnern und es auch nicht zu wollen. Ihre Gesichter spiegelten Ekel und Verachtung wieder, und ihre Schritte wurden immer schleppender, je mehr wir uns der Nr. 7 näherten.

Es war ein vierstöckiges Haus, und neben der Haustür gab es viele Klingeln. Ich drückte auf die mit der Aufschrift „Concierge", und ich sah, wie meine Mutter zitterte. Der Türöffner summte, und die Tür wurde entriegelt. Ich stieß sie auf und ließ die ganze Familie eintreten. Ich glaube, wir hatten alle das Gefühl, daß uns das Haus gehörte, und ich spürte, wie in uns allen die Wut aufstieg. Rechts in der Eingangshalle lag die Pförtnerloge. Die Tür stand offen, und ohne anzuklopfen, führte ich mein Eroberungsheer hinein. Der Mann, der dort an einem Tisch saß, hatte seinen Kopf über Briefe und Papiere gesenkt und schien die Invasion zunächst nicht zu bemerken. Doch als er dann aufschaute, zeigte er ziemliche Verärgerung über unser Eintreten.

„Was wollen Sie?" fragte er mit sehr lauter Stimme.

Er war ein Mann von Mitte sechzig, dünn und drahtig gebaut. Seine Haut war von Pockennarben entstellt, seine nackten Unterarme unter seinen aufgekrempelten Hemdsärmeln wiesen zahlreiche Tätowierungen auf. Eine geöffnete, halbleere Weinflasche stand neben ihm, ein Glas konnte ich nicht entdecken. Er sah aus wie ein alternder Ganove, der bessere Ganovenzeiten gesehen hatte. Ich sah, wie mein Vater ihn anstarrte, und wie er erbleichte. Mein Vater trat einen Schritt auf den Tisch zu, beugte sich darüber und schaute dem Mann ins Gesicht. „Emile?" flüsterte er.

Der Pförtner zog seine buschigen Augenbrauen zusammen. „Woher kennen Sie meinen Namen?" fragte er.

Ich hörte aus seiner Stimme einen Hauch von Furcht heraus. Zum ersten Mal seit unserem Eintreffen in Paris wurde meine Mutter aus ihrer Gleichgültigkeit gerissen.

„Wir haben hier gewohnt", sagte sie mit starker Stimme, voller Selbstvertrauen. „In den vierziger Jahren. Während der Besetzung. Deine Mutter war damals Concierge."

Der Pförtner zitterte und brachte ein schwaches Lächeln zustande. „Was wollt ihr?" fragte er.

„Nichts", sagte mein Vater. „Wir haben genug gesehen. Kommt."

Dieser Befehl richtete sich an uns alle. Die Familie folgte ihm nach draußen. Doch ich hielt vor dem Tisch stand. Mein Vater schwieg. Er war bereit, mich bleiben zu lassen, damit ich sagen könnte, was immer ich sagen wollte. Aber ich wollte mit Emile keine Worte austauschen. Sein Leben lang hatten seine Worte in seinen Fäusten gelegen, und ich würde ihm kein anderes Vokabular eröffnen. Ich ging um den Tisch herum. „Aufstehen", sagte ich.

Er griff nach der Flasche, doch ich stieß sie zu Boden. Ich eröffnete die Unterredung mit einem wütenden Schlag in sein Schweinegesicht. Ich hätte ihm sagen können, daß dieser Schlag meinen Großeltern galt, aber ich wollte meinen Angriff nicht persönlich werden lassen. Ich dachte an die vielen Großeltern, Eltern und Kinder, die er mit solchem Profit verkauft hatte, und dieser Gedanke schürte meinen Zorn und gab mir Kraft. Ich war in guter körperlicher Verfassung und um einiges jünger als mein Widersacher, der sich jedoch auch kaum zur Wehr setzte. Er hatte zu große Angst, war viel zu feige und viel zu überrascht. Ich schlug und hieb auf ihn ein, auf seine Nase, seine Augen und seine Lippen, bis er vor mir auf dem Boden lag und heftig blutete. Durch seine geschwollenen, blutenden Lippen flehte er um Gnade, doch diese Bitte ließ meine Wut nur noch wachsen. Er sank tiefer, streckte Arme und Beine von sich, und ich wartete, bis er zu Atem gekommen war. Dann trat ich auf seine unteren Partien ein; ich wollte ihm noch ärgere Schmerzen verschaffen. Ich sah befriedigt zu, wie er sich auf dem Boden wand und kläglich dabei stöhnte. Ich mußte mich gewaltig zusammenreißen, um

ihn nicht umzubringen. Dann hob ich die Flasche auf und
goß den restlichen Wein zwischen seine geplatzten Lippen,
und mit einem letzten, gemeinen Tritt in seinen Unterleib
verabschiedete ich mich.

Die anderen warteten vor dem Haus. Sie schwiegen,
obwohl sie sicher erraten hatten, weshalb ich zurückgeblie-
ben war. Ich hatte das Hotel für drei Nächte gebucht, ahnte
aber, daß meine Eltern jetzt schon genug hatten. Sie wollten nach Hause. Sie wollten in Sicherheit gelangen. Die
Angst, die ihr Alltagsleben in Paris getrübt hatte, hatte sich
wieder eingestellt. Aber sie nahmen Rücksicht auf ihre Enkelkinder, die das alles noch immer für eine fröhliche
Ferienreise hielten. Für den Rest unseres Aufenthaltes ver-
hielten wir uns deshalb wie Touristen. Wir besuchten die
Sehenswürdigkeiten, gingen in die Museen, machten einen
Ausflug auf der Seine. Meine Eltern schwiegen die ganze
Zeit, doch in ihrem Schweigen lag jetzt auch Traurigkeit.
Ich bereute schon, jemals diese Recherche vorgeschlagen
zu haben. Ich hatte eine Art Katharsis erwartet, die meine
Eltern mit ihrer Vergangenheit versöhnen würde. Aber ihre
Erinnerungen waren hier nur noch stärker besudelt wor-
den.

Erst als wir auf der Fähre nach Dover saßen, konnten sie
sich entspannen und ihre alte Fröhlichkeit zurückgewin-
nen. Wir sprachen nicht über unseren Besuch, und bis zu
ihrem Tod wurde er nie mehr erwähnt. Es stand jedoch
fest, daß er sie zutiefst getroffen hatte. Langsam verstärkten
sie die Täuschung, die seit ihrer Kindheit ihre Leben geprägt hatte. Sie gingen regelmäßig in die Kirche. Meine
Mutter schloß sich einer Gruppe an, die die Kathedrale mit
Blumen versorgte, und ich bin sicher, daß sie „Jesus" nicht

nur geflüstert haben, doch genauso sicher bin ich, daß ihr dieses Wort im Hals steckengeblieben ist.

Seit damals war ich häufig in Paris, aber ich habe um die Rue du Bac einen Bogen gemacht. Ich halte mich im jüdischen Viertel auf und fühle mich dort fast schon zu Hause.

Nach diesem Sommer nahm ich mit neuer Kraft meine Arbeit wieder auf. Unsere Examensnoten hatten unsere Schule auf den obersten Tabellenplatz gebracht, an zweiter Stelle lag die angesehene Lehranstalt, der mein Ehrgeiz galt. Ich war absolut ausgelastet. Ich war sehr begehrt als Vortragsredner auf pädagogischen Tagungen überall in England. Und ich wurde in die USA eingeladen, um die Werte des englischen Schulsystems vorzustellen. Ich hatte mich von der kleinen Dorfschule meiner Eltern sehr weit entfernt, doch im Grunde hatte ich keinen Schritt fort von meinem französischen Erbe gemacht. Ein Jahr später wurde mir dann eine große Ehrung zuteil.

Ich kann mich sehr gut an diesen Tag erinnern. Es war ein Samstag, der Tag, der immer für meine Kinder reserviert war. Als die Post durch den Briefkastenschlitz raschelte, lief Peter sie holen. Er erwartete ein Comicheft. Er reichte mir einige Briefe, und ich überflog die Absender. Nur ein Umschlag, der von besserer Qualität war als die anderen, kam mir interessant vor. Er fühlte sich an wie Bütten. Ich drehte ihn um, und mein Herz setzte einen Moment aus. Er kam aus dem Palast. Lucy war in der Küche und briet Omelettes, und ich war froh darüber, daß ich den Brief ganz allein öffnen konnte. Als ich ihn gelesen hatte, zitterten meine Hände, und sicher war ich rot geworden, denn Peter fragte: „Geht's dir nicht gut, Papa?"

„Doch, sicher", sagte ich. „Ich habe einfach nur Hunger."

Ich wartete, bis Lucy die Omelettes serviert hatte. Und dann fragte ich: „Haben Sie gut geschlafen, Lady Lucy?"

Ich hörte den Titel und genoß seinen vornehmen Klang. Ich hatte ihn an mir selber noch nicht ausprobiert. Lucy sah mich mit einem besorgten Lächeln an. Ich neige nicht zu Plaudereien oder Scherzen, und meine Frage paßte einfach nicht zu mir.

„Geht's dir nicht gut?" fragte sie.

„Mir geht es mehr als gut", antwortete ich. „Sir Alfred Dreyfus fühlt sich sehr wohl, danke sehr." Ehe sie mich für verrückt erklären konnte, reichte ich ihr den Brief. Mit glühendem Gesicht las sie ihn. „Für Dienste am Bildungswesen", sagte sie laut und wiederholte das dann noch einmal stolz. Sie sprang sogar auf, um mich zu umarmen. Meine Frau ist keine impulsive Person, und das hier war eine seltene Geste. Sie gab den Kindern den Brief, und auch sie, die wie Lucy normalerweise reserviert sind, umarmten mich. Wir mußten die Sache geheimhalten, bis die Ernennung offiziell verkündet worden war. Aber ich konnte es doch meinen Eltern nicht vorenthalten. Und Matthew auch nicht.

„Laß uns doch zu Oma und Opa fahren", sagte Peter.

„Und kann Onkel Matthew auch kommen?" fragte Jean. „Und Tante Susan und Adam und Zak?"

„Wir nehmen Champagner mit", sagte ich, „und überraschen sie alle."

Und deshalb verbrachten wir diesen Samstag im Dorf meiner Kindheit. Und feierten insgeheim und heftig. Die Kinder übten unsere neuen Titel und fanden es wunderbar, an diesem Geheimnis teilhaben zu dürfen. Und wir schmiedeten Pläne für die offizielle Ernennung und das darauf folgende Fest.

Ach, wie leicht fallen mir die Worte des Glücks, und während ich dieses Ereignis beschreibe, frage ich mich, wo ich das Vokabular für meinen Sturz hernehmen werde. Doch bis auf weiteres bleibe ich noch auf diesem Schauplatz der Freude. Meine Verbannung wird noch früh genug beginnen.

Lucy und die Kinder begleiteten mich zum Palast. Matthew und Susan lebten damals in einer großen Wohnung mit Blick auf den Hyde Park, und dort gab ich einen kleinen Empfang für meine Familie und meinen engsten Freundeskreis. Und sie versammelten sich dort und tranken auf mein Wohl, während ich vor der Königin kniete. Dieser Kniefall machte mir keine Probleme - der Himmel weiß, wieviel Übung hinter mir lag - und er hatte nichts mit Jesus zu tun, obwohl meine Wohltäterin das Oberhaupt der Staatskirche war. Gleich darauf war schon alles vorbei. Aufregung und berauschte Erwartung des schlichten Mr. Dreyfus ebbten ab, als Sir Alfred sich erhob. Auf irgendeine Weise war es eine Antiklimax. Die Reise war dramatischer gewesen als die Ankunft.

Danach wurden wir auf dem Palasthof fotografiert, Lucy, die Kinder und ich. Damals wußte ich noch nicht, wie berühmt dieses Foto werden würde und wie häufig es von Zeitungen in aller Welt verwendet werden sollte. Ich mache darauf ein verwirrtes Gesicht, und das paßte dann später zu den haßerfüllten und gemeinen Unterschriften, mit denen es versehen wurde. Die Zeitungen isolierten nicht einmal mein Portrait. Sie brachten das Originalbild mit Lucy und den Kindern, die auf diese Weise mit meiner Schande assoziiert wurden.

Aber daran darf ich jetzt nicht denken. Das alles gehört

in die Zukunft, die eine ganz andere Grammatik verlangt.

Unsere Freunde und Verwandten erwarteten uns in Matthews Wohnung. Ich hatte einige Kollegen aus der Schule und eine Handvoll alter Bekannter aus dem Dorf eingeladen. Wir waren eine buntgewürfelte Gesellschaft, aber alle gaben sich Mühe, mich zu ehren. Hier in meiner Zelle denke ich oft an dieses Fest zurück. Es bringt ein willkommenes Licht in meine düstere Umgebung. Ich verweile dabei und frage mich, wie dieses Fest jemals Wirklichkeit sein konnte, oder ob ich es vielleicht geträumt habe, und es bedeutet in meinem anhaltenden Alptraum eine kurze, aber falsche Erleichterung.

Am folgenden Tag wurde ich in der Schule von sehr vielen Scherzen, Kratzfüßen und Verbeugungen der Kollegen empfangen. Sogar einige der Jungen riskierten das, aber ich ließ mich davon nicht stören, ich wußte ja, daß der Reiz der Neuheit bald verfliegen würde. Ich konzentrierte mich auf meine Arbeit und auf die Vorbereitung von Vorträgen, die ich auf mehreren Lehrerseminaren halten sollte. Ich wurde sogar zum Erziehungsminister gebeten, der meine Ansichten über den Unterschied zwischen staatlichen und privaten Schulen hören wollte. Mein Ritterschlag war natürlich eine Hilfe, der ich nützliche Kontakte verdankte. Einer meiner neuen Bekannten schlug mir eine Kandidatur für das Parlament vor. Aber politisch gesehen hegte ich keinen Ehrgeiz. Ich wollte noch immer die beste Schule des Landes leiten.

Doch diese Gelegenheit bot sich erst fünf Jahre später. Inzwischen war ich fünfundvierzig Jahre alt, ich war ein Ritter des Königreiches und genoß einen soliden akademischen Ruf. Ich hielt mich für hochqualifiziert. Der Direktor dieser großartigen Schule wollte in den Ruhestand treten, und ich beschloß, auf die Stellenausschreibung zu warten. Doch sie kamen zu mir. Mit anderen Worten, ich wurde auf den Posten hin angesprochen. Und war ziemlich überwältigt. Ich wurde zum Essen an die Ehrentafel der Schule gebeten.

Dort saßen wir zu etwa zwanzig, die meisten davon Angestellte der Schule. Ich saß neben dem derzeitigen Direktor, mein anderer Nachbar war der Leiter der Musikabteilung. Wir zogen zum Kaffee in die große Bibliothek um, und ich unterhielt mich mit denen, die bei Tisch zu weit von mir weg gesessen hatten. Der Direktor führte mich quer durch den Raum, um mir den Erdkundelehrer Smith vorzustellen.

„Sie haben eine Gemeinsamkeit", sagte er. „Sie stammen beide aus einem Dorf."

„Ich bin in einem Dorf in Kent aufgewachsen", sagte ich.

„Und ich in Yorkshire", teilte Smith mit. „Mein Vater war der Dorfpastor."

Smith war durchaus liebenswürdig, und ich fragte mich, warum ich mich plötzlich in die Ecke gedrängt fühlte. Ich nehme an, daß das Wort „Pastor" mich an die Ursprünge erinnerte, die ich doch zu verbergen suchte. Ich beschloß, auf dieses Spiel einzugehen.

„Wir hatten eine wunderschöne Kirche", sagte ich. „Meine Eltern sind dort getraut worden, und später hat derselbe Geistliche mich getauft."

Ich hätte ihnen diese Informationen nicht zu geben brauchen. Ich gab mich hier nicht direkt als Christ aus. Aber ich gab ihnen Grund genug zu der Annahme, daß ich einer war. Ich schämte mich und war dennoch zufrieden.

Es war ein angenehmer Abend, und ich kam mir nicht einen Moment lang vor wie bei einem Bewerbungsgespräch. Ich hatte den Eindruck, daß ich einfach zugreifen könnte, wenn ich den Posten wollte. Und wirklich traf keine Woche darauf ein offizieller Brief ein, der mir die Stelle anbot.

Wenn ich jetzt daran denke, dann war das schon seltsam. Ich war zwar gebürtiger Engländer, aber ich hatte keinerlei Verbindung zu der Kirche, mit der die Schule in enger Beziehung stand. Andererseits waren meine wahren Ursprünge mir nicht anzusehen, und wenn sie sie geahnt hatten, dann hatten sie sie offenbar ignorieren wollen. Vielleicht waren ihnen mein Titel und mein guter Ruf aber auch wichtiger. Aus welchem Grund nun immer, meine Ernennung war Grund für ein weiteres Familientreffen und ein Fest.

Ich nehme an, daß meine Leser soviel Erfolg und Glück jetzt satt haben und in ihrer Verärgerung fragen werden: „Um Himmelswillen, wer kriegt Krebs? Und wann?"

Die Antwort ist: mein Vater. Und die Zeit ist jetzt.

Ich sollte meinen neuen Posten zu Beginn des Schuljahrs im September antreten. Mein letztes Schuljahr in Hammersmith war noch nicht beendet, und wir waren mit den Examen voll ausgelastet. Ich saß in meinem Büro, als Lucy anrief. Ich wußte, daß ein dringlicher Grund vorlag, denn sie rief mich nur selten in der Schule an. Ich hatte sofort Angst um meine Kinder. Ich ließ ihren Anruf gleich zu mir durchstellen. Meine Mutter hatte aus Kent angerufen. „Papa ist sehr krank", sagte Lucy. Ich hatte Angst davor, den Namen der Krankheit zu erfahren, und ich hoffte, daß Lucy ihn nicht nennen würde. Aber ihr Schweigen verriet mir, daß es auf jeden Fall ein tödliches Leiden war.

„Weiß Matthew schon Bescheid?" fragte ich.

„Ja. Er fährt nach der Arbeit hin. Er wollte wissen, ob du mitkommst."

„Sag ihm, er soll mich abholen", sagte ich. Ich wollte dieses Gespräch beenden. Ich hatte Angst, Lucy könne noch mehr sagen. Und aus diesem Grund rief ich auch Matthew nicht an. Und aus irgendeinem Grund legten wir die Fahrt zum Dorf schweigend zurück.

Meine Mutter hatte den Wagen gehört und stand schon in der Tür, um uns zu begrüßen. Sie ging über den von Rosen überwucherten Weg und wartete. Ich musterte ihr Gesicht. Aber ich sah nur ihr vertrautes Willkommenslächeln. Und dann, als wir sie erreicht hatten, stand plötzlich mein Vater in der Tür. Er sah zwar blaß aus, aber ich hatte ihn mir schon auf dem Sterbebett vorgestellt, und deshalb war ich überglücklich über seinen Anblick. Meine Mutter streckte ihre Arme nach uns aus, was sonst nicht ihre Art war, und wieder hatte ich Angst.

„Es sind schlechte Nachrichten", sagte sie. „Papa hat Krebs."

Ich schaute meinen Vater an, und er machte ein zutiefst beschämtes Gesicht. Als habe er eine arge Sünde begangen und bitte um Vergebung.

„Gehen wir ins Haus", sagte Matthew.

Schweigend begaben wir uns in die Küche. Meine Mutter hatte schon den Abendbrottisch gedeckt, und wir nahmen schweigend Platz. Ich hielt die Hand meines Vaters. Ich hatte damit gerechnet, daß sie kalt sein würde, aber er drückte voller Wärme meine Finger. Meine Mutter servierte. Sie hatte sich offenbar große Mühe beim Kochen gegeben, und es gab aufwendige und delikate Gerichte.

Wieder kam ich mir vor wie bei einer Feier. Ich sah, daß mein Vater langsam und ohne Appetit aß, aber er genoß seinen Wein und hob sein Glas, um auf unsere Gesundheit zu trinken, eine Geste, die mir das Herz brach. Wir schwiegen die ganze Zeit, und erst, als der Nachtisch serviert worden war, brachen wir das Schweigen.

„Mir bleiben noch drei Monate", sagte mein Vater.

Ich dachte: In drei Monaten kann er um die Welt reisen. In drei Monaten kann er ein Buch schreiben. In drei Monaten kann er eine Symphonie komponieren. Er kann einen Baum pflanzen und sehen, wie dieser Knospen treibt. Drei Monate reichen für ein ganzes Leben.

„Kann man denn gar nichts machen?" fragte Matthew tapfer.

„Es ist die Bauchspeicheldrüse", sagte meine Mutter. „Und es ist inoperabel."

„Aber etwas muß es doch geben", weinte Matthew fast.

„Es gibt Chemotherapie", sagte mein Vater. „Es ist eine grauenhafte Behandlung, und selbst, wenn sie erfolgreich wäre, würde sie mir nur ein wenig mehr Zeit sichern. Und während dieser Zeit wäre mein Leben nicht lebenswert. Ich habe mich dagegen entschieden."

„Aber du mußt es versuchen", flehte Matthew. „Bitte, Papa!" Er hörte sich an wie ein Kind, das um einen Gefallen bittet. Er hatte nicht einmal mehr eine erwachsene Stimme.

„Papas Entschluß steht fest", sagte meine Mutter.

Mein Vater nahm Matthews Hand. „Mach dir keine Sorgen", sagte er. „Sie kümmern sich schon um mich. Sie haben versprochen, daß ich keine Schmerzen haben werde. Ich bin darauf vorbereitet. Und es wird ein sanfter Tod sein."

Ich spürte, wie ich wütend wurde. Ob sanft oder nicht, sein Tod konnte einfach nicht gestattet werden. Aber ich wußte auch, daß nur er diese Entscheidung treffen konnte. Das war sein unveräußerliches Recht.

„Du mußt mit uns nach London kommen", sagte Matthew. „Du mußt bei uns wohnen. Wir werden uns um dich kümmern."

„Ich möchte zu Hause sterben", sagte mein Vater.

Er benutzte dieses Wort, ohne zu zögern. „Sterben" war nun wirklich das letzte Wort, das ich benutzt hätte. Er mochte Krebs haben, und auch eine inoperable Art, gegen die es keine Therapie gab, aber er mußte nicht sterben. Sterben gehörte in eine ganz andere Kategorie. Mein Vater bestimmte das Tempo, und ich wollte ihm nicht folgen. Doch sein Entschluß war gefaßt und nicht mehr zu ändern.

„Reden wir nicht mehr darüber", sagte mein Vater.

„Was ist mit dir, Mama?" fragte ich. „Wie wirst du das schaffen?"

„Die Krankenschwestern kommen jeden Tag", sagte sie. „Und auch nachts. Wann immer ich sie brauche. Wir schaffen das schon", sagte sie hilflos. „Ich hoffe nur, ihr kommt so oft wie möglich."

„Ich bleibe hier", sagte ich. „Ich fahre jeden Tag zur Arbeit nach London."

„Ich auch", sagte Matthew.

Mein Vater lachte schwach. „Das wird sein wie in den alten Zeiten", sagte er.

Und so fuhren Matthew und ich jeden Tag zweimal schweigend mit dem Zug. Auf diesen Fahrten wechselten wir kaum ein Wort. Wir schwiegen beide über unseren gemeinsamen Kummer, und während wir einander immer schon nahegestanden hatten, war unser Band jetzt unauflöslich.

Während der folgenden Wochen kamen Lucy, Susan und die Kinder an den Wochenenden ins Dorf, und wir alle saßen bei unserem Vater und tauschten Erinnerungen an die Vergangenheit aus. Schließlich mußte er liegen. Die Zeitung lag ungelesen neben ihm, seine Lieblingsmusik blieb ungehört. Während seiner letzten Wochen endete das Schuljahr, und ich lag den ganzen Tag neben ihm und hielt seine Hand. Eines Tages fiel mir auf, daß die Frisierkommode verrückt worden war, so daß mein Vater nicht mehr in den Spiegel schauen konnte, der sich bisher dem Bett gegenüber befunden hatte. Er schien diese Veränderung nicht zu bemerken. Jedenfalls erwähnte er sie nicht. Und niemand erwähnte, daß sein Gesicht sich jetzt gelblich verfärbt hatte. Manchmal sagte er etwas, aber zumeist starrte er gleichsam in Gedanken versunken ins Leere. Und ab und zu wandte er sich mir zu und lächelte. Aber das Beunruhigendste war die Häufigkeit, mit der er auf die Uhr schaute, als wolle er feststellen, wieviel Zeit noch von den ihm versprochenen drei Monaten übrig war.

Es war ein Samstag, und die Sommertage wurden kürzer. Die Zeit kroch erbarmungslos weiter, doch für meinen Vater jagte sie dem Ende entgegen. An diesem Tag gab er sich alle Mühe, sich aufzusetzen. Ich stützte ihn mit Kissen und war entsetzt von seinem Federgewicht. Er schaute noch einmal auf die Uhr, starrte eine Weile vor sich hin und fing dann an zu sprechen. Seine Stimme klang fremd, sie schien von einem anderen Ort und aus einer anderen Zeit herzustammen. Was auch der Fall war.

„Es war Emile", sagte er. „Der kleine Emile. Er hat sie

mit der Milch ertappt." Dann schaute er wieder auf seine Uhr und lächelte.

Ich rief alle an sein Bett, und wir hielten seine Hände. Ganz fest, als ob wir ihn damit zurückhalten könnten. Wir sahen zu, wie seine Lippen sich bewegten.

„Sch'ma Israel", murmelte er. Das war alles. Dann hatte er uns verlassen. Und wir saßen da und starrten ihn an. Konnten es nicht glauben.

Ich hörte das Schlagen meines Herzens, das zu zerspringen drohte. Der Abschied meines Vaters war einfach zuviel. Sein Leben lang hatte er sich geweigert, sich an die Rue du Bac zu erinnern. Sein Leben lang hatte er dem Grund seines Exils den Rücken gekehrt. Doch in seinen letzten Worten hatte er nun beides akzeptiert.

Doch trotz des Gebetes, in dem Millionen von anderen Sch'mas in den Gaskammern widerhallten, wurde er auf dem Dorffriedhof von demselben jetzt alternden Geistlichen beigesetzt, der ihn und meine Mutter getraut hatte. Es war sein Wunsch gewesen, dort beerdigt zu werden, als letzte Rate eines Lebens voller Täuschungen. Und als ich vor dem Grab stand und meine Handvoll Erde hineinwarf, sagte ich das ganze Sch'ma auf, dieses Gebet, das ich nie bewußt gelernt hatte, das aber bei der Geburt in jedes jüdische Herz eingepflanzt wird. Trotz der kirchlichen Beisetzung, trotz des Geistlichen und trotz der Jesusstatue, trotz dieser lebenslangen Täuschung saß ich sieben Tage lang auf einem niedrigen Schemel und trauerte um meinen Vater.

Wir flehten unsere Mutter an, zu uns nach London zu ziehen. Aber sie weigerte sich. Sie wollte das Grab meines Vaters nicht verlassen. Und deshalb blieben wir bei ihr, Matthew und ich, und sahen, wie sie sich jeden Tag weiter von uns entfernte. Sie wollte nichts essen, schlief zumeist, und das an genau derselben Stelle, wo er sie verlassen hatte, und wollte sich dazu zwingen, zu ihm zu gelangen. Sie betete die ganze Zeit. Ich weiß nicht, zu wem und in welcher Sprache. Nach drei Wochen der ununterbrochenen Bitten kam eine Antwort, und eines Morgens fanden Matthew und ich sie, als sie endlich Frieden gefunden hatte. Sie war an nichts anderem gestorben als am Tod.

Wir begruben sie neben meinem Vater, als Tribut an das Leben, das sie gelebt hatte, und dieses kleine Stück Erde schenkte der Dreyfus-Familie ein territoriales Anrecht auf das Land ihres Exils.

Wir waren jetzt Waisen, Matthew und ich, und nahmen unsere eigene Sterblichkeit wahr. Aber wir waren nicht die letzten Dreyfus. Der noch unbesudelte Name würde überleben, und wir fanden Trost in unseren Kindern.

Ich bin jetzt müde. Erschöpft von der Trauer. Diese Erinnerung hat mich erschüttert. Mein Abendbrot steht unangerührt auf dem Tisch, aber ich habe keinen Appetit. Morgen werde ich vielleicht über meine neue Schule schreiben und mich ein wenig von meiner langersehnten Beförderung trösten lassen. Ich werde noch einmal Sir Alfred sein, der die beste Schule Englands leitet.

Elftes Kapitel

Sam Temple verbrachte ein Großteil seiner Zeit mit dem Versuch, Bernard Wallworthys Anrufen zu entgehen. Aber er sah ein, daß der Verleger ein Anrecht auf Information hatte, wenn nicht sogar auf einen Beweis dafür, daß Dreyfus mit seinen Bekenntnissen vorankam, und deshalb griff er zum Telefon und wählte die Nummer.

Wallworthy gab sich kühl. Er ärgerte sich über Temples Ausweichen. Temples Verhalten gab seinem immer auf der Lauer liegenden Antisemitismus neue Nahrung. Manchmal bereute er, daß er sich jemals mit diesen Leuten eingelassen hatte. Die machten immer Ärger. Aber er dachte auch an den hohen Profit, den er sich von diesem Geschäft versprach. „Ich habe Sie etliche Male angerufen, Mr. Temple", sagte er. „Es wäre eine Frage der ganz normalen Höflichkeit gewesen, wenn Sie meine Anrufe erwidert hätten." Aber was weiß jemand wie Temple schon über normale Höflichkeit, dachte Wallworthy. Das ist bei denen doch alles verlorene Liebesmüh!

„Es tut mir sehr leid", log Sam Temple, „aber ich wartete auf eine Nachricht des Gefängnisdirektors. Ich hoffe, Mr. Dreyfus noch in dieser Woche besuchen zu dürfen. Und danach werde ich dann hoffentlich Neuigkeiten für Sie haben."

„Ich will keine Neuigkeiten", sagte Wallworthy ärgerlich. „Ich will Wörter."

„Ich muß erst feststellen, ob er bereit ist, sie Ihnen zu zeigen", sagte Sam mit fester Stimme und fügte hinzu, daß der Vertrag seinen Klienten nicht verpflichte, jetzt schon Arbeitsproben vorzulegen.

„Hören Sie, Temple", sagte Wallworthy ärgerlich. „Ich habe sehr viel Geld in dieses Geschäft investiert. Dreyfus ist als Autor ein Anfänger, wenn er überhaupt ein Autor ist. Es wäre eine Frage der normalen Höflichkeit" - und das war nun wieder verlorene Liebesmüh, den beiden das zu erzählen - „mir eine Probe seiner Arbeit zu zeigen."

„Ich werde versuchen, ihn zu überreden", sagte Sam. „Aber versprechen Sie sich nicht zuviel."

Sam legte den Hörer auf. Er war sich nicht sicher, ob Dreyfus sich überreden lassen würde, und sein Mandant war Dreyfus, nicht Bernard Wallworthy. Er rief den Gefängnisdirektor an, und der erzählte, Dreyfus sei krank gewesen. Er habe keinen Appetit und schlafe entweder oder laufe in seiner Zelle hin und her. Der Arzt habe keine körperliche Krankheit gefunden. Er habe, was keine Überraschung war, Depressionen diagnostiziert und Medikamente verschrieben. „Ein Besuch würde ihm guttun, glaube ich", regte der Direktor an.

„Ich komme heute Nachmittag", sagte Sam.

Aber zuerst mußte er zu Lucy. Nachrichten von Lucy, wenn auch nur indirekt, würden sicher Dreyfus' Stimmung verbessern. Sie hatte Temple ihre neue Adresse mitgeteilt und um einen Besuch gebeten. Er rief ihre neue Nummer an und meldete seinen sofortigen Besuch an. Lucy und die Kinder hatten recht weit von ihrer alten Behausung entfernt eine Wohnung am Südufer des Flusses bezogen, und als Sam dort ankam, stellte er erfreut fest, daß diese Wohnung ganz anders war als die letzte. Sie war geräumiger und um einiges schöner eingerichtet. Außerdem registrierte er einige wichtige Veränderungen. An der Wohnungstür und auch an anderen Türen war eine Mesusa angebracht, und auf der Anrichte im Eßzimmer stand eine silberne Menora, der beim Chanukkafest verwendete Kerzenleuchter. Mrs. Dreyfus legte endlich ihre Karten auf den Tisch.

Die Kinder saßen im Arbeitszimmer über ihren Schulaufgaben und sollten deshalb nicht gestört werden. Lucy führte ihn in die Küche, wo Sam Kaffeetassen auf den Tisch stellte.

„Matthew wohnt jetzt hier", sagte sie, als sie sich setzten. „Inoffiziell, natürlich. Er besucht an fast allen Tagen seine Kinder, aber er konnte einfach nicht mehr mit Susan zusammensein. Und obwohl ich traurig darüber bin, was passiert ist, bin ich doch froh, ihn hierzuhaben."

Auch Sam Temple freute sich. Er würde es Dreyfus natürlich nicht erzählen können, aber er könnte doch immerhin berichten, daß der Bruder sich wohl fühle.

„Ich gehe heute Nachmittag zu Ihrem Mann", sagte Sam. „Soll ich ihm etwas ausrichten?"

„Es gibt keine schlechten Nachrichten", sagte sie. „Ich glaube, unser Umzug ist nicht durchgesickert, und ich habe schon längere Zeit keine Presseleute mehr gesehen. Sagen Sie ihm auch, daß die Kinder mit ihrem Hauslehrer sehr gute Fortschritte machen. Jean hat für ihren Vater Zeichnungen angefertigt. Sie könnten sie doch mitnehmen."

„Das wird seine Laune sicher heben", sagte Sam.

„Möchten Sie sich die Wohnung ansehen", sagte sie. „Damit Sie Alfred davon erzählen können?" Sie führte ihn ins Eßzimmer.

„Das ist eine wunderschöne Menora", sagte Sam. „Ist die neu?"

„Sie war ein Geschenk meiner Eltern", sagte Lucy. „Zu unserer Hochzeit. Aber ich habe sie noch nie aufgestellt. So ging es mir auch mit den Mesusas. Ich habe beschlossen, sie an ihren angestammten Ort zu setzen. Ich glaube, das kam daher, daß Susan uns verleugnet hat."

Noch eine Mitteilung, dachte Sam, die er Dreyfus verschweigen mußte. Aber er könnte ihm doch davon erzählen, ohne den Grund ihres plötzlichen Auftauchens zu nennen.

„Ich habe gehört, daß der Innenminister sich die Prozeßunterlagen ansehen will“, sagte er.

„Wir dürfen uns keine zu großen Hoffnungen machen. Wenn eine Wiederaufnahme beantragt wird, ist das Durchsehen der Unterlagen eine reine Formsache. Zumindest tun sie so, als sähen sie sich alles an. Aber es ist immerhin etwas. Ich bete nur, daß Alfred sich nicht zuviel davon verspricht. Matthew ist optimistisch, aber das ist er ja immer. Er ist eine wundervolle Hilfe. Er läßt einfach nicht zu, daß wir die Hoffnung aufgeben.“

„Wird Ihr Mann über alles informiert?“ fragte Sam.

„Der Gefängnisdirektor wird informiert. Er entscheidet, wieviel Alfred erfährt.“

„Dann werde ich nichts sagen“, beschloß Sam.

Lucy erhob sich. „Ich hole die Kinder“, sagte sie.

Sam goß sich neuen Kaffee ein. Es machte ihn glücklich, daß er sich in dieser Wohnung so wohl fühlte. Er hatte das Gefühl, daß alles, was er Alfred über dessen Familie erzählen konnte, sich überzeugend anhören werde.

Die Kinder kamen in die Küche gestürzt. Jean legte ein großes Blatt Papier auf den Tisch. Eine Bleistiftzeichnung stellte drei Affen in einem Käfig dar. „Das beweist, daß wir im Zoo waren“, sagte sie. „Und Papa kann es an die Wand hängen.“

„In seinem Käfig“, fügte Peter hinzu. Aber er lächelte nicht, als er das sagte.

„Laßt euch beide ansehen“, sagte Sam. „Ich will euch

genau ansehen, damit ich euch eurem Vater beschreiben kann."

Sie standen nebeneinander, starr, wie vor einer Kamera.

„Seid wir im Zoo waren, seid ihr gewachsen", sagte Sam.

„Ich habe noch einen Zahn verloren", sagte Jean. „Sagen Sie ihm, daß er mir fünf Pence schuldet. Und geben Sie ihm einen Kuß von mir", flüsterte sie danach.

Peter gab keinen Kuß in Auftrag. Er war wie sein Vater darum bemüht, die Oberlippe steif und die Tränen zurück zu halten. „Im Battersea Park ist ein Rummel", sagte Sam. „Wollen wir dahin gehen?"

„Ja. Bitte, bitte", sagte Jean.

„Dann komme ich früh, und wir können uns für den Umzug die Gesichter bemalen. Auch eure Mutter und euer Onkel Matthew." Das wäre eine wunderbare Gelegenheit, sich zu tarnen, dachte Sam, und niemand braucht Angst vor der Presse zu haben.

„Kann Tim mitkommen?" fragte Peter.

„Wer ist Tim?"

„Mein Freund."

Sam schaute Lucy an, und die lächelte. Peter hatte endlich einen Freund. Das war die schönste Nachricht, die er dem Vater des Jungen bringen konnte.

„Natürlich", sagte Sam. „Den malen wir auch an."

Sam war optimistisch, als er sich auf den Weg zum Gefängnis machte. Er hatte Neuigkeiten, von der schlichten häuslichen Sorte, die seinen Freund aufmuntern würden. Doch als er ihn sah, hatte er doch Zweifel, ob häusliche Neuigkeiten und zwei Kinderzeichnungen ihn aufrichten könnten. Sam war entsetzt über Alfreds Gewichtsverlust. Er sah das unberührte Mittagessen auf dem Tisch und war überrascht von der plötzlichen Traurigkeit, die ihn hier überkam.

„Alfred", sagte er und wagte es, den anderen zu umarmen. „Du darfst nicht aufgeben. Das darfst du einfach nicht. Wir müssen auf eine Wiederaufnahme hoffen. Und auf Beweise deiner Unschuld. Die werden sich einstellen, das weiß ich. Du ... mußt das einfach", er stammelte, „deinetwegen, und für Lucy und die Kinder. Für Matthew." Dann verstummte er. „Und für mich", fügte er hinzu. In diesem Moment hörte Dreyfus auf, sein Mandant zu sein. Er brauchte ihn als Freund.

Sie gingen zur Pritsche. Sam half Alfred beim Hinsetzen und legte ihm ein Kissen hinter den Kopf. Dann zog er den Stuhl herüber und setzte sich neben Alfred. „Das habe ich von Peter und Jean mitgebracht", sagte er. „Du sollst es an die Wand hängen."

Ein Anflug von einem Lächeln huschte über Dreyfus' Gesicht, ein ungeheuer ungeübtes Lächeln. Sam reichte ihm Jeans Zeichnung.

Dreyfus musterte sie eine Zeitlang. „Wie sehen sie aus?" fragte er. Der Anflug des Lächelns war nun wieder verschwunden.

„Sehr gut. Ich war eben erst bei ihnen." Sam wollte noch sagen, daß sie um einiges gewachsen seien. Aber diese Information verschwieg er dann doch, denn sie hätte nur die traurige Abwesenheit des Vaters betont.

„Sie wachsen ohne mich heran", sagte Dreyfus.

Sam konnte ihm da nicht widersprechen. „Du fehlst ihnen genauso sehr wie sie dir", sagte er. „Sie haben eine schöne neue Wohnung", fügte er rasch hinzu und machte sich an die Beschreibung der Behausung, die er eben erst verlassen hatte. Doch Dreyfus zeigte keine Reaktion. Er starrte weiter die Bilder der Kinder an. Als Sam seine Wohnungsbeschreibung beendet hatte, legte Dreyfus die Zeichnungen nebeneinander auf die Pritsche.

„Ich habe über meine Eltern geschrieben", sagte er. „Über ihren Tod." Er schaute zum ersten Mal zu Sam auf. „Und das hat mich erschüttert."

Wieder fehlten Sam die Worte, aber er kannte jetzt zumindest den Grund für die Depressionen seines Freundes.

„Das ist ganz natürlich", sagte er. „Ich habe meine Eltern vor einigen Jahren verloren. Wir glauben, die Zeit hätte die Wunden geheilt, aber dann erleben wir alles noch einmal, und es scheint erst gestern gewesen zu sein. Und wir trauern noch einmal. Deine Pritsche ist das Äquivalent des niedrigen Schemels."

Dreyfus lächelte dankbar für diese Teilnahme.

„Es geht vorbei", sagte Sam. „Die Zeit heilt wirklich Wunden, aber wir müssen der Zeit Zeit lassen. Das ist das Problem. Manche von uns klammern sich an ihre Trauer. Machen fast einen Kult daraus."

„In meiner derzeitigen Lage wirkt das durchaus verlockend."

„Aber es kann gefährlich sein", sagte Sam. „Es kann zu Lethargie und Verzweiflung führen. Draußen wird für dich gearbeitet, Alfred. Matthew ist so optimistisch."

„Der liebe Matthew", sagte Dreyfus.

Sam schwieg eine Weile, ehe er sich nach dem Fortschreiten des Buches erkundigte.

„Bis zum Tod meiner Eltern kam ich gut voran", sagte Dreyfus. „Aber dann hatte ich das Gefühl, nichts mehr zu sagen zu haben. Ich hatte das Gefühl, daß sie es auf irgendeine Weise erfahren würden, wenn ich über meinen Sturz schriebe. Ich will nicht darüber schreiben, und ich will auch nicht daran denken." Er schaute Sam fest in die Augen. „Vielleicht sollte ich das Geld zurückgeben", schlug er vor.

Sam lachte. Aber es war ein nervöses Lachen. Dreyfus' plötzliche Verweigerungshaltung kam nicht überraschend. Aber sie mußte überwunden werden. „Du bist Lucy und den Kindern dieses Buch schuldig. Und Matthew und seiner Familie. Aber vor allem, Alfred, bist du es deinen Eltern schuldig. Vor allem ihnen. Dreyfus ist auch ihr Name!"

Diese Mahnung schien bei Dreyfus eine Sperre zu beseitigen. „Dann werde ich morgen weiterschreiben."

Sam griff nach dem Tablett mit dem Mittagessen und stellte es vor Dreyfus auf die Pritsche. „Versuch doch, ein wenig zu essen", sagte er. Dann öffnete er seine Mappe und nahm eine kleine Flasche Whisky heraus. Die reichte er Dreyfus. „Medizin", sagte er.

Dreyfus lächelte und nippte vorsichtig daran. Dann griff er zu seinem Löffel und probierte das kalte Essen.

„Es wird dich freuen zu hören, daß Peter jetzt einen Freund hat", sagte Sam. „Er heißt Tim. Ich gehe mit allen nach Battersea auf den Rummel."

„Warum bist du so gut zu uns?" fragte Dreyfus.

„Das habe ich dir doch schon gesagt. Ich halte dich für unschuldig." Er sah zu, wie Dreyfus in seinem Essen herumstocherte. Er aß sehr langsam, schaffte es schließlich aber trotzdem, seinen Teller zu leeren.

„Ich bin froh darüber, daß du gekommen bist", sagte er.

Sam nahm das Tablett und stellte es wieder auf den Tisch.

„Hörst du bisweilen von Mr. Wallworthy?" fragte Dreyfus.

Sam lachte. „Jeden Tag. Er möchte sehen, was du geschrieben hast."

„Was meinst du?" fragte Dreyfus.

„Das ist deine Sache. Ich persönlich würde ihm ein bißchen zeigen. Nur, damit er überzeugt ist, daß du schreiben kannst. Ich glaube, dann wird er zufrieden sein. Und nicht mehr verlangen. Er ist ohnehin kein großer Leser. Er ist einfach nur ein Verleger."

„Ich gebe dir alles mit, was ich fertig habe", sagte Dreyfus. „Du kannst dann etwas aussuchen."

Sam hatte nicht mit einem so schnellen Erfolg gerechnet und war dankbar. Er wollte sich Wallworthy unbedingt vom Hals schaffen.

Dreyfus ging zum Schreibtisch, packte einen Stapel Papier und reichte ihn seinem Gast.

„Ich werde sie wieder kopieren", sage Sam, „und dir zurückbringen lassen."

„Bitte, geh jetzt", sagte Dreyfus plötzlich. „Ich möchte schreiben."

„Dann mußt du mir versprechen zu essen", sagte Sam. „Nicht einmal Tolstoi konnte auf nüchternen Magen schreiben."

Sie schüttelten einander die Hände.

„Ich bin froh darüber, daß du gekommen bist", sagte Dreyfus noch einmal. „Du setzt mich wieder zusammen."

In seinem Büro kopierte Sam das Manuskript und vertiefte sich dann in die Lektüre. Er war mit dem Werk seines Freundes mehr als zufrieden und nahm an, daß auch

Wallworthy befriedigt sein würde, deshalb suchte er ein Kapitel aus und ließ es dem Verleger bringen. Er wußte, daß Wallworthy es gleich lesen und ihn dann anrufen würde. Was auch passierte. Und Sam war sofort am Apparat.

„Na, was sagen Sie?" fragte er.

„Schreiben kann er immerhin", sagte Wallworthy, „Aber finden Sie es nicht ein wenig zu ... äh ... äh ..."

„Äh was, Mr. Wallworthy?" fragte Sam, obwohl er sich schon denken konnte, warum der andere zögerte.

„Äh ... naja, Sie wissen schon, ein wenig ... äh ... zu jüdisch."

Sam ließ einen Moment verstreichen. Dann sagte er mit fester und wenig respektvoller Stimme: „Mr. Wallworthy, ich weiß nicht, ob Ihnen das bekannt ist, obwohl es in allen Zeitungen auf der Welt Schlagzeilen gemacht hat, aber Alfred Dreyfus ist wirklich ein Jude. Er wurde als Jude vor Gericht gestellt, er wurde als Jude für schuldig befunden, und er wurde als Jude verurteilt. Und als Jude sitzt er im Gefängnis und schreibt seine Version der Geschichte. Was hatten Sie denn erwartet, Mr. Wallworthy - daß es ein wenig ... äh ... muslimisch sein würde?"

„Sehr komisch, Mr. Temple", sagte Wallworthy. „Doch obwohl sie als Volk des Buches bekannt sind, sind sie keine großen Käufer unserer Produkte."

„Gibt es Statistiken, die das belegen?" fragte Sam.

„Na, das sagen doch alle", erwiderte Wallworthy hilflos.

Bei schwachen Argumenten gleich nachtreten, dachte Sam. „Wer sind alle?" fragte er beharrlich.

„Das wissen Sie so gut wie ich", sagte Wallworthy nichtssagend.

Sam ließ es dabei beruhen.

„Aber gefällt es Ihnen?" fragte er. „Machen Sie sich keine Sorgen mehr über Ihre Investitionen?"

„Nein", sagte Wallworthy. „Und es gefällt mir." Nach einer Pause fügte er hinzu: „Das können Sie ihm sagen."

„Er wird entzückt sein", sagte Sam, er ging davon aus, daß Dreyfus dieses Lob gern hören würde, denn für einen Autor ist Lob immer wichtig und angenehm. Er schrieb sofort an Dreyfus, legte das Originalmanuskript bei und schilderte sein und Mr. Wallworthys positives Urteil. Er hoffte, daß das als Ermutigung ausreichen werde. Aber er machte sich Sorgen um die weiteren Fortschritte seines Freundes. Die Erinnerung an den Tod seiner Eltern war hart genug gewesen. Früher oder später würde er die Geschichte seines Sturzes in die Ungnade erzählen müssen, und Sam fragte sich, ob er stark genug sein würde, um diese Belastung auszuhalten.

Zweites Buch

Zwölftes Kapitel

Und nun beginnt mein Sturz.

Der eigentliche Zusammenbruch kam plötzlich, beängstigend plötzlich, doch die Ouvertüre war langsam, gelassen sogar, und auf raffinierte Weise höflich. Das sage ich im Nachhinein, denn damals war mir das alles nicht bewußt. Ich muß hier und jetzt erklären, daß ich mich recht gut kenne. Ich bin schüchtern und arrogant zugleich, das sind einfach die beiden Seiten derselben Medaille. Ich brauche Bestätigung - tun wir das nicht alle? - und manchmal komme ich mir ungeheuer unzulänglich vor, obwohl ich mir alle Mühe gebe, das zu verbergen. Ich bin das alles, aber paranoid bin ich nicht. Doch als ich den ersten Fuß in meine neue Schule setzte, in dieses Symbol meines großen Ehrgeizes, spürte ich eine leise Feindseligkeit. Ich konnte sie nicht klar festmachen, aber ich wußte genau, daß sie vorhanden war. Und ich brauchte fast das ganze Schuljahr, um ihren Ursprung zu entdecken.

Auf dem Schulgelände stand ein Haus für den Direktor, und dort zogen wir ein, Lucy, die Kinder und ich. Die Kinder besuchten andere Schulen am Ort. Lucy hatte keine festumrissenen Pflichten, doch als Frau des Direktors mußte sie sich um Gäste und bisweilen um ausländische Pädagogen kümmern, die sich ein Bild von den englischen Erziehungsmethoden machen wollten.

Unser Haus war elisabethanisch, und dieser Stil war

sorgfältig erhalten worden. Die modernen Badezimmer, die Küche und die Zentralheizung waren unauffällig eingebaut worden. Wir bezogen unser neues Zuhause kurz vor Beginn des Schuljahres. An einem Wochenende kamen Matthew und Susan zu Besuch. Das waren glückliche Tage für uns alle. Ich erinnere mich voller Freude an diese Zeit und will die Schatten nicht sehen, die über meiner Zukunft und dem Leben meiner Familie lasten würden. Doch jetzt kennen wir diese Schatten, das ist seit meinem Sturz so, und es fällt mir schwer, in der damaligen Freude zu verweilen, ohne die lauernde Finsternis wahrzunehmen.

Doch als mein erstes Schuljahr begann, gab es noch keine Schatten, und ich freute mich auf eine Regierung voller gütiger Strenge bis zum Eintritt in den Ruhestand.

Das Schuljahr begann an einem Mittwoch, und ich beschloß, die Kollegen am Abend davor zu einer Cocktailparty einzuladen. An diesem Tag trafen nach und nach Lehrer und Schüler ein. Ich blieb die ganze Zeit im Haus, ich wollte nicht den Eindruck erwecken, daß ich irgendeinen Ankömmling vorzog. Hinter meinen Fenstervorhängen betrachtete ich die Autos, als sie die Auffahrt hoch rolls-royceten. Insgesamt boten sie einen beeindruckenden Anblick. Ich sah viele uniformierte Chauffeure, und es war eine Erleichterung, einen ramponierten Deux Chevaux zu entdecken, der in ihrer Mitte mit kreischenden Bremsen zu einem arroganten Stillstand kam. In diesem Meer von Wohlstand auf Rädern bot mir dieses verdreckte Vehikel einen erfrischenden Trost. Es überraschte mich nicht, als Fenby, der Musiklehrer, sein ramponiertes Selbst aus der Tür manövrierte und einen ebenso ramponierten Rucksack hinter sich herzog. Er betrachtete das Gebäude, das er eine Zeitlang nicht gesehen hatte, und schien es für gut zu befinden. Einige Jungen begrüßten ihn. Einer bot an, den Rucksack zu tragen, ein Angebot, das Fenby ablehnte. Immerhin fuhr er dem Jungen als Dank für diese Höflichkeit durch die Haare.

Lucy war nervös, und, ehrlich gesagt, war ich das auch. Wir waren keine geübten Gastgeber. Unsere gelegentlichen Zusammenkünfte waren für die Familie und für enge Freunde reserviert. Und wir hatten noch nie eine Cocktailparty gegeben. Wir hatten jedoch viele besucht, und deshalb wußten wir, was wir zu tun hatten.

Lucy hatte sich selber übertroffen. Der Eßtisch ächzte unter der Last der Kanapees, die für jeden Geschmack etwas zu bieten hatten. Ich hatte mich gegen Champagner entschieden, weil ich Angst hatte, das könne zu protzig wirken. Es gab Rotwein und Weißwein. Lucy hatte alle fremde Hilfe abgelehnt und darauf bestanden, daß ich selber den Wein einschenkte, während sie die Platten herumreichte. Unsere Gäste wurden um halb sieben erwartet. Es war erst sechs, und Lucy lief ziemlich aufgeregt im Zimmer hin und her. Ich bestand darauf, daß sie zur Beruhigung ein Glas Wein trank, und ich nahm auch eins, denn ich war auch nicht gerade gelassen. Wir stießen an, und sie wünschte mir alles Gute. Und dann sagte sie etwas sehr seltsames. Seltsam, weil es so untypisch für sie war.

„Auf irgendeine Weise", sagte sie, „fühle ich mich - sehr fremd."

Ich lachte darüber, obwohl sie meine eigenen Empfindungen perfekt zur Sprache gebracht hatte. Sie sagte nicht mehr, und ich war ihr dafür dankbar, und schweigend erwarteten wir dann unsere Gäste.

Sie kamen frühzeitig und fast alle im Pulk, und um halb sieben waren alle anwesend. Sie waren eine fröhliche Runde, herzlich, redselig und freundlich, sie hießen mich willkommen und wünschten mir neckend alles Gute. Ich kannte viele ihrer Gesichter von der Versammlung an der Ehrentafel, die als mein Bewerbungsgespräch gedient hatte. Aber ich mußte mir ihre Namen und ihre Fächer noch einprägen. Fenby mit dem ramponierten Deux Chevaux unterrichtete Musik, das wußte ich noch, Smith, auch das fiel mir jetzt wieder ein, Erdkunde, und Turner irgendeine Naturwissenschaft. Ich machte zusammen mit Lucy die Runde, und wir stellten uns allen vor. Nach dem Fest könnten wir dann vielleicht alle Namen rekonstruieren. Mir fiel auf, daß Eccles, der Leiter der historischen Fakultät, ein Stück von den anderen entfernt stand. Er schien die Szene mit einer gewissen Abneigung zu betrachten. In meiner Großzügigkeit hielt ich das für Schüchternheit, doch als ich ihn dann näher kennenlernte, stellte sich heraus, daß es sich wirklich um Abneigung gehandelt hatte, die in seinem Überlegenheitsgefühl wurzelte. Auf dem Fest jedoch sprach ich ihn an und hoffte, seine Schüchternheit besiegen zu können. Er war höflich, aber unverbindlich. Ich sagte, ich freue mich schon darauf, seinen Unterricht zu besuchen, was ich bei allen Fakultäten vorhatte. Er sah mich voller Entsetzen an.

„Ich weiß ja, daß das bisher nicht üblich war“, sagte ich, „aber ich wünsche mir mehr Kontakt mit den akademischen Seiten der Schule. Ich will mich nicht nur auf die Verwaltung beschränken.“

Ich spürte seine Feindseligkeit ebenso deutlich wie meine eigene Verärgerung, und deshalb ging ich weiter und überließ ihn seinem Ärger. Später hörte ich von Fenby, der zu einem guten Freund wurde, daß Eccles selber auf die Direktorenstelle spekuliert hatte, was seine Feindseligkeit seinem siegreichen Rivalen gegenüber erklärte. „Er wird lernen müssen, damit zu leben", hatte Fenby gesagt. Ich fragte, ob er bei den Jungen beliebt sei. „Eigentlich schon", war Fenbys Antwort gewesen. „Er hat eine feste Fangemeinde, eine Art Groupies. So ungefähr ein Dutzend. Sie besuchen ihn zum Tee. Sie scheinen ihn anzubeten. Aber ich würde mir deshalb keine Sorgen machen", hatte Fenby gesagt. „Ich mache das auch, nur habe ich nicht so viele Fans. Ab und zu kommt einer, der Musik als Hauptfach hat, und wir spielen eine Sonate oder so. Ganz harmlos", er lachte. „Ich fürchte, Sir Alfred, Sie werden diese Schule so tugendhaft finden, daß es fast schon langweilig wird."

Der gute alte Fenby. Wie sehr er sich da doch irrte. Aber er ist noch immer mein Freund. Einer der wenigen. Er besucht mich nicht, aber er schreibt mir ab und zu. Er hält mich über seine Opern- und Konzertbesuche auf dem Laufenden, erwähnt die Schule jedoch nie. Er weiß, daß es für mich eine zu schmerzhafte Erinnerung sein würde.

Aber ich schweife wieder ab. Ich muß noch von der Party und den glücklichen Tagen erzählen. Lucy war in eine lebhafte Unterhaltung mit dem Biologielehrer vertieft, dessen Namen ich schon wieder vergessen hatte. Deshalb ging ich allein weiter und schenkte unterwegs die Gläser wieder voll. Alle schienen sich sehr zu Hause zu fühlen. Aber sie kannten das Haus ja auch viel besser als ich. Mein Vorgänger hatte oft Partys gegeben, und für einige Zeit kam ich mir wie ein Fremder vor, wie ein weiterer Gast. Auf meiner Runde schnappte ich Ferienerlebnisse auf. Ich reiste von Barbados über Kapstadt nach Paris und Neapel, um mich dann endlich in einem Weiler in den Cotswolds niederzulassen, wo Dr. Reynolds, der stellvertretende Direktor, ein Ferienhaus besaß. Und dort blieb ich stehen, füllte Browns Glas und hörte mir seine Anglergeschichten über den Fisch an, der sich losgerissen hatte.

Als der erste Gast aufbrach, schaute ich auf die Uhr. Es war gerade neun. Ich ging davon aus, daß unsere Einladung ein Erfolg gewesen war. Bald gingen auch die anderen Gäste, und als Lucy und ich dann aufräumten, gingen wir sie alle mit Namen und Fach durch. Am nächsten Morgen, zum Beginn des Schuljahres, war mir das gesamte Kollegium deshalb schon vertraut.

Als ich noch beim Frühstück saß, klopfte Dr. Reynolds an die Tür. Ich kannte mich im Schulgebäude noch nicht aus. Ich wußte, daß ich dort ein Büro hatte, kannte den Weg dorthin jedoch noch nicht. Ich wußte auch nicht, wie ich zur Aula gelangen sollte, wo ich um neun Uhr die alten und neuen Schüler willkommen heißen und mich mit der Schulhymne vertraut machen sollte. Ich war nervös. Ich sagte mir immer wieder, daß ich auf Jahre der Versammlungserfahrung, auf zahllose Stunden als öffentlicher Redner und auf endlose Konfrontationen zwischen Mann und Knabe zurückblicken konnte. Und außerdem auf einen Titel, der mir Selbstvertrauen schenken sollte. Und doch zitterte ich. Ich wurde durch Gänge und riesige Säle geführt, die Geschichte ausstrahlten, eine Geschichte, die absolut nicht meine war. Ich ging vorbei an bronzenen Heiligenfiguren und an alten Portraits der Schulgründer, und ich fühlte mich, wie Lucy gesagt hatte, fremd, und ich dachte mit einer gewissen Beschämung an meine Eltern. Und aus all diesen Gründen zitterte ich.

Oder zittere ich in Wirklichkeit im Nachhinein? Oder habe ich auf dem Weg durch diese Gänge gezittert, die mit einer Tradition behaftet waren, bei der ich nur ein Zuschauer sein konnte? Ich weiß es nicht. Der Dreyfus von heute, der seinen Titel verloren hat, ist ein ganz anderer als der Sir Alfred jener Tage. Meine Haft bedeutet seltsamerweise auch eine Art Befreiung, sie hat mich aus dem Lügengewebe befreit, in dem ich gelebt habe, von diesen Lügen der Umgehung, mit denen ich mein Erbe ignoriert habe. Denn diese Wurzeln waren ein Ärgernis, ein Hindernis auf meinem Weg zum Erfolg. Wie sinnlos dieses Ausweichen war, sehe ich jetzt. Aber ob es nun im Nachhinein oder in Wirklichkeit gewesen sein mag, ich zitterte.

Dr. Reynolds führte mich, und ich war ihm dankbar dafür, daß er mir keine Kurzbiographien meiner Amtsvorgänger lieferte, deren Portraits an den getäfelten Wänden hingen. Er brachte mich in mein Büro und versprach, mich kurz vor neun dort abzuholen. Ich war froh darüber, daß ich eine Weile allein sein konnte. Ich wählte die Telefonnummer meines Hauses. Ich mußte mit Lucy sprechen. Ich hatte ihr nichts besonderes zu sagen. Ich wollte einfach nur ihre Stimme hören. Wollte mich in einer Wirklichkeit verankern, die mir vertraut war, anders als die terra incognita, in der ich mich hier wiederfand. Sie erzählte, daß sie in einem Wandschrank eine geheime Schublade entdeckt habe. Das war natürlich ungeheuer belanglos, aber sie griff ganz bewußt dazu, um mein Lampenfieber zu mildern.

„Bis zum Mittagessen", sagte ich.

Dann flüsterte sie: „Ich weiß, daß alles gutgehen wird, Alfred."

Ich schaute auf die Uhr. Es war fast neun. Dr. Reynolds klopfte und rief durch die Tür: „Sind Sie fertig, Sir Alfred?"

Ich war dankbar, als ich meinen Titel hörte. Der steigerte immer mein Selbstbewußtsein, und ich schritt zur Tür und ging neben Dr. Reynolds zur Aula.

Ich betrat sie durch die Hintertür. Ich schätzte, daß dort an die sechshundert Jungen versammelt waren, aber nicht einer schaute sich zu mir um. Einige Schritte führten zu einem Podium. Dort standen ein Tisch und daneben ein Rednerpult. Dahinter stand bereits der Schulkaplan. Ich trat neben Dr. Reynolds hinter den Tisch.

Der Kaplan legte seiner Predigt einen Vers aus dem Buch Isaiah zugrunde. „Sie werden ihre Schwerter zu Pflugscharen machen und ihre Speere zu Sicheln." Ich hatte etwas aus dem Neuen Testament erwartet, da die Schule doch so eng mit der Kirche verbunden war, und ich fragte mich, ob der Kaplan mich mit dieser Wahl begrüßen wollte, und ob ich so schnell durchschaut worden sei. Aber ich wollte mir darüber nicht den Kopf zerbrechen. Er sprach über die derzeitigen Unruhen auf der Welt und die Notwendigkeit, nach Frieden zu streben. Es war eine schöne Predigt, kurz und gütig. Dann war ich an der Reihe. Ich erhob mich zu einem brüllenden Schweigen der Erwartung. Ich stellte mich vor, ohne jedoch meine Wurzeln zu erwähnen, und lieferte eine Zusammenfassung meiner Erfahrungen als Lehrer. Ich flocht ein gelegentliches Bonmot ein, übertrieb dabei jedoch nicht, denn Autoritäten müssen sich als solche klarstellen; ich bin einmal an einen kumpelhaften Pastor geraten und habe das unangenehm und peinlich gefunden. Ich sprach etwa zehn Minuten lang, und als ich mich dann hinsetzte, sah ich Mr. Fenby zum Klavier gehen. Die Zeit für einen Choral war gekommen, für Bunyans Pilgerlied, eine Erleichterung, da Jesus in diesem Lied keine Rolle spielt. Und ich stimmte energisch in den Gesang ein. Dann setzten die Jungen sich, weil Dr. Reynolds allerlei Ankündigungen machte, und erhoben sich schließlich wieder, um die Schulhymne zu singen. Mr. Fenby hatte sie am Vorabend mit mir geübt und ich schmetterte drauflos wie ein Schulveteran. Nach dieser Versammlung hatte ich das Gefühl, meine Sache durchaus gut gemacht zu haben, und ich freute mich, als Dr. Reynolds mir herzlich die Hand schüttelte. Ich ging zurück in mein Büro und schaffte es, Lucy nicht anzurufen. Ich würde sie beim Mittagessen sehen, meinem nächsten Waterloo.

An diesem Morgen machte ich mich mit der Schulroutine vertraut und schaute mir wichtige Papiere an. Dr. Reynolds holte mich um elf zur Kaffeepause ab und zeigte mir den Weg zu einem der Lehrerzimmer. Er sagte, ich müsse dabei nicht anwesend sein, mein Vorgänger habe immer in seinem Büro Kaffee getrunken. Aber ich wollte mit den Kollegen zusammensein, zumindest am ersten Tag.

Als ich das Zimmer betrat, machte Schweigen sich breit. Ich hatte das Gefühl, mich für meine Anwesenheit entschuldigen und den anderen versichern zu müssen, daß ich das nicht zur Gewohnheit werden lassen wollte, daß ich aber an meinem ersten Tag die tägliche Routine kennenlernen mußte. Sie hießen mich willkommen, holten Kaffee für mich, und wir ließen uns vor dem lodernden Kaminfeuer in tiefen Sesseln nieder.

Die Unterhaltung drehte sich um einen Artikel, der an

diesem Tag in der Times gestanden hatte. Im Parlament war der Antrag gestellt worden, die Leugnung des Holocaust unter Strafe zu stellen. Und wieder, wie bei dem Spruch aus dem Buch Isaiah, hatte ich das Gefühl, daß das Thema meinetwegen gewählt worden war, aber ich wehrte mich dagegen, weil es doch zu sehr an Paranoia grenzte. Mr. Fenby sprach sich gegen einen solchen Erlaß aus. Das Leugnen des Holocaust mochte ein Skandal sein, aber ein Verbot bedrohte die Meinungsfreiheit. Der Erdkundelehrer Smith stimmte ihm zu. Der Chemielehrer Brown unterstützte den Antrag, zitierte aus den Büchern eines sogenannten Historikers und eifrigen Holocaustleugners und fand, diese Bücher sollten verbrannt werden. Obwohl ich ihm insgeheim zustimmte, erinnerte der Vorschlag einer Bücherverbrennung doch zu sehr an eine frühere Zeit, die in die Kindheit meiner Eltern gefallen war.

Und dann brachte Eccles seine Meinung vor. „Ich halte die Leugnung für eine Ungeheuerlichkeit", sagte er. „Es gibt doch so viele Beweise. So viele Belege. Großer Gott, sechs Millionen. Grauenhaft."

Ich sah ihn an, als er das sagte, was er aber nicht bemerkte. Und ich hätte schwören können, daß er zwinkerte, als er die Menge nannte. Ja, er zwinkerte. Mein Herz krampfte sich zusammen. Ich war von diesem Zwinkern so entsetzt, daß ich nicht feststellen konnte, für wen es bestimmt gewesen war. Es hätte jeder im Raum sein können.

Ich trank meinen Kaffee und kehrte in mein Büro zurück. Mein Magen war aufgewühlt. Ich hätte mich sehr gern erbrochen. Und wenn ich jetzt darüber nachdenke, dann war dieses obszöne Zwinkern das Signal für meinen Sturz. Damals jedoch empörte es mich vor allem, daß dieser Mann Geschichte unterrichtete und zu allem Überfluß auch noch der Fakultät vorstand. Ich hätte ihn gern in mein Büro zitiert, hatte jedoch keine Grundlage für meine Anklagen. Ich hätte ihm sein Zwinkern vorhalten können, aber das könnte er dann mit einem nervösen Tick erklären, und dann würde ich als Narr erscheinen, und die ganze Schule würde von meiner Paranoia erfahren. Ich wußte, daß ich nichts unternehmen konnte, ich konnte ihn nur im Auge behalten. Ich beschloß, daß die erste Unterrichtsstunde, die ich besuchen würde, seine über die Geschichte des 20. Jahrhunderts sein sollte. Aber ich wollte noch warten und seine Schritte genau überwachen.

Wir wollten an diesem Wochenende mit der ganzen Familie ins Dorf fahren. Wir hatten das Haus unserer Eltern behalten, um unsere Verbindungen zu unserer Kindheit nicht aufzugeben. Und außerdem mußten wir uns doch um das Grab kümmern. Bei meinen Besuchen auf dem Friedhof berichtete ich flüsternd über die Familie. Aber ich würde kein Wort von Eccles erzählen, sonst hätten sie sich vielleicht unter dem über sie wachenden Jesus umgedreht.

Ich machte mich wieder an meine Schreibarbeiten, um auf andere Gedanken zu kommen, aber ich konnte dieses Zwinkern nicht vergessen. Und es verspottet mich noch heute, in meinen Alpträumen.

Als ich die Lehrpläne durchging, hörte ich die Schulglocke. Und wieder stand Dr. Reynolds vor meiner Tür. Obwohl mir der Appetit fehlte, freute ich mich doch darauf, Lucy zu sehen, die, so war es Brauch, das Mittagessen am Tisch des Schulleiters einnahm. Ich öffnete die Tür, und da stand Lucy neben Dr. Reynolds. Er hatte auch sie an diesem ersten Tag abgeholt. Wir gingen gemeinsam in den Speisesaal. Noch mehr Wände mit Eichentäfelung, noch mehr Portraits. Eine Liste von Gefallenen, die bis zurück in den Krimkrieg reichte, in die Zeit, als meine Vorfahren aus Odessa geflohen waren. Ich nahm Lucys Hand, und sie drückte meine, doch beim Betreten des Speisesaals ließen wir einander wieder los. Die Jungen hatten sich schon eingefunden und erhoben sich, als wir eintraten. Erst nachdem wir unsere Plätze eingenommen hatten, setzten sie sich wieder. Die Ehrentafel befand sich auf einer Art Podium, an ihr saßen einige Fakultätsleiter, einige Hausväter und der Schulsprecher. Wir bekamen edleres Geschirr als die Jungen an den Schülertischen, die Kost jedoch war dieselbe. Nach dem Zwinkern in der Kaffeepause stand mir der Sinn nicht nach Diskussionen, und deshalb regte ich kein Gespräch an. Ich schaute den Schulsprecher an, der ebenso still war wie ich. Ich lächelte ihm zu.

„Ich bin neu hier", sagte ich.

Er lachte. „Das war ich auch einmal, Sir", sagte er. „Vor einer Million Jahren."

„So schlimm?" fragte ich.

„Eigentlich nicht. Ich werde traurig sein, wenn ich von hier weg muß. Der Siruppudding wird mir fehlen."

Ich fragte ihn nach seinen Zukunftsplänen. Er sagte, er strebe ein Jurastudium in Oxford an. Sein Vater sei Richter.

Ich wußte, daß er Stenson hieß. Und ich hatte auf jeden Fall von seinem Vater gehört, der als strenger Richter mit stark nach rechts tendierenden Neigungen bekannt war. Er hatte sich deutlich für die Wiedereinführung der Todesstrafe ausgesprochen. Nicht gerade ein Mann nach meinem Geschmack, aber ich machte für seinen Sohn Zugeständnisse, in der Hoffnung, daß dieser eine menschenfreundlichere Richtung einschlagen werde. Ich fand Stenson sympathisch. „Du kannst jederzeit zu mir kommen", sagte ich.

Mein Angebot schien ihn in Erstaunen zu versetzen. Offenbar waren die bisherigen Direktoren dieser Schule nicht so zugänglich gewesen. Ich hatte vor, das zu ändern. Ich wollte keine bloße Gallionsfigur sein. Ich hoffte, ihn erreicht zu haben. Denn er würde dann in der Schule die Nachricht verbreiten, daß der neue Direktor ansprechbar sei.

Nach dem Essen empfing ich in meinem Büro die Hausväter und diskutierte mit ihnen ihre Berichte. Ich hatte einen vollen Arbeitstag, und ich war froh, als ich nach Feierabend in unser Haus zurückkehren konnte. Ich war auf seltsame Weise müde. Lucy sprach von emotionaler Erschöpfung. Sie kann damit durchaus recht gehabt haben, denn das dauernd zwinkernde Auge hatte mich ermüdet.

Während der folgenden Wochen folgte ich einer selbstentworfenen Routine. Meine Augen und meine Ohren waren ununterbrochen auf Mr. Eccles gerichtet. Ich machte unangemeldete Besuche in seinem Unterricht und erlebte ihn als hervorragenden Lehrer. Das galt auch für die meisten seiner Kollegen, auch wenn mir die Englische Fakultät als weniger kreativ erschien als die in Hammersmith. Da ich Lyrik nun einmal liebe, führte ich in diesem Schuljahr eine einzige Neuerung ein. Ich ernannte einen Schuldichter. Er mußte ansprechbar sein für jeden Jungen, der offen oder heimlich, was zumeist der Fall war, versuchte, Gedichte zu schreiben. Ich machte mir keine großen Hoffnungen. Doch Richard Worthing, so hieß unser Dichter, war optimistisch. Und wirklich klopften schon nach einigen Wochen erstaunlich viele Möchtegern-Byrons und

Dylan-Nacheiferer an seine Tür. Einmal bat ich ihn zum Mittagessen an meinen Tisch, aber er schien sich in dieser steifen Gesellschaft absolut nicht wohlzufühlen. Er aß lieber zusammen mit den Jungen.

Bei der Morgenandacht mußte ich nicht zugegen sein, aber ich schaute doch ab und zu vorbei, einfach, damit mein wöchentlicher Besuch bei der jüdischen Gebetsgruppe nicht zu sehr auffiel. Ich mußte einen Ausgleich zwischen meinen Interessen schaffen. Nur wenige Juden besuchten die Schule, höchstens zwei Dutzend, auch wenn ich vermute, daß es eine ziemliche Anzahl von verkappten Juden wie mir selber gab, die sich der sichereren Jesus-Gemeinde angeschlossen hatten. Die Schule nahm einmal pro Woche die Dienste des Geistlichen in Anspruch, der in der Synagoge der Nachbarstadt predigte. Wir näherten uns der Zeit des jüdischen Jahres, die von Feiertagen nur so wimmelt; das Neue Jahr selber, gefolgt vom Tag des Gedenkens und dem Großen Versöhnungstag. Es fehlte also nicht an Themen für die kurzen Predigten dieses Geistlichen. Ich genoß diese wöchentlichen Versammlungen. Sie waren laut und informell, und ich brauchte kein verbotenes Wort zu unterdrücken. Und obwohl mir die dort gesungenen Lieder ganz und gar unbekannt waren, kamen sie mir doch seltsam vertraut vor, und schon nach einigen Wochen kannte ich sie auswendig.

Die Zeit verging sehr schnell, und am letzten Tag vor den Weihnachtsferien luden Lucy und ich fast das gesamte Kollegium zum Mittagessen ein. Sie erzählten von ihren Ferienplänen. Fenby wollte an Musikfestspielen in Dartington teilnehmen; Dr. Reynolds hatte vor, sich in seiner Londoner Stadtwohnung zu verkriechen, Turner von der

Physik plante einen Skiurlaub, Brown von der Chemie fuhr nach San Francisco, erzählte jedoch nicht, was er dort vorhatte. Richard, unser Dichter, wollte von Party zu Party ziehen, bis er eine feste Freundin gefunden hätte. Eccles fuhr nach Marseille, was mir als seltsames weihnachtliches Reiseziel erschien, aber er erwähnte, daß er dort Freunde habe. Ich selber würde zu meinem ersten Weihnachtsfest als Waise unser Dorf aufsuchen.

Matthew und ich wollten das Fest feierlich begehen, und sei es nur den Kindern zuliebe. Ich vermißte meine Eltern schmerzlich, aber dazu kam noch, daß ich langsam die Lust verlor, die Geburt eines Propheten zu feiern, dessen Name mir noch nicht einmal über die Lippen wollte. Für mich sollten die Ferien eine Befreiung aus der Halblüge sein, die ich lebte. Deshalb konzentrierte ich mich auf die Rituale, auf die Kerzen, den Baum, die Geschenke, den Stechpalmenkranz an der Tür, den Puter, den Pudding, die allesamt nicht unbedingt etwas mit Jesus und seinem oft mißbrauchtem Namen zu tun hatten. Wir besuchten jeden Tag das Grab unserer Eltern, legten Blumen hin und weinten. Wir besuchten unsere Nachbarn, wir schauten bei unseren alten Schulfreunden vorbei, und unsere Kinder spielten mit ihren. Es war eine Zeit der Erinnerung und, durch die Erinnerung, der Feierlichkeiten.

Am letzten Abend ging ich allein zum Friedhof. Ich hockte vor dem Grab meiner Eltern - denn Knien lag meinem Wesen fern - und erzählte ihnen alles über meine neue Schule. Ich sagte, daß ich dort glücklich sei, und ich dankte ihnen für ihre Führung. Ich öffnete ihnen mein Herz, den Teil, der geöffnet werden durfte. Aber ich erzählte ihnen nichts von Eccles' Zwinkern.

Dreizehntes Kapitel

„Seine Kinder wachsen ohne ihn heran", sagte Matthew. „Das ist alles so unfair."

Sam und Matthew saßen in einem Café am Flußufer.

„Gibt es etwas Neues über das Gnadengesuch?" fragte Sam.

„Ich will kein Gnadengesuch", sagte Matthew mit fester Stimme. „Ich will keinen Strafnachlaß. Ich will keine Milde. Das alles weist auf Schuld hin. Ich will einen neuen Prozeß. Mit etwas anderem gebe ich mich nicht zufrieden."

Wie er sich verändert hat, dachte Sam. Er hat ein ganz neues Selbstbewußtsein. Bisher war er ein geduldiger Fußsoldat, der um Hilfe flehte, und jetzt ist er nichts Geringeres als ein glühender Kreuzritter.

„Ich habe eine Anwältin gefunden", sagte er, und Sam registrierte ein scheinbar unangebrachtes Funkeln in seinen Augen. „Rebecca Morris", sagte Matthew dann. „Sie ist jung und hat noch keine große Erfahrung, aber sie ist von Alfreds Unschuld zutiefst überzeugt. Sie hat alle Unterlagen und geht sie Wort für Wort durch. Und sie hat schon mehrere Lücken und Schwächen in der Beweisführung entdeckt."

„Weiß Alfred davon?" fragte Sam.

„Nein. Noch nicht. Und er soll es auch noch nicht erfahren. Ich will ihm keine falschen Hoffnungen machen."

„Wie geht es Susan?" fragte Sam nach einer Weile. „Seid ihr noch immer getrennt?"

„Ich habe sie schon länger nicht mehr gesehen", sagte Matthew. „Ich sehe die Kinder, aber Susan ist verschwunden, wenn ich sie holen komme. Ich wohne noch immer bei Lucy. Wie macht sich das Buch?"

„Gut", sagte Sam. „Aber es geht nur langsam weiter. Erinnerungen können sehr aufwühlend sein, vor allem für einen ehrlichen Mann wie Alfred. Im Moment beschreibt er die Ereignisse, die zur Katastrophe geführt haben. Das muß sehr hart für ihn sein. Aber er scheint sich einigermaßen wohlzufühlen. Ich war letzte Woche bei ihm. Ich habe ihm einen Kassettenrekorder und einige Kassetten mitgebracht. Ich glaube, das hat ihm gefallen."

„Lucy darf ihn nächste Woche besuchen", sagte Matthew. „Ich habe ihr Rebecca vorgestellt, und das hat ihr Hoffnung gemacht. Wir müssen hoffen, wir müssen hoffen", sagte Matthew. Doch dann fügte er resigniert hinzu: „Was sollten wir denn sonst tun?"

„Einfach hoffen", sagte Sam. „Das dürfen wir nicht vergessen."

Sie schwiegen eine Weile. Dann fragte Sam: „Besteht irgendeine Möglichkeit, daß ich Susan sehen kann? Daß ich vielleicht mit ihr sprechen könnte?"

„Absolut keine", sagte Matthew. „Und selbst wenn, dann wäre es mir nicht recht. Das mit ihr und mir ist zu Ende. Bei Verrat gibt es keinen Weg zurück. Der Schaden ist passiert. Ich hoffe, eines Tages wird es ihr sehr leid tun."

„Das wird es bestimmt", sagte Sam. Dann schnitt er das Thema an, das ihn zu diesem Treffen mit Matthew geführt hatte.

„Hat Alfred dir gegenüber jemals einen Mr. Eccles erwähnt? Das ist der Geschichtslehrer an seiner Schule."

„Nein", sagte Matthew. „Daran kann ich mich nicht erinnern. Warum willst du das wissen?"

„Ich glaube, Alfred hat ihn als Feind betrachtet. Du könntest doch Rebecca bitten, sich genauer über ihn zu informieren."

Sam hatte die letzten Kapitel von Dreyfus' Bekenntnissen gelesen und konnte Eccles' Zwinkern nicht aus seinen Gedanken verbannen. Auch er hielt es für einen Schlüssel zum Dreyfus-Mysterium.

Sie verabschiedeten sich mit dem Versprechen eines baldigen Wiedersehens. Sam schaute hinterher, als Matthew das Café verließ. Als er dessen hocherhobenen Kopf betrachtete, mußte er an die verzweifelte, gebückte Haltung seines Bruders denken.

Vierzehntes Kapitel

Mein erstes Jahr in der Schule verstrich ohne ernsthafte Störungen. Ich mißtraute Cliquen. Während meiner gesamten Laufbahn als Lehrer hatte ich sie bekämpft, da sie exklusiv sind und oft zu Elitedenken und Intoleranz führen. Es ist ziemlich einfach, eine ewig zusammenhängende Gruppe von Jungen zu trennen, wenn ihre Aufmerksamkeit auf andere Gruppenunternehmungen gelenkt wird. Aber wenn eine solche Clique von einem Lehrer geleitet wird, dann ist die Situation gleich um einiges bedrohlicher. Mr. Eccles' Anhängerschar kam mir eher vor wie eine Gruppe von Verschwörern. Seine Groupies benahmen sich wie Jünger, immer versammelten sie sich zum Tee bei ihm, gingen nach dem Unterricht mit ihm spazieren, und sie begleiteten ihn sogar auf Exkursionen ins Theater, die er mit meiner Erlaubnis organisierte. Ich konnte nichts dagegen tun. Ich vertraute mich Fenby an, doch der lachte über mein Unbehagen.

„Das war immer schon so mit Eccles", sagte er. „Seit ich hier bin. Und das sind so ungefähr zwanzig Jahre. Er hatte immer seine Anhänger. Das ist nicht weiter gefährlich." Ich hoffte, daß er recht hatte. Zweifellos stand ich unter dem Einfluß des inzwischen seit einem Jahr verstrichenen Zwinkerns, immer wieder sah ich dieses Bild vor mir, und deshalb erregten alle Eccles-Aktivitäten meinen Verdacht.

In jeden Osterferien fuhr er mit einer Gruppe von Jungen zum Skifahren in denselben Ort in Österreich. Und auch hier konnte ich ihm meine Erlaubnis nicht verweigern. Ich kannte die Namen der Jünger, die an dieser Reise teilnehmen wollten, es war ungefähr· ein Dutzend, aber diesmal war auch ein Junge dabei, den ich bisher nicht für ein Mitglied dieser Anhängerschaft gehalten hatte. Er hieß George Tilbury.

Warum nenne ich diesen Namen überhaupt noch? Denn Georges Name ist ebenso berühmt, wie meiner berüchtigt ist. Auch sein Name ist in aller Welt bekannt, doch anders als meinem sind ihm keine Etiketten angeklebt worden. Er ist noch immer derselbe wie bei seiner Taufe, und ich schreibe ihn überwältigt von Mitleid und Zorn auf.

George war der Sohn eines Ministers, Sir Henry Tilbury. Ich war ihm einmal begegnet, auf unserem Schulfest, er war ein beeindruckender Mann mit einem ererbten Titel. Politisch neigte er zur rechten Mitte und war ein überzeugter Monarchist, der sich jedoch zugleich für die EU einsetzte. In meinen Augen personifizierte er die Qualitäten des wahren Engländers, eines zur Toleranz neigenden Patrioten. Und George war genau wie er. Sein bester Freund war ein Jude, David Solomon, Sohn eines orthopädischen Chirurgen.

Ich mochte George. Er war nicht unbedingt ein guter Schüler, doch er war umgänglich und besaß eine Eigenschaft, die den Schülern zumeist sonst leider fehlte - Sinn für Humor und ab und zu auch für einen frechen Streich. Ich hielt George nicht für einen Eccles-Anhänger, und Eccles sah das offenbar auch nicht anders, denn er suchte mich auf, als George an der Reise teilnehmen wollte. Er sagte, wenn er Tilbury mitnähme, dann würden sie zu dreizehn sein, und er selber sei zwar nicht abergläubisch, doch die anderen Jungen könnten Anstoß an dieser Zahl nehmen. Diese Möglichkeit mochte ich jedoch nicht akzeptieren. Ich hatte das Gefühl, daß der Aberglaube seine eigene, persönliche Abneigung kaschieren sollte, und deshalb bestand ich auf Georges Teilnahme. Ich hoffte wirklich, dem jungen George damit einen Gefallen zu tun.

„Vielleicht haben Sie ja recht, Sir Alfred", sagte Eccles.

Ich weiß nicht, warum, aber wenn Leute wie Eccles meinen Titel nannten, dann kam er mir fast vor wie eine Beleidigung.

In den Ferien brachen sie dann also auf, und ich freute mich darauf, George wiederzusehen. Lucy und ich verbrachten die Ferienwoche in unserem Dorf. Matthew konnte nicht kommen. Die Ferien seiner Kinder fielen nicht mit unseren zusammen. Deshalb luden wir auf ein paar Tage unseren Schuldichter Richard ein. Richard hatte noch immer keine feste Freundin gefunden und war begeistert von der Aussicht auf neue Jagdgründe. Ich konnte mir ja nicht vorstellen, daß unser Dichter in unserem kleinen Dorf große Chancen haben würde. Die Dörflinge mißtrauten jeder Art von Künstlern, aber ich wollte ihn nicht entmutigen.

Meine Eltern waren noch kein ganzes Jahr tot. Obwohl ich mich langsam mit meinem Waisendasein abfand, schmerzte ihr Verlust mich weiterhin. Ihre Gräber wurden auch in unserer Abwesenheit mit Blumen bedeckt, was bewies, welche Achtung sie in dieser kleinen Gemeinschaft genossen hatten. Und wir waren immer willkommen, die anderen schienen diesen Kontakt ebenso zu brauchen wie wir selber. Die Einladungen zum Tee und zum Abendessen schlossen auch Richard ein, und er wurde sogar dazu aufgefordert, im Gemeindehaus aus seinen Werken zu lesen. Es überraschte mich, daß er das Angebot annahm, und ich machte mir Sorgen wegen der Reaktion des Publikums. Ich rechnete mit wenigen und mißtrauischen Zuhörern, doch das Gemeindehaus war voll besetzt. Richard trat zur Feier des Tages in sauberen Jeans und einem rosa Hemd mit geblümter Krawatte an. Als er das Podium betrat, kam es zu spontanem Applaus, noch ehe er den Mund aufgemacht hatte, und für die folgende Stunde waren alle gefesselt von seinen magischen Versen. Als er fertig war, wurden enttäuschtes Seufzen und Rufe nach Zugabe laut. Und als ihnen die Hände wehtaten, trampelten sie begeistert mit den Füßen. Ich glaube, jede Frau und vielleicht auch einige Männer im Publikum müssen sich in ihn verliebt haben, und Lucy und ich gingen nach Hause, um ihn seinem Erfolg zu überlassen. Ich war mir sicher, daß er die langersehnte feste Freundin sehr bald in unserem Dorf gefunden haben würde.

Während dieser Ferien dachte ich oft an George und hoffte, daß er seinen Urlaub genoß. Manchmal hatte ich Angst, daß ich in die Schule zurückkehren und feststellen würde, daß ich einen schrecklichen Fehler gemacht hatte. Aber schon auf den ersten Blick sah ich, daß bei George alles in Ordnung war. Ich bat ihn einmal zum Mittagessen zusammen mit seinem Freund David Solomon an meinen Tisch. Ich erkundigte mich nach seiner Reise, und er sagte, einen so schönen Urlaub habe er noch nie erlebt, und bestimmt werde er auch im kommenden Jahr wieder mitfahren.

Im restlichen Schuljahr beobachtete ich dann, daß er sich den Teetrinkern in Eccles' Zimmern angeschlossen hatte. Ich sah, wie er nach dem Unterricht mit ihnen durch die Felder zog. Und am Ende des Schuljahrs schien George Tilbury absolut Eccles-hörig geworden zu sein. Diese Entwicklung gefiel mir durchaus nicht, und es tat mir weh, daß seine Freundschaft zu David Solomon ein Ende genommen zu haben schien. Ich glaube nicht, daß sie sich gestritten hatten, aber sie standen einander nicht mehr nahe, und aus irgendeinem Grund machte mir das große Sorgen. George Tilbury hatte offenbar eine radikale Wandlung durchgemacht und schien dabei leider seinen Sinn für Humor verloren zu haben. Ich hätte sehr gern mit ihm gesprochen, fand aber keinen Grund, ihn in mein Büro zu bestellen. Es schauten immer wieder Jungen bei mir herein, aber ich befahl sie nicht zu mir. Falls es nicht einen sehr guten Grund gab, dann war das nicht meine Aufgabe. Und bei George gab es keinen Grund. Bis dann im Sommer der Bericht seines Hausvaters einen schwerwiegenden und plötzlichen Leistungsrückgang meldete. Ich rief George zu mir und fragte, ob er seine schlechten Noten erklären könne.

„Ich tue mein Bestes, Sir", sagte er.

Er sprach mit einem Hauch von Unverschämtheit in der Stimme, ganz anders als der George, den ich früher gekannt hatte.

„Du kannst aber mehr schaffen", sagte ich.

„Das hier ist mein Bestes", sagte er mit einem Unterton von „wenn Ihnen das nicht paßt, dann ist das Ihr Problem."

Ich wurde wütend. „Nächstes Jahr kommen wichtige Examen auf dich zu, und wenn du so weitermachst, dann bekommst du keinen Studienplatz. Dein Vater wird zutiefst enttäuscht sein."

Ich haßte mich dafür, daß ich zu dieser Phrase griff. Daß ich das getan hatte, zeigte meine eigene Schwäche. George schwieg. Er musterte mich einfach voller Verachtung. Ich starrte ihn kurz an. Dann fragte ich: „Hast du irgendwelche Probleme, George?"

„Nein, Sir. Gar keine", sagte er.

Sein Tonfall hatte sich geändert. Er kam mir vor wie ein kleiner Junge, und ich wußte, daß etwas ihn belastete, so sehr er das auch zu verbergen versuchte.

„Du kannst immer zu mir kommen, das weißt du", sagte ich.

„Danke, Sir!" Er wich aus und ich wußte, wie sehr er sich nach Flucht sehnte. Ich nahm an, daß er in Tränen ausbrechen würde, sowie er mein Büro verlassen hätte.

„Jederzeit", fügte ich hinzu. „Vergiß das nicht. Und jetzt kannst du gehen", sagte ich dann noch zu seiner großen Erleichterung.

Er murmelte: „Vielen Dank" und ging.

Später sprach ich dann mit seinem Hausvater. Auch dem war aufgefallen, daß der Junge oft mißmutig wirkte und zwischendurch zu einer gewissen Arroganz neigte. Er versprach, George im Auge zu behalten.

Ich konnte die Sache mit George nicht vergessen, und schließlich verfolgte George mich wie Eccles' Zwinkern in meinen Träumen.

Nicht lange nach diesen Osterferien hörte ich an meiner Tür ein schüchternes Klopfen, und deshalb wußte ich, daß draußen ein Schüler stand. Ich rief nicht „herein", wie ich das bei einem Lehrer gemacht hätte. Ich ging zur Tür und öffnete sie, in der Hoffnung, daß diese Art von Willkommen meinem Besucher ein wenig mehr Mut geben würde, als in seinem zaghaften Klopfen gelegen hatte. Es war James Turncastle, und ich fragte mich sofort, was er von mir wollen könne. James war ein hervorragender Schüler, einer der besten der Schule. Ich wußte nicht viel über ihn, außer, daß er ein Eccles-Jünger war. Sein Vater war als Diplomat irgendwo im Nahen Osten tätig, aber ich hatte seine Eltern nie kennengelernt. Obwohl er zur Eccles-Gruppe gehörte, war James mir immer als ziemlicher Einzelgänger erschienen. Er war ein gutaussehender Junge, der oft für älter gehalten wurde. Er stand unmittelbar vor dem wichtigsten Zwischenexamen. Danach würde er, nach allem, was ich hörte, bald reif für das Hochschulstudium sein. Ich bot ihm einen Stuhl an. Er rutschte nervös hin und her.

„Laß dir Zeit", sagte ich, denn ich spürte, daß sein Anliegen ihm Probleme machte. „Was kann ich für dich tun?"

„Ich möchte ein Jahr aussetzen. Nach den Examen",

rutschte es aus ihm heraus. Er sprach schnell, als wolle er es hinter sich bringen.

Sein Vorhaben verblüffte mich. „Warum?" fragte ich verständlicherweise.

„Ich möchte eine Pause, ehe ich Abitur mache."

„Das ist aber sehr ungewöhnlich zu diesem Zeitpunkt", sagte ich. „Viele machen zwischen Abitur und Universität ein Jahr Pause. Jetzt wäre wirklich nicht der passende Zeitpunkt für eine Unterbrechung deiner Ausbildung."

Er sagte nichts dazu, und ich stellte weitere Fragen. „Und was hast du in diesem Pausenjahr vor?"

„Freunde in Wien haben mich eingeladen. Ich habe sie im Skiurlaub mit Mr. Eccles kennengelernt."

„Wissen deine Eltern schon von diesem Plan?" fragte ich.

„Nein. Das ist auch nicht nötig", sagte er. „Denen ist das doch ohnehin egal."

Ich hielt diese letzte Bemerkung für eine Art Schlüssel und beschloß, mich genauer zu informieren. James besuchte die Schule schon, als ich meinen Posten hier angetreten hatte. Und irgendwo mußte es Unterlagen über seine Familiensituation geben. Ich sah ihn an.

„Bitte, Sir", sagte er.

„Ich muß es mir überlegen", entgegnete ich. „Komm Ende der Woche noch einmal."

Er erhob sich. „Danke, Sir", sagte er. Und dann noch einmal: „Danke."

Ich war erleichtert, als ich nun endlich einen Grund hatte, um Eccles zu mir zu bestellen. Er unterrichtete den Jungen nicht nur in Geschichte, sondern war auch dessen Hausvater. Er kam nach dem Unterricht und verhielt sich so kriecherisch wie eh und je. Ich bot ihm einen Sherry an und erzählte ihm von Turncastles Bitte.

„Was wissen Sie über den Jungen?" fragte ich. „Über seine Familie, meine ich."

„Nicht viel Gutes, fürchte ich", sagte Eccles. „Er ist ein Einzelkind, und seine Eltern wollten keine Kinder. Sie sind karrierefixiert, sehr reich und sehr selbstsüchtig. Er hat kaum mit ihnen zu tun. In den Ferien wird er zu einer Tante in Devon abgeschoben, und während seiner ganzen Schulzeit hat sich noch kein Familienmitglied von ihm hier sehen lassen."

„Und was sind das für Leute in Wien?" fragte ich.

„Das sind wirklich gute Freunde. Ich kann für sie garantieren. Ich kenne ihre Eltern. Sie würden dafür sorgen, daß er sich wohlfühlt."

„Aber was ist mit den Reisekosten, mit seinem Unterhalt und allem anderen?"

Eccles lächelte. „Turncastle verfügt über unerschöpfliche Taschengeldmengen. Dafür erkaufen seine Eltern sich sicher ein reines Gewissen."

„Was meinen Sie", fragte ich. „Soll ich ihn gehen lassen?"

„Das haben Sie zu entscheiden, Sir Alfred", sagte er.

„Aber was meinen Sie?"

„Na, auf jeden Fall spräche er danach fließend Deutsch. Was doch nicht schlecht wäre, meine ich."

Ich neigte dazu, dem Jungen seinen Willen zu lassen, denn ich hatte das Gefühl, alles andere würde zu hart für ihn sein. Aber zuerst mußte ich seinen Eltern und seiner Tante schreiben und sie um ihre offizielle Erlaubnis bitten. Als Turncastle am Ende der Woche an meine Tür klopfte, sagte ich, ich müsse noch die Antwort seiner Eltern abwarten.

„In meiner ganzen Zeit hier, und das sind jetzt fast vier Jahre, habe ich nie einen Brief von ihnen bekommen. Nicht einmal eine Geburtstagskarte! Ich wünsche Ihnen mehr Erfolg, Sir."

Aber der war mir nicht beschieden. Am Ende des Schuljahres hatten sich weder seine Eltern noch die Tante aus Devon gemeldet. Ich wartete, bis er die Examen hinter sich hatte, dann ließ ich ihn in mein Büro kommen. Sein Klopfen hörte sich noch immer schüchtern an, und er wirkte nervös. Ich bot ihm einen Stuhl an und lächelte ihm zu. Er ahnte schon, daß gute Nachrichten bevorstanden, aber er war weiterhin angespannt.

„Ich habe beschlossen, dich fahren zu lassen", sagte ich. „Aber nur für ein Jahr. Ich erwarte dich mit fließenden Deutschkenntnissen im nächsten September."

James entspannte sich und war vor Dankbarkeit erschöpft.

„Unter einer Bedingung", fügte ich hinzu. „Daß du mir regelmäßig schreibst. Postkarten reichen völlig. Aber sie müssen regelmäßig eintreffen. Und du hinterläßt mir deine Adresse und deine Telefonnummer."

„Natürlich, Sir", sagte er.

„Und ich wünsche dir alles Gute."

Er sprang auf. Und dann folgte eine außergewöhnliche Geste. Er lief um meinen Schreibtisch herum und umarmte mich ganz spontan. Ich hielt ihn nicht zurück. Ich war zutiefst bewegt von seinem Bedürfnis nach Zuneigung. Ich legte meine Arme um ihn. Er kam mir vor wie ein Sohn, und zweifellos stellte er sich in diesem Moment vor, ich sei sein Vater. Er ging zur Tür und wandte dabei sein Gesicht ab. Ich war sicher, daß er weinte.

„Viel Glück", sagte ich noch einmal. „Und genieße jede Minute!"

Er lief hinaus, und ich saß noch eine Weile am Schreibtisch und wünschte ihm soviel Glück, wie ich meinem eigenen Sohn gewünscht hätte.

Am Ende des Schuljahres gaben Lucy und ich wieder eine Party. Wieder kamen Ferienpläne zur Sprache. Diesmal wollte Eccles Freunde in Amerika besuchen, Brown zog es abermals nach San Francisco, und Dr. Reynolds wollte sich in seiner Hütte in den Cotswolds einigeln. Ich war nicht davon überrascht, daß unser junger Schuldichter den Sommer in unserem kleinen Dorf in Kent verbringen wollte. Lucy, die Kinder und ich und Matthew, Susan und deren Kinder hatten uns zu einer Kreuzfahrt durch die norwegischen Fjorde entschlossen.

Das war, wenn ich jetzt daran zurückdenke, der letzte Sommer, den wir en famille verbrachten. Und in meinem eigenen Leben war es überhaupt der letzte Sommer. Ich glaube kaum noch, daß ich je wieder einen sehen werde. Oder überhaupt irgendeine Jahreszeit. Denn meine Zelle ist taub für das Fallen der Blätter oder das Bersten der Knospen, das Brennen der Sonne oder die schweigende Stille des Schneefalls. Ich befinde mich in einer Vorhölle ohne Jahreszeiten, und die Zeit ist eine gesichtslose Uhr, die im Dunkeln tickt.

Fünfzehntes Kapitel

„Ich habe mich bei Rebecca nach Eccles erkundigt, Sam", sagte Matthew, „und sie bezeichnet seine Aussage als über jeden Zweifel erhaben."

Sie saßen in Lucys Wohnzimmer. Lucy machte in der Küche Tee, und die Kinder besuchten Freunde.

„Ich kann mich daran erinnern", sagte Matthew. „Er bezeichnete Alfred als großartigen Pädagogen und hervorragenden Schulleiter. In seiner ganzen Aussage gab es nicht ein böses Wort. Bei dem Musiklehrer Fenby war das auch so. Ich glaube überhaupt nicht, daß irgendein Lehrer etwas über ihn gesagt hat. Mit ein oder zwei Ausnahmen, vielleicht. Ich kann den Gedanken an diese Tage kaum ertragen."

„Alfred kommt jetzt beim Schreiben sehr gut voran", sagte Sam in dem Versuch, das Thema zu wechseln. „Obwohl das Thema so schmerzhaft ist, scheint er es im Griff zu haben. Ich glaube, er betrachtet das Schreiben als eine Art Therapie."

„Rebecca geht allen Spuren nach", sagte Matthew, als habe er ihn nicht gehört. „Sie war sogar schon in Kent."

„Sie scheint sehr gründlich zu sein", meinte Sam, stellte aber keine weiteren Fragen. Er hatte den Eindruck, daß Matthew noch nichts verraten wollte, oder daß Rebecca ihre Entdeckungen für sich behielt. Vielleicht war auch beides der Fall, da Matthew von der Suche und möglicherweise auch von Rebecca wie besessen schien.

Lucy brachte den Tee, und während sie aßen und tranken, wurde das Thema Alfred nicht mehr berührt. Lucy erzählte von den Fortschritten der Kinder, der Hauslehrer

war sehr zufrieden mit ihnen. Sie selber hatte eine Halb-
tagsstelle als Schreibkraft gefunden und konnte die Arbeit
zu Hause erledigen.

Nach dem Tee wollte Matthew gehen. Er schien es eilig
zu haben. Sam freute sich über seinen Aufbruch, denn er
wollte sich nach Susan erkundigen, und das ging nur in
Matthews Abwesenheit. Er half Lucy beim Abräumen und
fragte dann in der Küche: „Was macht Susan? Gibt es
irgendeine Hoffnung auf Aussöhnung?"

„Keine", sagte Lucy. „Nie im Leben. Matthew ist da
ganz hart. Und ich glaube, das ist richtig so. Und auf jeden
Fall", fügte sie nach einer Weile hinzu, „glaube ich, daß er
andere Interessen hat."

„Rebecca?" fragte Sam.

„Rebecca", sagte Lucy.

„Bist du ihr je begegnet?"

„Ja. Einmal."

„Das freut mich für ihn", sagte Sam.

„Mich auch. Er hat sehr harte Zeiten hinter sich."

„Ich habe ein sehr gutes Angebot für Alfreds Buch von
einem Verlag in den USA", sagte Sam. „Einfach auf Grundlage einiger Kapitel. Ich frage mich, ob ich Alfred davon
erzählen soll. Was meinst du?"

„Lieber nicht", sagte Lucy. „Geld ist ihm doch egal. Das
weißt du. Außerdem, und das ist wichtiger, würde es ihn
sicher nervös machen. Er hätte das Gefühl, daß zuviel von
ihm erwartet wird. Laß ihn in seinem eigenen Tempo weitermachen. Der einzige Druck sollte von ihm selber stammen."

Lucy ist wirklich eine sehr kluge Frau, dachte Sam. „Ich
könnte dir Arbeit besorgen", sagte er plötzlich. „Für meine

Agentur. Du könntest das auch zu Hause machen, und niemand braucht davon zu erfahren."

„Was müßte ich denn tun?" fragte Lucy gespannt.

„Vor allem Manuskripte lesen", sagte Sam. „Romane und Sachbücher, und Gutachten dazu schreiben. Wie eine ganz normale Leserin."

„Das würde mir gefallen", sagte sie.

„Ich bezahle bar. Damit es nicht bekannt werden kann."

„Wann fange ich an?"

„Morgen. Ich bringe dir einen Stapel Arbeit mit." Er konnte Kurieren nicht vertrauen. Und auch nicht der Post. Lucys Adresse durfte nicht bekanntwerden.

„Aber Alfred sagst du es, ja, Sam?" fragte Lucy. „Das würde ihn sehr glücklich machen."

„Natürlich sage ich es ihm. Nächste Woche, wenn ich das neue Kapitel abhole. Und das Angebot aus den USA werde ich nicht erwähnen."

In seinem Büro packte Sam dann drei Manuskripte zusammen, die schon viel zu lange herumlagen. Er freute sich über seine Entscheidung. Lucys Selbstvertrauen würde wachsen, und ihn selber würde es sehr erleichtern. Und vor allem würde es Alfred gefallen, und Sam ging es doch vor allem um ihn.

Sechzehntes Kapitel

Als ich nach den Sommerferien in die Schule zurückkehrte, freute ich mich sehr über einen Stapel Postkarten von James. Ich untersuchte die Poststempel und brachte die Karten in die richtige chronologische Reihenfolge. Die ersten sprachen von Dankbarkeit und Begeisterung, und so ging es auch weiter. Sein Deutsch werde jeden Tag besser, schrieb er. Was es auch müsse, denn nicht alle in Wien sprächen Englisch. Er hatte den Sommer in den Bergen verbracht, und seine vorletzte Postkarte teilte mit, daß er Kampfsportkurse besuche. Die letzte Postkarte brachte dann die Überraschung. Er habe plötzlich Heimweh, schrieb er. Dieses Wort machte mir arg zu schaffen, denn ich fragte mich, was der arme James für sein „Heim" halten mochte. Eigentlich gab es da nur die Schule. Er wollte nach den nächsten Ferien nach Hause kommen und sich dann auf die Abschlußprüfungen vorbereiten, mit Deutsch als zusätzlichem Fach.

Ich freute mich und war glücklich darüber, ihn nicht mehr lange vermissen zu müssen. Ich schrieb ihm sofort einen langen Brief, in dem ich ihm zu seinen Prüfungsergebnissen gratulierte. Sie waren brillant, wie wir alle erwartet hatten. Er war in zwölf Fächern angetreten und hatte in elf die bestmögliche Note erzielt. Nur in Chemie hatte er etwas schlechter abgeschnitten. In meinem Brief erzählte ich ihm von der Schule und den Examensergebnissen seiner Freunde. Ich schilderte unsere Kreuzfahrt durch die Fjorde und berichtete vom schulischen Fortschritt meiner Kinder. Ich wußte, daß es ein sehr intimer Brief war, wie ein Vater ihn vielleicht an seinen Sohn schreiben würde. Ich sagte ihm, wie sehr ich mich über seine frühere Rückkehr freute, und daß ich ihn mit Vergnügen bald an der Schule willkommen heißen wollte.

Ich informierte Mr. Eccles über James' Entscheidung,

und der spielte den Überraschten. Ich wußte aber, daß diese Überraschung nicht echt war. Ich hatte das Gefühl, daß er selber James' Rückkehr in die Wege geleitet hatte. Ich hatte durchaus keinen Grund zu dieser Annahme, aber Eccles' Aussagen erweckten nun einmal unweigerlich mein Mißtrauen.

Die nächsten Wochen verstrichen ziemlich problemlos. Ich behielt George Tilbury im Auge und hoffte auf Fortschritte, die sich jedoch nicht einstellten. Immerhin wurde er nicht noch schlechter. Er behielt ein gleichmäßiges Niveau von Mittelmäßigkeit bei. Was mir gefiel, war die unübersehbare Wiederaufnahme seiner Freundschaft zu David Solomon, was den Tee, den er weiterhin in Eccles' Räumlichkeiten einnahm, und die Groupie-Spaziergänge über das Schulgelände auszugleichen und zu neutralisieren schien. Die Examensergebnisse sicherten der Schule den obersten Tabellenplatz, und ich freute mich sehr, als ich das in der Aula verkünden konnte. Alle jubelten, und der gute alte Fenby am Piano stimmte sofort die Schulhymne an, die sechshundert Jungen laut und freudig mitsangen. Es war ein schöner Anfang für das folgende Trimester.

Die Weihnachtsferien verbrachten wir zusammen mit Matthew und Susan in Kent, im Dorf unserer Kindheit. Unsere erste Einladung bat uns zum Verlobungsfest unseres Dichters, Richard, mit Veronica, der Tochter des Dorfschmieds, und ich wurde als Heiratsvermittler gelobt. Dann kamen die üblichen Weihnachtspartys mit unseren Freunden und deren Kindern, unsere Besuche auf dem Friedhof und die aktualisierten Mitteilungen. Der Verlust meiner Eltern schmerzte nicht mehr so sehr. Ich hatte erfaßt, daß er von Dauer sein würde, und das gab mir selt-samerweise einen gewissen Trost.

Es war das letzte Weihnachtsfest, das ich in unserem Dorf verbringen sollte. Aber damals wäre ich niemals auf diesen Gedanken gekommen. Ich habe mich nie von meinen Eltern verabschiedet, denn ich glaubte zu wissen, daß ich sie bis zu meinem Tod immer wieder besuchen würde.

Im folgenden Jahr kam der Frühling sehr zeitig, und schon bald nach Ferienende blühten auf dem Schulgelände die Osterglocken. Mein erster Blick fiel auf James Turn-castle, braungebrannt und kurzgeschoren, der vor meiner Bürotür wartete. Ich hätte ihn zur Begrüßung gern umarmt, und sein glücklicher Blick schien mir zu verraten, daß es ihm ebenso ging. Aber wir beide nahmen uns zusammen und schüttelten einander nur die Hände.

„Willkommen daheim", sagte ich und fragte mich, ob ich die richtigen Worte benutzt hätte.

„Es ist schön, wieder hier zu sein", sagte er.

Ich lud ihn in mein Büro ein. Wenn es nicht so früh gewesen wäre, dann hätte ich ihm einen Sherry angeboten. Ich mußte mir vor Augen halten, daß er trotz allem erst sechzehn war. Ich beglückwünschte ihn noch einmal zu seinen Examensergebnissen und war sicher, daß er die verlorene Schulzeit bald aufholen würde.

„Und jetzt erzähl mir von Österreich", sagte ich. „Und wie sieht's mit deinen Deutschkenntnissen aus?"

Er leierte eine Flut von Sätzen auf Deutsch herunter, die sich für mich sehr authentisch anhörten.

„Diese Sprache scheint mir zu liegen", sagte er. „Wie eine zweite Muttersprache. Obwohl", fügte er hinzu, „mit einer ersten Mutter kann ich ja wohl kaum protzen."

Das war eine sehr private Bemerkung, die er mir da mitteilte, und ich fühlte mich ein wenig unwohl dabei. Zugleich jedoch freute mich sein Vertrauen. Er verbrachte eine halbe Stunde bei mir und verschwieg nichts, er erzählte ausgiebig von der Familie, bei der er gewohnt hatte, von ihrer Einschätzung von Engländern und Amerikanern und von ihrem Interesse an der Vergangenheit. Ich forderte ihn nicht dazu auf, das genauer zu schildern. Aus irgendeinem Grund wollte ich nichts darüber hören.

„Ich sehe sie bald wieder", sagte er. „Im Skiurlaub."

Diese Mitteilung gefiel mir nicht. Wieder dachte ich an George und fragte mich, ob er teilnehmen würde. Für diesen Tag bat ich James zum Mittagessen an meinen Tisch. Ich wollte ihn Lucy und später auch Peter vorstellen. Ich dachte, sie könnten sich miteinander anfreunden. Wieder schien er überaus dankbar zu sein und versprach, ein sauberes Hemd anzuziehen.

Eccles saß an diesem Tag ebenfalls an meinem Tisch. James' Anblick schien ihn zu überraschen, und ich hielt seine Überraschung für ebenso echt wie seine Freude. Lucy erwärmte sich sofort für den verlorenen Sohn und lud ihn in unser Haus ein, damit er die Kinder kennenlernen könnte. Ich hatte ihr über James' Familie alles erzählt, was ich wußte, und sie bot uns als seine Ersatzfamilie an.

„Wir sollten mit ihm und den Kindern mal ein Wochenende in Kent verbringen", sagte sie.

Ich nehme an, daß meine Leser sich inzwischen fragen, wieso ich über James Turncastle mit solchem Gleichmut, mit solcher Zuneigung schreiben kann, warum meine Feder bei seinem Namen nicht stockt. Wenn wir bedenken, was wir heute wissen, dann sollte ich vor seiner Erwähnung zurückschrecken oder seinen Namen einfach verschweigen. Liebe Leser, ich habe diesen Jungen geliebt wie einen Sohn, und mein nachträgliches Wissen und dessen Weisheit können diese Liebe nicht beeinflussen. Aber sie spielen jetzt doch eine Rolle. Die Erwähnung unseres Besuchs in Kent läßt mich zurückblicken. Und jetzt stockt meine Feder wirklich, während ich mich frage, ob ich heute hier sitzen würde, wenn Lucy nicht, angespornt von mir, ihre großzügige Gastfreundschaft angeboten hätte. Ich werde seinen Namen nicht mehr erwähnen. Obwohl es natürlich im Laufe meines Berichtes ab und zu notwendig werden wird, aber das wird dann nur aus diesem Grund geschehen.

Wir fuhren also alle in unser Ferienhaus, mit James als unserem Gast. Eccles organisierte einen weiteren Skiurlaub, und wieder gab es dreizehn Teilnehmer. Unter der Anleitung seines Hausvaters hatten Georges Leistungen sich ein wenig verbessert, und ich hoffte, daß es so weitergehen würde. Ich lobte ihn für seine Bemühungen, und das schien ihm zu gefallen. Ich brachte sie alle zum Schultor und wünschte ihnen alles Gute.

Ich verbrachte einen Teil der folgenden Ferien bei Matthew in London. Ich wohnte bei ihm, und Matthew nahm sich frei, um mit mir zusammenzusein. Wir wanderten wie Touristen in London umher. Wir besuchten ausländische Restaurants. Und wir redeten. Wir redeten die ganze Zeit, ließen unsere gemeinsame Kindheit wieder aufleben, gedachten unserer Eltern, planten unsere Zukunft. Damals waren Matthew und ich zum letzten Mal wirklich zusammen. Ich bin froh darüber, daß wir soviel miteinander geredet haben, und daß ich mich an alles erinnern kann. Denn hier, in meiner Zelle, höre ich alles noch einmal. Ich höre seine Stimme, und meine auch.

Ich verließ ihn danach nur ungern. Er versprach für Ostern seinen Besuch, aber für mich sollten die Zeiten sich lange vorher verdüstern, weshalb es niemals Ostern wurde.

Siebzehntes Kapitel

Während Rebecca ihre Untersuchungen anstellte und Matthew regelmäßig darüber informierte, war aus den beiden ein Paar geworden. Aber sie behielten ihre Beziehung für sich. Das mußte so sein. Matthew hatte es niemandem gesagt. Aber sein plötzliches Glück hatte ihn aufgerichtet. Er stolzierte jetzt wie ein Pfau umher, wenn auch ohne dessen Überheblichkeit. Lucy fiel diese Veränderung natürlich auf, und natürlich zog sie die naheliegenden Schlüsse, doch sie schwieg. Auch Sam hatte die neuen Entwicklungen in Matthews Leben registriert und freute sich für ihn. Ohne es Matthew zu sagen, informierte er sich über Susans neues Leben. Aber er suchte kein Gespräch mit ihr, weil Matthew das ja energisch untersagt hatte. Susan wohnte jedoch jetzt nur einige Straßen von Sam entfernt, und er kam jeden Tag auf dem Weg von der Arbeit an ihrem Haus vorbei. Einmal ging er zur Haustür, und vom Klingelbrett her sprang ihm der Name „Smith" klar und deutlich entgegen. Ihm wurde schlecht. Er hätte den Namen gern herausgerissen und durch den wahren, ehrenhaften Namen ersetzt, aber er strich ihn dann einfach nur durch. Für ihn stand diese Wohnung leer. Susan war ein Nichts, ein leerer Raum in einem Vakuum. Er wandte sich resigniert von der Tür ab. Einige Abende später stellte er fest, daß „Smith" wieder da war und sich in einem Rahmen niedergelassen hatte. Unbeweglich. Permanent. Und von ganzem Herzen wünschte Sam Susan Smith ein Mißgeschick.

Er hatte sich für den folgenden Tag mit Matthew verabredet, der ihn über Rebeccas Untersuchungen informieren wollte. Das geschah nicht zum ersten Mal, und bisher hatte die Anwältin nicht viel finden können. Sam bezweifelte nicht, daß sie ihr Bestes tat, und daß ihre Liebe zu Matthew sie dabei antrieb, aber Sam glaubte kaum an die Existenz von neuen Beweisen. Wenn selbst er an den Tagen, an denen er Zutritt erlangen konnte, (denn jedesmal wartete schon eine Menge von geifernden Zuschauern, die Dreyfus bereits für schuldig befunden hatten), den Prozeß besucht hatte, waren ihm die gegen seinen Freund gerichteten Aussagen immer hieb- und stichfest vorgekommen, und die Zeugen hatten auch im strengen Kreuzverhör nicht geschwankt. Alles hatte sich angehört, als sei es sorgfältig eingeübt worden. Die Verteidigung dagegen war alles andere als überzeugend gewesen. Wenn er an die Zusammenfassung des Richters und an die kalte Effektivität der Anklage dachte, dann nahm Sam an, daß selbst Dreyfus selber sich schuldig gesprochen hätte.

Doch Matthew hatte Neuigkeiten und wirkte erregt, als sie sich in ihrem Stammcafé am Flußufer trafen. Er achtete nicht mehr auf mögliche Lauscher, und wenn er erkannt wurde, dann bestätigte er seine Identität nur zu gern. Er sah aus wie ein potentieller Gewinner mit einigen starken Karten im Ärmel.

„Sie hat sich über die Zeugen informiert", sagte Matthew sofort. Er verstummte, als der Kellner an den Tisch trat, und bestellte dann schnell. „Die meisten studieren jetzt", berichtete er. „Zwei sind bei der Armee. Interessant für uns ist James Turncastle."

„Hier ist unser Kaffee", sagte Sam. „Warte noch."

Der Kellner stellte den Kaffee auf den Tisch. Sam gab sich Feuer. Er war ganz Ohr. „Was ist mit Turncastle?" fragte er. Er mochte den Namen kaum aussprechen, denn Turncastles Aussage hatte am schwersten gewogen.

„Er ist in einer psychiatrischen Klinik. Er hatte einen Zusammenbruch."

„Interessant", sagte Sam. „Wissen wir noch mehr? Wo liegt diese Klinik? Und was war das für ein Zusammenbruch?"

„Er ist irgendwo in Devon. Mehr wissen wir noch nicht. Rebecca will ihn ausfindig machen."

„Wir dürfen nicht zu optimistisch sein", sagte Sam. „Der Zusammenbruch muß nicht unbedingt etwas mit dem Prozeß zu tun haben. Aber die Nachfrage lohnt sich bestimmt."

„Das ist noch nicht alles", sagte Matthew. „Eccles."

„Was ist mit Eccles?"

„Weißt du noch, daß du ihn für einen Feind gehalten hast? Oder daß zumindest Alfred das glaubte? Und ich habe dir doch gesagt, was er für eine phantastische Aussage gemacht hat? Rebecca wollte wissen, warum du solche Zweifel hattest. Und Alfred auch. Also hat sie sich über Eccles informiert. Bisher hat sie nichts gefunden. Aber es gibt doch einige Fragen."

„Zum Beispiel?"

„Eccles Ferienziele. Die er immer wieder aufsucht. Österreich, West Virginia, Marseille. Er behauptet, dort Freunde zu haben. Aber was sind das für Freunde? Rebecca riecht eine Spur und hat sich ans Wühlen gemacht."

„Ich sehe da keinen Zusammenhang. Du vielleicht?"

„Ich will gern glauben, daß es eine Verbindung gibt, und ich bin sicher, daß Rebecca sie finden wird", sagte Matthew.

Sie tranken ihren Kaffee.

„Ich gehe nachher zu Alfred", sagte Sam. „Soll ich ihm etwas ausrichten?"

„Daß ich ihn liebe und zu ihm halte. Aber sag ihm nichts über Rebecca. Jetzt wenigstens noch nicht. Obwohl ich annehme, daß alles ziemlich bald an den Tag kommen wird. Wir sind neulich mit Susan zusammengestoßen. Purer Zufall. Wir waren im Supermarkt, Rebecca und ich, und haben Susan bei den tiefgefrorenen Erbsen getroffen. Wir haben nicht miteinander geredet, aber Susan sah ziemlich sauer aus. Ich hoffe, sie wird so vernünftig sein, daß sie nicht die Scheidung einreicht. Sie kann ziemlich eifersüchtig sein."

„Bist du sicher, daß ich nicht mit ihr reden soll?" fragte Sam.

„Ja. Solange es nicht absolut notwendig ist. Aber trotzdem vielen Dank."

Sie trennten sich, Matthew ging zu Rebeccas Kanzlei, Sam zum Gefängnis.

Dort fand er seinen Freund in tiefer Depression vor, woraus er schloß, daß Alfred bei der Schilderung seines Sturzes angekommen war. Er tat Sam leid. Er brachte keine aufmunternde Nachricht. Das üppige Angebot aus

137

den USA würde ihm gleichgültig sein, und Rebeccas Untersuchungen durften nicht erwähnt werden, um ihm keine falschen Hoffnungen zu machen.

„Wie wäre es mit einer Partie Schach", schlug Sam vor. Doch während er das sagte, hörte er, wie töricht dieser Vorschlag war. Ebensogut hätte er einem weinenden Kind ein Bonbon anbieten können.

„Ich kann mich nicht konzentrieren", sagte Dreyfus.

„Redest du von dem Buch?" fragte Sam.

„Es ist so verdammt unfair. Da bin ich für etwas, das ich nicht getan habe, zu lebenslanger Haft verurteilt worden." Er brüllte jetzt. „Ich bin unschuldig! Hörst du mich?" Er packte Sam am Kragen. „Hörst du mich?" fragte er noch einmal.

„Ich höre", sagte Sam traurig. „Aber gib nicht die Hoffnung auf. Matthew hat eine neue Anwältin gefunden." Das durfte er immerhin erzählen. „Sie hält Ausschau nach neuem Beweismaterial."

„Sie?" fragte Dreyfus.

„Ja. Eine Frau. Aber eine sehr erfahrene", log Sam. „Und eine, die von deiner Unschuld fest überzeugt ist."

Dreyfus setzte sich auf seine Pritsche und schlug die Hände vors Gesicht.

„Ich bin verzweifelt", sagte er.

Sam setzte sich neben ihn. Er legte ihm den Arm um die Schulter, aber ihm fiel nichts ein, was er sagen könnte. Er dachte daran, wie er am Bett seiner Mutter gesessen hatte, nachdem der Arzt ihm keine Hoffnung mehr machen konnte. Damals hatte er geschwiegen. Jedes tröstende Wort wäre zu obszönem Spott geworden.

„Das Schreiben fällt mir schwer", sagte Dreyfus

schließlich. „Ich nähere mich dem Prozeß und finde das alles einfach unglaublich. Ich schreibe es wie einen Roman, und manchmal kommt es mir auch so vor. Aber dann, mitten in einem Satz, geht mir auf, daß das durchaus nicht der Fall ist, und dann schaue ich mich um, und ich sehe die Zelle und das vergitterte Fenster, und ich weiß, daß es die Wirklichkeit ist. Der Roman ist Wirklichkeit. Unglaublich. Ich habe eine Frau, die ich nicht umarmen kann, und die Kinder werden ohne mich groß. Freiheit und Familie sind mir genommen worden. Und ich habe nichts verbrochen. Nichts."

Er brüllte seine Verzweiflung aus sich heraus: „Nichts. Nichts."

Sam ließ ihn gewähren und sah voller Kummer zu. Er fühlte sich ebenso hilflos wie Dreyfus selber. Er hätte sehr gern gelesen, was Dreyfus bisher geschrieben hatte, aber plötzlich kam ihm das Buch einfach belanglos vor. Wichtig war nur noch dieser monumentale Justizirrtum.

Langsam beruhigte Dreyfus sich wieder. Sam wagte es, einen Vorschlag zu machen.

„Würdest du mir dein letztes Kapitel vorlesen?" fragte er. Er dachte, die Anwesenheit eines Zuhörers werde seinem Freund dabei helfen, sich von seinem Bericht zu distanzieren und seine Geschichte bis zum Ende zu erzählen. Den Versuch war es wert. Und Dreyfus war bereit. Er ging zu seinem Schreibtisch und suchte einige Papiere zusammen. Und dann fing er an zu lesen, ohne dabei aufzublicken.

Sam hörte zu, doch ihn interessierte weniger das Werk, als die Art, wie Dreyfus vorlas. Denn Dreyfus wirkte jetzt total unangefochten, als erzähle er die Geschichte eines Fremden. Er hörte sich unbeteiligt und fast gleichgültig an. Sam hatte den Eindruck, daß das Lesen eine heilende Wirkung habe, und zufrieden konzentrierte er sich auf den Inhalt des Kapitels. Auch der sagte ihm zu.

Als er fertiggelesen hatte, sagte Dreyfus: „Ich muß weiterschreiben."

Sam erhob sich. Es war ein guter Moment zum Aufbruch. „Ich werde dich nicht aufhalten", sagte er. „Es ist gut. Sehr gut, und es muß vollendet werden. Ich lasse mir gern vorlesen. Können wir das bei meinem nächsten Besuch wieder machen?"

„Komm bald", sagte Dreyfus. „Dann werde ich dir ein neues Kapitel vorlesen können."

Auf dem Rückweg ins Büro beschloß Sam, seinen Freund von nun an regelmäßig zu besuchen, einfach, um sich vorlesen zu lassen. Er würde nicht um das Manuskript bitten. Er würde es sich dort anhören. Er wußte, daß alle Schriftsteller ein isoliertes Dasein führen, doch zumindest haben sie ab und zu gesellige Kontakte. Der arme Alfred war doppelt isoliert, eingesperrt in gnadenlose Einsamkeit und gequält von dieser durchdringenden Ungerechtigkeit.

Von seinem Büro aus rief Sam sofort seine Frau an. Doch als sie sich meldete, wußte er nicht, was er sagen sollte. Er hatte einfach nur ihre Stimme hören wollen, sich davon vergewissern, daß er eine Zuhörerin und zwei Kinder und ein Leben jenseits der Arbeit hatte.

„Ich wollte nur schnell guten Tag sagen", sagte er hilflos. „Ich komme heute früh nach Hause. Wir können alle zusammen essen." Wieviel Gutes gibt es wohl in Dreyfus' Leben, fragte er sich. Aber ihm fiel rein gar nichts ein.

Achtzehntes Kapitel

Während der folgenden Ferien bereitete ich den Besuch eines Schuldirektors aus den USA vor, den ich, als ich noch in Hammersmith gewohnt hatte, bei einer meiner Vortragsreisen kurz kennengelernt hatte. Dr. Smithson war zutiefst anglophil und ein Experte für englische Geschichte und das kulturelle Erbe dieses Landes. Er hatte von meinem neuen Posten gehört und sich schriftlich erkundigt, ob er mich besuchen dürfe, um die Bekanntschaft von, wie ihm gesagt worden war, Englands bester Schule zu machen. Ich lud ihn und seine Frau voller Freude zu uns ein. Ich organisierte eine Führung durch die Schule, Gespräche mit mehreren Kollegen und einen Empfang, bei dem er das restliche Kollegium kennenlernen würde, während Lucy einen Ausflug in die nähere Umgebung mit ihren vielen historischen Schauplätzen plante. Ich freute mich auf den Wiederbeginn der Schule und vor allem auf einen Bericht über den Skiurlaub.

Eccles zufolge waren die Jungen inzwischen sehr gute Skiläufer, die sich ausgezeichnet amüsiert hatten und nur ungern aufgebrochen waren. Er verbreitete sich ausgiebig darüber, wie wunderbar die Reise gewesen sei, und mir kam das doch übertrieben vor. Als sich die Gelegenheit ergab, fragte ich deshalb so ganz nebenbei jeden der Jungen, ob die Reise ihnen gefallen habe. Alle antworteten im selben Wortlaut, und ich hatte den Verdacht, daß sie das geübt hatten.

„Es war ganz wunderbar", sagte jeder von ihnen. Mit Ausnahme von George, der zwar denselben Wortlaut verwendete, dessen Tonfall jedoch andeutete, daß es für ihn

alles andere als wunderbar gewesen sei. Er kam mir mißmutig und leicht bedrückt vor, und während der folgenden
Woche behielt ich ihn im Auge. Oft sah ich ihn zusammen
mit dem jungen David Solomon. Er schien ansonsten
niemanden zu treffen, und obwohl ich mich über diese
Freundschaft freute, machte ich mir doch Sorgen über
diese Exklusivität. Außerdem schien George sich nicht
mehr an Eccles' Teegesellschaften zu beteiligen. Ich war
überzeugt davon, daß an den österreichischen Hängen etwas wirklich Unangenehmes passiert war, aber ich konnte
mir nicht vorstellen, was das gewesen sein mochte. Ich
konnte nur Augen und Ohren offenhalten.

Die Smithsons trafen in der folgenden Woche ein, und
alle für sie geschmiedeten Pläne wurden ausgeführt. Ich war
viel mit ihnen zusammen und erklärte ihnen das englische
Schulsystem. Dr. Smithsons Begeisterung war ansteckend,
und während seines Besuches verdrängte ich meine Besorgnis über George und den Skiurlaub. Doch am Tag nach der
Abreise der Smithsons fiel mir alles wieder ein. Ich wollte
nach einer Besprechung mit den Kollegen in mein Büro
zurückkehren, und dort lungerte George vor meiner Tür
herum. Ich fragte ihn nach dem Grund für diesen Besuch.
Er starrte mich an wie ein in eine Falle geratenes Tier.

„Ach, nichts, Sir", sagte er eilig. Dann drängte er sich an
mir vorbei. Ich hatte an diesem Tag noch sehr viel zu erledigen, weil während des Besuches der Smithsons allerlei
liegengeblieben war, und deshalb machte ich mir weiter
keine Gedanken.

Während der folgenden Wochen wurde meine Arbeit
zur Routine. Ich besuchte ab und zu die Schulandacht und
schaute weiterhin jede Woche bei der jüdischen Gebetsver-

sammlung vorbei. Das Passahfest rückte näher, das in diesem Jahr sehr dicht bei Ostern lag. Der Geistliche erzählte vom Fest der ungesäuerten Brote und vom überstürzten Exodus aus Ägypten. Und ich überlegte mir, wie dieses Ereignis sich in unserer leidvollen Geschichte im Grunde immer wiederholt hat, daß es in vielen Ländern ein Ägypten gibt, und daß Pharao viele Namen hat und in allerlei Zungen spricht.

Einige Wochen später, inzwischen war es wirklich kurz vor Ostern, lungerte George abermals vor meinem Büro herum. Diesmal wollte ich ihn ausfragen. Doch als ich auf ihn zuging, sah ich, wie James Turncastle über den Flur lief, George einen starken Arm um die Schultern legte und ihn dann eilig aus meiner Reichweite entfernte. Diese Episode beunruhigte mich, doch abermals wußte ich nicht, warum.

Am folgenden Morgen saß ich nach der Besprechung in meinem Büro, als an die Tür geklopft wurde. Es war die Hausmutter. Sie wirkte sehr verstört.

„Sir", platzte es aus ihr heraus. „George Tilbury ist verschwunden. Er war beim Morgenappell nicht da und ... und ...“

„Und was?“ fragte ich und hörte dabei, wie mein Herzschlag losdonnerte.

„Sein Bett war unberührt", sie weinte fast. „Und seine Kleider sind alle noch vorhanden." Danach brach sie endgültig zusammen.

„Wir müssen eine Suchaktion starten", sagte ich. Ich versuchte, meine Erregung zu verbergen, aber bange Ahnungen erfüllten mein Herz. „Ich rufe alle in die Aula.“

Das war schnell geschehen, und Minuten nach dem Besuch der Hausmutter informierte ich die Schüler und etliche Kollegen über George Tilburys Verschwinden. Dr. Reynolds organisierte die Durchsuchung des Schulgeländes und der übrigen Gebäude, während ich mit einer Gruppe von Jungen das Schulhaus durchkämmte. Wir wollten uns gegen Mittag wieder treffen, falls George bis dahin noch nicht gefunden wäre.

„Wir müssen ihn finden", sagte ich. Ich versuchte, die Panik in meiner Stimme zu unterdrücken.

Die andere Gruppe zog los, während ich meine Truppen durch alle Ecken und Winkel der Schule führte. Gegen Mittag kamen wir wieder zusammen. Niemand hatte etwas gefunden. Ich befahl, bis zum Einbruch der Dunkelheit weiterzusuchen. Und danach stand dann fest, daß George Tilbury ganz einfach verschwunden war.

Ich finde es jetzt sehr schwer weiterzuschreiben. Ich habe versucht, das bisher Geschriebene laut zu lesen, doch ohne Zuhörer weiß ich nur zu gut, daß es kein Roman ist. George Tilbury war seit jenem Tag verschwunden, und nichts würde jemals wieder so sein wie zuvor.

Neunzehntes Kapitel

Rebecca Morris hatte James Turncastles Tante in Devon ausfindig gemacht. Sie wußte jetzt, in welcher Klinik James behandelt wurde, aber da sie keine Verwandte war, hatte sie ihn nicht besuchen dürfen. Immerhin waren ihr Name und Adresse der Tante genannt worden, bei der sie sich erkundigen konnte. Rebecca meldete ihren Besuch nicht schriftlich an, da sie eine Absage befürchtete. Deshalb fuhr sie hin. Sie stellte fest, daß Miss Turncastle an der Küste wohnte, in einer prachtvollen Villa, die in einem großen, sehr gepflegten Park lag, der jedoch weder abweisende Gitter noch bellende Hunde aufwies. Ein Gärtner registrierte ihr Eintreffen, reagierte jedoch nicht darauf, und deshalb hielt sie auf der mit Kies bestreuten Auffahrt und betätigte die mitten in der Tür aus Eichenholz sitzende Klingel. Eine Frau in Zofentracht öffnete die Tür und fragte nach ihrem Begehr.

„Ich hätte gern Miss Turncastle gesprochen", sagte Rebecca.

„Werden Sie erwartet?"

„Nein. Aber ich hoffe, sie wird mich trotzdem empfangen. Ich bin mit ihrem Neffen James befreundet", sagte sie. Sie wußte, daß das riskant war, aber ihr fiel kein anderer Grund für ihren Besuch ein.

Die Zofe bat sie ins Haus und ließ sie in der Diele warten. Rebecca musterte die getäfelten Wände. Dort fand sie kaum einen Hinweis auf das Wesen der Hausbesitzerin. Bald kam die Zofe zurück und bat sie fast übertrieben, ihr zu folgen. Rebecca hatte den Eindruck, daß Miss Turncastle schon lange keinen Besuch mehr bekommen hatte.

Sie saß in einem steifen Sessel im Salon, wo es jedoch auch bequemere Sitzgelegenheiten gab. Doch diese Haltung paßte zu ihr, fand Rebecca. Miss Turncastle zeigte eine strenge Miene in einem Gesicht, dem das Lächeln fremd war, ihre Oberlippe kräuselte sich in permanenter Verachtung, und ihre Nasenlöcher bebten leicht. Diese Frau stank geradezu vor Bigotterie.

„Sie sind mit James befreundet", sagte sie. Sie bot

Rebecca keinen Stuhl an. Sie wollte die Stimmung eines Kreuzverhörs beibehalten.

„Ja", sagte Rebecca. Mehr würde sie erst sagen, wenn sie dazu aufgefordert würde.

„Eine große Enttäuschung für seine Eltern, dieser Junge", sagte Miss Turncastle. Sie schnaubte zur Betonung. „Mein Bruder hat ihm alles gegeben."

Alles außer Liebe, dachte Rebecca. Sie wartete darauf, daß Miss Turncastle weiterspräche. Sie mußte soviel wie möglich über James in Erfahrung bringen, und seine Tante redete bereitwillig weiter.

„Ich hatte angeboten, für ihn zu sorgen, während seine Eltern im Ausland waren", sagte sie, „und es war eine undankbare Aufgabe, das kann ich Ihnen sagen. Der Junge kennt keine Dankbarkeit." Rebecca hätte gern gewußt, wofür er dankbar sein sollte. Doch das wollte Miss Turncastle ihr nun erzählen.

„Ich habe ihm in den Ferien ein schönes Zuhause geboten. Es gab genug zu essen, und er hat wirklich einen gesunden Appetit. Er hatte sein eigenes Zimmer und brauchte keinen Finger zu rühren. Aber meistens war er schlechter Laune. Schien keine Freunde zu finden. Was vermutlich kein Wunder ist", fügte sie hinzu. Noch immer hatte sie Rebecca keinen Stuhl angeboten. „Also, was wünschen Sie?" fragte sie.

„Ich habe gehört, daß James krank ist. Ich wollte fragen, was ihm fehlt, und wann er wieder gesund sein wird."

„Ich weiß nicht, ob hier von Krankheit die Rede sein kann", sagte die Tante. „Es ist die Rede von einem Zusammenbruch, aber den kann er natürlich vorgetäuscht haben. Er hat eine Tendenz zum Lügner, unser James."

„Aber was könnte die Ursache für einen Zusammenbruch sein?" fragte Rebecca.

„Na, wenn es wirklich einer ist, dann sicher Schuldgefühle. Die stecken doch immer hinter einem Zusammenbruch, oder? Schuldgefühle." Miss Turncastle schien dieses Wort auszukosten und verdoppelte die Silbenzahl dabei fast. „Er hat ja auch allen Grund dazu."

Rebecca hatte das Gefühl, der ganzen Wahrheit nun näher zu kommen. „Was denn zum Beispiel?" fragte sie.

„Was denn? Das habe ich Ihnen doch schon gesagt. Daß er seinen Vater so enttäuscht hat. Reicht das nicht für einen Zusammenbruch? Ich begreife ja nicht, wie der Junge mit dieser Schuld leben kann."

Rebecca hätte gern den Putenhals der Frau gepackt und zugedrückt. Sie hatte das Stehen satt und fragte sich, ob sie sich einfach setzen solle. Aber sie war zu feige.

„Besuchen Sie ihn manchmal?" fragte sie.

„Einmal habe ich das getan", erwiderte die Tante. „Aber er wollte mich nicht sehen. Ich mußte wieder gehen."

„Was ist mit seinen Eltern?"

„Ich habe ihnen natürlich geschrieben und ihnen alles erzählt. Sie wollen auf dem Laufenden gehalten werden, und das werde ich auch tun."

Rebecca sah keinen Grund, länger zu bleiben. Sie wollte sich nicht mit Miss Turncastles Spinnereien abgeben müssen. Sie war außerdem deprimiert. Es bestand keine Hoffnung auf Hilfe von James' Seite. Aber sie würde einen Grund finden, um sich wieder bei der Klinik zu melden. Sie wollte Miss Turncastle wirklich nicht wiedersehen.

„Ich muß jetzt gehen", sagte sie.

„Das Mädchen wird Sie hinausbegleiten", murmelte

Miss Turncastle. Sie bewegte sich in ihrem Sessel nicht um einen Zoll. Sie saß einfach da und wartete auf Dankbarkeit.

Rebecca war froh, als sie ihren Wagen wieder erreicht hatte, und sei es nur, weil sie sich setzen konnte. Aber sie trödelte nicht weiter herum. Sie wollte dieses Grundstück so schnell wie möglich verlassen. Erst, als das Anwesen der Turncastles mehrere Meilen hinter ihr lag, hielt sie in einer Haltebucht und führte eine traurige Sitzung mit sich selber durch. Es war durchaus möglich, mußte sie feststellen, daß Miss Turncastle recht hatte. Daß unerträgliche Schuldgefühle James' Zusammenbruch ausgelöst hatten. Aber der arme Junge konnte sich aus vielen Gründen schuldig fühlen, sein mieser Vater war nur einer davon. Sie brauchte das Gefühl, daß James' Schuldgefühle mit Dreyfus' Prozeß zu tun hatten. Sie mußte so denken, sonst war ihr ganzes Unternehmen unsinnig. Ihr fiel ein, daß sie einen Bekannten hatte, der als Psychiater arbeitete. Dessen Hilfe würde sie gleich nach ihrer Rückkehr in Anspruch nehmen. Sie verließ die Haltebucht und fuhr in ziemlichem Tempo in Richtung London. Sie hatte große Sehnsucht nach Matthew.

Seinem Versprechen getreu ging Sam bald wieder ins Gefängnis, um sich das nächste Kapitel vorlesen zu lassen. Und das war nur gut so. Denn sonst hätte sein Freund nicht weiterschreiben und sich dabei einreden können, es handele sich um einen Roman. Das Schlimmste kam schließlich erst noch. Und Dreyfus wußte das.

Zwanzigstes Kapitel

Ich mußte in Erfahrung bringen, ob George vielleicht einfach nach Hause gefahren sein könnte, aber ich scheute vor einem Anruf bei seinen Eltern zurück, weil ich ihnen keine Sorgen machen wollte. Doch nach unserer ergebnislosen Suche konnte ich nicht länger warten. Ich mußte feststellen, daß George nicht zu Hause war – aus irgendeinem Grund rechnete ich nicht mit dieser willkommenen Lösung – und dann die Polizei verständigen.

Sir Henry war selber am Apparat. Ich kam sofort zur Sache. Ich sah keinen Grund für einleitende Floskeln, und mir wären auch keine eingefallen.

„Ist George zufällig zu Hause?"

„Natürlich nicht", sagte Sir Henry. „Wieso fragen Sie?"

„Er scheint nicht hier zu sein", sagte ich, obwohl von „scheinen" keine Rede sein konnte.

„Nicht da?" brüllte er, als ob ich persönlich dafür verantwortlich wäre. „Seit wann?"

Dann hörte ich Lady Tilburys Stimme. „Was ist denn los, Liebes?"

Dann folgte eine Pause. Und darauf ein Schrei.

„Seit wann wird er vermißt?"

„Das wissen wir nicht", sagte ich. „Aber er hat letzte Nacht nicht in seinem Bett geschlafen."

„Weiß die Polizei schon Bescheid?"

„Ich werde jetzt anrufen", sagte ich. „Ich wollte zuerst mit Ihnen sprechen. Aber wir haben den ganzen Tag nach ihm gesucht."

„Ich fahre jetzt los", sagte Sir Henry. „Ich bin in einigen Stunden bei Ihnen." Er hatte aufgelegt, ehe ich noch mehr sagen konnte. Und es gab ja auch nicht mehr zu sagen. Ich schaute auf die Uhr: 7:30. Und es würde eine lange Nacht werden.

Mit schwerem Herzen wählte ich die Nummer der lokalen Polizei. Vielleicht hätte ich sie früher informieren sollen, sowie ich von Georges Verschwinden erfahren hatte. Aber damals hatte ich noch die vage Hoffnung gehabt, daß wir ihn finden würden, und ich hatte kein Aufsehen erregen wollen. Ich hatte dabei an den Ruf der Schule gedacht. Was nicht richtig gewesen war. Ich hätte sofort anrufen müssen. Gott möge mir verzeihen, aber sie hätten ihn nicht gefunden. Das weiß ich jetzt. Aber sie hätten die Möglichkeit haben müssen, es zu versuchen.

Schon bald trafen in der Schule drei in Zivil gekleidete Polizisten ein, und durch ihr Erscheinen nahm Georges Verschwinden plötzlich eine ganz andere Färbung an. Plötzlich schienen wir es mit einem Verbrechen zu tun zu haben. Ich bat die Polizisten zusammen mit Dr. Reynolds in mein Büro, wo sie, nach einigen einleitenden Fragen, ihren Vorgehensplan skizzierten. Im ersten Morgenlicht sollte die offizielle Suchaktion anlaufen. Der kleine See am Rand des Schulgebäudes würde trockengelegt werden. Viele Schüler, vor allem die aus Georges Haus, würden befragt werden, wie auch seine Lehrer und die Hausmutter. Sie baten um die Erlaubnis, sofort mit der Vernehmung der Lehrer zu beginnen.

„Vielleicht fangen wir gleich mit Ihnen an, Sir Alfred", sagten sie.

Dr. Reynolds erhob sich. „Ich warte in meinem Arbeitszimmer", sagte er.

Ich war allein, und ich fühlte mich zwar nicht wie ein

Angeklagter, aber doch auf gewisse Weise verantwortlich. Ich beantwortete bereitwillig alle Fragen, denn ich hatte nichts zu verbergen. Mir ging auf, daß ich zwar an George hing, daß ich aber sehr wenig über ihn wußte. Ich erwähnte, daß ich ihn am Vortag vor meinem Büro gesehen hatte. Aber ich war kein Lehrer des Jungen und wußte wahrscheinlich weniger über ihn als die entsprechenden Kollegen. „Mr. Eccles kann Ihnen da weiterhelfen", fügte ich hinzu.

Die Befragung dauerte nicht lange. Ich sagte ihnen alles, was ich wußte. Dann führte ich sie zu Dr. Reynolds Arbeitszimmer und versprach, daß er ihnen die anderen Lehrer vorstellen würde. Ich mußte mich um Georges Vater kümmern, der im Laufe der nächsten Stunde eintreffen würde.

„Eine unangenehme Geschichte", sagte ein Beamter. „Immer so mit Kindern." Seine Stimme verriet seinen Pessimismus. Mir grauste vor Sir Henrys Eintreffen.

Doch dann kam noch Schlimmeres in Gestalt von zwei Reportern der Lokalzeitung. Sie hatten von der Wache einen Tip bekommen und wollten die Geschichte sofort bringen. Ich konnte ihnen ein Interview nicht verwehren, wiegelte aber nach besten Kräften ab. Ich wußte, daß es nur eine Frage der Zeit war, bis die landesweite Presse über uns hereinbrechen würde. Die Reporter schnüffelten eine Zeitlang in der Schule herum, und ich griff nicht ein, weil die Lage sich meiner Kontrolle schon längst entzogen hatte. Lucy machte sich um mich ebenso große Sorgen wie um George. Sie kochte einen großen Kessel Suppe, um die Polizisten zum Durchhalten zu bringen, und sie gab auch den Reportern etwas ab. In dieser ganzen Zeit sagte sie nichts. Sie hatte die pessimistische Stimmung der Polizei erfaßt. Sie sprach nicht einmal mit mir, denn sie wußte, daß wir beide mit dem Schlimmsten rechneten.

Sir Henry Tilbury fuhr an der Schule vorbei und suchte sofort mein Haus auf. Ich führte ihn ins Wohnzimmer. Ich war froh darüber, daß Lady Tilbury nicht bei ihm war.

„Ist irgend etwas passiert, was ihm zu schaffen gemacht hat", war Sir Henrys erste Frage. „Ist er auf irgendeine Weise schikaniert worden?"

„Meines Wissens nicht", sagte ich. „Und Schikanen wären mir aufgefallen. Vielleicht weiß Mr. Eccles mehr."

Ich weiß nicht, warum ich Eccles immer wieder erwähnte. Ohne irgendeinen logischen Grund nahm ich an, daß er einen Schlüssel besaß. „Erst gestern", sagte ich, „habe ich George vor meinem Büro entdeckt und hatte das Gefühl, daß er mir etwas sagen wollte. Aber das hat er sich wohl anders überlegt. Jedenfalls kam ein Freund von ihm vorbei, und sie sind dann zusammen weitergegangen. Vielleicht war es auch gar nicht wichtig", sagte ich. Aber in Gedanken hielt ich doch auch dieses Ereignis für einen Schlüssel und machte mir Vorwürfe, weil ich nicht auf einem Gespräch bestanden hatte. „Die Polizei durchsucht gerade die Schule", sagte ich dann. „Sicher wollen die mit Ihnen sprechen, und Sie auch mit denen."

„Darf ich meine Frau anrufen?" fragte er. „Sie ist außer sich vor Sorge. Sie wollte zu Hause bleiben, für den Fall, daß George sich meldet. Aber sie ist dort ganz allein."

„Natürlich", sagte ich, zeigte auf das Telefon auf dem Tisch neben ihm und verließ das Zimmer. Ich konnte mir nicht vorstellen, was sie zueinander sagen würden. Wo waren die Worte für „nichts Neues", „Suchaktion", „Taucher" und „Trockenlegen des Sees." Es gab keine. Es gab nur das Schweigen der geteilten Verzweiflung.

Ich ging in die Küche und nahm das Schweigen dabei mit. Ich sah, daß Lucy geweint hatte, und ich ärgerte mich über ihre Tränen. Sie schienen eine voreilige Überzeugung zu verraten. Ich weinte nicht, muß aber gestehen, daß ich ihre schlimmsten Befürchtungen teilte. Es war klar, daß wir beide in dieser Nacht nicht ins Bett gehen würden. Später klopften die beiden Reporter an unsere Tür, um sich für die Suppe zu bedanken. Dann jagten sie davon, um ihre Artikel zu schreiben. Ich würde am nächsten Morgen die Lokalzeitung nicht kaufen.

Die Beamten waren noch immer mit Vernehmungen beschäftigt. Ich bat die Hausmutter zu uns. Ich wußte, sie würde nicht schlafen können, und deshalb lief sie statt in ihrer in unserer Küche hin und her. Schließlich gingen die Polizisten, und die restliche Nacht ging unbemerkt in den Tag über. Bei der Morgenversammlung informierte ich die gesamte Schule über Georges Verschwinden, und der Kaplan stimmte ein Gebet für seine unversehrte Rückkehr an. Danach war die Polizei wieder zur Stelle. Die Schulroutine war gänzlich aus den Fugen geraten, aber damit mußte ich mich abfinden. Unter den Jungs machte sich eine gewisse Erregung breit, sie fühlten sich offenbar als Überlebende. Sir Henry hatte sich der Suchmannschaft angeschlossen, und ich war erleichtert, als ich mich nicht mehr seinem Schweigen stellen mußte.

Ich fühlte mich ohnmächtig und schloß mich zu ersehnter Ungestörtheit in meinem Büro ein. Und ich rief Matthew an. Ich erwischte ihn, als er gerade zur Arbeit aufbrechen wollte, doch er nahm sich die Zeit, mir zuzuhören. Obwohl ich von Menschen umringt war, brauchte ich einen Zuhörer. Matthew sagte nichts, aber ich spürte sein Entsetzen und sein Mitgefühl. Als ich alles erzählt hatte, bot er sein Kommen an. Ich sagte, er könne ja doch nichts ausrichten, versprach aber, ihn auf dem Laufenden zu halten.

Aber er brauchte mich dafür nicht. Denn schon die Mittagszeitungen in London brachten die Geschichte. MINISTERSOHN VERSCHWUNDEN lautete eine Schlagzeile, und darunter war Sir Henry inmitten der Suchmannschaft zu sehen. Im Laufe des Tages trafen Horden von Presseleuten aus dem ganzen Land ein. Sie brachten ihre Notizbücher, ihre Kameras und ihren kaum verhohlenen Enthusiasmus mit. Auch ein Fernsehteam hatte sich eingestellt. Sie fanden genug Jungen, die bereitwillig mit ihnen sprachen, doch nur wenige Lehrer waren dazu bereit, und die Hausmutter fertigte sie in aller Kürze ab und sagte, sie sollten sich dahin scheren, woher sie gekommen waren. Ich reichte ihnen eine vorbereitete Aussage, in der ich die Tatsachen anführte, die ihnen bereits bekannt waren, doch den Fotografen konnte ich nicht aus dem Weg gehen. Ich hatte das Gefühl, daß die Person des jungen George Tilbury in diesem Medienrummel langsam verschwand. Irgendwo draußen war George unterwegs, geistig oder körperlich, aber die Suche und die Entwässerung des Sees hatten die Schlagzeilen erreicht, und ihre Ursache geriet dabei in Vergessenheit.

Später an diesem Nachmittag traf Lady Tilbury ein, und Lucy versuchte nach besten Kräften, sie zu trösten. Im Haus der Tilburys hielten sich jetzt Bekannte auf, die sofort anrufen würden, wenn George sich dort meldete. Und immer, wenn das Telefon schellte, was an diesem Tag häufig der Fall war, holte sie voller Hoffnung Atem, um dann ihr Entsetzen auszustoßen. Nach einer heilsamen Tasse Tee, die gar nichts half, bestand sie darauf, sich an der Suche zu beteiligen. Ich wußte, daß jetzt Taucher den See absuchten, und ich schreckte davor zurück, sie zum Ufer zu begleiten und kein Ergebnis, oder, schlimmer noch, wohl ein Ergebnis dieser Bemühungen zu finden. Aber sie ließ nicht mit sich reden. Deshalb ging ich mit ihr, murmelte die ganze Zeit etwas von „nicht die Hoffnung aufgeben" und versuchte, meine Stimme einigermaßen überzeugend klingen zu lassen.

Am Ufer stand bereits ihr Mann, und ich sah eine Gruppe von Fotografen, deren Hand schon am Auslöser lag, und die auf die Möglichkeit zum Schuß warteten. Ich wandte mich mit der Entschuldigung ab, daß ich in der Schule erwartet würde.

Als es dunkel wurde, hatten wir noch nichts gefunden, und es wurde beschlossen, die Suche auf das Dorf und die nächstgelegene Stadt auszudehnen. Am nächsten Tag hatte Scotland Yard sich eingeschaltet. Und weitere Polizisten erschienen in der Schule.

Während der folgenden Tage, an denen Georges Verschwinden immer größere Besorgnis auslöste, wurden viele Jungen und einige Lehrer auf die Wache bestellt, um dort ihre Aussagen zu machen. Mir fiel auf, daß alle Jungen zu Eccles' Gruppe gehörten. Eccles selber wurde nicht zur Vernehmung geholt, obwohl ich bemerkt hatte, daß er im ganzen Chaos weiterhin seine Teegesellschaften veranstaltete. David Solomon war der einzige Außenseiter, der zur Wache mußte. Und das war ja natürlich, er war ja schließlich Georges Freund. Trotzdem registrierte ich in seinen Schritten einen gewissen Widerwillen. Ihnen fehlten Bereitwilligkeit und Eifer der anderen. Er sah mich an, als er fortgeführt wurde, und zuckte traurig mit den Schultern. Es wurden zwei Lehrer vernommen. Smith von der Erdkunde, zu dem ich ein distanziertes Verhältnis hatte - er mißbilligte die Tatsache, daß ich für die Jungen immer zu sprechen war - und der Mathelehrer Jones, mit dem ich wenig zu tun hatte.

George war seit mehr als einer Woche verschwunden, und die Suchmannschaften wußten nicht, wo sie noch suchen sollten. Sir Henry und Lady Tilbury waren nach Hause zurückgekehrt und warteten schweigend auf das Klopfen an der Tür. Das Trimester war fast vorüber, und ich versuchte, die alte Routine wieder herzustellen. Doch die Rückkehr zum normalen Unterricht schien zu belegen, daß wir George abgeschrieben hatten, daß sein Verschwinden ein Geheimnis war, das niemals geklärt werden würde. Es gab keine Hinweise, keine Verhaftungen waren vorgenommen worden. Es gab nicht einmal Gerüchte. Doch etwas war anders. Sehr anders. Und das beunruhigte mich. Mir fiel auf, daß mittags einige Stühle an meinem Tisch leer blieben. Eccles und Fenby waren treue Tischgenossen, wie auch Dr. Reynolds, mein Stellvertreter. Doch Smith, wie ich bemerkte, aß jetzt mit den Mitgliedern seines Hauses, und Brown ließ sich überhaupt nicht mehr sehen. Jeden Morgen bei der Versammlung erwähnte ich George und betete für ihn. Und während ich sprach, hörte ich Füßescharren, Gemurmel, und einmal sogar ein abfälliges Grunzen. Dr. Reynolds bat um Ordnung, aber ich war außer mir, ich ging sofort in mein Büro und hatte zum ersten

Mal in meinem Leben Angst. Nein, mehr als nur Angst. Ich war außer mir vor Entsetzen. Und ich wußte nicht, warum.

Jetzt weiß ich das natürlich. Und deshalb kann ich nicht mehr schreiben. Ich kann mich den Wörtern, die jetzt geschrieben werden müssen, nicht stellen. Ich werde warten, bis Sam kommt und sich alles anhört.

Mein Abendessen ist gebracht worden, aber ich habe keinen Appetit. Ich freue mich, wenn der Gefängnisdirektor in meine Zelle kommt. Er schaut bisweilen herein. Er habe etwas für mich, sagt er. Und er reicht mir ein Stück Papier, ein Gedicht, das sein zehn Jahre alter Sohn geschrieben und mir gewidmet hat. Ich lese es voller Dankbarkeit. Es handelt von Ungerechtigkeit und von der Wahrheit, die ans Licht kommen wird. Und vor allem, es reimt sich! Ich fühle mich plötzlich erleichtert. Außerhalb dieser Mauer gibt es noch immer Kinder, denen Verse Freude machen. Draußen gibt es noch immer Autoren und Dichter und Maler, die die Bedeutung des Raumes zwischen den Wörtern kennen, die die ungezeichneten Bilder sehen, die die unnotierten Töne hören, und auf irgendeine Weise bildet dieser Gedanke für mich eine Gesellschaft, an der ich mit etwas Glück vielleicht teilhaben kann. Ich weine vor lauter Ergriffenheit. Der Direktor legt mir die Hand auf die Schulter. „Danken Sie Ihrem Sohn", sage ich. „Ich werde sein Geschenk wie einen Schatz hüten. Sagen Sie ihm, es habe mir Hoffnung gemacht."

Sam war gestern hier und hat mir zugehört. Und ich wußte, daß ich weitermachen würde.

Einundzwanzigstes Kapitel

Es war die letzte Woche vor den Ferien, und darüber war ich froh. Denn ich hatte noch immer schreckliche Angst. Ich schrieb die Feindseligkeit, die ich in meiner Umgebung spürte, dem Bedürfnis nach einem Sündenbock zu. Georges Verschwinden hatte in der Schule Erschütterung ausgelöst, und als Direktor war ich die offenkundige Zielscheibe für Wut, Schmerz und Verwirrung. Ich hoffte, daß die Zeit nach den Ferien ihre Wunden geheilt haben würde, und diese Hoffnung ließ mich durchhalten. Jeden Morgen um 9.30 rief die Polizei an, um den derzeitigen Stand der Ermittlungen durchzugeben. Der Bericht bestand immer aus denselben drei Wörtern. „Keine weiteren Fortschritte." Ich meldete mich jeden Tag bei den Tilburys, ganz einfach, um ihre Ängste zu teilen. Das Warten war so schrecklich. Manchmal glaubte ich, daß ein Durchbruch, selbst wenn sich diese Ängste dann bewahrheiten sollten, eine Erleichterung bedeutet hätte. Ich hatte alle Feierlichkeiten vor den Ferien abgesagt. Niemand beschwerte sich. Ich hoffte, das Trimester auf gemessene, würdevolle Weise beenden zu können.

Dann aber ging die Bombe hoch. Obwohl, wie ich später feststellen sollte, die Lunte schon seit längerer Zeit gebrannt hatte. Es war ein Mittwoch, und ich saß in meinem Büro und wartete auf den Anruf um 9.30. Mein Telefon blieb stumm. Ich spielte schon mit dem Gedanken, meinerseits auf der Wache anzurufen und mich zu meinem täglichen Gesprächspartner Inspector Wilkins durchstellen zu lassen. Ich wartete bis zum Mittag, aber er ließ nichts von sich hören.

Also wählte ich seine Nummer. Eine Frau meldete sich.

„Ist Inspector Wilkins zu sprechen?" fragte ich.

„Mit wem rede ich?"

„Sir Alfred Dreyfus", sagte ich. Dieser Name mußte ihr bekannt sein. Sie schwieg für einen Moment. Für einen recht langen Moment, während dem ich Papiere rascheln hörte. Dann war die Frau wieder da.

„Es tut mir leid, aber er ist nicht im Haus, und ich weiß nicht, wann er zurückkommen wollte."

Ich legte auf. Ich war beunruhigt. Ich hatte das Gefühl, daß Inspector Wilkins durchaus im Haus war, daß er an seinem Schreibtisch saß und seiner Sekretärin zu verstehen gab, daß er nicht zu sprechen sei. Ich weiß nicht, warum ich mich fürchtete. Ich kam mir vor wie ein unschuldiger Hirsch, dessen inneres Ohr das Rascheln von Blättern und das Knacken eines Hahnes hört, und der im Schutz des Waldes um sein Leben rennt. Und ich floh, zu meinem Haus, in meinen sicheren Hafen. Das glaubte ich zumindest. Denn dort erwarteten mich Nachrichten, die meine Ängste nur noch schürten. Wir setzten uns zum Mittagessen hin, Lucy und ich.

„Gibt's was Neues?" fragte sie.

„Nichts", erwiderte ich. „Immer dasselbe. Keine weiteren Fortschritte." Ich belog sie, weil ich ihr meine Befürchtungen verschweigen wollte. Wir saßen noch beim Essen, als Clara, unsere Putzfrau, eintraf. Mittwochs kam sie immer spät, weil sie an diesem Morgen Essen auf Rädern vorbereitete. Sie war außer sich vor Aufregung.

„Haben Sie etwas gehört?" fragte sie und deutete damit an, daß es bei ihr der Fall sei.

„Nein, nichts", sagte Lucy. „Es gibt keine Fortschritte."

„Im Dorf ist ein Gerücht im Umlauf. Angeblich ist ein Leichnam gefunden worden."

„O mein Gott", sagte ich. „Wo? Und ist es George?"

„Ich weiß es nicht", sagte Clara. „Mehr habe ich nicht gehört. Ich habe alle gefragt, aber niemand wußte etwas Genaueres. Es ist wohl nur ein Gerücht."

Ich fragte mich, ob die Entdeckung, wenn es sie denn gäbe, wohl mit dem Ausbleiben meines täglichen Anrufs zu tun haben könnte. Nach dem Essen ging ich zurück zur Schule und hielt die Ohren offen, doch hier war das Gerücht noch nicht angekommen. Ich wartete für den Rest des Tages neben meinem Telefon, in der Hoffnung, von Inspector Wilkins zu hören, und ich hoffte zugleich, daß er sich nicht melden würde. Um sechs Uhr ging ich dann nach Hause. Die Kinder waren jetzt auch da, und Lucy machte das Abendessen. Mir fiel auf, daß der Tisch für fünf gedeckt war. Wieder zitterte ich. Jede Abweichung von der Routine machte mir Angst. Ich wollte Lucy schon nach dem Essensgast fragen, als Matthew die Küche betrat.

„Überrascht?" fragte er. „Ich habe einige Tage freibekommen, und deshalb bin ich gekommen. Susan und die Kinder kommen am Samstag nach."

Ich freute mich natürlich sehr darüber, ihn zu sehen, das war ja immer der Fall, aber der Zeitpunkt seines Besuches erschien mir ominös. Aus irgendeinem Grund betrachtete ich ihn als Geste der Unterstützung, und ich fragte mich, warum ich so eine Geste brauchen würde.

„Gibt's etwas Neues?" fragte Matthew.

„Nichts", sagte ich.

Lucy erwähnte daraufhin das Gerücht, aber ich behauptete, nicht daran zu glauben. Im Dorf wurde immer viel geklatscht, und die Leute ärgerten sich sicher dermaßen über den Mangel an Ergebnissen, daß sie ihre eigenen erfunden hatten. Matthew schlug vor, vor dem Essen im Dorfgasthaus ein Bier zu trinken. „Vielleicht hören wir dann noch andere Gerüchte", sagte er.

Ich hatte eigentlich keine Lust. Ich hatte das Gefühl, daß ich mich in die Schußlinie begab, wenn ich mich in der Öffentlichkeit zeigte. Ich weiß nicht, warum. Ich hatte absolut keinen Grund, mich wie ein Angeklagter zu fühlen. Der bloße Gedanke war schon eine Ungeheuerlichkeit. Ich wagte nicht, meine Befürchtungen mit Matthew zu teilen. Ich gestand sie mir selber ja kaum ein. Deshalb stimmte ich seinem Vorschlag dann doch zu. Ich hoffte halbwegs, daß das Gerücht zutraf, daß, Gott möge mir vergeben, der gefundene Leichnam der des jungen George Tilbury war, und daß die Polizei nun ein für allemal seinen Mörder dingfest machen würde.

Die Kneipe war überfüllt und lautes Geflüster war zu hören. Ich rechnete bei unserem Eintreten mit plötzlichem Schweigen, doch obwohl alle uns sahen, unterbrachen sie ihre Gespräche nur, um uns zu begrüßen. Matthew vor allem wurde herzlich willkommen geheißen, weil er ein gelegentlicher Gast war, und die anderen erkundigten sich nach Susan und den Kindern. Ich sah am Tresen einige meiner Kollegen, und sie nickten mir lächelnd zu. Einer wollte mir sogar einen ausgeben. Doch aus irgendeinem Grund erweckten ihr Lächeln und ihre Umgänglichkeit wieder meine alten Ängste. Niemand erwähnte das Gerücht; es war offenbar wirklich nur leeres Gerede gewesen. Wir tranken noch ein zweites Glas, dann mahnte ich zum Aufbruch, weil das Essen fertig sein mußte. Ich wollte unseren Aufbruch nicht hinausposaunen, deshalb flüsterte ich dem Wirt ein „gute Nacht" zu und wir gingen los. Als wir die Tür erreicht hatten, rief der Wirt quer durch das Lokal „auf Wiedersehen, Sir Alfred", und deshalb wurden wir von allen bemerkt. Draußen blieb ich noch einen Moment stehen, ich rechnete wirklich mit plötzlicher Stille, doch weiterhin war dasselbe Stimmengewirr zu hören.

Wir nahmen die Abkürzung über das Schulgelände. Die Vorderfront der Schule war dunkel, was mich nicht überraschte, denn die Schlafsäle und die Wohnungen der Lehrer wie auch mein eigenes Haus lagen hinten. Doch als wir vorübergingen, fiel mir auf, daß hinter einem der vorderen Fenster Licht brannte, und daß sich hinter den vorhanglosen Fenstern schattenhafte Gestalten bewegten. Ich wußte, daß hinter diesem Fenster Eccles' Arbeitszimmer lag, und ich weiß nicht, warum meine Unruhe neue Nahrung fand. Im Laufe des Abends jedoch konnte ich mich wieder entspannen. Lucy hatte ein Festmahl gekocht und einen guten Wein geöffnet. Wir spielten eine Weile mit den Kindern, dann sagte Matthew, er sei müde und wolle bald schlafen. Wir brachten die Kinder zu Bett, und Matthew verschwand im Gästezimmer. Lucy und ich saßen schweigend da, bis unsere Stille vom Telefon zerrissen wurde. Ich erwartete den verspäteten Bericht Inspector Wilkins', doch als ich den Hörer abnahm, hörte ich nur das Brummen des Freizeichens.

„Niemand dran", sagte ich zu Lucy. „Da hat sich vermutlich jemand verwählt."

Warum dachte ich, es sei die richtige Nummer gewesen, und jemand habe feststellen wollen, ob ich zu Hause sei? Auch Lucy und ich gingen an diesem Abend früh schlafen.

Auf diese Weise konnten wir dem Schweigen entkommen, das zwischen uns herrschte. Aber ich fand keinen Schlaf. Ich mußte immer wieder an das Licht in Eccles' Arbeitszimmer und an die Schatten hinter den Fenstern denken, und auf irgendeine Weise hatte alles mit diesem grauenhaften Zwinkern zu tun, das ich niemals vergessen hatte. Schließlich schlief ich, erschöpft von meiner Angst, doch noch ein.

(O Sam, Sam! Bitte komm und hör mir zu!)

Plötzlich und grundlos fuhr ich aus dem Schlaf hoch. Mein Wecker zeigte 6.15. Das Haus war sehr still. Lucy schlief tief. Ich hörte einen Vogel zwitschern, in der Ferne krähte ein Hahn. Durch das Fenster konnte ich die grünen Kronen der Birken sehen. Mich erfüllte eine jähe Freude darüber, daß ich am Leben war.

Das Klopfen an der Haustür war kein höfliches. Sondern ein Donner. Ich sprang aus dem Bett, Lucy folgte meinem Beispiel. Wir starrten einander an, und ich sah die Angst in ihren Augen. Ich hörte, daß Matthew sein Zimmer verließ. Dann wurde wieder geklopft, und ich hoffte, daß die Kinder nicht davon geweckt würden. Ich schlüpfte in meinen Schlafrock und rannte die Treppe hinunter, wobei ich hoffte, daß, wer immer vor der Tür stand, nicht noch einmal klopfen werde. Lucy und Matthew standen neben mir, als ich die Tür öffnete. Vor uns standen zwei Männer, der eine war Inspector Wilkins. Glücklicherweise waren beide in Zivil. Sie wußten offenbar mehr über George, und ich wollte sie ins Haus bitten. Aber das war nicht nötig. Sie drängten an uns vorbei und zogen hinter sich die Tür zu. Wir starrten einander an.

„Sir Alfred Dreyfus?" fragte Inspector Wilkins.

Ich staunte über die plötzliche Formalität.

„Natürlich", sagte ich lachend. „Das wissen Sie doch."

„Sir Alfred Dreyfus", sagte er noch einmal, und nirgendwo war auch nur die Spur eines Lächelns zu entdecken. „Ich verhafte Sie wegen Mordes an George Tilbury. Sie brauchen nichts zu sagen, doch alles, was Sie sagen, kann gegen Sie ..."

Ich war sicher, daß ich vor dem Fernseher saß und vielleicht sogar in einem Krimi eine Hauptrolle spielte. Ich hörte Lucy schreien und spürte, wie sich die Handschellen um meine Handgelenke schlossen, doch noch immer hielt ich es für eine Fernsehsendung und hätte den Apparat gern ausgeschaltet. Es war viel zu früh am Morgen, um vor dem Bildschirm zu sitzen. Ich merkte, wie ich abgeführt wurde. Ich hörte Matthew sagen, daß er einen Anwalt besorgen werde, und ich hörte Lucy flüstern: „Das ist ungeheuerlich!"

Ich schaute mich nicht nach dem Haus um. Ich kam nicht auf die Idee, daß ich nie wieder einen Fuß hineinsetzen würde. Ich wurde zu einem Zivilwagen geführt, der auf der Auffahrt stand, und registrierte, daß mein eigener Wagen verschwunden war. „Mein Auto ist nicht da", sagte ich.

„Das haben wir geholt", teilte der Inspector mir mit. Ich schaute zur Schule hinüber und sah, daß bei Eccles noch immer das Licht brannte. Und in diesem Moment wußte ich, daß ich nicht vor dem Fernseher saß, und daß mir der Mord am jungen George Tilbury vorgeworfen wurde.

Auf der Fahrt zur Wache, die zehn Minuten dauerte, saß ich zwischen meinen stummen Gefangenenwärtern. Auf den Straßen waren nur wenige Menschen zu sehen, und niemand schien auf den Wagen zu achten. Als wir vor der Wache vorfuhren, fragte Inspector Wilkins: „Hätten Sie gern eine Decke, um Ihr Gesicht zu verdecken?"

„Wozu denn das?" erwiderte ich. „Ich habe nichts zu verbergen." Ich weiß nicht, welche Antwort ich erwartet hatte, aber die beiden blieben stumm. Ich wurde mehr oder weniger auf die Wache gezerrt und stellte mir dabei ihre Entschuldigungen vor, wenn ihnen ihr entsetzlicher Fehler aufging, und ich überlegte, ob ich ihnen verzeihen würde. Ich war noch immer Sir Alfred Dreyfus.

Ich wurde zu einem Schreibtisch geführt und mußte meine Taschen ausleeren. Aber ich hatte keine, da ich ja meinen Schlafanzug trug, diese Prozedur war also schnell erledigt. Die Handschellen wurden mir abgenommen, meine Uhr auch, was ich schriftlich bestätigen mußte, dann wurde ich in einen Verhörraum geführt. Meine beiden Gefangenenwärter saßen mir gegenüber. Einer der beiden schaltete ein Tonbandgerät ein und nannte die Uhrzeit und die Namen der Anwesenden. Ich erklärte sofort, daß ich ohne meinen Anwalt nichts sagen würde.

„Wollen Sie nicht hören, welche Beweise wir haben?" fragte Inspector Wilkins.

Ich fing jetzt an, diesen Mann zu hassen. „Nein", sagte ich mit fester Stimme. „Ich werde warten, bis ich mich mit meinem Anwalt beraten kann."

Wilkins' Nebenmann sagte daraufhin: „Vernehmung beendet", und nannte noch einmal die Zeit, obwohl inzwischen kaum eine Minute vergangen war. Ein weiterer Polizist, diesmal ein uniformierter, führte mich in eine Zelle.

„Sie sollten sich lieber daran gewöhnen", sagte er dort.

Und fügte etwas freundlicher hinzu: „Haben Sie schon gefrühstückt?"

Ich konnte keine Antwort geben. Ich begriff einfach gar nichts. Ich setzte mich auf die Pritsche an der einen Wand und hätte weinen mögen. Ich dachte an Lucy und die Kinder. Sie saßen jetzt sicher beim Frühstück. Ich fragte mich, wie Lucy mein Fehlen erklären würde. Und Matthew. Was der wohl machte? Wie mochte ihm zumute sein? Teilte er meine ungeheure Empörung? Ich hoffte, daß er sich sofort an Simon Posner wenden würde, einen guten Anwalt und einen Freund der Familie. Simon würde ebenso entsetzt sein wie ich selber.

Bald brachte der Polizist mir Frühstück. Ich staunte über meinen Appetit. Das Essen war nahrhaft, schmeckte aber nach nichts und stillte meinen Hunger. Ich genoß den großen Becher Tee sogar, und für einen Moment sah ich mich als Häftling und lachte. Ich stellte mir vor, wie ich das alles meinen Kindern erzählte, und wie sie vor Erstaunen die Augen aufrissen. Ich schaute mein Handgelenk an, und mir ging auf, daß ich nicht feststellen konnte, welche Uhrzeit es war. Es könnte sicher recht interessant sein, überlegte ich, ohne Uhr zu leben und das Vergehen der Zeit durch Sonnenaufgang und Sonnenuntergang zu bestimmen. Ich begriff nicht, warum ich solche freundlichen, sanften Gedanken hegte, während ich doch zugleich von heftigem Zorn erfüllt war. Und dieser Zorn machte mich müde. Ich legte mich auf die Pritsche und bin wohl bald eingeschlafen, um mich für die so brutal unterbrochene Nachtruhe zu entschädigen. Als der Polizist mich weckte, schaute ich automatisch mein Handgelenk an. Ich weiß nicht, wie lange ich geschlafen hatte. Draußen war es noch hell, und ich hatte Hunger. Ich nahm an, daß es um die Mittagszeit sein müsse. Der Polizist sagte jedoch, es sei erst elf, und mein Anwalt sei eingetroffen. Ich war noch immer vom Schlaf benommen und begriff nicht, was ein Anwalt von mir wollen könne. Dann schaute ich mich um und wußte Bescheid.

Ich wurde in einen Verhörraum gebracht, wo Simon mich bereits erwartete. Ich freute mich, ihn zu sehen, und auch er begrüßte mich freudig. Der Polizist verschwand und schloß hinter sich die Tür. Wir waren allein, und ich wartete gespannt darauf, was Simon mir raten würde. Ich nahm ihm gegenüber Platz.

„Verzeih meinen Aufzug", sagte ich. „Sie haben mich aus dem Bett geholt."

„Matthew bringt dir einen Anzug", sagte Simon.

„Dann kann ich immerhin angezogen nach Hause gehen."

„Ich fürchte nein", Simon legte mir die Hand auf den Arm. „Es sieht böse aus, Alfred."

„Was sieht böse aus? Welche Beweise haben sie denn, um Himmelswillen? Sie haben ja noch nicht einmal den Leichnam gefunden. Was suchen sie eigentlich? Einen Sündenbock?" Plötzlich klang dieser Ausdruck auf seltsame Weise jiddisch, als sei er für ein anderes Volk geprägt worden.

„Sie haben den Leichnam gefunden", sagte Simon.

„Wo?"

„Das ist ja gerade das Schreckliche. Er war in deinem Garten in Kent vergraben."

In meinem Kopf brach ein betäubender Lärm los. Simons Worte trafen mich wie Gewehrkugeln. In meiner

167

Vorstellung gab es im Dorf meiner Kindheit nur zwei Gräber, zwei geheiligte Stätten, und unser Garten trug die Früchte ihrer Arbeit, dort hatten Matthew und ich mit unseren Kindern gespielt. Jetzt war alles besudelt, das Gedächtnis meiner Eltern war geschändet. „Wie können sie das wagen!" rief ich empört.

„Das ist ein wichtiges Indiz", sagte Simon. „Und scheint auf dich hinzuweisen."

„Blödsinn", sagte ich. „Sie müssen doch noch mehr haben."

„Haben sie auch", sagte Simon. „Aber ich habe das Material noch nicht durchsehen können. Ich weiß nur, daß einige deiner Jungen Aussagen gemacht haben, die dich belasten, und daß sie Beweise vorlegen können. Ich habe die Aussagen noch nicht gesehen, aber ich glaube, sie sind ziemlich schlimm für dich."

Ich weiß nicht, warum, aber in diesem Moment hatte ich das Gefühl, daß Simon nicht der richtige Verteidiger für mich war. Er schien sich nicht danach zu drängen, meine Unschuld zu behaupten, und sein Pessimismus machte mir Sorgen. Jetzt, im Nachhinein, weiß ich, daß ich auf dieses Gefühl hätte hören müssen.

Plötzlich fühlte ich mich krank. Ich spürte geradezu, wie mein Gesicht sich verfärbte. Simon goß mir ein Glas Wasser ein. Ich war in einen Alptraum geraten.

„Wann wirst du diese Aussagen lesen?" fragte ich.

„Während der kommenden Tage, an denen ich deine Verteidigung vorbereite. Du wirst morgen dem Untersuchungsrichter vorgeführt werden. Ich begleite dich. Du wirst des Mordes angeklagt und gefragt werden, ob du dich schuldig bekennst oder nicht. Du wirst 'nicht schuldig' antworten. Dann wirst du in Untersuchungshaft genommen und vermutlich für den Prozeß nach Old Bailey gebracht werden."

„Simon", sagte ich ungläubig. „Du bist mein Freund."

„Und das werde ich auch bleiben", sagte Simon. Er erhob sich. „Aber eine Frage muß ich dir stellen", fügte er hinzu. „Das ist eine reine Formsache."

„Ich weiß schon, Simon", sagte ich. „Ob ich es war. Und die Antwort lautet: nein. Absolut nicht. Du kannst mich also mit gutem Gewissen verteidigen."

„Danke, mein Freund", sagte er.

Ich wurde zurück in meine Zelle geführt und bekam eine Art Mittagessen vorgesetzt. Danach bin ich wohl wieder eingeschlafen, denn ich wurde vom Abendessen geweckt, obwohl es noch hell war, und mir wurde mit spöttischer Stimme eine gute Nacht gewünscht. Ich rechnete nicht damit, überhaupt einschlafen zu können, und wünschte, ich hätte etwas zu lesen. Aber meine Müdigkeit überraschte mich, eine Müdigkeit, die sich aus Verzweiflung und übergroßer Verwirrung speiste. Und aus tiefer Trauer. Ich weinte um den jungen George, ich verfluchte seinen Mörder, wer immer das sein mochte, und ich verfluchte ihn doppelt wegen seiner Wahl der Begräbnisstätte.

Ich wurde vom Zwitschern der Vögel geweckt, verspürte aber nicht dieselbe Freude wie zu Hause, in meinem eigenen Bett. Und zum ersten Mal kam mir der Gedanke, daß jetzt für lange Zeit mein letzter Tag als freier Mann gekommen sein könnte. Der Polizist brachte mir Frühstück, einen Anzug und Toilettensachen, und führte mich nach dem Essen in ein Badezimmer, wo er mir beim Waschen, Rasieren und Anziehen zusah.

Wir erreichten das Untersuchungsgericht durch einen unterirdischen Gang, der in der Wache begann, deshalb brauchte ich mich nicht auf der Straße zu zeigen. Doch ich hörte das Gemurmel der Menge. Und es war ein feindseliges Gemurmel, es verriet eine Lynchstimmung, und ich hatte Angst. Mir wurden Handschellen angelegt, und ich wurde in den Gerichtssaal geführt. Das plötzliche Licht blendete mich, und zuerst konnte ich die Gesichter der Menge nicht erkennen. Schließlich ging mir jedoch auf, daß der Saal bis zum Bersten gefüllt war. Ich suchte Lucy und Matthew, konnte sie jedoch nicht entdecken. Der Untersuchungsrichter und seine beiden Beisitzer nahmen Platz.

„Der Gefangene möge aufstehen", sagte jemand.

Ich gehorchte, und dabei erkannte ich in der ersten Reihe einige Schüler, und ich fragte mich, wer ihnen wohl schulfrei gegeben haben mochte. Ich hatte das Gefühl, meinen Direktorenposten bereits verloren zu haben, und ich konnte mich nicht gegen den Gedanken wehren, daß es Eccles gewesen war. Hinter den Jungen sah ich Lucy und Matthew und dachte, sie seien gekommen, um mich nach Hause zu holen.

„Sir Alfred Dreyfus", sagte der Untersuchungsrichter. „Sie werden des Mordes an George Tilbury angeklagt. Bekennen Sie sich schuldig oder nicht schuldig?"

„Nicht schuldig, My Lord", sagte ich, wie mir aufgetragen worden war. Und es war ja schließlich auch die Wahrheit. Simon stellte den Antrag, mich auf Kaution freizulassen, was jedoch erwartungsgemäß abgelehnt wurde. Die Beweise gegen mich waren so schwerwiegend, daß der Untersuchungsrichter Fluchtgefahr sah. Es wurde angeordnet, daß ich in Untersuchungshaft bleiben mußte, bis am Old Bailey der Prozeß eröffnet wurde. Dann wurde ich abgeführt. Ich schaute mich nach Lucy und Matthew um, und Lucy warf mir eine Kußhand zu. Matthews Lippen formten ein Wort, ich glaube, es war „Mut". Dann wurden mir wieder Handschellen angelegt, und ich wurde zum Ausgang geführt. Ohne meine Erlaubnis wurde mein Kopf mit einer Decke umwickelt, und ich fand mich plötzlich im Freien wieder und wurde von zwei starken Händen geleitet. Der wartende Wagen war nur wenige Schritte entfernt, doch während dieses kurzen Ganges hörte ich Pfiffe und den Ruf „Mörder!" Als wir dann losfuhren, hörte ich die Menge wütend schreien und gegen die Seite des Wagens schlagen. Ich war des Mordes angeklagt worden. Ich war noch nicht schuldig gesprochen worden. Aber der Mob hatte sein Urteil schon gefällt.

Das Urteil war von Gerüchten gespeist worden. Den Gerüchten, daß ich Jude sei. Damals fragte ich mich, woher diese Gerüchte stammen mochten. Heute weiß ich, daß einer von Eccles' Leuten dieses explosive Wort in die Menge gestreut hatte, wo es dann wie ein wunderbares Lauffeuer weitergetragen worden war.

Sie ließen ihre Wut an Glas und Stein aus. In dieser Nacht brannte die nächstgelegene Synagoge, die etwa zwanzig Meilen entfernt war, teilweise aus. Und der in der Nähe gelegene jüdische Friedhof wurde geschändet. Die Grabsteine wurden mit Hakenkreuzen beschmiert.

Ich weiß nicht, in welches Gefängnis ich dann gebracht wurde. Es war nicht dieses hier. Das weiß ich immerhin. Ich weiß, daß es am Stadtrand von London lag, und ich glaube, es war ein Notbehelf, weil die anderen Gefängnisse überfüllt waren.

Danach konnte ich nur noch warten und mich in mein Schicksal ergeben. Aber ich hatte noch immer Hoffnungen. Ich konnte mir einfach nicht vorstellen, welche Beweise für einen Schuldspruch sorgen könnten. Die Außenwelt jedoch hatte ihr Urteil schon gefällt. Matthew war, wie ich hörte, nach Zahlung einer angemessenen Abfindungssumme entlassen worden. Lucy und die Kinder hatten das Schulhaus verlassen müssen. Der Name Dreyfus war bereits zum Fluch geworden. Die Stelle, an der Georges Leichnam gefunden worden war, wurde zur Attraktion, immer wieder hielten Wagen vor dem Haus meiner Eltern und spuckten ihre Ladungen von Gaffern aus. In der Tourismusbranche konnte das Dorf unserer Kindheit es jetzt mit der Kathedrale von Canterbury aufnehmen.

Was mir jedoch das Herz brach, und was ich niemals verzeihen werde, ist, was diese Vandalen der letzten Ruhestätte meiner Eltern antaten. Obwohl ein Jesus sie beschützte, erging es ihren Gräbern nicht besser als denen der Toten, die nach den mosaischen Gesetzen bestattet worden waren. Denn auch sie wurden mit Hakenkreuzen beschmiert, und Jesu schützender Arm wurde am Ellbogen abgehackt. Als letzter Pfiff war dann rote Farbe auf die Steinwunde geschmiert worden.

Die Lüge, die meine Eltern ihr Leben lang gelebt hatten, war jetzt und für immer zerstört worden.

Drittes Buch

Zweiundzwanzigstes Kapitel

Ich schweife ab. Ich schiebe auf. Meine Gedanken laufen mir davon, und meine Hand folgt ihnen in eine alptraumhafte Skizze meines Prozesses. Ich rede mir ein, eine Zeichnung könne den Hintergrund für das bieten, worüber ich jetzt schreiben muß, werde den Fluß meiner Worte erleichtern. Ich zeichne den Hintergrund so, daß ich weiß, wo ich bin. Aber ich führe mich selber an der Nase herum. Ich weiß genau, wo ich bin, und ich kenne auch den entsetzlichen Grund meines Hierseins. Trotzdem zeichne ich den Hintergrund. Und damit noch nicht genug. Ich muß mich für meine Rolle ankleiden. Ich ziehe den Anzug an, den Matthew mir ins Gefängnis gebracht hat. Ich muß respektabel aussehen. Und vor allem: unschuldig. Aber um Himmelswillen, das bin ich doch, Anzug oder nicht. Ich muß laut und klar sprechen und das Publikum an mich glauben lassen. Also übe ich: „Nicht schuldig, My Lord", während ich in meiner Zelle hin und her wandere, und dann frage ich mich, warum ich überhaupt meine Unschuld beteuere, wo doch niemand einen Grund hat, mich schuldig zu sprechen. Trotzdem muß ich den Geschworenen furchtlos ins Auge blicken, und diesen Blick übe ich jetzt an meinen vier kahlen Wänden.

Ich bereite mich auf meinen Prozeß vor. Ich richte die Bühne ein. Ich stelle die Kulissen auf. Ich kleide mich an, ich erfinde Bühnenanweisungen, die mit der ganzen Sache rein gar nichts zu tun haben. Alles ist besser, als es in Worte zu fassen, die ich nicht finden kann. Deshalb wende ich mich, weiteren Aufschub suchend, meinem Radio zu. Ich höre von einer weiteren Selbstmordbombe in Tel Aviv. Noch vier Menschen getötet, zahllose Verletzte. Darunter viele Kinder. Und plötzlich ist mein Selbstmitleid wie verflogen. Genug von diesen Kritzeleien und Abschweifungen. Ich greife zur Feder und halte sie in festem Griff, ich weiß ja schließlich, wie gern sie sich von mir losreißen möchte. Aber ich behalte die Kontrolle und mache mich auf die Suche nach den so voller Angst verborgenen Worten.

Ich wurde abgeholt, als die Gefängnisglocke achtmal läutete, und ich mußte daran denken, daß noch vor nicht allzu langer Zeit dieselbe Glocke die Hinrichtung eines armen Gefangenen angekündigt hätte, der durchaus unschuldig gewesen sein mochte. Ich zitterte. Mein nicht angerührtes Frühstück wurde weggeräumt. Sie sahen mir beim Rasieren zu. Das tat ich zwar jeden Tag, doch nur selten betrachtete ich dabei im Spiegel mein Gesicht. Doch an diesem Morgen musterte ich mein Bild und bemerkte zum ersten Mal in meinem Leben, wie jüdisch ich aussah. Warum nahm ich ausgerechnet an diesem Morgen die Züge wahr, die ich mein Leben lang ignoriert hatte, in der Hoffnung, daß meine Betrachter meinem Beispiel folgen würden? Und wenn ich maskiert durchs Leben gegangen wäre, wäre ich dann trotzdem durchschaut worden? Sahen meine Füße jüdisch aus? Meine Hände? Diese Überlegungen machten mir zu schaffen. Und ausgerechnet heute morgen weiß ich, warum. Sie bildeten ganz einfach Mark und Bein meines Prozesses und die Narbe des Urteils. Ich zog meinen Anzug der Unschuld an und war bereit.

Im Wagen sah ich, daß die altehrwürdige Decke schon bereit lag, und ich hätte gern gewußt, wen sie zuletzt verhüllt hatte und ob sie noch immer nach seiner Schuld oder seiner Unschuld roch. Als der Wagen vor dem Gerichtsgebäude vorfuhr, hörte ich das gezischte Urteil der Menge und war für die Decke dankbar. Ich stolperte wie ein Schuldiger durch die Tür.

Ich mußte zunächst in einer Zelle im Keller warten. Simon war schon da und faßte noch einmal die Anklage gegen mich zusammen. Er lächelte viel dabei und riß sogar einige Witze, aber ich wußte, daß er damit seinen Pessimismus überspielen wollte. Er übte noch einmal mein „Nicht schuldig" mit mir ein, was jetzt, weil ich es einfach zu oft geübt hatte, in meinen Ohren sinnlos klang. Ich verweigerte weiteres Training. Wir warteten schweigend. Simon schien keinen guten Rat mehr für mich zu haben, und ich war erleichtert, als ich geholt wurde.

„Wir sehen uns gleich", sagte er, als ob mir eine Alternative bliebe.

Ich stand zwischen den beiden Polizisten, die mich an den Ellbogen hielten. Ich registrierte, wie sanft sie zufaßten, und ich dachte, daß sie vielleicht zu mir hielten. In der Not klammern wir uns an jeden Strohhalm. Wir erreichten einen langen, schmalen Gang. An seinem Ende konnte ich eine Treppe sehen. Ich wußte, daß diese Treppe zum Gerichtssaal und zur Anklagebank führte, auf der mir der Prozeß gemacht werden würde, und plötzlich kam sie mir vor wie die Treppe zum Schafott, und ich trat vor Angst von einem Fuß auf den anderen. Ich spürte, wie der Zugriff um meine Ellenbogen fester wurde.

„Los jetzt", sagte ein Polizist. Er klang dabei nicht unfreundlich, und ich gehorchte, da mir nichts anderes übrig blieb. Doch wieder stolperte ich, als wir die Treppe hochstiegen. In meinem ganzen Leib machte sich eine hämmernde Furcht breit. Wieder packten sie mich, weniger sanft diesmal, und ich wurde die letzten Stufen hoch auf die kleine Plattform geschleift, die zur Anklagebank führte. Es war kein erfolgverheißender Anfang. Mein Widerstreben ließ mich schon schuldig wirken, und meine viel zu häufig geübte Aussage klang hohl in meinen Ohren. Ich richtete mich auf, als ich meinen Platz auf der Anklagebank einnahm, aber ich hatte das Gefühl, es sei schon zu spät, um meinen mißratenen ersten Auftritt durch die Behauptung meiner Unschuld auszugleichen. Ich schaute das Gitter vor mir an. Ich wagte nicht, in irgendeine andere Richtung zu blicken. Ich hatte kein Vertrauen zu meinem Gesicht. Kein Vertrauen zu seiner Miene, von der ich fürchtete, daß sie sich meiner Kontrolle entzogen hatte. Aus dem Augenwinkel sah ich das hintere Ende des Gerichtssaals, die Zuhörerbänke und ein Meer aus verschwommenen Gesichtern. Ich wollte kein bekanntes darunter sehen. Ich hätte gern meine Augen zugekniffen, in der kindischen Hoffnung, dadurch unsichtbar zu werden. Ich sah, daß alle aufstanden, und deshalb wußte ich, daß der Richter den Saal betreten hatte, aber ich starrte weiterhin das Gitter an. Ich wußte, daß ich mich anders verhalten mußte. Meine scheue Haltung, mein gesenkter Blick wiesen auf ein Übermaß an Schuldgefühlen und Reue hin. Aber ich empfand keins von beiden und hatte auch keinen Grund dazu. Deshalb richtete ich mich auf und schaute zuerst den Richtertisch und dann den Gerichtsdiener an, der die Prozeßeröffnung ankündigte.

„Sir Alfred Benjamin Dreyfus", schmetterte er meinen Namen in den Saal.

Es erleichterte mich zu hören, daß ich noch immer meinen Titel trug, aber diese Erleichterung wurde mir durch meinen zweiten Vornamen, den ich nie benutzt und fast vergessen hatte, wieder vergällt. Benjamin. Ein Name, der im Hebräischen „Sohn meiner rechten Hand" bedeutet. Ein schöner Name, wie ich fand, nur eben unverkennbar jüdisch. Während „Alfred" ein „zählt-mich-dazu"-Name war, erlaubte „Benjamin" kein Entkommen. Ich hätte gern die Geschworenen angesehen, um mir ein Bild von ihrer Reaktion zu machen, aber wieder mochte ich meinem Gesicht nicht vertrauen.

Die Stimme des Gerichtsdieners riß mich aus meinen Gedanken, und ich konnte die Anklage nicht überhören.

„Sie stehen unter der Anklage, am 4. April oder kurz danach George Henry Tilbury ermordet zu haben. Bekennen Sie sich schuldig? Oder nicht schuldig?"

Ich war sprachlos. Angeblich macht Übung den Meister. Aber das stimmt nicht. Gott weiß, ich hatte diese Aussage oft genug geübt. Aber die Wörter waren verschwunden. Verschwunden aus meinem Kopf, und, wie ich fürchtete, auch aus meinem Herzen. Denn plötzlich wußte ich nicht mehr, was ich sagen sollte. Die Anklage war so ungeheuerlich, daß keine der beiden Aussagen ihr gerecht werden konnte. Der Gerichtsdiener wiederholte seine Frage, und wieder brachte ich keinen Ton hervor. Ich schaute Simon an, der mich verständnislos anstarrte. Dann formte er wie ein Souffleur mit den Lippen meine Antwort. „Nicht schuldig", machte ich es ihm nach, und dann noch einmal „nicht schuldig", weil ich beim ersten Stichwort gepatzt hatte.

Das alles war nicht zu meinen Gunsten, das wußte ich. Mein schwacher erster Auftritt und mein jetziges Zögern waren ein schlechtes Omen für meine Verteidigung. Ich sah, wie Simon sich mit der Hand über die Stirn fuhr. Ich hatte ihn enttäuscht.

Der Gerichtsdiener, der mich damit pflichtgemäß abgehandelt hatte, wandte sich jetzt den Geschworenen zu. Ich war dankbar für die Möglichkeit, sie zum ersten Mal ansehen zu können, in dem sicheren Bewußtsein, daß sie nicht auf mich achten würden, da sie den Belehrungen des Gerichtsdieners glaubten. Sie waren eine düstere Versammlung, die sich ihrer schweren Verantwortung durchaus bewußt war. Ich freute mich, als ich unter ihnen zwei schwarze Gesichter sah, einen Mann und eine Frau, und ihre Anwesenheit gab mir eine gewisse Hoffnung. Schließlich gehörten auch sie verfolgten Völkern an, seit Weiß zur Farbe der Macht geworden war. Und in gewisser Weise hielt ich ihr Schicksal für noch schlimmer als das meines eigenen Volkes, denn sie hatten nicht einmal eine vage Möglichkeit für die Bitte „zählt mich dazu." Während ich sie betrachtete, lauschte ich den Worten des Gerichtsdieners.

„Meine Damen und Herren Geschworenen", sagte er. „Dem Angeklagten wird der Mord an George Henry Tilbury am 4. April diesen Jahres oder unmittelbar danach zur Last gelegt. Er hat sich als nicht schuldig bekannt. Sie müssen entscheiden, nachdem Sie die Beweisführung kennengelernt haben, ob er schuldig ist oder nicht."

Am Ende dieser kleinen Rede schauten alle mich an, und ich wandte mich ab, obwohl ich wußte, daß das ein Fehler war, und ich bemitleidete Simon, wenn ich an den steinigen Weg dachte, der jetzt vor ihm lag. Ich durfte mich setzen, wofür ich dankbar war, denn ich war vor lauter Angst total erschöpft. Ich sah zu, wie der Staatsanwalt sich erhob. Er ließ sich Zeit. Und das nicht, weil er Probleme mit den Beinen gehabt hätte. Seine Langsamkeit war pure Effekthascherei. Er stand nicht auf, er erhob sich, wie es sich für Würde und Macht seines Amtes gehörte, und während dieser Bewegung richteten seine Augen sich auf mich. Diesmal wandte ich mich nicht ab. Ich starrte ihn mit einer Miene der Herausforderung an. Vielleicht war auch das ein Fehler, aber egal, was ich auch tat, nichts davon konnte offenbar zu meinen Gunsten oder meinen Ungunsten sprechen. Wieder überkam mich ein Gefühl der Hilflosigkeit, was dann sofort in meinen hängenden Schultern zum Ausdruck kam.

Als er sich dann endlich erhoben hatte, ließ der Staatsanwalt sich ebenso lange Zeit, um in Pose zu gehen. Ich konnte seine Füße nicht sehen, aber ich stellte mir vor, daß seine Beine leicht gespreizt waren, denn ehe er etwas sagte, führte er ein oder zwei Drehungen aus, eine nach rechts, um die Jury anzusehen, eine nach links in Richtung Richter, dann zurück in die Mitte, um seine Knopfaugen auf mich zu richten. Ich fing jetzt schon an, ihn zu hassen.

Seine erste Drehung galt den Geschworenen. „Meine Damen und Herren", sagte er, „wie wir alle wissen, hat dieser Fall in Presse und Rundfunk großes Aufsehen erregt. Ich möchte Sie bitten, alles zu vergessen, was Sie dort gehört oder gelesen haben. Das alles hat nichts mit Gerechtigkeit zu tun. Wir sind hergekommen, um dem Angeklagten eine faire Verhandlung zu sichern. Wir werden hier nur den Beweisen folgen, und nur aufgrund dieser Beweise werden Sie Ihre Entscheidung fällen."

Jetzt wandte er sich dem Richter zu. „Mit Ihrem Einverständnis, My Lord", sagte er, „vertrete ich in diesem Fall die Krone, zusammen mit meinem Freund und Kollegen Derek Chambers. Der Angeklagte, Sir Alfred Dreyfus, wird vertreten von meinem Freund und Kollegen Simon Posner, dem James Windsor dabei assistiert."

Ich hörte nicht gern, daß Simon der Freund meines Anklägers war, aber ich hielt es dann doch für eine Phrase, die hoffentlich weit von der Wahrheit entfernt war. Die letzte Drehung brachte ihn in mein Sichtfeld.

„Die Anklage lautet", sagte er, „daß der Angeklagte am 4. April diesen Jahres oder unmittelbar danach George Tilbury ermordet und den Leichnam im Garten seines Hauses in Kent vergraben hat."

Er legte eine Pause ein, um einen Schluck Wasser zu trinken. Ich wußte, daß er nicht durstig war. Diese Geste gehörte zu seinen anderen Stilmitteln, wie sein Erheben und Drehen, und während er seinen Nicht-Durst stillte, ließ ich meine Augen verstohlen zu den Zuschauerbänken wandern. Ich sah zuerst Lucy, die zwischen Matthew und Susan saß. Sie lächelten mir zu, alle drei, obwohl ihr Lächeln von unverhohlener Sorge getrübt war. Ich konnte keinen Kollegen von der Schule sehen, und ich nahm an, daß sie als Zeugen vorgeladen waren. Ich suchte nach Schülern, fand aber keinen, bis mein Blick erleichtert auf den jungen David Solomon fiel, der mir ein ähnliches Lächeln zukommen ließ, wie das bei meiner Familie der Fall gewesen war.

Der Staatsanwalt stellte sein Glas wieder auf den Tisch. „Die Staatsanwaltschaft sieht den Fall so", sagte er. Dann drehte er sich wieder zur Jury hin. „Meine Damen und

Herren", sagte er, „es ist ein Fall von ungeheurer Tragik. Ein Junge, George Tilbury, wurde aufs Grausamste erstochen. Er war erst vierzehn Jahre alt und sollte niemals zum Mann werden. Sollte niemals sein Studium genießen, sich niemals verlieben, niemals heiraten, niemals Kinder zeugen. Es widerspricht der natürlichen Ordnung der Dinge, meine Damen und Herren, daß Eltern ihre Kinder überleben, und wir sehen vor uns eine Mutter und einen Vater, deren Herz gebrochen ist, und deren Trauer wir uns kaum vorstellen können." Er legte abermals eine Pause ein, und das gab den Geschworenen, dem Publikum und mir selber die Möglichkeit, jedem seiner Worte zuzustimmen. Jetzt wirbelte er mit anklagender Miene zu mir herum. „Sir Alfred Dreyfus", sagte er dann, „dem Mann, den Sie auf der Anklagebank sehen, wird, und nach Überzeugung der Anklage zurecht, der Mord an George Tilbury vorgeworfen. Aber warum, mögen Sie fragen, sollte irgendwer so ein junges, unschuldiges Kind ermorden wollen? Die Antwort in diesem Fall ist: aus purer Gier, Selbstsucht und überzogenem Ehrgeiz. Kaum Grund genug, denken Sie vielleicht, um einen Mord zu rechtfertigen. Aber wenn Sie zu allen diesen Gründen noch den Trieb des Bösen hinzunehmen, den tiefverwurzelten Trieb des Bösen, nichts weniger, meine verehrten Damen und Herren, dann werden Sie mit ebenso großer Trauer und Abscheu begreifen, wie diese Tragödie möglich sein konnte."

Noch einmal löschte er seinen Nicht-Durst, aber diesmal kann ich mich auch geirrt haben. Es war durchaus möglich, daß er durstig war. Sein natürlicher Speichelfluß konnte nicht ausreichen, um seinen Wortschwall anzufeuchten. Er trank eifrig, als brauche er das wirklich, und ich hätte schwören können, daß das gesamte Gericht in Gedanken voller Mitgefühl mit ihm trank.

„Sir Alfred Dreyfus, der Angeklagte", sagte er dann, „ist ein hochgebildeter Mann, der in seinem Bereich große Verdienste errungen hat, und der für seine Dienste im Bereich der Erziehung von der Königin in den Ritterstand erhoben worden ist. Er hat als Lehrer und Direktor an guten Schulen gewirkt, die beste davon ist die, an der er bisher tätig war. Er hat wirklich den Gipfel seiner Laufbahn erreicht. Doch dieser Mann, dieser Angeklagte, meine Damen und Herren Geschworenen, dieser achtundvierzig Jahre alte Mann, hat jeden Tag seines Lebens als Lüge gelebt. Es war keine Lüge, die ihm etwas eintrug, nein, noch viel schändlicher: Es war eine Lüge der Auslassung. Mit anderen Worten, er hat die Tatsache verhehlt, daß er Jude ist. Sie mögen sich jetzt natürlich fragen: 'Warum auch nicht?' Wenn jemand beschließt, sich als Nichtjude auszugeben, dann ist das traurig, aber es ist seine Sache, und ein Verbrechen ist das nun wirklich nicht. Und Sie hätten ja recht, meine Damen und Herren Geschworenen. Aber wenn er seine Identität verschleiert, und wenn er dabei wirklich zu allen Mitteln greift, um zum Leiter der besten Schule des Landes aufzusteigen, einer Schule der Church of England, wenn er eine Identität verbirgt, die für diese angesehene Schule inakzeptabel wäre, wenn, ich wiederhole, er sich solche Mühe gibt, sie zu verbergen, wenn er dabei bis zum Mord geht, dann glaube ich, meine Damen und Herren, daß wir es hier mit einem ungeheuerlichen Verbrechen zu tun haben. Der Angeklagte ist ein listenreicher Mann, und seine Finten waren so raffiniert, so ausgeklügelt, daß er vermutlich damit durchgekommen wäre, wäre er nicht an den verwirrten, unschuldigen und gottesfürchtigen George Tilbury geraten, der seine Lüge durchschaut hatte und sie an den Tag bringen wollte. Und der deshalb für seinen Glauben bezahlen mußte."

Ich mußte den Mann einfach bewundern, und ich war zweifellos nicht der einzige. Ich wagte einen Blick auf die Jury, und alle starrten ihn voller Ehrerbietung an. Ich vermied es, das Publikum anzublicken, und vor allem fehlte mir der Mut, Simon anzusehen, denn ich fürchtete, daß er den rhetorischen Künsten seines Widersachers in keiner Weise gewachsen sein würde.

Noch ein Glas Wasser für meinen Ankläger. Das langsame Schlucken, der offenkundige Genuß, das dramatische Beiseitestellen des Glases. „Und jetzt, My Lord", er drehte sich zum Richter hin. „Möchte ich meinen ersten Zeugen berufen, Mr. James Turncastle."

Dreiundzwanzigstes Kapitel

Ich muß jetzt aufhören. Ich kann nicht weiterschreiben. Ich kann das Echo des Lügengewebes nicht ertragen, das aus dem Mund eines Jungen strömte, den ich für einen Sohn gehalten hatte. Ich ertrage es nicht. Und ich fühle mich krank. Ernsthaft krank. Mein Herz hämmert, und mein Kopf dröhnt im selben Rhythmus. Und obwohl ich von meinem Leben nichts mehr erwarten kann, außer, daß es in dieser elenden Behausung so unselig weitergehen wird, bin ich noch immer um meine Gesundheit besorgt.

Ich will nicht sterben. Meine Unschuld verbietet das. Ich will keinen posthumen Freispruch.

Ich rufe den Wärter. Ich schreie nach ihm. Ich habe Angst. Sie holen den Arzt. Er ist ein freundlicher Mann, der, wie ich zu hoffen wage, an meine Unschuld glaubt. Er schickt mich ins Gefängniskrankenhaus. „Zur Beobachtung", sagt er. „Sie werden mit anderen zusammensein", flüstert er. Er glaubt, ich leide unter meiner Isolation, und vielleicht hat er recht.

Kaum liege ich in dem Bett, das zwischen denen von zwei weiteren Häftlingen steht, fühle ich mich ein bißchen besser. Aber ich hänge an einer Herzmaschine, mein Blutdruck wird gemessen, mein Puls und meine Temperatur. Ich liege drei Tage unter dauernder Beobachtung in diesem Bett, und am Ende läßt mein Zorn nach. Ich will nicht zurück in meine Zelle. Dort erwartet mich mein Schreiben, und ich weiß nicht, ob ich schon so weit bin. Ich habe mich an Gesellschaft gewöhnt, an die Stimmen der anderen, ihr Stöhnen, ihr Seufzen, sogar an den gelegentlichen Wortwechsel. Der Mann auf meiner rechten Seite ist auch ein Lebenslänglicher. Er stellt sich als Martin vor. Meinen Namen kennt er.

„Du bist berühmt", sagt er.

Ich brauche nicht zu fragen, warum er hier ist. Lebenslängliche sind fast immer Mörder. Ich frage mich, ob auch er unschuldig ist, so wie ich. Aber ich frage ihn nicht. Durch meine lange Isolation habe ich weder Gefängnisjargon noch Etikette lernen können. Ich weiß, daß gewisse Fragen niemals gestellt werden dürfen, und ich stelle mir vor, daß die nach Schuld oder Unschuld dazu gehört. Aber am zweiten Tag liefert Martin die Information von ganz allein.

„Ich hab meine Frau umgebracht", sagt er.

„Warum?" frage ich, weil ich das Gefühl habe, daß von mir irgendeine Reaktion erwartet wird.

„Sie ging mir auf die Nerven", sagt Martin.

Ich weiß nicht, warum, aber ich könnte lachen. Wir alle kennen doch bestimmt zahlreiche Personen, die uns auf die Nerven gehen. Aber einen Mord kann das ja wohl kaum rechtfertigen.

„Bereust du das jemals?", frage ich.

„Nein. Nie", er lacht. „Mein Leben hat erst hier angefangen. Hab nie so viele Kumpels gehabt. Ist doch der pure Spaßverein. Die werden mir fehlen."

„Wirst du bald entlassen?" frage ich mit leichtem Neid.

„Irgendwie schon, würde ich sagen." Wieder lacht er. „Nein, Kumpel", sagt er dann. „Ich geb den Löffel ab. Hab Krebs. Sie geben mir noch ein paar Wochen. Das muß man eben akzeptieren. Das Leben ist nun mal ungerecht."

Seine arme Frau würde das sicher bestätigen können, denke ich. Aber trotz allem tut er mir leid.

„Einfach ungerecht", sagte er noch einmal. „Hatte einen miesen Richter erwischt. Typisch, ich hab immer Pech. War einer von euch."

Ich sage nichts dazu. Dieser Mann liegt im Sterben. Diskussionen haben keinen Zweck mehr. Er wird nicht mehr lange eine Bedrohung darstellen.

„Was hast du denn draußen gemacht?" frage ich, um das Thema zu wechseln.

„Ich war Maurer", sagte er. „Mein Boß war auch einer von euch", fügt er hinzu. „Jesus, die sind überall, was?"

„Hier gibt's ja nicht allzuviele", das kann ich mir einfach nicht verkneifen, und das läßt ihn erst mal den Mund halten, während mein Herz weiterhämmert. Ich weiß, daß sich das in Gesellschaft dieses Mannes wohl kaum legen wird. Ich schaue ihn an und sehe, daß er eingeschlafen ist, ich staune über sein unschuldiges Aussehen und frage mich, wie ich wohl aussehen mag, wenn ich schlafe. In der Ferne schlägt eine Uhr achtmal. Meine Schlafenszeit in der Zelle ist schon vorüber. Der Pfleger mißt noch einmal Pulsschlag, Blutdruck und Fieber. Er gibt mir ein Schlafmittel, und ich bin dankbar. Ich leere das Glas und bin schon schläfrig. Martin stöhnt im Schlaf und sieht gleich weniger unschuldig aus. Er kommt mir unruhig vor. Seine Hände greifen ins Leere, und ich sehe, daß seine Füße unter der Decke zittern. Ich kehre ihm den Rücken zu und drehe mich auf die Seite, und in genau dieser Lage erwache ich am nächsten Morgen. Ich habe so tief geschlafen, daß ich zuerst nicht weiß, wo ich bin oder warum. Ich drehe mich um, weil ich wissen will, ob Martin wach ist. Sein Bett ist leer. Und abgezogen. Und ich weiß, daß er nachts geschlafen hat, während ich ihm meinen jüdischen Rücken zugekehrt hatte. Ich kann nicht dagegen an, ich betrauere ihn. In früheren Zeiten wäre er gehängt worden. Und das wäre vielleicht gnädiger gewesen. Statt dessen wurde er zu einer sehr lockeren Schlinge und einem schmerzlich langsamen Sturz verurteilt, bis er mit einer letzten Zuckung dann auf legale Weise ins Gras beißen konnte.

Trotz meines Kummers frühstücke ich ausgiebig, und als der Arzt dann kommt, erklärt er, ich könne in meine Zelle zurückkehren. Und ich bin dazu bereit. Mein Schreiben wartet auf mich. Durch Martins Tod hat die Welt einen Antisemiten verloren. Doch das ist kein Grund zum

Jubeln. Es wird immer Martins geben. Aber wie er gesagt hat: „Jesus, die sind überall", muß ich weiterschreiben, um zu beweisen, daß Leute wie Martin recht haben. Wir sind überall. Und mehr noch, wir werden auch nicht verschwinden.

Vierundzwanzigstes Kapitel

Ich sah zu, wie James in den Zeugenstand trat. Ich dachte an Lucy und fragte mich, was sie jetzt wohl dachte, aber ich wußte, daß auch sie sich voller Trauer der Zuneigung und Sorge erinnerte, die wir diesem traurigen, zu kurz gekommenen Jungen geschenkt hatten. Seine bloße Anwesenheit im Zeugenstand als Zeuge der Anklage bewies, wie sehr er diese Zuneigung mißbraucht hatte, und wie zutiefst undankbar er doch war.

Weil er noch so jung war, wurde er nicht vereidigt. Er wurde gefragt, ob ihm der Unterschied zwischen richtig und falsch, zwischen einer Lüge und einer Wahrheit bekannt sei.

James nickte.

„Sie müssen ja oder nein sagen", mahnte der Richter.

„Ja", sagte James mit fester Stimme. „Der Unterschied ist mir bekannt."

Nach der vorgeschriebenen Nennung seines Namens und seiner Adresse, wobei James das Haus seiner Tante in Devon anführte, bat der Staatsanwalt ihn, seine Beziehung zu dem Angeklagten in seinen eigenen Worten zu beschreiben.

„Sie war sehr eng", sagte er. „Er hat mich wie einen Sohn behandelt. Er hat mich in seine Familie aufgenommen. Ich war mit seinen Kindern befreundet. Er war für mich ein Vaterersatz."

So weit, so wahr, dachte ich. Aber besorgniserregend. Denn das hier war ein Vorspann, der eine betrübliche Änderung anzukündigen schien.

„Wann sind Ihnen die ersten Zweifel gekommen, was den Angeklagten betrifft", sagte der Staatsanwalt, um ihm auf die Sprünge zu helfen. „Lassen Sie sich Zeit", fügte er weiterhin hilfreich hinzu.

„Ich war an einem Wochenende bei ihm zu Hause", sagte James. „Wir wollten einen Spaziergang machen, und es war sehr kalt. Ich wollte mir aus der Schule einen Pullover holen. Aber Sir Alfred sagte, ich könne einen von ihm leihen, und er sagte mir auch, wo ich einen finden würde. Ich ging zu seinem Kleiderschrank und fand zwischen den Pullovern ein Stück Seide. Ich zog es heraus, um es mir anzusehen. Es war weiß und hatte blaue Streifen und oben und unten Troddeln. Ich wußte, was das war. Ich kannte es aus Filmen. Es war ein jüdischer Gebetsschal, und ich fragte mich, wie er in Sir Alfreds Schublade geraten sein mochte. Ich habe nichts darüber gesagt, aber ich habe mir schon Gedanken gemacht."

Ich hatte wirklich einen Gebetsschal, aber James hätte den niemals entdecken können, denn er lag in einer abgeschlossenen Truhe. Als ich ihn nach dem Tod meines Vaters gefunden hatte, war ich verwirrt gewesen. Und zutiefst berührt. Ich hatte meinen Vater nie damit gesehen. Und er hätte auch keinen Grund gehabt, denn meines Wissens hatte er nie eine Synagoge betreten. Ich hatte angenommen, daß der Gebetsschal von meinem Großvater stammte. Mein Vater hatte den Schal auf der Flucht aus Frankreich in sein spärliches Gepäck gestopft. Einen Gebetsschal gibt man nicht leicht auf, denn das würde die vorzeitige Beerdigung seines Besitzers bedeuten.

„Warum haben Sie sich Gedanken gemacht?" hörte ich den Staatsanwalt fragen.

„Weil ich dachte, Sir Alfred sei vielleicht Jude, und ich konnte nicht begreifen, wieso er dann unsere Schule leitet."

„Warum sollte ein Jude nicht Ihre Schule leiten?" forderte der Staatsanwalt James zur gewünschten Antwort auf.

„Weil es eine Schule der Church of England ist, die eigentlich keine Nicht-Christen einstellt. Und schon gar nicht als Direktor."

„Hatten Sie noch andere Gründe für Ihre Annahme, der Angeklagte könne dem jüdischen Glauben angehören?"

„Ja, Sir", antwortete James. „Eines Sonntagmorgens, als ich bei ihm in Kent war, wollte ich ins Badezimmer und kam an Sir Alfreds Schlafzimmer vorbei. Die Tür war angelehnt. Ich hörte Gemurmel in einer Sprache, die ich nicht verstehen konnte. Ich lugte durch den Türspalt. Ich weiß, daß das nicht richtig war, aber ich war neugierig, und ich sah, wie Sir Alfred betete und sich dabei hin und her bewegte. Er hatte eine kleine Dose vor der Stirn, und seine Arme waren mit Lederriemen umwickelt."

Ich mußte einfach lächeln. Ich hatte, außer auf alten Stichen, in meinem Leben noch keine Phylakterien gesehen, sie werden mit jungen Männern, die nach ihrer Bar-Mizvah ein Seminar besuchen, oder mit alten Rabbinern in einem Schtetl assoziiert. Ich nahm an, daß der junge James auf irgendeine Aufforderung hin ein Buch über jüdische Rituale studiert hatte, und ich war gespannt, was er als nächstes erzählen würde.

„Und gab es noch weitere Hinweise auf ein mögliches Judentum des Angeklagten?" fragte der Staatsanwalt.

Ich rechnete schon damit, daß James jetzt die Gebetsfransen erwähnen würde, und damit hatte ich recht.

„Es war an einem anderen Wochenende", sagte James, „und wieder an einem Sonntag. Es war sehr heiß, und Sir Alfred schlug vor, im See schwimmen zu gehen. Als wir uns am Seeufer auszogen, fiel mir auf, daß er eine Art Seidengürtel mit langen Fransen trug. Ich fand es seltsam, daß ein Mann so etwas trägt, und ich sagte nichts darüber. Später erfuhr ich dann, was es war, und da wußte ich, daß Sir Alfred Jude ist."

„Könnten Sie dem Gericht erklären, was das für Gegenstände waren? Sie könnten mit der Dose vor der Stirn anfangen."

„Sie heißen Phylakterien", sagte James. „Die Dose enthält Texte aus den Schriften, und Juden benutzen sie beim Morgengebet. Außer am Sabbath."

„Und die Fransen?" Der Staatsanwalt hörte sich zutiefst gütig an.

„Die sind für orthodoxe Juden unerläßlich und werden von Geburt an getragen."

Unser James hat wirklich seine Hausaufgaben gemacht, dachte ich. Er hatte drei unbestreitbare Beweise jüdischer Identität geliefert.

„Danke, Mr. Turncastle", sagte der Staatsanwalt.

Ich schaute zu Lucy hinüber. Sie schüttelte energisch

den Kopf. Matthew machte ein angeekeltes Gesicht, und Susan hatte den Kopf gesenkt, als habe sie genug gesehen und gehört.

„Hat sich Ihre Beziehung zu dem Angeklagten nach diesen Entdeckungen verändert?" regte der Staatsanwalt freundlich an.

„Ja", sagte James. „Aber ich wußte nicht, was ich machen sollte. Ich wollte ihm sagen, daß es völlig in Ordnung ist, Jude zu sein, aber daß er es offen sagen müßte. Ich wußte ja, daß er dann seinen Posten verlieren würde, aber ich fand diese Täuschung nicht richtig."

„Haben Sie versucht, mit ihm darüber zu reden?"

„Ich hatte Angst", sagte James. „Ich wußte doch, was ein Geständnis ihn kosten würde."

„Sie haben also alles für sich behalten?"

„Nein", sagte James. „Das ist ja gerade das Schreckliche. Ich habe mich George anvertraut. George Tilbury." Als er den Namen des toten Jungen nannte, brach seine Stimme auf überzeugende Weise, und ich dachte, was James doch für ein hervorragender Lügner sei. Meines Wissens war er niemals mit George befreundet gewesen. Abgesehen von ihrer Begegnung vor meinem Büro hatte ich sie niemals zusammen gesehen. Ich fragte mich, wer wohl James' Aussage zusammengeschustert haben mochte. Wer immer wieder mit ihm geübt hatte. Wer vorgeschlagen hatte, wann er eine Pause einlegte, wann seine Stimme brach, wann er ein trauriges Gesicht machte. Ich dachte, wenn ich nur seinen Mentor finden könnte, dann hätte ich auch den Schlüssel, der alle Lügen entwirren und ein für allemal meine Unschuld unter Beweis stellen würde.

„Lassen Sie sich Zeit", sagte der Staatsanwalt. „Ich weiß,

daß das alles sehr schmerzlich für Sie ist. Sagen Sie uns, wie George auf Ihre Mitteilung reagiert hat."

„Er war entsetzt. So wie ich", sagte James. „Aber er wollte auch nicht mit Sir Alfred sprechen. Er fand jedoch ebenfalls, daß die Sache ans Licht kommen sollte. Deshalb wollte er seinen Vater informieren und alles andere ihm überlassen."

„Und was ist dann passiert?" fragte der Staatsanwalt. „Und lassen Sie sich Zeit."

„Ich mochte Sir Alfred so sehr", sagte James. „Er war wie ein Vater für mich gewesen."

Wieder brach die Stimme. Der Junge war zweifellos hochbegabt.

„Ich wollte ihn warnen. Das war ich ihm doch schuldig. Also ging ich zu ihm und sagte, er sollte zurücktreten, sonst würde alles herauskommen. George würde dafür sorgen."

Jetzt brach James in Tränen aus. Ich weiß nicht, woher er diese Tränen nahm, aber sie waren sehr überzeugend.

„Ich glaube", stammelte er, „wenn ich George nicht erwähnt hätte, dann wäre er noch am Leben. Alles war meine Schuld."

Und danach brach er endgültig zusammen.

Jetzt schaltete der Richter sich ein. Er kündigte die Mittagspause an und bestellte alle für zwei Uhr wieder in den Gerichtssaal.

Als er den Saal verlassen hatte, wurde ich nach unten in eine kleine Zelle geführt. Mir wurde etwas zu Essen gebracht, und bald darauf traf Simon ein.

„Wie fühlst du dich?" fragte er.

„Was erwartest du denn? Dieser Junge ist ein Lügner!"

„Den kriegen wir schon klein, keine Sorge", sagte Simon. „Das schaffe ich, und wenn es das Letzte ist, was ich jemals tue."

„Was kann er denn sonst noch vorbringen?"

„Keine Ahnung", sagte Simon. „Ich weiß nicht, was mein gelehrter Freund noch im Ärmel hat. Aber niemand wird auch nur ein Wort davon glauben."

Ich wünschte, Simon hätte sich zuversichtlicher angehört. Er konnte seinen zweifelnden Unterton nicht verhehlen.

„Iß jetzt", sagte er. „Wir sehen uns vor Gericht."

Er schien es eilig zu haben, und ich hatte keine Fragen, um ihn zurückzuhalten. Genauer gesagt, ich hatte zu viele Fragen. Viel zu viele. Aber ich wußte, daß keine davon beantwortet werden konnte. Ich fürchtete mich vor der Rückkehr in den Gerichtssaal. Ich fürchtete mich vor weiteren Unterstellungen und erlogenen Beweisen. Denn ich war ohnmächtig. Ich konnte nur in wütender Ablehnung den Kopf schütteln. Doch bald kamen sie mich holen, und abermals stand ich vor der Anklagebank. Ich hatte Angst, ich könnte mein unschuldiges Aussehen eingebüßt haben und nur noch Furcht ausstrahlen, eine Furcht, die auf Schuld hinweisen müßte.

Als das Gericht wieder versammelt war, trat James ein weiteres Mal in den Zeugenstand.

„Mr. Turncastle, fühlen Sie sich stark genug, um mit Ihrer Aussage weiterzumachen?" fragte der Staatsanwalt freundlich.

„Ja, Sir", sagte James.

Mir ging auf, daß James mich während seiner gesamten Vernehmung noch nicht angesehen hatte. Ich hoffte auf einen Blick von ihm, weil ich sehen wollte, wie lange er den durchhalten würde, während seine Lügen weiterhin aus ihm herausströmten. Also starrte ich ihn an, er sollte sich umdrehen und von seinem brutalen Verrat entsetzt sein. Aber dazu war er zu feige. Er starrte den Staatsanwalt an und ließ seinen Blick manchmal zu den Geschworenen weiterwandern, um sie von seiner Integrität zu überzeugen.

„Sie haben berichtet, daß Sie den Angeklagten in seinem Büro aufgesucht haben", sagte der Staatsanwalt jetzt. „Wann war das?"

„Am 2. April. Das weiß ich noch, weil ich an diesem Tag siebzehn geworden bin."

Das war nun wirklich seine erste ehrliche Aussage. Der zweite April war in der Tat sein Geburtstag. Aber er hatte nicht eine einzige Karte und kein Geschenk bekommen. Niemand hatte sich an diesem Tag seiner Existenz erinnert. Nur Lucy hatte daran gedacht. Sie hatte ihm eine in Leder gebundene Shakespeare-Ausgabe geschenkt. Aber das wurde natürlich nicht erwähnt. James' Gedächtnis war einer Gehirnwäsche unterzogen worden.

„Am 2. April", wiederholte der Staatsanwalt. „Und Sie haben dem Angeklagten mitgeteilt, daß George Tilbury seinen Vater informieren würde. Sie haben ihm den Rücktritt nahegelegt. Und was ist dann passiert?"

„Er sagte, das sei nicht nötig", antwortete James. „Er sagte, alles werde gutgehen, solange ich den Mund hielte. Und ich fragte: Aber was ist mit George? Und wieder sagte er, daß alles gutgehen würde. Ich erinnerte ihn daran, daß Georges Vater Minister ist, aber er sagte, es bestehe kein Grund zur Beunruhigung."

„Wie hat er ausgesehen, als er das alles gesagt hat? Wie hat er sich verhalten?"

„Er kam mir nervös vor", sagte James. „Und dann hat er mich weggeschickt. Er hat gesagt, er habe zu tun."

„Was hatte er zu tun?" fragte der Staatsanwalt betont.

„Ich weiß nicht", sagte James.

„Was haben Sie dann gemacht?"

„Nichts", sagte James. „Ich habe versucht, nicht daran zu denken. Ich habe George dann später gesehen, aber ich habe ihm nichts gesagt. Ich habe gehofft, daß sich alles auf irgendeine Weise von selber erledigen würde. Am nächsten Morgen habe ich George beim Frühstück gesehen, aber ich habe noch immer nichts gesagt. Nach dem Frühstück hatte George Unterricht, und ich auch. Beim Mittagessen habe ich ihn verpaßt, weil ich zu spät kam. Ich hatte noch für Mr. Eccles etwas erledigen müssen. Nach dem Essen, so gegen zwei, kam ich an Sir Alfreds Haus vorbei und sah ihn zu seinem Auto gehen. Und zu meiner Überraschung war George bei ihm. Sir Alfred hatte ihm den Arm um die Schulter gelegt. Sie redeten und wirkten ziemlich fröhlich. Deshalb machte ich mir keine Sorgen. Ich dachte, Sir Alfred werde ihm alles erklären. Dann stiegen sie beide ins Auto und fuhren los."

„Das war um zwei Uhr am 3. April, haben Sie gesagt?" Es war dem Staatsanwalt wichtig, Datum und Uhrzeit zu betonen.

„Ja", sagte James. Und, nach einer Pause: „Ich habe George nie wieder gesehen." Ich wartete darauf, daß seine Stimme brach, aber diesmal blieb es aus.

„Möchten Sie eine Pause einlegen?" fragte der Staatsanwalt freundlich.

„Nein", sagte James. „Ich möchte es hinter mich bringen."

„Wir kommen jetzt zum folgenden Tag, dem 4. April. Was ist dann passiert?" fragte der Staatsanwalt. „Und lassen Sie sich Zeit", fügte er hinzu, denn er wußte, was jetzt kommen würde.

„Es war sehr früh am Morgen. Ich habe von meinem Zimmer aus Einblick auf die Auffahrt zu Sir Alfreds Haus. Ich wurde davon geweckt, daß ein Auto über den Kies fuhr. Ich schaute auf die Uhr. Es war drei Uhr. Ich ging zum Fenster und sah, wie Sir Alfred aus dem Wagen stieg und ins Haus ging."

„War er allein?"

„Ja", sagte James.

„Sie hatten ihn zuletzt am Nachmittag des Vortages um zwei Uhr zusammen mit George gesehen. Und jetzt sahen Sie um drei Uhr am folgenden Morgen den Wagen ohne George zurückkehren."

„So war das", sagte James.

Der Staatsanwalt wandte sich an die Geschworenen. „Der Angeklagte war also dreizehn Stunden lang vom Schulgelände verschwunden." Er hoffte, daß sie ihre eigenen Schlüsse ziehen und die Strecke nach Kent in Gedanken ausmessen würden. Der Staatsanwalt wirbelte wieder herum, diesmal in Richtung Simon. „Ihr Zeuge", sagte er und gab sich keine Mühe, Verachtung und Mitleid in seinem Tonfall zu unterdrücken.

Simon sprang auf. Er würde ein ganz anderes Tempo vorlegen. Kein Gewirbel. Keine Wassergläser. Keine Theatralik. Und auch seinem Zeugen würde er das alles nicht gestatten. Er kam sofort zur Sache.

„Sprechen wir zuerst über den Gebetsschal", sagte er. „Und dann über die Phylakterien. Und dann über die

Fransen. Ist Ihnen klar, Mr. Turncastle, daß Sie sich die wichtigsten Symbole des orthodoxen Judentums ausgesucht haben?"

Er wartete auf eine Antwort, aber James hielt seine Frage wohl für rhetorisch, da er stumm blieb.

„Haben Sie meine Frage gehört?" fragte Simon.

„Ja", sagte James.

„Dann möchte ich Ihre Antwort hören."

„Ja, Sir", sagte James. „Das ist mir klar."

„Mir scheint, Mr. Turncastle, daß Sie diese Symbole sehr sorgfältig ausgesucht haben. Als ob Sie bewußt danach Ausschau gehalten hätten. Als ob Sie ein Buch über jüdische Rituale gelesen hätten, um damit Ihre Vermutungen über den Glauben meines Mandanten zu untermauern. Wie hieß dieses Buch, Mr. Turncastle?"

„Ich habe kein Buch gelesen", sagte James.

„Dann muß jemand Ihnen das alles beigebracht haben."

„Nein, das haben sie nicht", sagte James.

Doch mir fiel auf, daß seine Stimme zitterte, und ich freute mich über diesen ersten Kratzer an seiner Glaubwürdigkeit. Jetzt legte Simon eine Pause ein. Er drehte sich um und starrte die Jury an. „Unser Zeuge scheint sich seiner Sache nicht allzu sicher zu sein", sagte er. Dann wandte er sich wieder James zu. „Darf ich Sie daran erinnern, daß alle Symbole, mit denen Sie den Glauben meines Mandanten belegen wollen, den streng orthodoxen Juden zugerechnet werden? Frommen Juden. Praktizierenden Juden. Juden, die sich nicht rasieren und die niemals ihren Kopf entblößen. Juden, die immer einen Hut oder ein Gebetskäppchen tragen. Würden Sie den Angeklagten ansehen und uns mitteilen, ob er einen Bart hat?"

James mußte mich nun endlich ansehen, und dabei tat er mir leid, denn es war offenbar ungeheuer hart für ihn, mir ins Gesicht zu blicken. Es dauerte nur einen Moment, aber das war mehr als genug für ihn, und rasch wandte er sich wieder dem Gericht zu.

„Nein", sagte James.

„Und würden Sie noch einmal hinschauen und mir verraten, ob sein Kopf bedeckt ist?"

Wieder ein verstohlener Blick.

„Nein", sagte James.

„Dann ist es sehr unwahrscheinlich, daß mein Mandant diese Symbole benutzt haben kann, und das bedeutet, daß Sie lügen."

„Nein", sagte James. „Ich habe sie gesehen. Ehrenwort." Er war wieder zum kleinen Jungen geworden, zum kleinen Jungen, der versucht, sich aus einer Klemme herauszureden, und obwohl ich fand, daß Simon gute Arbeit leistete und ihn in seiner Glaubwürdigkeit nachhaltig erschütterte, mußte James mir doch leid tun.

„Und nun zu dieser albernen Badegeschichte", sagte Simon jetzt. „Auch die möchte ich, wie Ihre übrigen Phantasien, zur puren Spinnerei erklären. Ein orthodoxer Jude, einer, der einen Gebetsschal benutzt, einer, der Fransen trägt und Phylakterien anlegt, einer, der einen Bart und einen Hut trägt, ein solcher Jude badet nicht an einem öffentlichen Ort, der für Frauen wie für Männer zugänglich ist. Und wenn Ihr kleines Buch über jüdische Rituale das behauptet hat, dann irrt Ihr kleines Buch."

James schwieg. Er ließ sogar den Kopf ein wenig hängen.

„Kommen wir jetzt zu dem Tag, bevor George Tilbury

als vermißt gemeldet wurde. Sie sagen, daß Sie um zwei Uhr gesehen haben, wie der Angeklagte zusammen mit George Tilbury in seinen Wagen gestiegen ist."

„Ja, das habe ich gesehen."

„Das war mitten am Tag. Es müssen allerlei Leute unterwegs gewesen sein. Auf dem Weg zum Unterricht. Zum Sport. Aber niemand außer Ihnen kann aussagen, George Tilbury in Gesellschaft des Angeklagten gesehen zu haben. Noch dazu mit seinem Arm um seine Schulter. Das müßte doch auch anderen aufgefallen sein?"

„Ich habe sonst niemanden gesehen", sagte James.

„Und was den Wagen betrifft, der am 4. April um drei Uhr morgens vorgefahren ist, auch andere Schüler haben Sicht auf das Haus des Schulleiters. Dieses Geräusch, die Reifen auf dem Kiesweg, wenn das laut genug war, um Sie zu wecken, ist es nicht seltsam, daß sonst niemand etwas gehört hat und Ihre Vision bestätigen konnte? Sicher, weil Sie das alles nur geträumt haben, nicht wahr, Mr. Turncastle?"

James gab keine Antwort, und ich hörte fast, wie seine ganze Aussage in sich zusammenbrach.

„Keine weiteren Fragen", sagte Simon. Dann kehrte er sehr langsam zu seinem Sitz zurück.

Der Richter schlug auf den Tisch, um sich Ruhe zu verschaffen, obwohl es im Saal eigentlich ruhig war.

„Vertagt auf morgen, zehn Uhr", sagte er.

So endete mein erster Tag im Old Bailey. Ich wurde durch die Hintertür aus dem Gerichtsgebäude geführt, doch auch dort hatten sich eine Meute und eine Schar von Fotografen eingefunden. Wieder war ich dankbar für die Decke, auch wenn ich meine Ohren nicht für Ausrufe wie

„Mörder" und „Abschaum" verschließen konnte. Nachts fand ich in meiner Zelle keinen Schlaf. Obwohl Simon James' Aussage teilweise widerlegt hatte, war ich nicht optimistisch. Ich hatte das Gefühl, bereits für schuldig befunden worden zu sein, und wenn bessere Lügner als James als Zeugen der Anklage vorgesehen waren, dann war ich schon verurteilt.

Bereits der erste Zeuge des kommenden Tages bestätigte meine Befürchtungen.

„Führen Sie Police Constable Derek Byrd herein", rief ein Saaldiener.

Der Zeuge betrat den Gerichtssaal durch eine Seitentür. Sein Gesicht war mir nicht unbekannt, ich hatte ihn im Dorf Streife gehen sehen, und wir hatten einander zugenickt, wie sich das gehörte. Er hatte ein brutales Gesicht, so kurzgeschorene Haare, daß sein Kopf fast rasiert wirkte, und hochmütig aufgeblasene Wangen. Er sah mich nicht an, was nicht leicht für ihn war, da ich direkt in seiner Blicklinie stand, und ich wußte sofort, daß ihm, wie James, eine verlogene Aussage eingetrichtert worden war. Er legte den Eid ab, was ich für ziemlich kühn hielt, dann nannte er seinen Namen und voller Beschämung seinen Dienstgrad, denn einen tieferen gab es nicht.

„Würden Sie dem Gericht erzählen", bat der Staatsanwalt, „wie Sie die frühen Stunden des 4. April verbracht haben?"

Police Constable Byrd räusperte sich. Er kam mir nervös vor, und obwohl ich davon überzeugt war, daß er jetzt einen Packen von Lügen auftischen würde, so wußte ich doch, daß seine Uniform ihm eine gewisse Glaubwürdigkeit verlieh.

„Ich sollte einen Einbruch in einem Tabakladen untersuchen", sagte er. „Auf dem Weg dorthin sah ich eine
Limousine in ziemlichem Tempo in Richtung Schule über
die Hauptstraße fahren. Als der Wagen an mir vorbeikam,
sah ich zu meiner Überraschung den Angeklagten auf dem
Fahrersitz. Es war sein Wagen. Ich hatte ihn oft darin gesehen. Ich schaute auf meine Uhr und stellte fest, daß es
2.40 h war."

Das alles sagte er, ohne Atem zu holen. Ganz bestimmt
hatte er alles auswendig gelernt und wagte es nicht, irgendwo eine Pause einzulegen. Als er fertig war, quollen seine
Wangen noch weiter hervor. Ich glaube, er rechnete mit
einem gewissen Erfolg.

„Keine weiteren Fragen", sagte der Staatsanwalt. Sofort
sprang Simon auf.

„Constable Byrd", sagte er. „Sie sagen, Sie hätten am
frühen Morgen des 4. April einen Wagen in ziemlichem
Tempo die Straße entlangfahren sehen."

„Ja, Sir", sagte Byrd.

„Sie behaupten, das sei um 2.40 h gewesen."

Wieder dieses „Ja, Sir." Byrd fühlte sich in dieser Einsilbigkeit offenbar geborgen.

„Sie sagen, Sie hätten einen Einbruch in einem Tabakladen untersuchen sollen."

„Ja, Sir", Byrd fühlte sich weiterhin geborgen.

„Aber auf der Wache wurde für diese Zeit kein Einbruch
registriert", sagte Simon. „Wir haben auch unsere Untersuchungen durchgeführt. Es wurde rein gar nichts registriert.
Wie können Sie das erklären, Police Constable Byrd?"

Der Constable war sprachlos. „Sicher haben sie vergessen, das zu notieren", sagte er hilflos.

„Das kann ich mir nicht vorstellen. Es gab einfach nichts zu notieren. Es gab keinen Einbruch und keine Untersuchungen. Sie waren in dieser Nacht zwar im Dienst, doch Ihr Revier lag auf der anderen Seite des Dorfes, weit von der Hauptstraße entfernt. Ich gehe also davon aus, daß Sie das Auto überhaupt nicht gesehen haben, ganz zu schweigen vom Angeklagten auf dem Fahrersitz. Keine weiteren Fragen", schloß Simon rasch. Er machte eine Handbewegung, wie um zu zeigen, daß Police Constable Byrds Aussage die pure Spinnerei sei.

Ich fand, daß Simon seine Sache recht gut machte und suchte Trost in einer leisen Hoffnung. Doch die löste sich schon beim Anblick des nächsten Zeugen auf, dessen Erscheinen bei meinem Prozeß mich verblüffte. Es war Anthony Ellis, der Mathematiklehrer von meiner alten Schule in Hammersmith. Seine pädagogischen Fähigkeiten, die reichlich mittelmäßig waren, hatten bei mir keinen Eindruck hinterlassen, aber wie hätte ich seine Anwesenheit auf der Lehrertoilette an jenem schmächlichen Tag vergessen können? Ich habe diese unwürdige Szene ja schon beschrieben und habe nicht vor, noch einmal darauf einzugehen. Aber ich mußte zuhören, wie Ellis mit ziemlichem Genuß die Geschichte meines Betruges vorführte. Er erzählte sie sehr ausführlich und griff dabei zu Ausdrücken wie „unsittliche Entblößung" und „Exhibitionismus". Ich hörte von den Publikumsreihen her indigniertes Aufkeuchen und wußte, daß ich verloren war. Ich konnte die reißerischen Schlagzeilen in den Zeitungen des nächsten Morgens bereits vor mir sehen. Ich wagte nicht, Ellis anzublicken, deshalb weiß ich nicht, ob er mich anschaute. Aber ich nehme an, daß er triumphierend gegrinst hat.

Ellis war sehr scharf auf die Direktorenstelle in Hammersmith gewesen und konnte sich nun über diese treffliche Rache freuen.

An diesem Punkt der Aussagen erhob Simon sich, um Einspruch einzulegen.

„My Lord", sagte er. „Diese Szene hat nichts mit dieser Verhandlung zu tun. Mein Mandant ist des Mordes angeklagt. Die Geschichte, die der Zeuge hier erzählt, hat damit nichts zu tun. Sie ist ganz und gar irrelevant."

„My Lord", hielt der Staatsanwalt dagegen. „Ich möchte ganz einfach klarstellen, daß der Angeklagte sich alle Mühe gegeben hat, um in der Öffentlichkeit als unbeschnittener Nicht-Jude zu erscheinen. Und das ist wichtig für die Beweisführung."

„Einspruch abgelehnt", sagte der Richter, und Simon mußte sich wieder setzen. Glücklicherweise jedoch verzichtete er auf das Kreuzverhör, und ich war dankbar dafür, daß das Thema nicht noch einmal zur Sprache kommen würde. Ellis hatte ja auf jeden Fall die Wahrheit gesagt, und, abgesehen von meiner eigenen Aussage, waren seine wohl die einzigen wahren Worte, die während meines gesamten Prozesses fielen.

Der nächste Zeuge der Anklage war Smith von der Geographie.

„Könnten Sie dem Gericht Ihre erste Begegnung mit dem Angeklagten schildern?" fragte er.

Ich hatte diese erste Begegnung vergessen, doch jetzt fiel sie mir wieder ein und ich fürchtete mich. Jetzt mußte ich wirklich ernten, was ich da gesät hatte.

„Es war bei einem Essen in der Schule", sagte Smith. „Ehe der Angeklagte zum Direktor ernannt wurde. Wir saßen in der Bibliothek und sprachen über unsere Kindheit. Er sagte, er sei ein Junge vom Lande und stamme aus einem Dorf in Kent. Er erzählte von der Dorfkirche und davon, daß seine Eltern dort geheiratet hätten. Dann fügte er hinzu, er selber sei in dieser Kirche getauft worden."

„Und angesichts unseres hier erworbenen Wissens, wie sehen Sie diese Unterhaltung heute?" fragte der Staatsanwalt suggestiv.

„Ich finde, wir sind übel getäuscht worden", sagte Smith ziemlich beleidigt.

Der Staatsanwalt schwieg beredt und beschrieb eine langsame Drehung. Als er wieder bei Smith angekommen war, sagte er: „Und jetzt erzählen Sie uns bitte, was am Morgen des 4. April in der Schule passiert ist."

„Ich erfuhr von George Tilburys Verschwinden, als Sir Alfred das Kollegium und die höheren Klassen davon informierte. Er organisierte eine gründliche Suche. Ich wunderte mich aber darüber, daß er nicht sofort die Polizei informierte. Als ich das ihm gegenüber erwähnte, sagte er, er wolle die Polizei nicht einbeziehen, ehe er nicht mit Georges Eltern gesprochen habe. Er hoffe, daß George gefunden werden könne, ehe Panik ausbräche."

„Wie haben Sie über diese Verzögerung gedacht?" fragte der Staatsanwalt.

„Nach allem, was wir jetzt wissen", erwiderte Smith, „halte ich es für möglich, daß Sir Alfred Zeit brauchte, um sich des Leichnams zu entledigen, ehe er die Polizei informierte."

„Danke", sagte der Staatsanwalt. Und dann, zu Simon: „Ihr Zeuge."

„Sie behaupten, Mr. Smith", sagte Simon, „der Angeklagte habe die Polizei nicht informiert, weil er zuerst George Tilburys Leichnam verstecken wollte."

„Ganz recht, Sir."

„Sie sagen, das sei Ihre Ansicht. Ganz einfach Ihre Ansicht. Darf ich Sie daran erinnern, Mr. Smith, daß der Zeugenstand kein Podium ist, auf dem Sie Ihre Meinungen von sich geben können? Es ist ein Podium für Tatsachen. Keine weiteren Fragen."

Ich hielt Simons Kreuzverhör für zaghaft und nicht überzeugend, obwohl er mit stolzem Schritt zu seinem Platz zurückkehrte, und Smiths Ansichten zusammen mit Ellis' Tatsachen zerstörten meine ohnehin schon dünnen Hoffnungen auf einen Freispruch. Und die Aussage des nächsten Zeugen konnte sie auch nicht wiederbeleben.

Sein Gesicht war mir vertraut, und ich brachte es mit dem Dorf unserer Kindheit in Verbindung, und als er seinen Namen und seinen Beruf nannte, erkannte ich ihn sofort. Es handelte sich um einen gewissen Mr. Clerk, Küster an der Kathedrale von Canterbury, der zusammen mit seiner Schwester in unserem Dorf lebte. Sie waren beide dort nicht sonderlich beliebt. Sie galten als hochmütig und wenig gesellig. Niemand hatte ihr Haus je betreten, aber angeblich sah es darin aus wie in einem Museum, und es enthielt eine Sammlung, über deren genauen Inhalt nichts bekannt war. Es wurde auch geflüstert, sie seien mehr als nur Bruder und Schwester.

Sein Anblick war mir keine Erleichterung. Er legte den Eid ab und starrte mich dann an. Ich wandte meinen Blick ab, denn ich fürchtete mich vor seiner Aussage. Er erzählte dem Gericht, er habe am Abend des 3. April, gegen neun Uhr seiner Schätzung nach, bei einem Spaziergang über die Wiese hinter unserem Haus im Garten ein frisch gegrabenes, großes Loch entdeckt.

„Ich nahm an, daß es Probleme mit den Abwässern gab", sagte er, „und machte mir keine weiteren Gedanken. Ich mußte an diesem Abend lange arbeiten - Kathedralenangelegenheiten", fügte er für die Jury hinzu, „und ging erst um 11.30 h zu Bett. Als ich die Vorhänge meines Schlafzimmerfensters schloß, sah ich im Garten des Angeklagten eine Gestalt und stellte fest, daß das Loch zugeschaufelt worden war."

„Haben Sie diese Gestalt erkannt?" fragte der Staatsanwalt.

„Nein. Es war dunkel, und von meinem Fenster aus kann ich nicht allzuviel sehen. Ich vermute, daß es sich um einen Mann handelte, aber auf Ehre und Gewissen, ich könnte ihn nicht näher beschreiben."

Dieses Eingeständnis gab seiner Aussage die Prägung absoluter Glaubwürdigkeit. Ich schaute zu den Geschworenen hinüber und sah, daß sie beeindruckt waren.

„Und was haben Sie dann gemacht, Mr. Clerk?" fragte der Staatsanwalt im Plauderton.

„Ich habe mich ein wenig gewundert", sagte der wackere Küster, „aber ich habe nicht weiter darüber nachgedacht. Erst, als der Leichnam des Jungen gefunden worden war, bin ich zur Polizei gegangen, um ihnen von meinen Beobachtungen zu erzählen."

Mr. Clerk machte den Eindruck eines unschuldigen und redlichen Bürgers. Seine Aussage war kurz und bündig. Er sprach, als tue er nur seine Pflicht. Ich schaute zu den Zuschauerbänken hoch und entdeckte eine Frau, in der ich seine Schwester erkannte. Ich sah, daß sie lächelte.

Und plötzlich sah ich in Gedanken alle Zeugen vor mir, die gegen mich ausgesagt hatten, und ich nahm den unverkennbaren Geruch einer Verschwörung wahr.

„Ihr Zeuge", sagte der Staatsanwalt, doch zu meinem Entsetzen lehnte Simon ab.

Ich weiß nicht, was er gesagt haben könnte, um die Geschichte des Küsters in Frage zu stellen, aber seine Weigerung ließ sie auf sich beruhen und weiterhin akzeptabel wirken. Ich fragte mich, ob ihm inzwischen Zweifel an meiner Unschuld kämen. Mr. Clerk verließ den Zeugenstand und schaute beifallheischend zu seiner Schwester hoch, als er den Gerichtssaal verließ.

Ich war erleichtert, als dann die Mittagspause begann, denn nun konnten die Geschworenen sich auf etwas anderes konzentrieren. Nach dem Essen jedoch wurde die Geschichte immer zusammenhängender, eine Geschichte, die mir Unbekannte bis ins kleinste Detail zusammengesponnen hatten.

Der nächste Zeuge der Anklage war ein gewisser Albert Cassidy, der in der Londoner Tottenham Court Road einen Eisenwarenladen betrieb. Ich hatte ihn in meinem Leben noch nie gesehen, und deshalb war ich sehr beunruhigt, als er mich ansah und zur Frage nach der Wiedererkennung nickte. Jetzt wußte ich, daß auch er zu den Verschwörern gehörte. Er sagte, und das unter diesem lächerlichen Eid, aus, er habe am Nachmittag des 2. April in seinem Laden hinter dem Tresen gestanden, als ein Herr den Laden betreten und sich eine Reihe von Messern in einem Regal angesehen habe. „Ich habe gesehen, wie er eins nach dem anderen hochhob", sagte er, „und Schneiden und Spitzen an seinem Daumen ausprobierte. Er war der einzige Kunde im Laden, deshalb konnte ich mir alles genau ansehen. Nach ungefähr fünf Minuten hatte er seine Entscheidung getroffen und bezahlte an der Kasse. Es war ein breites Küchenmesser mit kurzem Griff. Und sehr scharf. Rostfreier Stahl", fügte er an den Richter gewandt hinzu. „Ich schrieb eine Rechnung aus. Als ich in der Zeitung das Foto des Angeklagten sah, habe ich ihn sofort erkannt und der Polizei die Rechnung übergeben."

Er hat das alles auswendig gelernt, dachte ich, und hat es so gewissenhaft geübt wie ich mein „Nicht schuldig", und es war eine so große Lüge wie meine eigene Aussage die Wahrheit war. Die Rechnung, Beweisstück A, wurde den Geschworenen gereicht, und ich spürte, wie meine Knie nachgaben. Ich als Jurymitglied hätte mich jetzt für schuldig befunden, und als Simon abermals auf das Kreuzverhör verzichtete, wußte ich, daß ich verloren war.

Auch den folgenden Zeugen nahm er nicht ins Kreuzverhör. Es war Mr. Cassidys Verkäufer, der schwor, mich am Messerregal im Laden gesehen zu haben. Inzwischen hatte ich überhaupt keine Hoffnung mehr. An diesem Tag war ich wirklich in London gewesen. Ich hatte an einem Treffen von Schuldirektoren teilgenommen, das war bekannt. Bekannt war auch, daß dieses Treffen gegen Mittag geendet hatte. Das wußte das ganze Kollegium. Und Lucy wußte es natürlich auch. Ich suchte sie im Gerichtssaal und entdeckte sie sofort. Ihre Miene war mir fremd. Ich hatte sie noch nie gesehen, und sie machte mir angst. Es war eine Miene, die den Verlust jeglichen Vertrauens auszudrücken schien, und für einen Moment hatte ich Angst, Lucy könne an dem vorgegebenen Grund für unseren Ausflug nach London zweifeln und sich fragen, ob sie mir ein

Alibi für den Nachmittag hatte besorgen sollen. Ich hätte schreien mögen: „Das stimmt nicht. Das stimmt nicht. Kein Wort davon ist wahr!" Und das wäre nur für Lucys Ohren bestimmt gewesen. Ich hatte während meiner Verhandlung schon einige verzweifelte Augenblicke erlebt, aber dieser hier war der schlimmste von allen.

Der nächste Zeuge war Inspector Wilkins, der Polizeibeamte, der mich verhaftet hatte. Ich erhoffte mir von ihm nicht mehr als von den anderen Zeugen. In diesem Gerichtssaal hatte die Wahrheit schließlich nichts verloren. Doch Wilkins stellte sich als Ausnahme heraus.

„Was hat Sie zu dieser Festnahme veranlaßt?" fragte der Staatsanwalt.

„Auf der Wache ging ein Anruf ein. Der Anrufer wollte seinen Namen nicht nennen, und wir konnten nicht feststellen, woher er angerufen hatte. Er behauptete, er habe gesehen, daß ein Mann etwas, das wie ein Leichnam aussah, im Garten des Angeklagten vergraben habe. Ich fragte, ob er den Mann beschreiben könne, und er sagte, er sei mittelgroß gewesen und vermutlich Mitte vierzig."

„Mit anderen Worten", sagte der Staatsanwalt, „es konnte sich sehr wohl um den Angeklagten handeln."

Inspector Wilkins war empört. „Auf diesen Gedanken bin ich damals nicht gekommen", sagte er. „Es hätte auch die Beschreibung von Tausenden von Männern sein können."

„Was haben Sie auf diesen Anruf hin unternommen?"

„Bei uns geht so oft ein falscher Alarm ein, und ich mißtraue denen, deren Ursprung sich nicht feststellen läßt", sagte der ehrliche Wilkins. „Aber der genannte Ort machte mir zu schaffen. Ich konnte diesen Anruf einfach nicht ignorieren. Deshalb beschloß ich, den vorgeblichen Tatort untersuchen zu lassen. Und dabei haben wir den Leichnam gefunden. Einige Stunden später habe ich dann die Verhaftung vorgenommen."

Simon nahm kein Kreuzverhör vor. Er wußte, daß Wilkins die Wahrheit sagte. Wenn gegen seinen Mandanten wirklich eine Verschwörung vorlag, dann hatte der Inspector damit nichts zu tun. Er hatte einfach nur seine Pflicht getan.

Dann rief der Staatsanwalt seinen letzten Zeugen auf, und ich wußte, daß er hiermit seinen entscheidenden Trumpf ausspielte. Ich kannte den Mann nicht, aber er trug eine Polizistenuniform mit den Abzeichen eines respektablen Dienstgrades und teilte mit, er gehöre zur Kent Constabulary. Er sagte aus, daß er, zusammen mit den Kollegen von der Spurensicherung, den Wagen des Angeklagten sorgfältig untersucht habe. Er habe dort keine Spuren von Blut oder Fasern gefunden, dafür aber Fingerabdrücke. Neben denen des Angeklagten habe das Armaturenbrett ziemlich frische des jungen George aufgewiesen.

„Und haben Sie noch mehr gefunden?" fragte der Staatsanwalt in dem sicheren Wissen, daß es noch viel mehr gab, was mich zu Fall bringen würde.

„Einen Knopf", sagte der Zeuge. „Den fanden wir auf dem Beifahrersitz. Nachdem der Leichnam exhumiert worden war, konnten wir feststellen, daß dieser Knopf an George Tilburys Schulblazer fehlte."

Für einen Moment hatte ich das Gefühl, einen Kriminalroman zu lesen, einen, der mich vollständig überzeugte. Ich war sehr gespannt auf das Ende und freute mich schon darauf, daß der Verbrecher seiner Strafe zugeführt würde. Doch dann hörte ich plötzlich meinen Namen, ich war „der Angeklagte", dem der Wagen offenbar gehörte, und ich erbebte in dem Wissen, daß ich die Hauptperson in diesem Buch war, und daß es sich dabei absolut um keinen Roman handelte.

Als diese überzeugenden Beweise an die Jury weitergereicht wurden, sagte der Staatsanwalt mit einer gewissen Befriedigung: „Wenn Eure Lordschaft gestatten, dann ist die Beweisführung der Anklage hiermit beendet."

Und dann brach ich in Zittern aus. Ich stellte mir vor, ich sei schuldig, und ich versuchte verzweifelt, diese Vorstellung weiterhin als Phantasie zu betrachten. Der junge George bedeutete in der Tat eine Gefahr, wenn ich meinen Posten als Schulleiter behalten wollte. Ich mußte mich seiner entledigen. Ich konnte das Wort „töten" nicht benutzen. Nicht einmal in meiner Phantasie. Aber ich konnte mir seinen Leichnam in meinen Armen und den auf Abwege geratenen Blazerknopf vorstellen. Und das Vergraben in meinem Garten. Doch auf diesem geheiligten Boden konnte es keine Phantasie mehr sein, und ich sah mich selber, mit Georges Blut an meinen Händen, und ich verfluchte meine schwache und begrenzte Vorstellungsgabe. Ich spürte, wie mir auf der Stirn der Schweiß ausbrach, und ich zitterte in eiskaltem Fieber. Ich packte das Geländer und schrie, mit letzter Stimmkraft, wie mir schien, schrie laut: „Ich habe es getan. Ich habe George ermordet, Gott möge mir verzeihen. Und ich weiß nicht, wie oder warum."

Ich sah, wie meine schweißnassen Finger ihren Griff lösten, während ich zu Boden sank. Als ich dort lag, hörte ich von weit her Simons Stimme sagen: „Ich möchte Eure Lordschaft bitten, diese letzten Bemerkungen zu überhören. Mein Mandant ist nicht bei klarem Verstand und steht unter starkem Streß."

Doch Simon hörte sich nicht überzeugt an. Vielleicht glaubte er, daß ich nun endlich die Wahrheit sagte.

Mehr hörte ich nicht. Ich spürte kaltes Wasser in meinem Gesicht und ich hörte das Gemurmel des Gerichtssaals. Ich spürte, wie ich hochgehoben und irgendwo auf eine Bank gelegt wurde, und ich hörte den Wärter flüstern, daß der Richter eine Pause angeordnet habe. Und als ich langsam wieder zu mir kam, erinnerte ich mich voller Entsetzen an die Worte, die zu meinem Zusammenbruch geführt hatten. Und ich fürchtete, daß sie wenig mit Phantasie zu tun hatten. Vielleicht hatte ich den Jungen ja doch umgebracht, und das war so entsetzlich, daß ich es aus meiner Erinnerung ausgesperrt hatte.

Fünfundzwanzigstes Kapitel

Insgesamt hatte der Staatsanwalt etwas über zwei Wochen gebraucht, um seine Beweisführung vorzutragen. Ich habe hier nicht jedes Detail angeführt. Ich habe Fachchinesisch und die Unterbrechungen des Richters ausgelassen, die dann stattfanden, wenn er eine gesetzliche Frage erörtern wollte. Obwohl es um mein Leben ging, fand ich das alles langweilig, und ich möchte meinen Leser nicht mit diesen Belanglosigkeiten anöden. Ich habe hier aufzeigen wollen, wie die gegen mich gerichtete Beweisführung aussah. Und die war schlimm genug. Ich konnte mir nicht vorstellen, wie Simon mich jetzt noch verteidigen sollte. Im Grunde stand mein Wort gegen das meiner Widersacher, und das der anderen hatte viel stärkeres Gewicht. Außerdem deutete ja mein Ohnmachtsanfall am Ende der Anklagerede auf meine Schuld und meine unerträgliche Reue hin.

Es war ein Montag, als die Verteidigung erstmals das Wort hatte. Ich wartete darauf, in den Gerichtssaal geführt zu werden. Ich erwartete einen Besuch von Simon, doch ich sah ihn erst, als ich bereits auf der Anklagebank saß. Obwohl er lächelte, wich er meinem Blick aus.

Jetzt war ich damit an der Reihe, in den Zeugenstand zu treten und tausend Wörter zu finden, die allesamt „unschuldig" bedeuten würden. Ich legte den Eid ab, und das voller Überzeugung, denn nur selten konnte die Wahrheit, die ganze Wahrheit und nichts als die Wahrheit mit brennenderem Eifer vorgetragen worden sein. Simon lächelte mich an.

Seine erste Frage berührte den Kern der Sache.

„Sir Alfred", sagte er. „Was haben Sie für eine Religion?"

Ich fühlte mich erleichtert, weil ich nun die Möglichkeit hatte, laut über ein Thema zu sprechen, für das bisher Flüstern, Untertöne, Gemurmel, die Ausdrucksweise von Gerücht und Verdacht zuständig gewesen waren.

„Ich bin Jude", sagte ich. Zum ersten Mal in meinem Leben empfand ich einen gewissen Stolz bei dieser Aussage, gab mir jedoch Mühe, diesen zu verbergen. „Meine Eltern wurden in Paris geboren, und während der deutschen Besatzung dieser Stadt wäre es unklug gewesen, diesen Glauben offen zu zeigen. Sie konnten fliehen, doch fast ihre gesamte Familie mußte zurückbleiben." Ich überlegte, ob ich dem Gericht von meinen Großeltern und den Gaskammern erzählen sollte, doch die Erinnerung an meine Großeltern war mir heilig, und ich wollte sie nicht zu meiner Verteidigung ausnutzen. „Sie kamen nach England", sagte ich, „und hier wurde ich geboren. Aber sie haben ihre Religion nicht ausgeübt. Doch wir sind niemals konvertiert. Ich bin Jude", sagte ich, „und habe das niemals geleugnet."

In diesem Moment wurde irgendwo im Gerichtssaal gehustet. Vielleicht hatte sich nur jemand räuspern müssen, doch in meiner gejagten Lage war meine leise Paranoia wohl verzeihlich. Deshalb erschien mir dieses Husten als Mißfallensäußerung. Und ich wurde wütend.

„Stehe ich hier als Jude vor Gericht?" fragte ich. „Oder als mutmaßlicher Mörder?"

Simon lächelte ganz kurz. Mein Ausbruch war ihm nicht unangenehm, aber er mußte mich zur Ruhe mahnen.

„Die Anklage lautet auf Mord, Sir Alfred", sagte er ruhig. Dann ließ er rasch die nächste Frage folgen.

„Erzählen Sie dem Gericht über Ihre Beziehung zu dem Zeugen James Turncastle", sagte er.

„Er war für mich wie ein Sohn", sagte ich. Ich beschrieb das traurige Familienleben des Jungen, das den Mangel an Interesse oder Liebe seiner Eltern zeigte. Ich erzählte, wie er mit meinen Kindern gespielt und wie er die Wochenenden bei meiner Familie in Kent verbracht hatte. „Er war wie ein Familienmitglied", sagte ich.

„Können wir über die Gegenstände reden, die James Turncastle angeblich in Ihrem Haus und bei Ihnen gefunden hat. Die religiösen Gegenstände?"

Ich sagte, daß ich durchaus einen Gebetsschal besäße, den ich nach dem Tod meines Vaters gefunden hatte. Aber der werde nicht in einem Schrank aufbewahrt, sondern in einer verschlossenen Truhe in meinem Arbeitszimmer. Phylakterien und Fransen hätte ich niemals besessen. Ich fügte hinzu, ich sei zwar Jude und hätte das niemals abgestritten, hätte jedoch meine Religion nicht ausgeübt.

„James Turncastle hat sich als enger Freund von George Tilbury ausgegeben", sagte Simon. „Würden Sie dieser Aussage zustimmen?"

„Nein", sagte ich. „Ich habe sie niemals zusammen gesehen. James hatte Freunde, aber George gehörte nicht dazu. Ich habe sie nur einmal zusammen gesehen, und zwar am Tag vor Georges Verschwinden. George lungerte vor meiner Bürotür herum, und ich wollte ihn gerade nach seinem Begehr fragen, als James auftauchte und ihn wegzog. Ich hatte den Eindruck, daß George mir etwas erzählen und daß James das verhindern wollte."

„Kommen wir jetzt zu Ihren Aufenthaltsorten am Tag oder der Nacht des Mordes an George Tilbury", sagte Simon. „Am Nachmittag des 3. April. Der Zeuge der Anklage James Turncastle hat unter Eid ausgesagt, er habe Sie um zwei Uhr mit dem Wagen die Schule verlassen sehen, und George Tilbury habe auf dem Beifahrersitz gesessen. Trifft das zu?"

„Zum Teil", sagte ich. „Ich habe wirklich um zwei Uhr das Schulgelände verlassen, aber ich war allein."

„Wo wollten Sie hin?"

„Ich hatte einen Zahnarzttermin. Ich gehe alle sechs Monate zur Kontrolle."

„Um welche Zeit war dieser Termin?"

„Um halb drei. Das steht in meinem Terminkalender, und zweifellos auch in dem von Dr. Tweedie."

„Und was passierte beim Zahnarzt?"

„Ich mußte eine Weile warten und kam erst um zehn vor drei an die Reihe."

„Und dann?"

„Dann wurde ich untersucht, aber es war alles in Ordnung. Deshalb hat Dr. Tweedie mir den Zahnstein entfernt, und um drei war ich dann fertig."

„Und dann?"

„Ich bin sofort zurück in die Schule gefahren. Ich arbeitete an einem Artikel für die Wissenschaftsbeilage der Times und war für den restlichen Tag damit beschäftigt."

„Vielen Dank, Sir Alfred", sagte Simon in dem Versuch, meine Zuversicht zu stärken.

„Kommen wir jetzt zur Aussage von Police Constable Byrd, der - unter Eid -" (wie Simon betonte), „ausgesagt hat, er habe Sie am Morgen des 4. April um 2.40 h in Richtung Schule über die Hauptstraße des Dorfes fahren sehen. Wo haben Sie sich um diese Zeit aufgehalten?"

„Im Bett", sagte ich. Es hörte sich so einfach, so tugendhaft und so langweilig an. Aber diese Dinge waren wahr, und die banale Wahrheit war alles, was ich liefern konnte.

„Warum haben Sie die Polizei nicht sofort von Georges Verschwinden verständigt?"

Wieder die Wahrheit. „Ich wollte erst nach ihm suchen. Ich hatte das Gefühl, daß er nicht weit weg sein konnte. Doch nach einem ganzen Tag der vergeblichen Suche habe ich seine Eltern verständigt. Und gleich darauf die Polizei."

Simon wandte sich dann dem Loch in meinem Garten in Kent zu, dem Loch, das in einem Moment ein Loch und dann gleich darauf keines mehr gewesen war. Ich schwor, daß ich nichts über dieses Loch wußte, und daß ich mein Ferienhaus zuletzt einige Wochen vor Georges Verschwinden aufgesucht hatte.

Als Simon mich dann der Anklage zum Kreuzverhör übergab, hatte ich wieder ein wenig Zuversicht entwickelt, doch dieser kleine Gewinn wurde vom Staatsanwalt sofort wieder zunichte gemacht. Er ging alle meine Aussagen durch und deutete an, daß ich in jeglicher Hinsicht ein ausgekochter Lügner sei. Mir blieb nichts anderes übrig, als seine Unterstellungen abzustreiten. „Nein", sagte ich immer wieder. „Das stimmt nicht." Wieder und wieder, so, wie ich vorher mein Mantra „Nicht schuldig" geübt hatte.

Nachdem er mich ausgiebig durch die Mangel gedreht hatte, wirbelte er zur Jury herum und zuckte verächtlich mit den Schultern. Ich verließ den Zeugenstand, und meine Knie zitterten.

Ich war erleichtert, als ich Dr. Tweedie in den Zeugenstand treten sah. Ich zweifelte nicht daran, daß er mein Alibi bestätigen würde. Was er auch tat, sofort und ohne zu zögern und fast mit denselben Worten, die ich vorher benutzt hatte. Seine Ehrlichkeit war so offenkundig, daß der Staatsanwalt dieses eine Mal auf das Kreuzverhör verzichtete.

Doch was jetzt kommt, ist unglaublich. Die Anklage hatte zwei mit Zeugen gespickte Wochen gebraucht, um meine Schuld vorzuführen. Meine schwache Verteidigung brauchte kaum mehr als einen Tag. Neben Dr. Tweedie hatte Simon zwei weitere Zeugen der Verteidigung zusammengekratzt. Und keiner von beiden konnte mehr sagen, als sich über meinen guten Charakter zu äußern. Eccles war der erste der beiden, und ich dachte, wenn mein Leben von jemandem wie Eccles abhänge, von Eccles mit diesem nie vergessenen Zwinkern, dann sei ich in der Tat verloren.

Ich lauschte seiner Aussage mit einiger Faszination. Er beschrieb mich als den idealen Schulleiter, einen durch und durch integren und prinzipientreuen Mann. Als bekannten und verehrten Lehrer und als Erneuerer pädagogischer Methoden. Mein Wirken im englischen Schulsystem sei nach seinem Verdienst anerkannt und geehrt worden. Und dann überschlug er sich wirklich. „Vor allem", sagte er, „betrachte ich ihn als engen und zuverlässigen Freund und könnte mir nicht einmal in meinen wildesten Träumen vorstellen, daß er das Verbrechen, dessen er hier angeklagt wird, wirklich begangen haben könnte."

Der Staatsanwalt verzichtete auf das Kreuzverhör. Er zuckte einfach mit den Schultern, als wisse er, daß Eccles aus irgendeinem Grund die Unwahrheit sagen sollte. Auf Eccles folgte Fenby, dessen Aussage melancholisch, aber offenkundig ehrlich war. Dennoch wurde er vom Staatsanwalt ignoriert. Als Fenby den Zeugenstand verlassen hatte, senkte sich Schweigen über den Gerichtssaal. Alles wartete auf Simons nächsten Zug.

Er erhob sich zögernd und wandte sich an den Richter. „My Lord", sagte er. „Damit ist der Fall für die Verteidigung abgeschlossen."

Im Gerichtssaal schnappte alles nach Luft. Er hätte auch gleich das Handtuch werfen und seinen Mandanten für schuldig erklären können. Die Jury seufzte erleichtert auf. Sie rechneten vermutlich damit, daß sie zum Abendessen zu Hause sein würden, denn ihre Entscheidung lag damit klar auf der Hand. Doch zuerst mußten sie sich das Abschlußplädoyer der Anklage und die Zusammenfassung der Verteidigung anhören, danach hielt der Richter seine Ansprache an die Jury, und erst dann konnten sie sich endlich zurückziehen und mit ihrer Entscheidung zurückkehren.

Doch an diesem Punkt kündigte der Richter eine verspätete Mittagspause an, und ich wurde noch einmal in die Zelle hinuntergeführt. Beim Verlassen des Gerichtssaals sah ich Mr. Eccles aus der Tür eilen, als habe er etwas Eiliges zu erledigen. Ich versuchte, ihm für seine glühende Verteidigungsrede dankbar zu sein, doch auf irgendeine Weise kam auch sie mir wie ein Teil der Verschwörung vor. Während dieser Mittagspause ließ Simon sich nicht sehen, und ich nahm an, daß er sein Plädoyer vorbereitete. Ich rührte mein Essen nicht an. Ich hatte einfach keinen Appetit. Ich wußte, daß ich bereits verurteilt war, und sah keinen Grund, warum ich noch einmal auf die Anklagebank zurückkehren sollte. Doch schließlich wurde ich dann geholt.

Ich zitterte, als ich oben stand. Ich war davon überzeugt, daß meine Freiheit, auch die bereits verstümmelte der letzten Zeit, nun endgültig zu Ende war. Und doch hatte ich noch Hoffnung, das mußte ich einfach. Denn auch wenn die Geschworenen nicht von meiner Unschuld überzeugt waren, so mußten sie doch Zweifel hegen. Sicher würden Ausdrücke wie „abgekartetes Spiel" und „Verschwörung" für sie eine Rolle spielen. Es handelte sich um zwölf ehrsame und wahrheitsliebende Menschen. Sie würden keine leichtfertigen Urteile fällen. Zweifellos würden sie zögern, sie würden schwanken. Aber sie würden sich nicht reinen Gewissens für überzeugt erklären können. Ich flehte sie in Gedanken um Zweifel an. Das war alles, worauf ich hoffen konnte.

Der Richter hatte den Saal noch nicht betreten. Die Geschworenen saßen bereits auf ihren Plätzen und machten erwartungsvolle Gesichter. Ich schaute den Staatsanwalt an, und obwohl er still saß, so zeigte sein Gesicht doch ein wirbelndes Lächeln. Ganz einwandfrei erwartete er das von ihm verlangte Urteil. Dann blickte ich zu Simon hinüber und war entsetzt. Er hatte den Kopf gesenkt und ließ seine Schultern verzweifelt nach unten hängen. Ich wartete darauf, daß er mich anschaute, und als er das tat, sah ich, daß seine Haut aschgrau war. Er schüttelte den Kopf. Wir haben verloren, schien er sagen zu wollen. Es gibt keine Hoffnung mehr. Ich fragte mich, welche neuen Beweise während der Mittagspause aufgetaucht sein mochten, die seine Hoffnungen so nachhaltig zerstört hatten. Und das sollte ich bald erfahren.

Wir erhoben uns, als der Richter eintrat und Platz nahm. Im Gerichtssaal herrschte Schweigen. Erwartungsvolles Schweigen. Es war der letzte Akt des Dramas. Noch konnte alles passieren. Und das tat es auch.

„Ehe wir mit den Zusammenfassungen beginnen", verkündete der Richter, „möchte die Anklage noch einen weiteren Zeugen befragen. Holen Sie Dr. Tweedie herein."

Meine automatische Reaktion auf diese Ankündigung ließ mich nach Eccles Ausschau halten, denn ich wußte, daß sein überstürztes Verlassen des Gerichtssaals mit dieser neuen Entwicklung zu tun hatte. Aber ich konnte ihn nicht entdecken. Ich schaute Simon an, und der zuckte hilflos die Schultern. Dr. Tweedie trat noch einmal in den Zeugenstand und legte ein weiteres Mal den Eid ab.

„Sie wollen Ihre erste Aussage zurücknehmen?" fragte der Staatsanwalt. Seine Stimme klang zornig. Er wollte dem Gerichtssaal klarmachen, daß er Meineide nicht dulden konnte.

„Ja", sagte Tweedie. „Ich habe nicht die Wahrheit gesagt."

„Und jetzt möchten Sie Ihre Aussage korrigieren?"

„Ja", sagte Tweedie beschämt.

„Sie haben ausgesagt, der Angeklagte habe am 3. April die Zeit zwischen halb drei und drei Uhr nachmittags in Ihrer Praxis verbracht. Trifft das nicht zu?"

„Er war nicht bei mir", sagte Tweedie. „Er hatte einen Termin für 2.30 h. Ich wartete auf ihn. Aber er ließ sich nicht blicken. Ich wartete bis drei Uhr und habe dann den nächsten Patienten behandelt."

Ich war verblüfft. Tweedie war, wie alle anderen, ein unverschämter Lügner. Ich ließ meine Zunge über meine Zähne wandern, in der Hoffnung, eine Spur seiner Behandlung zu finden. Aber meine Zunge fühlte sich pelzig an, und ich dachte, vielleicht habe er ja doch recht. Vielleicht hatte ich aus irgendeinem Grund meinen Termin verpaßt und der Mann sagte die Wahrheit.

„Obwohl der Angeklagte behauptet, Sie hätten ihn am fraglichen Tag behandelt, sagen Sie", erklärte der Staatsanwalt, „daß er seinen Termin nicht wahrgenommen hat. Daß er an diesem Tag gar nicht bei Ihnen war?" Er wollte diese tödliche Aussage absolut klar stellen.

„Das trifft zu, Sir", sagte Tweedie.

Der Staatsanwalt wirbelte zu Simon herum. „Ihr Zeuge", sagte er mit grenzenlosem Mitgefühl.

Simon erhob sich mühevoll.

„Dr. Tweedie", sagte er. „In meinen Unterlagen befindet

sich Ihre Aussage, daß Sie am 3. April um halb drei nachmittags Sir Alfred in Ihrer Zahnarztpraxis behandelt haben. Sie haben diese Aussage vor dem Prozeß in meiner Kanzlei unterzeichnet. Geben Sie das zu?"

„Ja, das stimmt", sagte Tweedie.

„Aber jetzt wollen Sie diese Aussage plötzlich zurückziehen. Könnten Sie uns sagen, warum?"

„Sie war gelogen", sagte Tweedie, „und ich habe beschlossen, die Wahrheit zu sagen. Ich wollte mein Gewissen entlasten."

„Ihr Gewissen?" fragte Simon, überrascht angesichts der Existenz eines solchen.

„Ist Ihnen bewußt", fragte er dann, „daß Ihre ursprüngliche Aussage ein Meineid war, ein Verbrechen?"

„Das ist mir bewußt, und ich bedaure es sehr", sagte Tweedie.

„Aber warum haben Sie anfangs gelogen? Falls es wirklich eine Lüge war", fügte Simon hinzu.

„Der Angeklagte war mein Freund", sagte Tweedie. „Ich wollte ihn nicht im Stich lassen."

„Ich bin sicher, daß mein Mandant Ihre Freundschaft zu schätzen wissen wird." Simons sarkastischer Tonfall war alles, was ihm noch blieb. Er drehte sich um und ging zurück zu seinem Stuhl. Er tat mir leid. Bald würde er sein Schlußplädoyer zu meiner Verteidigung halten müssen, und angesichts dieser plötzlichen neuen Aussage konnte ich mir nicht vorstellen, was er da zusammenschustern sollte. Ich sah zu, wie er einen Schluck Wasser nahm.

Der Staatsanwalt wirbelte jetzt in Position für sein Schlußplädoyer. Es war überraschend kurz. Er war offenbar überzeugt davon, daß es seiner Überredungskünste gar nicht mehr bedurfte, um die Jury für sich einzunehmen.

„Im Laufe dieser Verhandlung", sagte er, „haben wir ein Motiv gefunden und belegt, wie es bei jeder Mordanklage erforderlich ist. Aber es reicht nicht, ein Motiv zu liefern. Wir brauchen auch Beweise, klare Beweise, für die Schuld des Angeklagten. Und daran mangelt es uns nun wirklich nicht. Zuverlässige Zeugen haben uns mitgeteilt, daß der junge George am 3. April um zwei Uhr in Gesellschaft des Angeklagten gesehen worden ist. Danach wurde der junge George nie mehr gesehen. Wir können beweisen, daß der Angeklagte am 2. April in London die Mordwaffe gekauft hat. Wir haben einen Zeugen, der das Loch im Garten des Angeklagten gesehen hat, in dem der junge George später gefunden wurde. Der Wagen des Angeklagten wurde erst gegen drei Uhr morgens am 4. April wieder auf seiner Auffahrt gesichtet, an dem Tag, an dem Georges Verschwinden bekanntgegeben wurde. Dieser Wagen war dreizehn Stunden verschwunden, Zeit genug, um nach Kent zu fahren, den jungen George umzubringen und sich seines Leichnams zu entledigen. Und um zur Schule zurückzukehren. Schweres Belastungsmaterial lieferte auch die Spurensicherung: die Fingerabdrücke des Opfers am Armaturenbrett, der von seiner Jacke gerissene Knopf auf dem Beifahrersitz. Doch die schwerstbelastende Aussage von allen ist die von Dr. Tweedie, der seine erste aus Freundschaft gemachte Aussage zurückgezogen und die Wahrheit gesagt hat. Daß er dem Angeklagten ein falsches Alibi geliefert hatte, und daß dieser zu seinem Zahnarzttermin nicht erschienen ist. Welche Beweise brauchen wir also noch, meine Damen und Herren Geschworenen, um den Angeklagten für schuldig zu befinden?"

In Anbetracht der hier zusammengetragenen Beweise konnte ich mir nicht vorstellen, wie die Geschworenen zu einem anderen Ergebnis als „schuldig" gelangen sollten.

Ich sah zu, wie Simon sich widerstrebend erhob. Als er vor die Geschworenen trat, verriet jeder Schritt seine Hoffnungslosigkeit.

„Meine Damen und Herren Geschworenen", begann er. „Dieser Fall dreht sich um die Unterstellung, Sir Alfred Dreyfus habe sich größte Mühe gegeben, um die Tatsache, daß er Jude ist, zu verhehlen, da er wußte, daß er sonst seine Position als Schulleiter verlieren würde. Deshalb würde doch wohl kaum jemand einen Mord begehen. Schon gar kein so angesehener und integrer Mann wie Sir Alfred Dreyfus. Die Anklage hat nicht belegen können, daß Sir Alfred sein Judentum jemals verleugnet hätte. Er hat es nie offen verkündet, aber ich bin sicher, wenn er je nach seinem Glauben gefragt worden wäre, dann hätte er sich ehrlich dazu bekannt. Doch, meine Damen und Herren Geschworenen, er wurde niemals gefragt, wo also steckt der Beweis, daß er es verleugnet hat? Ein Mord an einem Kind ist ein grauenhaftes Verbrechen. Niemand würde da widersprechen. Doch ein Kind zu ermorden, um sich einen Posten zu sichern, auch, wenn der Posten sonst vielleicht verloren wäre, das, meine Damen und Herren, ist unvorstellbar. Unvorstellbar. Sir Alfred hat selber zwei Kinder. Er weiß, was es bedeutet, ein Vater zu sein. Er ist niemand, der einem anderen Vater ein solches Leid zufügen würde. Diese Tragödie belastet ihn ebenso sehr wie uns alle.

Und gehen wir nun die Beweise an, die gegen ihn vorgelegt worden sind. Kommen Ihnen diese Aussagen denn nicht einstudiert vor? Und zwar alle? Wie brav hat James

Turncastle seine Rolle gebüffelt. Wie sorgfältig hat Police Constable Byrd seinen Text gelernt. Wie gut konnte Mr. Cassidy alles auswendig. Ich möchte sogar andeuten, daß der Polizeibeamte aus Kent seine Aussage von dritter Seite hat. Allesamt waren sie Laiendarsteller, die für diese Premiere gedrillt worden sind. Ganz zu schweigen von Dr. Tweedies plötzlichem Umschwung. Meine Damen und Herren Geschworenen, kommt Ihnen diese Vorführung nicht vor wie eine Verschwörung? Können Sie die dahintersteckende Konspiration nicht riechen? Die Manipulationen, die sich hinter allem verstecken? Denn das möchte ich Ihnen ans Herz legen, meine Damen und Herren, Sir Alfred Dreyfus ist unschuldig, doch aus irgendeinem Grund soll er zum Verbrecher gestempelt werden. Wenn Sir Alfred sich für nicht schuldig erklärt, dann stammen diese Worte aus der Tiefe seiner Seele und bringen sein Erstaunen darüber zum Ausdruck, daß diese Anklage überhaupt erhoben worden ist. Ich bitte Sie, seinen Worten zu lauschen, meine Damen und Herren. 'Ich bin nicht schuldig', und darin den Widerhall seiner Unschuld zu vernehmen. Der arme George Tilbury ist tot. Er wurde brutal ermordet, und sein Leichnam wurde in Sir Alfreds Garten auf dem Lande vergraben. Irgendein Mensch ist heute auf freiem Fuß, er geht durch die Straßen, die Parks, über den Marktplatz; vielleicht sitzt er sogar in diesem Gerichtssaal, der Mann, an dessen Händen das Blut des jungen George klebt. Doch dieses Blut klebt nicht an Sir Alfreds Händen. Hören Sie auf seine Aussage, 'Ich bin nicht schuldig', und lassen Sie sie in Ihren Herzen widerhallen, wenn Sie zu ihrer Entscheidung kommen, und fällen Sie dann die einzige, die wahr und gerecht ist. Daß Sir Alfred Dreyfus unschuldig ist."

Ich hielt das für einen hervorragenden Versuch. In diesem Moment rechnete ich sogar mit einer kleinen Möglichkeit eines Freispruchs. Die Verschwörungstheorie konnte doch sicher nicht leichtfertig abgetan werden.

Die Zusammenfassung des Richters drehte sich vor allem um juristische Feinheiten, mit denen ich meinen Leser nicht langweilen möchte. Mir erschien sie als fair, und er versuchte durchaus nicht, die Jury zu beeinflussen. Er faßte die Plädoyers von Verteidigung und Anklage zusammen, kommentierte aber keines von beiden. Danach bat er die Jury, sich zurückzuziehen.

Sie verließen den Gerichtssaal um fünf Uhr. Um fünf Uhr nachmittags. Der Stunde des Matadors und des Todesstoßes. Um 5.30 h waren sie schon wieder da. Über ihre Entscheidung konnten keine Zweifel bestehen. Ich fragte mich sogar, warum sie dafür soviel Zeit gebraucht hatten.

Ich mußte mich erheben und umklammerte das Geländer vor mir, als ich meine elende Zukunft erahnte. Der Gerichtsdiener fragte den Vorsitzenden der Jury, ob sie zu einer Entscheidung gelangt seien. Und auf dessen bestätigende Antwort hin fragte er: „Ist der Angeklagte, Sir Alfred Dreyfus, in Ihren Augen schuldig oder nicht schuldig?"

Ich hätte ihm diese Frage mit den Stimmen der gesamten Jury beantworten können.

„Schuldig", sagte der Vorsitzende.

Im Gerichtssaal brach Jubel aus, und so wäre es weitergegangen, wenn der Richter nicht energisch seinen Hammer betätigt hätte. Ich schaute zur Galerie hoch und sah eine Gestalt, die mir vage bekannt vorkam. Der Mann war außer sich vor Begeisterung. Sein Gesicht erweckte in mir unangenehme Erinnerungen. Und dann wußte ich es wieder. Es war unser Nachbar aus dem Dorf in Kent, John Coleman, der Mann, der dieses tadellose Englisch sprach. Ich dachte an den Weihnachtstag, an dem er uns zum ersten Mal besucht hatte. Ich dachte daran, wie unsympathisch er mir gewesen war. Ich fragte mich, was er bei meinem Prozeß zu suchen hatte, und warum er sich dermaßen über das Ergebnis freute. Und das mit einem dermaßen unanständigen Enthusiasmus, daß man fast auf ein persönliches Interesse schließen konnte. Das Echo seiner Jubelrufe und sein begeistertes Grinsen sollten mich nachts in meiner Zelle heimsuchen.

Der Gerichtsdiener wandte sich an mich und fragte, ob ich noch etwas zu sagen habe, ehe das Urteil fiele. Ich hatte nichts zu sagen, abgesehen von meinem inzwischen altvertrauten Mantra, und ich sah keinen Grund, es noch einmal zu wiederholen. Ich schüttelte den Kopf. Ich hätte kein Wort über die Lippen gebracht. Ich wußte nicht, wohin ich meine Blicke richten sollte. Ich glaubte nicht, daß ich Simon noch einmal sehen wollte, und ich hatte Angst davor, meine Familie anzuschauen. Und deshalb konzentrierte ich mich auf den Richter. Ihm konnte ich nicht böse sein. Er war einfach ein Mann, der seine Arbeit verrichtete.

„Sir Alfred Dreyfus", sagte er, und es überraschte mich, daß er mich dieses Titels weiterhin für würdig befand, „es ist meine schwere Pflicht, über Sie das einzige Urteil zu fällen, welches das Gesetz für den Fall von vorsätzlichem Mord vorsieht. Dieses Gericht verurteilt Sie zu einer lebenslangen Haftstrafe, verbunden mit der Empfehlung, eine Begnadigung frühestens in fünfzehn Jahren auszusprechen."

Ich rechnete kurz nach. Bei meiner Entlassung wäre ich dann zweiundsechzig. Ich könnte dann durchaus schon

Großvater sein. Wahrscheinlicher aber war, daß ich dann geschieden sein würde, und ich fragte mich, wer mich wohl noch besuchen würde. Und Matthew war der Name, der mir dann einfiel. Ich suchte in der Menge sein Gesicht und fand es sofort. Ich schloß Lucy auf seiner einen und Susan auf seiner anderen Seite aus. Ich sah nur Matthew, und ich wußte, daß ich sehen würde, wie er mit mir zusammen alt wurde, und daß er meine Einsamkeit durch seine Anwesenheit mildern würde. Ich erwiderte sein Lächeln, als ich fortgeführt wurde. Und dann, mit der Decke verhüllt, wurde ich in dieses Gefängnis und in diese Zelle gebracht.

Mein erster Besucher nach Urteilsverkündung war der anglikanische Gefängnisgeistliche. Er sagte, er wolle ein wenig plaudern. Er wollte nicht mit mir reden. Er wollte plaudern. Er war kumpelhaft. Ich warf einen Blick auf das Kreuz, das um seinen Hals hing, und bat ihn höflich, meine Zelle zu verlassen. Das schien ihn zu verärgern, und deshalb bat ich um Entschuldigung.

„Tut mir leid", sagte ich, „aber ich würde lieber mit einem Rabbi sprechen."

„Ich werde sehen, was ich tun kann", sagte er.

Einige Tage später stellte sich dann ein Rabbi ein.

„Ich hatte noch nie hier zu tun", sagte er.

Ich hatte das Gefühl, daß ich mich jetzt schämen sollte, schließlich war es meine Schuld, daß er nun dazu gezwungen war. Ich wurde wütend.

„Ich habe niemandem Schande gemacht", sagte ich. „Ich möchte Ihnen sagen, daß ich unschuldig bin, und wenn Sie das nicht ehrlich und wahrlich glauben, dann brauche ich auch Ihre Besuche nicht."

„Wenn Sie sagen, daß Sie unschuldig sind, dann muß ich Ihnen glauben", sagte der Mann.

„Aber glauben Sie mir wirklich? Glauben Sie mir aus tiefstem Herzen?"

„Wenn Sie das sagen", wiederholte er.

„Ich glaube, Sie sind von dem Urteil überzeugt", sagte ich.

Er schwieg, und dieses Schweigen war Antwort genug. Ich schickte ihn weg. Er machte keine Einwände. Ich glaube, er fühlte sich erleichtert.

Mein erster richtiger Besucher war Matthew, und ich fiel ihm um den Hals. Anfangs sprachen wir nur sehr wenig. In schweigender Verwirrung saßen wir nebeneinander. Doch dann lachte er, aus irgendeinem Grund, den ich nicht verstehen konnte. Es war ein bitteres Lachen, aber ein Lachen war es eben doch. Ich fragte ihn, was so komisch sei, und er erzählte, ich hätte überall Schlagzeilen gemacht. Und er faßte die internationalen Reaktionen auf meinen Prozeß zusammen. Die französischen Zeitungen hatten sich offenbar meines Namensvetters erinnert, hatten aber nicht erwähnt, daß seine Unschuld schließlich bewiesen worden war. Die deutsche Presse schwankte, wie es zu erwarten gewesen war, einige Blätter allerdings stimmten dem Urteil zu. Ein Korrespondent wies darauf hin, daß das Verbrechen in der Osterzeit geschehen sei und brachte es mit den rituellen Morden in Verbindung, die die Juden angeblich vor ihrem Passahfest begingen. Die österreichische Presse vertrat dieselbe Meinung. Der Vatikan verdammte mich ganz offen, und das verletzte mich besonders. Wie konnte diese Institution, die seinerzeit mein Volk den Gaskammern ausgeliefert hatte, die den Mördern Pässe ausgestellt hatte, um ihnen die Flucht zu ermöglichen, wie konnte sie es wagen, sich eine Meinung anzumaßen? Nur einige niederländische und skandinavische Zeitungen zweifelten das Urteil an und verlangten eine genauere Untersuchung der Verschwörungstheorie.

Ich stimmte in Matthews bitteres Lachen ein, dann verstummten wir wieder. Für Matthew war dieser Besuch zweifellos ebenso schmerzlich wie für mich, und er brach schon lange vor der ihm gestatteten Zeit auf. Er versprach, mich bald wieder zu besuchen. Auch Lucy werde kommen, und er werde meine Kinder zu mir bringen. „Ich hole dich hier heraus", sagte er. „Das verspreche ich dir."

Er wandte sich eilig ab, fuhr dann aber herum, um mich zu umarmen. Ich sah hinter ihm her, als er ging, und er tat mir noch mehr leid als ich mir selber.

Eine Woche darauf bekam ich die erste Post im Gefängnis. Sie kam von den Palastbehörden, und ich wußte, auch ohne sie gelesen zu haben, welche Nachricht sie enthielt. Ich ließ sie für eine Weile auf meiner Pritsche liegen und dachte daran, mit welcher Freude ich einen früheren Brief dieses Absenders geöffnet hatte. Dann erbrach ich den Umschlag. Ich mußte einfach meinen Verdacht bestätigt sehen. Der Brief teilte mir mit, daß mir angesichts des gegen mich gefällten Urteils mein Titel aberkannt worden sei. Die arme Lucy ist jetzt eine schlichte Mrs. Dreyfus.

Und mein Name ist Fall.

Viertes Buch

Sechsundzwanzigstes Kapitel

HM Prison Wandsworth, London SW 18

21. Oktober 1997

Mr. Bernard Wallworthy
Jubilee Publishing
London House
Sen Street
London W 1

Sehr geehrter Mr. Wallworthy,

was jetzt, Mr. Wallworthy? Wie machen wir jetzt weiter?
Das war das Ende meiner Version der „Affäre". Doch ich
weigere mich zu akzeptieren, daß es nicht mehr zu sagen
gäbe. Das wage ich nicht. Ich werde mir nicht erlauben zu
glauben, daß ich für den Rest meines Lebens in dieser
Zelle sitzen soll. Heute habe ich Geburtstag. Ich werde
fünfzig, und es ist der zweite Geburtstag, den ich hier ver-
bringe. Ich sage nicht mehr „Nicht schuldig". Ich hätte es
niemals sagen dürfen. Von Schuld war nie die Rede. Nie.
Ich bin unschuldig. So einfach ist das.

Hier sitze ich nun, Mr. Wallworthy, in derselben Zelle,
die mir vor zwei Jahren zugeteilt worden ist. Sie stellen sich
sicher vor, daß sie mir jetzt vertraut ist. Aber da irren Sie

sich. Ich kenne sie nicht, einfach, weil ich sie nie genauer untersucht habe. Bis zum Moment dieses unvorstellbaren Urteils hatte ich sie als vorübergehenden Aufenthaltsort betrachtet, als Zwischenstation auf dem Weg zur Freiheit. Doch diese Ansicht ist jetzt nicht mehr haltbar. Denn sie beruhte auf einer Hoffnung, für die es im Moment nur wenig Grund gibt. Ich bin oft genug in meiner Zelle hin- und hergelaufen, aber niemals habe ich in Gedanken ihre Ausmaße berechnet. Ihre Breite und Länge haben den Rhythmus meiner Worte der Hoffnung und der Verzweiflung vorgegeben. Jetzt zähle ich beim Gehen. Ich messe neun Fuß Länge, sechs Fuß Breite, ziemlich großzügige Ausmaße, stelle ich mir vor, für ein Grab.

Heute kommt meine Familie zu Besuch. Auch Matthew. Susan und die Kinder dagegen besuchen Susans Mutter. Das tut mir leid. Ich habe Susan schon lange nicht mehr gesehen. Der Gefängnisdirektor hat uns ein Zimmer zugewiesen, in dem wir ungestört zusammen sein und den Tee trinken können, den Lucy sicher mitbringt. Meine Kinder sind keine Kinder mehr. Ich darf nicht miterleben, wie sie heranwachsen. Peter ist jetzt sechzehn und hat sein letztes Schuljahr begonnen. Mit einem Namen wie seinem hat er es sicher nicht leicht. Ich bin sehr stolz auf ihn. Aber das kann ich ihm nur sagen. Ich habe keine Möglichkeit, es im täglichen Kontakt zu zeigen, durch Berührungen, Liebkosungen, Scherze. Vielleicht ist er schon zu alt für Scherze, zu alt, um über meine dummen Witze zu lachen, und viel zu jung, um seinen Namen so tapfer zu ertragen. In ihren Briefen und bei ihren Besuchen beteuern sie, daß draußen alle Hebel in Bewegung gesetzt werden, um eine Wiederaufnahme des Prozesses zu erreichen. Aber heute nachmittag werden sie mir keine Hoffnung auf Fortschritte bringen können. Sie werden ihre Hoffnungen, ihren Glauben, ihr Vertrauen bringen, und sie werden von mir erwarten, daß ich ihren Optimismus teile. Ich werde es versuchen, auch wenn ich in meinem Herzen verzweifelt bin.

Aber ich muß zur Feder greifen. Das muß ich. Denn sonst schließe ich die letzte Tür zur Freiheit und werde mit unbewiesener Unschuld ins Grab sinken müssen. Irgendwo muß ich die Worte für meine schwindenden Hoffnungen finden, ebenso wie Worte, die meinen Zorn schüren können. Denn was ich fürchte, ist das Nachlassen meines Zorns. Wenn er sich legt, dann wird er durch Lethargie und damit durch einen dauerhaften Zustand der Melancholie ersetzt werden. Deshalb werde ich wieder zur Feder greifen und ihr auf ihrer gefährlichen Reise gutes Gelingen wünschen. Haben Sie Geduld mit mir, Mr. Wallworthy.

Dreyfus.

Siebenundzwanzigstes Kapitel

Der Besuch meiner Familie stand bevor. Es wäre mein erster Besuch nach der Urteilsverkündung, abgesehen von meiner kurzen Begegnung mit Matthew. Und ehrlich gesagt, ich hatte schreckliche Angst. Ich schämte mich so sehr.

Ich wurde in den Besuchsraum geführt und mußte

mich zum Warten an einen Tisch setzen. Zum ersten Mal sah ich meine Mitgefangenen, und zum ersten Mal sahen sie mich. Es kam mir vor, als seien sie gespannt auf meinen Besuch. Ich habe inzwischen erfahren, daß wir einiges über das Wesen eines Häftlings erfahren können, wenn wir seine Besucher beobachten. Ich hoffte, meine würden schlicht gekleidet sein, nicht auffallen. Zwar interessiert sich in meiner Familie niemand sonderlich für Haute Couture, aber ich weiß trotzdem noch, daß ich mir wegen ihrer Kleidung große Sorgen machte. Die Tatsache, daß ich für den Rest meines Lebens an diesen Ort hier verbannt worden war, kam mir weniger wichtig vor. Für den Moment ging es um die allgemeine Erscheinung von Lucy, meinen Kindern, Matthew und Susan. Ich schämte mich schon meiner selbst viel zu sehr, ich nahm an, daß sie sich meiner ebenso schämten, und ich betete zu Gott, daß sie es nicht zeigen würden.

Beim Warten stellte ich fest, daß die anderen mit einer gewissen Umgänglichkeit miteinander plauderten, um die ich sie beneidete, und die ich zugleich fürchtete. Sie waren Alteingesessene hier, hatten sich an ihre Haft gewöhnt, sich damit abgefunden, waren ganz und gar institutionalisiert. Ich fürchtete, daß auch ich im Laufe der Zeit zum Veteranen werden würde. Ich hatte das Gefühl, ich müsse mich bei ihnen für mein Elend entschuldigen. Ich hatte sogar das Bedürfnis, mich bei absolut allen für meine bloße Anwesenheit zu entschuldigen. Ich wußte nicht, wohin ich schauen sollte. Ich hatte Angst davor, dem Blick anderer Häftlinge zu begegnen, und deshalb betrachtete ich die Tischplatte. Ich starrte sie an. Ich musterte das zerkratzte PVC, abgenutzt vom Schweiß der Hände, während die

Männer auf Besuche warteten, die vielleicht niemals kamen, oder auf Besuche, ohne die sie glücklicher gewesen wären. Und ich dachte an alle Beerdigungen in der Verwandtschaft, die ohne sie stattfanden, an die vielen Hochzeiten von Söhnen und Töchtern, wo unter den Gästen eine schreckliche Lücke klaffte. Und ich dachte an die Ehen, die über dieser PVC-Beschichtung zerbrochen waren, und ich ertappte mich dabei, daß ich Lucy verzieh, daß sie mich verließ. Und dann sah ich sie endlich, oder zumindest ihre Hände auf dem Tisch, die meine eigenen bedeckten. Ich blickte auf, und sie lächelte. Plötzlich fühlte ich mich ihrer ganz sicher, während ich zugleich glaubte, keinen Anspruch auf solche Loyalität erheben zu dürfen. Und ich muß zugeben, daß ich sie, als ich in ihr Gesicht schaute, plötzlich ein wenig ablehnte.

Ich sah sie alle nacheinander an, meine Kinder, Matthew und Susan, und ich wünschte, sie gingen wieder. Ich glaube, sie müssen meine Verlegenheit gespürt haben.

„Sind wir dir zu viele?" fragte Matthew, und wie hätte ich ihm sagen können, daß schon ein Mensch zu viel gewesen wäre, und daß ich allein sein und mich in meiner Schande vergraben wollte.

„Du bist unschuldig", flüsterte Lucy. „Das wissen wir alle."

„Das macht es doch gerade so schwer", sagte ich.

Peter zog Stühle heran, und wir saßen da wie zu einer Diskussion am runden Tisch, nur waren wir eine Gruppe, die ein Thema suchte.

„Du darfst die Hoffnung nicht aufgeben", sagte Matthew nach einer Weile. „Wir werden ein Wiederaufnahmeverfahren verlangen. Allgemein macht sich die Ansicht bemerkbar, daß der Gerechtigkeit nicht Genüge getan worden ist."

Seine Ausdrucksweise verwirrte mich. Er redete schon wie ein Jurist, mein geliebter Bruder, der nie sehr viel gesagt hatte, und dessen Konversation aus liebevoller Einsilbigkeit bestand. Ich hätte ihn umarmen mögen. Und ich schluckte den Kloß in meinem Hals hinunter.

„Sag etwas, Peter", sagte ich. „Und Jeannie. Was macht ihr denn so?"

Sofort bereute ich meine Frage. Was in aller Welt sollten Dreyfus-Kinder denn derzeit machen, außer unter sich zu bleiben und ihre Ohren vor den Beleidigungen und Schmähungen zu verschließen, die bei jedem ihre Schritte sicher unweigerlich laut wurden?

„Ihr wißt, daß ich unschuldig bin, oder?" fragte ich.

Sie nickten beide zugleich.

„Vergeßt das nicht", ermahnte ich sie. „Das wird euch helfen. Ich habe nichts getan, dessen ihr euch schämen müßtet."

„Das brauchst du uns nicht zu erzählen", sagte Peter.

„Was sollen wir dir mitbringen?" fragte Lucy schließlich.

„Ich weiß noch nicht, was zugelassen ist. Aber bringt Bücher, wenn das geht."

Ich war froh, als die Glocke das Ende der Besuchszeit ankündigte. Es war für uns alle eine zu große Belastung gewesen.

„Mach dir keine Sorgen", sagte Matthew immer wieder. „Wir holen dich hier raus."

Er versuchte verzweifelt, sich zu trösten, und ich hätte mir gewünscht, ihm Trost bieten zu können.

Als sie gegangen waren, ging mir auf, daß Susan nicht

einmal den Mund aufgemacht hatte. Und ihr perfektioniertes Schweigen sagte mir, daß sie mich, früher oder später und auf ihre eigene Weise, verraten würde.

Achtundzwanzigtes Kapitel

Rebecca Morris war sehr aktiv gewesen. Während der vergangenen Monate hatte sie viele Spuren entdeckt. Aber sie war eine Juristin, die ihren Lebensunterhalt verdienen mußte. Sie brauchte einen Privatdetektiv, der ihr die Ermittlungen abnahm, und deshalb heuerte sie nach Absprache mit Matthew einen an. Sie hatte ein weites Einsatzfeld mit vielen Verdachtsmomenten für ihn, doch die wichtigste und ihrer Ansicht nach die vermutlich erfolgverheißendste Spur behielt sie für sich. Sie machte es zu ihrer persönlichen Aufgabe, sich ein Bild von James Turncastle zu machen.

Ihr als Psychiater tätiger Bekannter hatte sie mit der Sozialbehörde von Devon in Verbindung gebracht. Sie besuchte die Behörde unter dem Vorwand, sie interessiere sich für die Nachsorgemöglichkeiten, die für psychiatrische Patienten zur Verfügung standen. Sie gab zu, daß sie Juristin war, und sagte, sie wolle sich in Sozialgesetzgebung spezialisieren. Daraufhin bot sich ihr die Gelegenheit, einen Sozialarbeiter in das Krankenhaus zu begleiten, in dem James behandelt wurde. Es war die einzige psychiatrische Klinik im Bezirk, deshalb wirkte das nicht weiter auffällig. Bei diesem Besuch erwähnte sie James nicht, sondern betonte ihr allgemeines Interesse. Sie ließ sich die

Krankengeschichten einiger Patienten vorlegen und sprach bei ihren folgenden Besuchen mit denen, über die sie sich auf diese Weise informiert hatte. Erst bei ihrem fünften Besuch bezog sie ganz nebenbei auch James in ihre Untersuchungen ein. Er war als depressiv diagnostiziert worden. Seine Familie interessierte sich nicht weiter für sein Befinden, und abgesehen von einer in der Nähe lebenden Tante, die einmal gekommen war, hatte er kein einziges Mal Besuch gehabt. Er war freiwillig in der Klinik, schien aber keinerlei Sehnsucht nach Entlassung zu haben. Als diese Möglichkeit einmal erwähnt worden war, hatte er mit einem Selbstmordversuch geantwortet. Er hatte jeden Tag eine Therapiestunde, erwies sich dabei jedoch als übellaunig und unkommunikativ. Ab und zu erlitt er einen Wutanfall, der jedoch so schnell wieder verflog, wie er aufgelodert war.

Rebecca fragte einen Pfleger, ob sie mit ihm sprechen dürfe.

„Ich wünsche Ihnen alles Gute", sagte der Mann lachend. „Aber rechnen Sie nicht mit einer Antwort."

Sie wurde in sein Zimmer geführt.

„Besuch für dich, Jamie, Junge", brüllte der Pfleger die Tür an, und Rebecca ging hinein und schloß die Tür hinter sich. Sie sah nur seinen Rücken. James saß in einem Sessel und schaute das Fenster an. Für jemanden, der kaum Besuch bekam, wirkte er seltsam desinteressiert. Er schaute sich nicht um, er bewegte sich nicht einmal in seinem Sessel. Rebecca trat neben ihn, nannte ihren Namen und erklärte, warum sie gekommen war. Sie gab sich alle Mühe, nicht in Sozialarbeiterjargon zu verfallen. Sie wußte, wie abschreckend der klingen konnte.

„Ich dachte, wir könnten uns ein bißchen unterhalten", sagte sie.

„Na los", murmelte er, ohne sich zu rühren.

Sie betrachtete sein Profil, denn mehr ließ er sie nicht sehen. Dessen Konturen waren von Melancholie gezeichnet, und er tat ihr leid. Sehr sanft begann sie mit ihren Fragen. Er war absolut unkommunikativ. Er nannte seinen Namen und sein Alter und fand sich dabei mehr als nur großzügig. Dann drehte er seinen Sessel so, daß sie nur noch seinen Rücken sah. Damit sollte sie entlassen sein. Sie fragte, ob sie ihn wieder besuchen dürfe, aber er gab keine Antwort.

Doch Rebecca ließ nicht locker. Sie ließ sich für zwei Wochen beurlauben, fuhr nach Devon und nahm sich ein Zimmer in einem in der Nähe der Klinik gelegenen Hotel, um James jeden Tag besuchen zu können. Das Krankenhauspersonal kannte sie jetzt, und sie konnte sich im Haus frei bewegen. Der Form halber besuchte sie auch andere Patienten, verbrachte die meiste Zeit jedoch bei James. Sie stellte ihm keine Fragen mehr. Sie redete einfach nur mit ihm, erzählte ihm von ihrer Arbeit und ihren interessanteren Fällen. Gelegentlich bat sie ihn um seine Meinung oder sogar um einen Rat, und ganz langsam taute James auf. In der zweiten Woche war ihr Monolog zu einer Art Dialog geworden, und James schienen diese Gespräche Freude zu machen.

Es war der letzte Tag ihres Urlaubs. Sie saßen im Erker des Aufenthaltsraums, und Rebecca ließ mitten in einer Gerichtsanekdote den Namen Dreyfus fallen.

Es war ein ruhiger Nachmittag. Eine alte Dame strickte einen endlosen Schal, der sich um ihre Füße wickelte, und nur das unrhythmische Klappern ihrer Nadeln, wenn sie eine Masche fallen ließ und neue aufnahm, ließ sich in der Stille hören. Einige Rosen standen schweigend in einer Vase auf dem Tisch. Für den Moment. Bis die Vase, nach ihrer Schulter geschleudert, Rebecca traf, bis die Dornen ihre Wange zerkratzten und Glasscherben über ihre Füße rieselten. James stand am Fenster, in starrer Haltung, seine Hand noch immer zum Wurf erhoben. Und er schrie. Das gequälte Geräusch, das aus seiner Kehle strömte, war unverkennbar. Es verstummte für einen Moment und brach dann wieder los. Es war wie eine Sirene, die das SOS-Signal gibt. Rebecca starrte ihn an und registrierte den gespannten Muskel an seinem erhobenen Arm. Sie wollte zu ihm laufen, aber sein Zorn schien vor Kraft zu bersten, und sie hatte Angst, er könne sie umbringen, weil sie mit diesem Namen in seiner Seele solches Entsetzen ausgelöst hatte. Sie starrte ihn noch an, als zwei Pfleger ihr den Blick versperrten und ihn mit sanftem Griff aus dem Zimmer führten. Sie sah zu, wie er weggebracht wurde, und hörte, wie seine verzweifelten Signale unregelmäßiger und leiser wurden und schließlich verstummten.

Rebecca zitterte unter der Last dieser Verantwortung. Sie wußte, daß sie ihn erreicht und mit einem einzigen Wort vermutlich den Durchbruch erzielt hatte, um den Monate der Therapie vergeblich gerungen hatten. Sie setzte sich und fuhr sich über ihre zerkratzte Wange. Im Zimmer war weiterhin alles still. James' Ausbruch schien keinen Eindruck gemacht zu haben. Abgesehen von den klappernden Nadeln war alles blind, taub und stumm. Sie schloß die Augen und hörte wieder sein Schreien. Obwohl sie wußte, daß James jetzt unter Beruhigungsmittel gesetzt worden war, hallte sein Schreien immer noch in ihren Ohren wider. Sie fragte sich, ob die Mittel den Namen Dreyfus wohl ausgelöscht hätten, oder ob er mitten in der Nacht als totes Gewicht auf James' ausgetrockneter Zunge liegen würde, wenn dieser erwachte. Ein nicht gerade sanftes Tippen auf ihre Schulter riß sie aus diesen Gedanken. Sie blickte auf und sah eine ihr unbekannte Pflegerin.

„Sie sollen zur Direktion kommen", sagte die Pflegerin in so schroffem Tonfall, daß Rebecca sich auf eine strenge Rüge gefaßt machte. Die Klinikleiterin wartete schon auf sie und kam sofort zur Sache.

„Wir halten es nicht für eine gute Idee, daß Sie Mr. Turncastle noch weiter besuchen. Ihre Besuche sind einwandfrei nicht gut für ihn. Weiß der Himmel, was Sie hier angerichtet haben."

Rebecca war wütend. Diese Frau interessierte sich absolut nicht für den Grund von James' Ausbruch. Sie wollte einfach nur diejenige los sein, die ihn ausgelöst hatte. Doch Rebecca setzte sich, um klarzustellen, daß sie durchaus noch nicht gehen wollte.

„Wollen Sie nicht wissen, wie es dazu gekommen ist?" fragte sie.

„Ich weiß, daß Ihr Besuch ihn aufgeregt hat", sagte die andere. „Und mehr brauche ich nicht zu wissen. Und jetzt gehen Sie bitte."

„Sie haben recht", sagte Rebecca. „Mein Besuch hat James aufgeregt. Aber seine Reaktion erscheint mir als bedeutender Durchbruch. Ich möchte mit seinem Therapeuten sprechen."

Die Krankenhausleiterin musterte sie mit milder Verachtung. „Ich fürchte, das ist unmöglich", sagte sie. „Sie sind ja nicht einmal mit ihm verwandt. Während der vergangenen Wochen konnten Sie hier nach Belieben ein- und ausgehen. Wir haben Ihnen reichlichen Spielraum gelassen. Damit ist jetzt Schluß. Sie haben hier keinen Zutritt mehr."

„Ich werde erst gehen, wenn ich mit seinem Therapeuten gesprochen habe", sagte Rebecca. Sie schlug die Beine übereinander und nahm eine bequemere Haltung ein.

Eine Weile saßen sie einander schweigend gegenüber. Rebecca zog ein Notizbuch und einen Kugelschreiber aus ihrer Aktentasche und fing an zu schreiben. Was sie schrieb, war nicht wichtig, aber es machte der anderen klar, daß sie durchaus nicht gehen würde. Das Schweigen hielt an, und als Rebecca eine Seite umschlug, wußte die Krankenhausleitern, daß etwas passieren mußte. Sie griff zum Telefon und bat Dr. Field zu sich. Als sie den Hörer auflegte, sagte sie: „Ich muß Ihnen mitteilen, daß das hier gegen alle Vorschriften verstößt."

Rebecca gab keine Antwort. Es hatte keinen Sinn, Salz in Wunden zu reiben.

Die Krankenhausleiterin ging zur Tür. Offenbar wollte sie kurz mit Dr. Field sprechen. Sie trat ihm entgegen, als er über den Flur kam.

„Es ist diese Miss Morris", sagte sie. „Die, die James Turncastle so aufgeregt hat. Sie will unbedingt mit Ihnen sprechen. Und Sie weigert sich zu gehen, ohne Sie gesehen zu haben."

„Das erledige ich schon", sagte Dr. Field leicht gereizt. Er hatte durchaus keine Lust, über seinen Patienten mit dieser aufdringlichen Frau zu diskutieren, die solche Scherereien gemacht hatte. Er würde ihr seine Meinung sagen. Mit energischen Schritten betrat er das Büro, während die Klinikleiterin sich einigermaßen erleichtert zurückzog, um in der Personalküche ihre Niederlage mit einer Tasse Tee hinunterzuspülen.

„Was wollen Sie?" fragte Dr. Field, als er das Büro betrat.

„Wie geht es James?" fragte Rebecca. Eins nach dem anderen, dachte sie.

„Ihre Einmischung hat ihm nicht gerade gutgetan", sagte Dr. Field.

„Ich bin erstaunt", sagte Rebecca. „Sie sind sein Arzt. Interessiert es Sie denn gar nicht, was ihn dermaßen aus der Ruhe gebracht hat? Glauben Sie nicht, es könnte wertvolle Hinweise für James' Behandlung liefern?"

„Gute Frau", sagte Dr. Field abwehrend, „James' Behandlung baut ausschließlich auf dem auf, was ich von James selber erfahre. Was Außenstehende mir erzählen, ist irrelevant."

Rebecca erhob sich. „Irrelevant oder nicht, Dr. Field", sagte sie. „Ich werde es Ihnen sagen. Ich habe ihn heute aus der Fassung gebracht, weil ich einen Namen genannt habe, der vermutlich seiner Depression zugrundeliegt. Ich dachte nur, Sie sollten das wissen." Rebecca hatte beruflich schon häufiger mit Therapeuten zu tun gehabt. Oft erschienen sie ihr als unzuverlässig. Sie glaubten, alles zu wissen und sich niemals irren zu können. Im Zweifel flüchteten sie sich in Fachchinesisch, und damit rechnete sie jetzt auch jeden Moment bei Dr. Field.

„Sagt Ihnen der Begriff Übertragung etwas?" fragte er mit höhnischem Lächeln.

Rebecca ignorierte die Frage und fragte ihrerseits:

„Sagt Ihnen der Name Dreyfus etwas?"

Ihr Gegenüber verstummte verdutzt. Er kannte natürlich den Namen, hatte ihn aber offenbar noch nie mit seinem Patienten in Verbindung gebracht, und Rebecca fragte sich, was um Himmelswillen der Mann in den zwölf Monaten, die James nun schon hier verbrachte, unternommen haben mochte. Sie packte ihre Unterlagen zusammen. „Merken Sie sich diesen Namen, Dr. Field", sagte sie mit einiger Verachtung. „Dieser Name hat James aus seiner Lethargie gerissen. Vergessen Sie ihn nicht. Er könnte sich noch als nützlich erweisen." Sie verließ das Zimmer, ehe er seinem Zorn freien Lauf lassen konnte. Denn er war wirklich wütend. Diese Frau besaß die unglaubliche Unverschämtheit, ihm zu sagen, wie er seine Arbeit zu tun hatte. Aber er ärgerte sich auch über sich selber und diesen unangenehmen Anschein von Versagen.

Als Rebecca nach London zurückfuhr, war sie nur teilweise zufrieden. Sie war davon überzeugt, daß sie in James' Behandlung einen Fortschritt erzielt hatte, aber sie bedauerte, jetzt keinen Zutritt mehr zur Klinik zu haben. Sie hatte sich von seiner Geschichte sehr viel erhofft und alles darauf gesetzt, die Wahrheit zu erfahren. Aber jetzt würde diese Wahrheit bei Dr. Field landen oder auch nicht, und Dr. Field würde garantiert nicht darüber sprechen. Schon gar nicht mit der Person, die ihn auf die richtige Spur gebracht hatte. Sie hoffte nun, daß ihr Privatdetektiv einige brauchbare Entdeckungen gemacht haben würde.

Und das war wirklich der Fall. Er brachte Informationen aus Österreich mit, die wirklich auf eine Verschwörung hinwiesen, und was er in Marseille entdeckt hatte, schien diesen Verdacht zu bestätigen.

„Wir sind auf dem richtigen Weg", sagte er zu Rebecca. „Und was macht James?"

Sie mußte ihm eingestehen, daß dieser Weg versperrt war. Und sie nannte auch den Grund. Doch der Privatdetektiv war trotzdem optimistisch. „Du hast eine Verbindung hergestellt", sagte er. „Darauf kommt es an. Es wird uns weiterhelfen. Das muß es einfach. Wir müssen eben Geduld haben."

„Sag das mal dem armen Dreyfus", seufzte Rebecca.

Neunundzwanzigstes Kapitel

Als ich nach dem ersten Besuch meiner Familie in meine Zelle zurückkehrte, verfiel ich in tiefe Depressionen. Ich wollte mich von meiner Familie zurückziehen. Oder eher wünschte ich mir, sie würden mich verlassen. Ich wollte, daß sie fortgingen, in ein anderes Land, wo sie ihren Namen ändern und ein Dreyfus-loses Leben beginnen könnten. Ihre Abwesenheit würde es in gewisser Hinsicht leichter für mich machen, daß ich in ihrem Leben diese Katastrophe verursacht hatte. Ich würde sie dazu drängen, beschloß ich, ich wollte darauf bestehen. Ich steigerte mich in eine derartige Erregung hinein, daß ich losbrüllte. „Geht weg. Ihr alle. Laßt mich endlich in Ruhe!" Das Guckloch in der Tür klapperte, und zwei Augen überzeugten sich davon, daß alles in Ordnung war. Ich beging keinen Selbstmord, mir stand kein Schaum vorm Mund. Und vor allem war ich nicht tot. Also war alles in Ordnung. Das Guck-

loch wurde voller Verachtung angesichts meines Wutaus-
bruchs wieder geschlossen.

Ich weiß nicht, wie ich die folgenden Tage überstanden
habe. Meine Depression ließ nicht nach. Ab und zu wurde
mir Gesellschaft aufgezwungen. Bei den Mahlzeiten im
Speisesaal wurde ich ignoriert, wie mir auffiel. Niemand
bot mir seine Freundschaft an oder versuchte irgendeine
Art von Kontaktaufnahme. Im Gegenteil, ich nahm eine
gewisse Feindseligkeit wahr, die mir arg zu schaffen machte. Wenn ich mich wirklich von meiner Familie losmachen
wollte, dann würde ich irgendeine Art von Freunden brauchen. Sogar unter den Männern in dieser elenden Gemeinschaft, mit denen ich mich draußen niemals zusam-
mengetan hätte. Aber ich würde meine Ansprüche senken
müssen. Ich würde eine radikale Veränderung meiner
Werte vornehmen müssen. Ich war zwar unschuldig, würde mich aber wie ein Verbrecher benehmen müssen. Und
wie ein Verbrecher denken. Aber ich wußte noch nicht,
wie. Ich mußte das alles erst lernen. Ich würde mich an die
anderen anschließen. Ja, anschließen. Und hoffentlich einer von ihnen werden.

Zu diesem Zweck mußte ich die Freistunden in Anspruch nehmen, die ich bisher abgelehnt hatte. Mit einigem
Zittern ließ ich mich auf den Gefängnishof führen. Dort
wimmelte es schon von Männern. Ein Ballspiel war im
Gang, ein Spiel, bei dem es keine Regeln zu geben schien,
bei dem es offenbar nur darauf ankam, daß ein Spieler den
anderen an Flüchen und Beschimpfungen übertraf. Der
Ball an sich war wohl nicht weiter wichtig. Einige Männer
joggten, und sogar zu dieser Übung gehörten anscheinend
Flüche. Der Hof war eine Brutstätte für Blasphemie.

Ich lungerte eine Zeitlang vor der Mauer herum. Vielleicht wartete ich auf ein Wort im Vorübergehen oder einfach auf ein Nicken. Ich sah, wie einige Männer einander anstießen und auf mich zeigten. Immerhin war ich bemerkt worden. Ich beschloß, langsam den Hof zu umrunden. Schließlich war es ein Hof zum Sporttreiben, und da wirkte es sinnlos, wenn ich mich an die Mauer lehnte. Also lief ich los, und die ganze Zeit spürte ich dabei ihre Blicke. Es waren keine freundlichen Blicke, und ich fühlte mich bedroht. Deshalb beschloß ich, vor mich hinzusingen, um meine Furcht zu zerstreuen. Und aus meinem Mund, wie von nirgendwoher, abgesehen von zweitausend Jahren der Erinnerung, strömte ein Lied, das meine Mutter mir als Baby vorgesungen hatte. Sie hatte es als Kind von ihrer eigenen Mutter gehört. Dieses jiddische Lied war die einzige jüdische Erbschaft, die meine Mutter nicht hatte verleugnen können. Das Lied meiner Großmutter, das nicht einmal die Gaskammern hatten ersticken können. Ich stellte mir ihr Gesicht vor, als ich es vor mich hinsang, und mit ihr zusammen formte ich die alten jiddischen Wörter, an die ich mich erinnern konnte, und aus irgendeinem Grund war ich so glücklich über diese Erinnerung, daß ich für einen Moment vergaß, wo ich war, und warum. Und sogar wer, diese tiefste Quelle meiner Qual. Als mir beim Singen immer neue Wörter einfielen, fühlte ich mich in die Wohnung in Paris versetzt, lange vor dem Tag, an dem sie Milch kaufen ging, und an dem mein Großvater sich auf die Suche nach ihr machte. Ich lief immer weiter und sang dabei die ganze Zeit. Dann hörte ich einen schrillen Pfiff und erstarrte. Eine Gestapopfeife, die die Ängste ihrer letzten Tage in Paris zu markieren schien. Ich schaute mich um und sah, wo ich war, und ich wußte, warum ich dort war, und mein Name war mir wieder bewußt. Die Wörter des Liedes waren verflogen, ebenso der Takt, als ich dann wieder zu meiner Zelle zurücktrottete. Und als ich dort angekommen war, wußte ich nicht einmal mehr die Melodie, ganz zu schweigen von auch nur einem einzigen Wort, und das Gesicht meiner Großmutter war verschwommen. Aber ich verlor meinen Mut nicht. Ich sagte mir, Besuche auf dem Gefängnishof würden diese Erinnerung wieder zum Leben erwecken. Doch nie wieder war sie so stark. Die Melodie stellte sich wieder ein, doch die Wörter wurden immer weniger, und niemals konnte ich vergessen, wo ich war und warum, wie in diesem glücklichen Moment an dem magischen Morgen meines ersten Hofgangs.

Die Feindseligkeit der anderen blieb. Ich überlegte mir, daß ich vielleicht den Anfang machen sollte, mit irgendeiner belanglosen Frage nach Wetter oder Essen, nach einem ungefährlichen Thema. Es wäre doch ein Anfang. Bei der nächsten Mahlzeit steuerte ich meinen üblichen Tisch an. Dort war ich bei meinem ersten Besuch im Speisesaal plaziert worden. Es war ein kleinerer Tisch als die anderen, der für zehn von uns Platz bot, er stand in der Nähe der Tür und der dort postierten Wärter. Seine Größe und seine Position waren mir nicht weiter aufgefallen, doch schließlich wurde mir der Unterschied zu den anderen klargemacht. Ich setzte mich und brach schließlich das Schweigen mit einer belanglosen Bemerkung über das Wetter. Zu meiner Überraschung rief diese Bemerkung eine Reaktion hervor. Nicht nur von einem Tischgenossen, sondern von allen. Sie schienen sich ebenso nach Kommunikation zu sehnen wie ich. Doch das Thema Wetter kann bald erschöpft sein, und schon bald machte sich wieder Schweigen breit. Mir fiel auf, daß ein Mann den Mund aufmachte, sich die Sache dann aber wieder anders überlegte. Dann versetzte sein Nebenmann ihm einen Rippenstoß.

„Los", sagte er. „Frag ihn."

„Was soll er mich denn fragen?" fragte ich, glücklich über die Möglichkeit eines Gesprächs.

„Du bist einer von uns, oder?" flüsterte der angestupste Mann.

Ich war verwirrt. Natürlich war ich einer von ihnen, ich war ja schließlich ein Häftling. Doch das konnte der Mann nicht gemeint haben. Sein „einer von uns" zeigte in eine andere Richtung. Für einen Moment dachte ich, bei meinen Tischgenossen könne es sich um Juden handeln, die mich jetzt in ihren Stamm aufnahmen. Aber keiner von ihnen sah aus wie ein Jude. Einige trugen sogar Kreuze um den Hals. Ich beschloß, ganz sicher zu gehen. „Sicher bin ich das", sagte ich. „Ich sitze doch hier, wie ihr alle."

Die Männer grinsten. Ich hatte offenbar nicht begriffen. „Habt ihr das nicht gemeint?" fragte ich hilflos.

Dann beugte sich einer über den Tisch vor. Er saß mir gegenüber, und als er sich vorbeugte, baumelte sein silbernes Kreuz über seinem Teller.

„Wir sind alle Kindermörder", flüsterte er.

Ich hätte losweinen mögen. Ich neige sonst nicht sehr zu Tränen. Ich konnte an den Fingern einer Hand abzählen, wie oft ich geweint hatte. Und wenn ich weinen sage, dann rede ich nicht von dem Kloß im Hals. Beim Tod meines Vaters habe ich geweint, ich glaube, das war das letzte Mal. Aber jetzt spürte ich den heißen Druck hinter meinen Augen, und ich wußte, die Tränen würden strömen, und es war mir egal. Ich würde um den jungen George Tilbury weinen, den ich nicht getötet habe. Ich würde um die Gesellschaft weinen, die mir hier aufgezwungen worden war, um diesen kleinen Tisch der Schande, an dem wir versammelt waren wie die Aussätzigen, und um die Wärter, die uns vor den anderen schützen mußten. Ich ließ meinen Tränen freien Lauf. Ich hätte ihnen gern gesagt, daß ich unschuldig war, aber ich hatte Angst, sie würden mir ins Gesicht lachen. Ich fühlte mich durch ihre Gesellschaft besudelt, und mir schauderte bei der Vorstellung, daß ich für den Rest meines Lebens mit ihnen zusammen das Brot brechen würde.

Ich stand auf und bat darum, in meine Zelle zurückgebracht zu werden, ich schützte starke Kopfschmerzen und das Bedürfnis vor, alleinsein zu wollen. Der Wärter sagte, ich müsse warten, und so saß ich mit tränenüberströmtem Gesicht da.

„Schon gut", sagte der Mann mit dem Kreuz. „Uns allen tut es ab und zu leid. Und dann vergessen wir es wieder. Gute Tage. Schlechte Tage", er wandte sich der Tafelrunde zu. „Stimmt das nicht, Leute?"

Sie nickten zustimmend und machten sich über ihren Nachtisch her. Sie hatten mich in ihren Club aufgenommen. Ob mir das nun paßte oder nicht, ich war einer von ihnen. Ein neurekrutiertes Mitglied mit den Privilegien eines Paria.

In meiner Zelle fragte ich mich, was aus mir geworden war. Und wieder dachte ich an meine Großmutter mit ihrer Melodie und die Wortfetzen. Und diese Erinnerung brachte mir einen seltsamen Frieden, und ich fragte mich, wie ich je mit dem Gedanken hatte spielen können, meine Familie fortzuschicken.

Trotz der mich umgebenden Feindseligkeit machte ich mich stark, um meine Tischgesellschaft und meine einsamen Wanderungen um den Gefängnishof durchzuhalten. Eines Morgens wollte ich dabei eine anstrengendere Übung durchziehen als meinen langsamen Trab. Ich wollte mich dehnen, vielleicht meine Zehen berühren oder das zumindest versuchen. Ich bin von Natur aus kein körperlich orientierter Mann. Ich treibe keinen Sport. Ich gehe bisweilen spazieren oder schwimmen, das war zumindest in den Tagen meiner Freiheit so. Aber ich habe meinen Körper niemals ernsthaft auf die Probe gestellt. Ich hielt den Augenblick für gekommen, die vielen Jahre der Vernachlässigung aufzuholen und freute mich sogar darauf.

Ich suchte mir hinten auf dem Hof eine passende Stelle. Ich war sicher, daß es dort nicht überfüllt sein würde. Mein bloßes Erscheinen auf dem Hof trieb die anderen schon auseinander. Ich schaute die Mauer an. Ich wollte die anderen nicht sehen. Ich wußte nicht so recht, wie es um meine gymnastischen Fähigkeiten bestellt war, und ich schreckte vor ihrem Spott zurück. Zunächst lief ich auf der Stelle, spannte und dehnte meine Muskeln und dachte dabei an das Lied meiner Großmutter. Dann versuchte ich die erste Beugung. Wenn ich meine Knie geradehielt, konnte ich meine Zehen nicht berühren. Meine Fingerspitzen schafften es gerade bis zur Mitte meiner Wade. Aber ich ließ mich nicht entmutigen. Ich wollte üben. Ich wollte mir ein Ziel setzen. Am Ende der Woche würde ich meine Zehen mit Leichtigkeit streicheln können. Ich holte tief Atem und machte noch einen Versuch. Dabei hatte ich nicht mehr Erfolg, aber ich fand es weniger anstrengend, und das war mir eine Ermutigung. Ich machte noch einige Versuche, und dann hörte ich hinter mir Schritte.

„Hilfe gefällig?" fragte eine Männerstimme.

Ich hörte den Spott in seiner Stimme und spürte einen heftigen Tritt ins Gesäß, worauf meine Hände brav zum ersten Mal meine Füße trafen. Ich schlug schmerzhaft auf den harten Boden auf und sah voller Entsetzen die beiden Paare schwerer schwarzer Turnschuhe vor meinen Augen. Ich bewegte mich ein wenig, aber dabei sah ich nur vier weitere Paare, und ich wußte, daß ich umzingelt war. Und dann fingen sie an zu treten. Ihre Tritte waren brutal, wütend und hielten perfekten Takt mit ihren Beschimpfungen. „Kindermörder", sie traten, und „Judenschwein." Diese Beschimpfungen wurden immer wieder wiederholt, denn sogar im Lexikon der Schmähungen verfügten sie nur über ein begrenztes Vokabular. Ich lag hilflos und in wachsenden Qualen da, und als ich mir ihre wütenden Vorwürfe anhörte, fragte ich mich, wie sie sich wohl selber sehen mochten. Hätten sie sich, im Wissen, daß sie Mörder waren, mit derselben Wut getreten? Hätten sie sich wegen ihrer fehlenden Reue gefoltert, diese Männer, die ihre Frauen ermordet, ihre Geschäftspartner umgebracht, ihre Feinde gequält und deren sterbliche Überreste geschändet hatten? Waren sie mit sich zufrieden, so sehr, daß sie denen verziehen, die ähnliche Vergehen begangen hatten? Ich überlegte mir dann, daß die Sache mit dem Kindermord nichts mit ihrem Zorn zu tun hatte. Schuldig oder nicht schuldig, sie traten den Juden und alles, wofür er stand. Und ich war, als ich mich hier auf dem Boden wand, der Vertreter dieses verfluchten Volkes, an dem sie ihren Ärger kühlen konnten. Es überraschte mich nicht weiter, daß ich immer seltener „Kindermörder" hörte, während „Judenschwein" überhand nahm, was meine Vermutung bestätigte, daß ich, Mörder oder nicht, in meiner jüdischen Haut ein willkommenes Ziel für ihre tiefe Frustration war. Ich fragte mich, ob ich diese Strafe ertragen müßte, bis das Pausenende angekündigt würde, oder ob ich vielleicht versuchen sollte, mich zu wehren. Ich entschied mich für ersteres, in der Hoffnung, sie würden das Interesse an einem dermaßen langweiligen Opfer bald verlieren. Und das passierte dann auch. Sie traten weniger heftig zu, und auch ihre Beschimpfungen wurden schwächer. Und ich lag da und spürte am ganzen Leib pochende Schmerzen. Die Schmerzen wurden gemildert durch die Erleichterung, daß die Folter ein Ende genommen hatte, und von einer leisen Dankbarkeit, weil mein Gesicht verschont geblieben war. Ich wunderte mich darüber, daß ich mich in meinem ganzen derzeitigen Elend noch immer nicht von meiner Eitelkeit freigemacht hatte.

Ich blieb liegen, bis der Pfiff ertönte. Die beiden Wärter hatten sich nicht einen Schritt von ihrem Posten entfernt. Aber sie hatten den ganzen Auftritt beobachtet, und das zweifellos mit Wohlgefallen. Ich versuchte, aufzustehen, traute meinen Gliedern jedoch nicht. Ich kam langsam auf die Knie, dann spürte ich zwei feste Griffe an meinen Ellbogen und wurde hochgezogen. Die beiden Wärter hatten sich Zeit gelassen. Wortlos führten sie mich zurück in die Zelle, und obwohl ich ihnen nicht ins Gesicht sah, wußte ich, daß sie lächelten.

Es war eine Erleichterung, auf meiner Pritsche zu liegen und ohne Zeugen meine Schmerzen wüten und schließlich

253

zum Erliegen kommen zu spüren. Ich ignorierte das Läuten zum Mittag- und zum Abendessen. Meine Schmerzen untersagten jegliche Bewegung. Mein Fehlen würde meine Quälgeister sicher befriedigen. Sie würden es für Feigheit halten. Aber seltsamerweise hatte ich keine Angst. Ich wollte mich ihnen wieder anschließen, sowie meine Schmerzen sich gelegt hatten. Ich wollte mich nicht vom Hofgang ausschließen lassen. Sicher war es meine Unschuld, die mir Mut verlieh.

Am nächsten Morgen zwang ich mich dazu, aufzustehen und mich den anderen anzuschließen. Ich wurde eher von Hunger angetrieben als von Heroismus. Mein Körper schmerzte, aber ich zwang mich dazu, aufrecht zu gehen. Ich steuerte meinen Aussätzigentisch an und war überrascht von der Freundlichkeit, mit der ich begrüßt wurde. Und auch beleidigt, denn ich wollte nicht zu ihnen gezählt werden.

„Wir gehen nicht auf den Hof", sagte einer. „Wir machen Liegestütze in der Zelle."

„Mich werden sie nicht davon abhalten", sagte ich.

Was ihre Bewunderung nur noch steigerte. Ich hatte den unangenehmen Eindruck, daß sie mich zu ihrem Anführer ernennen wollten. Deshalb schwieg ich. Ich brachte es nicht einmal über mich, sie anzulächeln. Ich wollte von ihnen gehaßt werden, weil ich nicht zu ihnen gehörte. Aber das würden sie niemals glauben. In ihren Augen hatte ich, ebenso wie sie, ein Kind ermordet, und deshalb konnte ich in ihren Club aufgenommen werden. In dem die Mitgliedschaft obligatorisch war.

Nach dem Frühstück ging ich auf den Gefängnishof. Ich registrierte die überraschten Blicke, und als ich meine

Ecke ansteuerte, hörte ich die Bemerkung „auf zur zweiten Runde". Ich ließ mich nicht beirren und dankte Gott für meinen Mut. Ich summte das Lied meiner Großmutter und beschloß, wieder um den Hof zu traben. Das undurchschaubare Ballspiel kam zum Erliegen, wie auch die Liegestützen und die anderen Übungen. Ich hatte ein Publikum. Schweigend sahen sie meinem ungehinderten Lauf zu und hörten mein triumphierendes Lied, und nach der zweiten Runde machten sie sich wieder an ihre Arbeit und ließen mich für den Rest der Stunde allein. Ich hatte das Gefühl, einen kleinen Sieg errungen zu haben. In meiner Zelle lag ich mit pochenden Gliedern auf meiner Pritsche und meine Erleichterung war die pure Freude.

Während der folgenden Wochen aß und trainierte ich zusammen mit dem Abschaum, mit dem ich zusammensein mußte, danach glaubte ich, die Sache klargestellt zu haben. Von nun an trainierte ich jeden Tag neben meiner Pritsche, und meine Mahlzeiten wurden in meine Zelle gebracht. Während meiner kurzen Zeit hier im Gefängnis hatte der Direktor mir schon seine Freundschaft gezeigt. Ab und zu besuchte er mich in meiner Zelle und schaute nach meinem Befinden. Ich glaube, daß er von meiner Unschuld überzeugt war. Er erzählte mir Neuigkeiten aus der Außenwelt und ließ mir ab und zu eine Zeitung da. Ich glaube, er verstand mein Bedürfnis nach Einsamkeit. Ich hatte die Mißhandlung nicht gemeldet, aber sicher hatte er davon erfahren und machte sich Sorgen um meine Sicherheit. Deshalb gab er meinem Antrag statt, obwohl das ungewöhnlich war. Eine Zeitlang genoß ich das Alleinsein, aber ich konnte nicht leugnen, daß ich grauenhaft einsam war. Doch der Gedanke an die mögliche Gesellschaft war ekelerregend genug, um diese Depression zu mildern. Die Tage vergingen sehr langsam und waren ein Nichts gemessen an den fünfzehn Jahren, die ich mindestens hier verbringen würde. Lucys regelmäßige Besuche und alles, was sie über die Familie erzählen konnte, stimmten mich für kurze Zeit fröhlicher, aber dann dachte ich wieder nur an alles, was mir entging. Doch noch immer hatte ich Hoffnungen. Ich konnte nicht glauben, was mir hier passierte. Es war eine Farce, und manchmal lächelte ich, bis ich mein vergittertes Fenster sah.

Und dann, eines Tages, änderte sich mein Leben. Ich wußte es damals noch nicht, aber jetzt, im Nachhinein, geht mir auf, daß dieser Besucher mein Leben auf den Kopf gestellt hat. An diesem Tag war Sam Temple zum ersten Mal hier. Ich muß zugeben, daß ich ihn bei unserer ersten Begegnung nicht gerade sympathisch fand. Vielleicht wäre mir in meiner elenden Lage niemand als sympathisch erschienen. Aber ich glaube, auch er konnte zunächst meinem Charme widerstehen. Ich war kurz angebunden und ziemlich grob. Ich war, was gesellschaftliche Formen angeht, nicht mehr im Training, und als er gegangen war, bereute ich mein kühles Verhalten. Aber dann fing ich an zu schreiben. Zunächst vielleicht, weil ich nichts anderes zu tun hatte. Doch als ich erst einmal angefangen hatte, verfolgte ich damit einen Zweck. Ich wollte meine Unschuld beweisen. Das glaube ich zumindest. Seit damals habe ich durchaus meine Zweifel gehabt, wenn mir aufging, wie nutzlos das alles war. Aber zumeist hat das Schreiben mir - wenn ich so sagen darf - Freude und den gelegentlichen magischen Moment gebracht, in dem Gitterstäbe keine Rolle spielen. Sam ist zu einem häufigen Besucher und, wie ich zu behaupten wage, einem guten Freund geworden. Er hat meine Familie kennengelernt und kümmert sich rührend um sie. Und vor allem ist er ein Zuhörer, ein mitfühlendes Ohr. Er hilft mir, Wirklichkeit und Fiktion auseinander zu halten. In vieler Hinsicht verdanke ich ihm mein Überleben.

Eben ist mein Abendessen gebracht worden. Mein Körper tut weh, aber ich weiß, daß ich gut schlafen werde, denn morgen kommt Sam, und ich werde ihm vorlesen, und er wird zuhören.

Dreißigstes Kapitel

Ronnie Copes, Rebeccas Privatdetektiv, hatte sich selber übertroffen und außerdem einen ziemlich guten Urlaub dabei erwirtschaftet. Denn er hatte eine weite Reise gemacht. Sein erstes Ziel war ein Dorf in den österreichischen Alpen gewesen. Frühere Untersuchungen hatten ihn auf diesen Ort aufmerksam gemacht, in dem Eccles mit seinen Schülern den Skiurlaub verbracht hatte, und ohne große Schwierigkeiten hatte er auch die Wiener Familie ausfindig machen können, bei der James in seinem Urlaubsschuljahr untergebracht worden war. Unter dem Vorwand, eine Unterkunft für eine Woche zu suchen, hatte Ronnie sie aufgesucht. Ihm wurde ein Zimmer angeboten, und er zog sofort ein. Während dieser Woche konnte er sich bei der Familie einschmeicheln. Frau Müller war Engländerin, geboren in Sheffield. Als junge Frau hatte sie sich im Skiurlaub in Österreich in ihren Skilehrer verliebt und ihn geheiratet. Sie war nur noch einmal nach Sheffield zurückgekehrt, hatte aber kein Interesse mehr an ihrem Geburtsort. „Jetzt bin ich in Wien zu Hause", sagte sie, „und ich bin hier sehr glücklich."

Sie hatte zwei Kinder, wie sie erzählte, die jetzt beide verheiratet waren und in München lebten. Sie hatte ihm Familienbilder gezeigt, darunter das Bildes eines jungen Mannes in Uniform.

„Das ist Peter", sagte sie stolz über ihren Mann.

Peter redete, als Ronnie ihn kennenlernte, immer wieder von den „guten alten Zeiten". „Ich danke Gott dafür, daß meine Kinder den Sinn für Ehre und Patriotismus geerbt haben, und ich weiß, daß diese glorreichen Tage zurückkehren werden."

Ronnie Copes verließ die Müllers noch vor Ende der Woche. Aber er war lange genug bei ihnen geblieben, um eine Menge von Informationen aufzunehmen, die er faszinierend und ekelhaft zugleich fand.

Sein nächstes Reiseziel war Marseille, und mit Hilfe von Stichwörtern, die er bei den Müllers aufgeschnappt hatte, konnte er Eccles' Freunde ausfindig machen. Bei ihnen spielte er den unzufriedenen Engländer, der sich über die Horden von Ausländern ärgert, die über sein Land hereinbrechen, und über die machtbesessenen Juden, die skrupellos die Herrschaft über alles an sich reißen. Der arme Ronnie drohte an jeder Silbe zu ersticken. Er wurde in Marseille herzlich aufgenommen, und der Aufenthalt dort sollte sich als noch ertragreicher erweisen als der in Wien.

Von Marseille aus reiste er in die Appalachen in Virginia

weiter, kreiste seine Beute ein und grub Informationen aus, die seine früheren Funde bestätigten.

Das kleine Dorf in Kent, in dem George Tilbury verscharrt worden war, war Ronnie Copes' letztes Reiseziel. Rein ermittlungstechnisch gesehen erwies es sich als Goldmine. Er kannte die Namen der Ortsbewohner, die im Prozeß gegen Dreyfus ausgesagt hatten. Er gab sich als Tourist aus und verbrachte seine Zeit vor allem in der Dorfkneipe, und zwei Wochen intensiver Wühlarbeit brachten ihn in Kontakt mit allen. Sie dagegen kamen gar nicht auf die Idee, hier Gegenstand einer Ermittlung zu sein. Ronnie kehrte im Triumph nach London zurück und präsentierte seiner ungeduldigen Auftraggeberin seine Ergebnisse. Rebecca war begeistert. Ronnies Entdeckungen bedeuteten einen wichtigen Durchbruch in ihren Untersuchungen. Sie reichten für ein Wiederaufnahmeverfahren fast schon aus. Aber etwas fehlte noch. Etwas, das sehr wichtig war. James Turncastle. Sie hatte keinen Beweis dafür, daß seine Geschichte, wenn er denn bereit sein sollte, sie zu erzählen, Ronnies Entdeckungen bestätigen würde. Sie wußte nur, daß der junge, gequälte James Turncastle sich Dreyfus nicht aus dem Kopf schlagen konnte.

Sie hatte ihn nun schon seit einigen Monaten nicht mehr gesehen. Sie hatte sich nach ihm erkundigt und erfahren, daß er kurz nach ihrem letzten Besuch aus dem Krankenhaus entlassen worden war. Aber sie wußte nicht, wo er sich aufhielt. Ein Brief an seine Tante in Devon hatte keine Antwort erbracht, und nicht einmal der listige Ronnie konnte ihn aufspüren. Beide befürchteten, James könne das Land verlassen haben. Rebecca ging alle Unterlagen durch und sortierte sie, denn sie arbeitete schon am Antrag auf Wiederaufnahme, der beim Innenministerium eingereicht werden mußte. Als sie dann alles durchlas, waren die Lücken in ihrer Beweisführung offenkundig. Nur James konnte die Bestätigung für ihre Vermutungen liefern. Doch die neuen Entdeckungen mußten auf jeden Fall mit Matthew geteilt werden. Sie wollte ihm abends zu Hause alles erzählen. Matthew wohnte seit einiger Zeit bei ihr. Ihre Beziehung war kein Geheimnis mehr, doch durch irgendeinen glücklichen Zufall hatte die Presse davon noch keinen Wind bekommen. Lucy teilte ihr Glück schweigend, wie auch ihr häufiger Besucher Sam Temple. Wenn Susan von Matthews Umzug wußte, dann schwieg auch sie, dies jedoch aus Schande und Eifersucht. Dreyfus wußte noch immer nichts von Susans Verrat, doch bei seinen Besuchen hatte Matthew den Eindruck, daß sein Bruder vieles ahnte, darüber jedoch nicht reden wollte. Denn er fragte nie nach Susan, und Matthew erwähnte sie ebenfalls nicht.

An diesem Abend zählte Rebecca beim Essen Ronnie Copes' Entdeckungen auf. Sie sagte, sie sei optimistisch, doch sie bestand darauf, Dreyfus über die neueste Entwicklung noch im Unklaren zu lassen. „Wenn ich James nicht finden kann", sagte sie, „dann ist unsere Sache nicht hieb- und stichfest. Und auch das nur, wenn James bereit ist, seine Geschichte zu erzählen. Und vor Gericht auszusagen. Er könnte überall sein. Wer kann das wissen?"

„Du könntest es bei seinen Eltern versuchen", sagte Matthew. „Vielleicht haben die endlich Interesse an ihm entwickelt."

„Das habe ich schon", sagte Rebecca. „Sie sagen, sie wissen nicht, wo er ist, und es scheint ihnen auch egal zu sein."

Das war nur die halbe Wahrheit. Es war seinen Eltern

zweifellos egal, aber sie wußten trotzdem, wo er war. Sie hatten seine Wohnung nie gesehen, hatten sie aber telefonisch über einen Makler gekauft. Es war eine Luxuswohnung, die selbst das schlechteste Gewissen beruhigen konnte. Was bei ihnen der Fall war. Das umwerfende Wohnzimmer, die italienische Terrasse, das elegante Eßzimmer, die perfekten Schlaf- und Badezimmer glichen ihre lebenslange elterliche Vernachlässigung aus. Die geschmackvollen skandinavischen Möbel, das Silber und das Geschirr bezahlten ihre durch vorenthaltene Liebe angehäuften Schulden, und das Fehlen von Telefon, Fax- oder Internetanschluß zeigte klar, daß sie keinerlei Kommunikation wünschten.

Als James durch die Wohnung lief und sich jeden Ablaßgegenstand ansah, kam langsam Mitleid mit ihnen in ihm auf. In der Klinik hatte sein Zorn auf seine Eltern sich gelegt. Langsam hatte er sich aus ihrem widerstrebenden Zugriff befreit, einem Zugriff, den er selber verstärkt und verlangt hatte. Jetzt waren sie einfach ein Ehepaar irgendwo auf der Welt, das sich seinen selbstsüchtigen Interessen widmete, und sehr langsam fand er Geschmack an seiner Freiheit. An dieser erkämpften Freiheit, die sich einstellt, wenn die Autoritäten wegfallen. Die Freiheit, die darin liegt, sein eigener Herr zu sein, und niemals Zustimmung erflehen oder ihren Entzug fürchten zu müssen. Eine vollständige Freiheit, versuchte er sich einzureden, aber er wußte, daß das nicht stimmte. Der Weg zur absoluten Befreiung lag nicht frei vor ihm. Unterwegs gab es Rastplätze zum Nachdenken, Verteilerkreise für Reue, und vielleicht eine Sackgasse oder eine Sperre, die ihn aufhalten würden. Doch so lange er in seiner Luxuswohnung blieb, fühlte er sich sicher. Dort brauchte er kein Hindernis zu fürchten. Ab und zu jedoch, in tapferen Augenblicken, ging er zu Rebeccas Kanzlei, lungerte davor herum und schaute zu ihrem Fenster hoch. Ihr gelegentlicher Anblick ließ ihn erstarren. Er hatte Angst vor der Versuchung, sich ihr zu nähern, diese letzte Barriere vor seiner Freiheit einzureißen. Er wußte, daß er eines Tages den Mut würde finden müssen, sie anzusprechen, endlich sein Gewissen zu erleichtern. Aber jedes Mal, wenn er von ihrem Haus fortging, tröstete er sich mit dem Gedanken, daß er immerhin einen Schritt auf diese letzte Beichte zugemacht hatte. Seit Verlassen der Klinik hatte er sich umgehört. Er hatte Zeitungen gelesen und allerlei Gerüchte aufgeschnappt, er wußte, daß sie ein Wiederaufnahmeverfahren anstrengen wollte, er hatte sich die Adresse ihrer Kanzlei besorgt. Er hatte von Matthew erfahren, dem Bruder des Mannes, dessen Name noch immer so schmerzhaft war, daß er ihn nicht aussprechen konnte. Er wußte so viel, wie er als Außenstehender überhaupt nur in Erfahrung bringen konnte. Er hatte seine Hausaufgaben gemacht, tröstete sich mit den dabei gesammelten Tatsachen und redete sich ein, daß die Nachforschungen schon reichten. Doch als die Wochen vergingen, stellte er fest, daß er immer wieder vor den Fenstern herumlungern mußte, hinter denen der unaussprechliche Name mit Hoffnung und Verzweiflung gleichermaßen behaftet war. Doch noch immer stand er wie angewachsen da.

Der unaussprechliche Name, dessen Träger ungerechterweise hinter Gittern vermoderte, wurde eines Tages ein Gedanke, der ihn zum Erwachen brachte, und James' Aufenthalt vor der Kanzlei wurde zur Besessenheit, und er wußte, daß der Name bald laut genannt werden mußte.

Eines Tages betrat er sogar das Gebäude, doch vor dem Fahrstuhl gaben seine Füße nach, und er floh wieder zu seinem Standplatz an der Straßenecke. Am folgenden Tag schaffte er es, den Fahrstuhl zu rufen, doch er gab auf, als der eintraf. Er brauchte noch eine Woche, um den Fahrstuhl zu betreten und sich in den fünften Stock bringen zu lassen, wo die Kanzlei gelegen war, die er nur mit dem einen Namen verband. Doch die ganze Zeit lag seine Hand fest auf dem Abwärts-Knopf.

Am nächsten Tag jedoch zwang er sich in den Fahrstuhl und fuhr nach oben, und dann klopfte seine Hand an ihre Kanzleitür. Plötzlich stand er einer Frau an einem Rezeptionstresen gegenüber, die nach seinem Begehr fragte. Er stammelte Rebeccas Namen, weil er etwas sagen mußte, und mit unendlicher Erleichterung hörte er, daß sie einen Gerichtstermin habe.

„Aber Sie können warten", sagte die Frau. „Miss Morris wird bald wieder hier sein."

„Ich komme ein andermal wieder", sagte er und ergriff die Flucht.

Er hatte es versucht, und der Versuch an sich war schon ein kleiner Triumph. Mit munteren Schritten ging er zum Fahrstuhl zurück. Er drückte auf den Abwärts-Knopf und wartete. Langsam landete der Fahrstuhl im fünften Stock und öffnete wie ein Mann von Welt die Tür. Um dieses Gesicht zum Vorschein kommen zu lassen, das er nie vergessen hatte, diese Lippen, an denen noch immer dieser trauerbeladene Name hing. Und jetzt schien er sie zu sehen, diese klaren Buchstaben, das D, das R, das E, das Y, aber er brauchte mehr. Sie stellten sich der unvermeidlichen Konfrontation. Rebecca hätte ihn gern umarmt, hätte ihn aus

Erleichterung und weil er so tapfer war, in den Arm nehmen mögen. Doch statt dessen streckte sie die Hand aus.

James nahm sie. Das war die erste Rate seiner Beichte. Es sollte geschehen. Es würde herauskommen. Es würde ein Ende nehmen. Er würde den Namen nennen, den Namen, den er so oft mit „Vater" verwechselt hatte. Und manchmal nicht nur verwechselt, sondern wirklich geglaubt. Denn der Träger dieses Namens hatte ihn wie einen Sohn geliebt.

„Du möchtest mich sprechen?" fragte Rebecca.

„Ich war schon oft hier", sagte er. „Dieses Mal bin ich erwischt worden."

„Ich glaube, du wolltest erwischt werden", sagte sie.

Sie führte ihn in ihr Büro. „Setz dich und erzähl, wie es dir geht." Sie beschloß, das Thema Dreyfus nicht anzuschneiden. Sie hoffte, daß James das von selber tun würde. Sie wollte es kein zweites Mal riskieren, diesen belasteten Namen zu nennen.

„Es geht mir besser", sagte James. „Ich habe das Krankenhaus vor vier Monaten verlassen."

„Und wo wohnst du jetzt?" fragte sie.

„In Fulham", sagte er. „Ich habe mir eine Wohnung gekauft. Genauer gesagt, meine Eltern haben das gemacht." Er deutete ein Lächeln an.

„Dann hast du also wieder Kontakt mit ihnen?"

„Nein", James lachte. „Sie haben mir einfach nur das Geld geschickt. Nichts ist leichter herzugeben als Geld, wenn man welches hat. Es kostet weniger als Zuwendung oder Liebe."

In seiner Stimme lag keine Bitterkeit. Er hatte seine Schmerzen und sein Mißtrauen überwunden. Seine Eltern erschienen ihm jetzt offenbar als ein schlechter Witz.

„Es ist wirklich schön, dich wiederzusehen", sagte Rebecca. „Unsere kleinen Treffen haben mir gefehlt. Nach dem letzten hatte ich schon gedacht, wir würden uns nie wieder über den Weg laufen." Sie hatte diese Begegnung nicht erwähnen wollen, und sie hatte Angst vor seiner Reaktion. Aber er lächelte.

„Das war wirklich bühnenreif", sagte er. „Aber du weißt genau, daß ich einen Zusammenbruch hatte. Doch aus irgendeinem Grund bin ich nach diesem Besuch langsam wieder auf die Beine gekommen."

Rebecca hätte ihm diesen Grund nennen können, und sie dachte, daß sie seinem Therapeuten ja eigentlich mit Fug und Recht ihre Dienste in Rechnung stellen könnte.

„Und was machst du jetzt?" fragte sie.

„Ich habe sehr viel zu erledigen", sagte er. „Deshalb bin ich hergekommen."

Rebecca dachte, er brauche vielleicht ihre Hilfe bei der Arbeitssuche. „Suchst du einen Job?" fragte sie.

„Das nun wirklich nicht", erwiderte er. Er verstummte für einen Moment. „Ich habe noch eine Sache offen."

Sie hätte gern gefragt, ob er auf Dreyfus anspiele, wovon sie absolut überzeugt war, aber sie traute sich noch immer nicht, diesen Namen zu nennen.

„Ach, das ist alles so kompliziert", sagte er.

„Fang mit dem Anfang an", schlug Rebecca vor. „Ich habe Zeit."

„Ich habe gehört, daß du das Verfahren wieder aufrollen willst", sagte James. „Deshalb bin ich gekommen." Er holte tief Atem. „Jetzt ist es heraus", sagte er. „Du hast ja keine Ahnung, wie oft ich diese Zeile geübt habe."

„Du hast großen Mut", sagte Rebecca. „Und meine

volle Achtung." Sie wäre am liebsten sofort zu Matthew nach Hause gestürzt, denn der junge James schien jetzt auspacken und die Verschwörung hochgehen lassen zu wollen.

„Soll ich dich nicht zum Essen einladen?" fragte sie. „Ich kenne ein sehr ruhiges Lokal, ganz in der Nähe. Italienisch. Wäre dir das recht?"

James lächelte. „Italienisch esse ich sehr gern."

Das Essen dauerte lange. Sie bestellte immer wieder nach, und ihre Ohren brannten, als er seine Geschichte erzählte. Jedes seiner Worte bestätigte Ronnie Copes' Entdeckungen. Doch sein persönlicher Beitrag zu der Verschwörung verblüffte sie. Er wirkte erleichtert, als alles heraus war.

„Ich möchte bei der neuen Verhandlung aussagen", sagte er. „Das muß ich. Danach kann mein Leben wieder anfangen."

Rebecca fragte, ob er am nächsten Morgen in die Kanzlei kommen und seine Aussage auf Band sprechen werde. James war mehr als bereit, alles zu tun, was sein geplagtes Gewissen erleichtern könnte. Sie sah ihm nach, als er sie verließ, und glaubte, ihn dabei singen zu hören.

„Jetzt kannst du Alfred alles erzählen", sagte sie zu Matthew, als sie nach Hause kam. „Und ich muß mich an die Unterlagen für den Innenminister setzen. Endlich", fügte sie hinzu, „haben wir Grund zur Hoffnung."

Wie versprochen erschien James am folgenden Morgen und sprach seine Aussage auf Band. Und Matthew begab sich zu seinem Bruder.

Einunddreißigstes Kapitel

Ich weiß nicht, wo ich anfangen soll. Es ist mir schon oft schwergefallen, zur Feder zu greifen. Meine Verzweiflung hat mich daran gehindert. Jetzt, nach Matthews Besuch, widersetzte die Feder sich mir noch immer, aber jetzt steckte keine Verzweiflung dahinter, sondern die reine Freude. Ich hätte tanzen und singen mögen, und das tat ich auch, nachdem Matthew gegangen war. Ich war berauscht vom Duft meiner möglichen Freiheit. Ich war bereit zu vergeben. Ich war bereit, meinen Zorn zu vergessen. Aber ich wußte, ich mußte mich noch für eine Weile vor solchen Reaktionen hüten. Es war noch eine Hürde zu bewältigen: das Startsignal des Innenministers. Doch Matthew sagte, die Beweise für eine Verschwörung seien so überzeugend, so unwiderlegbar, so vielseitig untermauert, daß eine Ablehnung unvorstellbar wäre. Doch der Innenminister war Jude. Ein Nicht-Jude wäre mir lieber gewesen. Ich mußte einfach daran denken, daß ein jüdischer Richter die Rosenbergs auf den elektrischen Stuhl geschickt hatte. Noch so ein „zählt mich dazu"-Jude. Gott möge mir helfen, aber wir sind ein verrücktes Volk.

Ich wartete. Ich weiß nicht mehr, wie ich die folgenden Wochen verbracht habe. Matthew kam oft zu Besuch, doch er konnte nur berichten, daß die Entscheidung des Innenministers weiterhin ausstand. Er war wie immer optimistisch. Und das war auch Lucy, die sich sonst so große Mühe gegeben hatte, mir keine falschen Hoffnungen zu machen. Ich wollte ihnen erzählen, was ich nach meiner Freilassung vorhatte, aber Lucy wollte davon nichts hören.

„Ich muß dir etwas gestehen", sagte Matthew.

Einen Moment lang fürchtete ich irgendein Problem, das das Wiederaufnahmeverfahren behindern könnte, eine Verspätung oder die Möglichkeit einer Ablehnung. Ich bin sicher erbleicht, denn Matthew fügte ganz schnell hinzu: „Das hat nichts mit deinem Fall zu tun. Es geht um mich und Susan. Sie hat mich kurz nach deiner Verurteilung verlassen. Sie hat ihren Namen geändert, und auch den von Adam und Zak."

„Ich glaube, das habe ich gewußt", sagte ich und war erleichtert darüber, daß Matthew es mir endlich gesagt hatte. Ich wollte ihn mit meinem Mitgefühl umarmen. „Das tut mir sehr leid", sagte ich.

„Das ist nicht nötig", erwiderte er. „Ich treffe die Kinder regelmäßig und lebe jetzt mit Rebecca zusammen. Schon seit einem Jahr. Wir sind sehr glücklich miteinander."

„Und wie geht es Susan?" fragte ich, obwohl mir das im Grunde ganz egal war.

„Sie ist wütend", sagte Lucy.

Dann schwiegen wir, und durch unser Schweigen wurde Susan aus der Familie ausgestoßen.

Als die anderen gegangen waren, setzte ich mich wieder an meine Geschichte, doch ich konnte keine Worte finden. An manchen Tagen machte ich mir so große Hoffnungen, daß ich nur noch geduldig auf meine Entlassung wartete. Doch es gab auch Tage, an denen ich verzweifelte und mich damit abzufinden versuchte, daß ich für den Rest meines Lebens in dieser Zelle sitzen würde. Und so schwankte ich zwischen den beiden Extremen, und wenn ich das eine erreicht hatte, konnte ich das andere nicht einmal erfassen.

Während dieser Zeit, dieser Zeit der Ungewißheit, kam Sam zu mir. Sein letzter Besuch lag fast einen Monat zurück, und er hatte mir gefehlt. Er hatte mir vorher gesagt, daß er für eine Weile in die USA fahren werde, damit ich mich nicht über seine Abwesenheit wunderte. Aber das tat ich doch. Ich konnte nicht verstehen, warum er mich verlassen hatte, und ab und zu war ich wütend auf ihn. Aber ich war überglücklich, als ich ihn dann wiedersah.

Er betrat meine Zelle und ließ sich auf meiner Pritsche häuslich nieder. Das gefiel mir an Sam. Meine Zelle hatte ihn niemals gestört. Ich glaube, Gott möge es verhüten, aber im Falle eines Unglücks wäre er der perfekte Gefangene. Er hatte viel von seinem Aufenthalt in den USA zu erzählen, aber zuerst mußten wir über das erhoffte Wiederaufnahmeverfahren sprechen. Matthew hatte ihn schon über die neuesten Entwicklungen informiert, und Sam sehnte sich danach, seine Freude und seine Hoffnungen mit mir zu teilen.

„Dieses Buch wird länger", sagte er mit vielsagendem Lächeln. „Es wird Kapitel haben, von denen wir höchstens zu träumen wagten."

Und dann ging mir auf, daß ich das Buch ganz einfach vergessen hatte. Es war ein brauchbares Mittel gewesen, um meine Zeit zu füllen, und manchmal hatte es mich sogar glücklich gemacht, aber hoffentlich würde sein Zweck sich von selber erledigen. Sam schien meine Gedanken gelesen zu haben.

„Das Buch dient jetzt einem größeren Zweck", sagte er. „Wenn wir Glück haben, dann ist es keine Therapie mehr. Es ist ein Protest gegen Ungerechtigkeit, gegen Vorurteile, Korruption und Verfolgung. Gegen das alles. Und es reicht über den Fall Dreyfus hinaus. Es ist von universaler Bedeutung. Du mußt es beenden, egal, was bei dem Wiederaufnahmeverfahren herauskommt. Das bist du dir schuldig, mein Freund." Dann lächelte er und erzählte mir von der Begeisterung der amerikanischen Verleger, die bereits gespannt auf mein Manuskript warteten.

„Ich werde mein Bestes tun", sagte ich. Und dann erzählte er mir von New York. Ich war nur einmal dort gewesen, in meinen glücklichen Zeiten, auf Vortragsreise. Während er redete, beschloß ich, gleich nach meiner Freilassung nach New York zu reisen. In Gedanken stellte ich schon meinen Reiseplan auf. Ich war so vertieft in diese Vorbereitungen, daß ich Sam schließlich gar nicht mehr zuhörte. Bis er mir eine Frage stellte, und ich zugeben mußte, daß ich mit meinen Gedanken anderswo gewesen war.

„Du planst deine Freiheit", sagte er.

Seine Stimme hatte einen warnenden Unterton, den ich deprimierend fand. „Träumen ist ja wohl noch erlaubt, oder?" fragte ich.

„Aber vergiß nicht, daß du träumst", mahnte Sam. „Bis auf weiteres." Dann, nach kurzer Pause, fügte er hinzu: „Und jetzt lies mir bitte vor."

Seit Sams letztem Besuch hatte ich viel geschrieben, während der ganzen Tage, ehe Matthew mir die immer noch nicht gänzlich glaubwürdige Nachricht gebracht hatte. Dabei hatte ich mich oft nach Sams lauschenden Ohren gesehnt, denn ich wußte noch immer nicht, ob meine Worte ins Reich der Fiktion oder in das der Wahrheit gehörten. Jetzt, als ich ihm vorlas, wußte ich, daß sie die reine Wahrheit waren, jede Silbe war die reine Wahrheit, denn in Gedanken klammerte ich mich eigensinnig an die Aussicht auf Freiheit. Und wegen dieser Aussicht kam die Wahrheit mir nicht mehr unglaublich vor. Denn wenn Freiheit möglich war, dann mußte ihr Gefangenschaft vorhergegangen sein.

Als ich mit Lesen fertig war, lobte Sam mein Werk, und ich glaube, er wußte auch, daß ich jetzt keinen Zuhörer mehr brauchte.

„Wir sind schon fast bis heute gekommen", sagte er, „und wenn wir Glück haben, dann wird dein letztes Kapitel das Wiederaufnahmeverfahren behandeln. Und selbst, wenn das abgelehnt wird", fügte Sam hinzu, „dann mußt du über alle neuen Beweise schreiben."

„Ich kann mir nicht vorstellen, daß es abgelehnt wird", sagte ich.

Er legte mir den Arm um die Schulter. „Ich auch nicht", sagte er. „Aber träum nicht von deiner Freiheit. Träum von deiner Haft, denn ich glaube, du stehst kurz vor dem Erwachen."

Als er gegangen war, versuchte ich, weiterzuschreiben. Aber so große Mühe ich mir auch geben mochte, ich konnte nicht die richtigen Worte für diesen Zustand des Wartens finden. Ich starrte mein Manuskript an und versank bald in Träumen. Nicht in Träumen von Freiheit, ich träumte, wie Sam es mir geraten hatte, von meiner Zelle und dem vergitterten Fenster. Und es war ein Alptraum.

Die Tage vergingen, mit ihren Liegestützen und Rumpfbeugen, den einsamen Mahlzeiten und dem Warten. Und dann erwachte ich eines Morgens und dachte sofort an das Datum dieses Tages. Es war der 21. Mai. Ich weiß nicht, wieso ich das wußte. Ich nahm ja kaum den Wechsel der

Jahreszeiten wahr, ganz zu schweigen von Datum oder Monat. Dieser Gedanke beim Aufwachen verwirrte mich, dieser 21. Mai, der mir nicht aus dem Kopf wollte, und ich wußte, aus irgendeinem Grund, daß es ein schicksalhafter Tag war. Ich wußte, daß etwas passieren würde. Das spürte ich in meinen Knochen. Ich spürte es in meinen Zehen, als ich sie berührte, in meinen Schultern, als ich mich wieder aufrichtete. Ich beeilte mich an diesem Morgen mit meinen Übungen. Ich wollte sie hinter mir haben, wenn das, was immer jetzt passieren sollte, bekanntgegeben werden würde. Auch beim Frühstück beeilte ich mich, und als das leere Tablett abgeholt wurde, wartete ich nur noch. Aber beim Warten konnte ich mich nicht beeilen. „Der 21. Mai", sagte ich immer wieder, wußte aber nicht, warum. Ich versuchte zu lesen, konnte mich aber nicht konzentrieren. Ich war müde, hatte aber Angst, die Augen zuzumachen, ich könnte doch einschlafen und das, was immer nun passieren sollte, verpassen. Ich kletterte auf die Pritsche und schaute aus dem Gitterfenster. Vielleicht erwartete ich, ein Feuer zu sehen, oder einen Aufruhr, irgendein Ereignis, das dieses Datum in die Erinnerung einprägen würde. Ich sah nur den vertrauten Anblick, aber trotzdem ließ das Datum mir keine Ruhe.

Ich setzte mich wieder auf meine Pritsche und versuchte zu lesen. Meine Ohren achteten auf jedes Geräusch, und die Stille betäubte sie. Doch dann hörte ich plötzlich vor meiner Zelle Schritte, und ich wußte, daß sie vor meiner Tür anhalten würden. Es waren die schweren Schritte eines Wärters, doch dahinter verbargen sich noch andere, weniger rhythmische, eher die von Schuhen als von Stiefeln. Ich sah, wie meine Tür sich öffnete, und ich hielt den

Atem an. Ich sah die Füße und die schwarzen Hosenbeine des Wärters, dann schaute ich in sein mürrisches Gesicht, als er für den Gefängnisdirektor die Tür aufhielt. Obwohl der Direktor ab und zu bei mir vorbeischaute, fanden seine Besuche immer abends statt, ehe die Lichter gelöscht wurden. Deshalb wußte ich, daß es ein ganz besonderer Besuch war, und daß er auf den 21. Mai fiel. Ich hörte, wie mein Herz hämmerte. Er nickte dem Wärter zu, und der zog sich zurück. Ich erhob mich zitternd. Ich sah, wie das Gesicht des Direktors sich zu einem Lächeln öffnete.

„Gute Nachrichten", sagte er. „Ich habe soeben erfahren, daß der Innenminister das Wiederaufnahmeverfahren gestattet hat."

Ich hätte ihn umarmen mögen. Ich hätte die Welt umarmen mögen. Er streckte die Hand aus, griff nach meiner und schüttelte sie herzlich.

„Ich freue mich so sehr, wie Sie sich sicherlich auch", sagte er. „Und ich wünsche Ihnen alles Gute." Er drehte sich zur Tür um. „Versuchen Sie, Geduld zu haben", fügte er noch hinzu.

„Ich warte schon so lange", sagte ich. „Da habe ich Geduld gelernt."

An diesem Nachmittag hatte ich dreifachen Besuch. Von Lucy, Matthew und Rebecca. Rebecca war schon einmal bei mir gewesen, sie hatte mit mir über mein Verfahren sprechen wollen. Aber nun sah ich sie zum ersten Mal zusammen mit Matthew, und daß sie einander gefunden hatten, gefiel mir. „Der Direktor hat es mir schon gesagt", sagte ich, als sie eintraten. Wir fielen einander in die Arme. Wir konnten keine Worte finden. Wir hatten in der verzweifelten Wartezeit alle aufgebraucht.

Wir trafen uns diesmal nicht in meiner Zelle, sondern im Besucherraum. Das hatte der Direktor vorgeschlagen. Offenbar wußten die anderen Männer vom Umschwung meiner Lage, denn sie musterten mich mit noch mehr Mißtrauen und Neid. Einer kam an unserem Tisch vorbei.

„Ihr trickst aber auch alles hin", zischte er.

Ich lächelte ihn an, und er wurde vor Wut rot.

Wir hielten einander über dem Tisch an den Händen, und nach einer Weile wagte ich dann die Frage, wann der neue Prozeß beginnen werde.

„Es dauert noch ungefähr einen Monat", sagte Rebecca. „Es wird ein Datum festgelegt, und dann wird allen, die gegen dich ausgesagt haben, eine Vorladung zugestellt."

„Was ist mit Eccles?" fragte ich. „Der hat mich doch verteidigt."

„Das war seine Tarnung", erwiderte Rebecca. „Auch Eccles. Vor allem Eccles.

„Und wer noch?" fragte ich.

„Eine Überraschung", sagte Matthew. „Der alte John Coleman aus dem Dorf."

„Ich kann es gar nicht erwarten, den ins Verhör zu nehmen", sagte Rebecca.

Wir lachten miteinander, Kinderlachen. Das Lachen der Unschuld, während die anderen Männer im Raum feixten und vor Neid brannten.

Wie Rebecca angenommen hatte, wurde der Prozeßbeginn für fünf Wochen später anberaumt, und das Warten war fast ein Vergnügen. Ich wagte mich zu den Mahlzeiten wieder in den Speisesaal und stellte fest, daß meine Tischgenossen um einiges weniger freundlich waren. Sie hatten den Verdacht, daß ich vielleicht doch nicht zu ihnen gehörte. Aber auf den Gefängnishof traute ich mich nicht. Ich wollte nicht in den Gerichtssaal humpeln müssen. Ich schrieb während der Wartezeit immer wieder, und als Sam mich besuchte, überglücklich angesichts der neuesten Entwicklung, wußte er, daß ich ihn nicht als Zuhörer brauchte.

Am Abend vor Prozeßbeginn brachte Matthew mir meinen Anzug ins Gefängnis. Es war nicht der, den ich bei der grauenhaften Urteilsverkündung getragen hatte. Sondern einen, den ich bei meinen Vortragsreisen bei mir gehabt hatte, eine Erinnerung an glücklichere Tage und vielleicht eine Verheißung für die Zukunft. Ich hatte weder ab- noch zugenommen, aber ich hatte etwas mehr Muskeln bekommen. Trotzdem paßte mir der Anzug perfekt.

Matthew brachte Neuigkeiten. „Wir haben einen Zeugen eingebüßt, fürchte ich."

„Eccles?" fragte ich.

„Nein. Eccles hat seine Vorladung erhalten. Er wird dort sein. Ich meine John Coleman. Er ist über Nacht verschwunden. Einfach weg. Sein Haus im Dorf ist zum Verkauf ausgeschrieben. Niemand hat ihn beim Auszug gesehen, niemand weiß, wo er steckt."

„Ich habe diesem Mann von Anfang an mißtraut", sagte ich. „Aus keinem besonderen Grund. Ich habe ihm ganz einfach mißtraut. Als er bei uns zum Tee war, hat er sicher schon meinen Sturz geplant."

„Er meinte nicht dich persönlich", sagte Matthew. „Du warst einfach im richtigen Moment die richtige Zielscheibe."

Er umarmte mich. „Wir sehen uns morgen", sagte er. „Wir alle. Und wir alle haben große Hoffnungen. Sogar Lucy. Sie hätte sich fast einen neuen Hut gekauft. Fast."

In dieser Nacht fand ich nicht viel Schlaf, aber ich hatte doch den schrecklichen Traum, daß mein Anzug mir nicht paßte. Er war viel zu eng, und ich fuhr hoch, als meine Knöpfe abplatzten.

Mein Frühstück wurde gebracht, und ich hatte eine Scheibe Brot mehr als sonst bekommen. Ich durfte baden, und die Wärter sahen zu, während ich mich rasierte und den Anzug anlegte. „Sehr elegant", brachte der eine heraus, und „viel Glück" der andere; es waren die beiden Wärter, die schweigend und gleichgültig zugesehen hatten, wie ich auf dem Hof mißhandelt worden war. Aber ich verzieh ihnen, obwohl ich mich fragte, ob es dazu nicht noch zu früh sei. Ich wurde nicht sofort zum Gerichtsgebäude gebracht, und ich war überrascht, als der Gefängnisdirektor sich bei mir einfand.

„Ich wollte Ihnen alles Gute wünschen", sagte er. Er reichte mir die Zeitung dieses Tages. „Hier ist Lesestoff, um Ihnen die Wartezeit zu verkürzen", sagte er.

Ich überflog die Schlagzeilen mit einem plötzlichen und wunderbaren Hunger nach Neuigkeiten, und dann sah ich eine, die mich verblüffte: „ENGLISCHER LEHRER TOT AUFGEFUNDEN."

Ich brauchte gar nicht weiterzulesen, um zu wissen, um wen es sich handelte. Diese Nachricht erregte mich, und ohne einen Hauch von Bedauern muß ich zugeben, daß ich den Artikel mit einem gewissen Vergnügen las: „Der Leichnam von Mark Eccles, Leiter der historischen Fakultät an einer der besten Schulen Englands, wurde vergangene Nacht in seinem Zimmer im Hotel de la Mer, Marseille, tot aufgefunden. Es liegen keinerlei Hinweise auf ein Verbrechen vor."

Ich überlegte mir, daß Eccles' Selbstmord durchaus ein Vorteil für mich sein könnte, aber vor allem freute es mich, daß zumindest in einem Bereich die Gerechtigkeit offenbar ihren Lauf nahm.

Als ich dann zum Berufungsgericht gebracht wurde, war ich fast berauscht vor Hoffnung.

Wünschen Sie mir alles Gute, Mr. Wallworthy.

Fünftes Buch

Zweiunddreißigstes Kapitel

Ich hatte die Decke nun schon so lange nicht mehr gesehen. Ich fragte mich, ob es dieselbe sein könnte, die den
Geruch des alten Angstschweißes ausströmte, und ich fragte mich, wieviele Unschuldige oder Schuldige sie wohl auf
dem Weg ins Gericht verhüllt haben mochte. Aber diesmal
wollte ich sie nicht benutzen. Was immer die Transparente
vor dem Gerichtshof auch schreien mochten, was immer
die Gründe ihrer Träger waren, ich würde hocherhobenen
Hauptes den Gerichtssaal betreten, so unschuldig wie eh
und je. Doch mit unendlich viel weniger Angst.

Als der Wagen sein Tempo verlangsamte, hörte ich
rhythmisches Rufen. Und als wir anhielten, konnte ich die
Rufe auch verstehen: „Dreyfus frei, Dreyfus frei!" Als ich
den Wagen verließ, erblickte ich mehrere Plakate, die mich
für unschuldig erklärten. Ich zitterte vor Dankbarkeit.

Ich wurde in einen Warteraum geführt. Ich erinnerte
mich an meinen zitternden Gang bei meinem ersten Auftreten vor Gericht, als Verzweiflung jeden meiner zögern-
den Schritte gelenkt hatte. Jetzt rannte ich fast in den
Gerichtssaal. Ich kam mir vor wie im Theater, wo ich den
Logenplatz innehatte und zugleich die Hauptrolle spielte.
Ich wagte nicht, an das Fortschreiten des Dramas zu denken. Daß es überhaupt aufgeführt wurde, mußte zunächst
reichen.

Rebecca wartete dort auf mich, und zum ersten Mal

seit langer Zeit dachte ich an Simon Posner, meinen früheren Anwalt, der mich so schlecht verteidigt hatte. Matthew hatte ihn nie wieder erwähnt, und ich nahm an, daß ihre Freundschaft ein Ende gefunden hatte. Rebecca hieß mich willkommen. Sie kam mir ebenso erregt vor wie ich selber.

„Wir haben Eccles verloren", sagte sie.

„Ich weiß. Ich habe es heute in der Zeitung gelesen."

„Das ist kein Verlust", meinte sie. „Sein Selbstmord kann als Schuldgeständnis betrachtet werden. Es ist nur gut für uns."

„Hatte er Familie?" fragte ich. Plötzlich tat er mir leid.

„Nein", sagte sie. „Nur Freunde. Sogenannte Freunde. Einige werden hier sein."

Wieder hatte ich das Gefühl, ein Theater zu besuchen. Ich kannte das Stück und die meisten Mitwirkenden, doch die Darsteller der Nebenrollen und die zusätzlichen Szenen und die Feinheiten der Regie waren mir unbekannt. Ich konnte es gar nicht erwarten, in meiner Loge Platz zu nehmen.

Wieder mußte ich durch einen langen Gang gehen, aber diesmal wäre ich fast gehüpft, obwohl ich an den Ellbogen festgehalten wurde. Ich wurde zu einem Platz an der Seite des Gerichtssaals geführt. Er befand sich zwar hinter einem Gitter, wirkte aber nicht so sehr wie eine Anklagebank. Weniger isoliert, weniger gemieden, und mir erschien er als Training für die Freiheit. Der Gerichtssaal kam mir klein und intim vor. In meinen Alpträumen hatte der Gerichtssaal im Old Bailey ungeheure Proportionen angenommen, hatte gedroht, vor Lügen und Vorurteilen aus allen Fugen zu bersten, und hatte vom Gegeifer nach meinem Blut widergehallt. Dieser Saal war angenehm, ein gemütliches rundes Theater. Das Publikum saß brav auf den Bänken. Es musterte mich mit einer gewissen Neugier, und ich schaute furchtlos zurück. Wir erhoben uns alle, als die drei Richter eintraten, und ich wartete darauf, daß die Lichter ausgedreht würden und das Stück beginnen könnte.

Ich will mich hier nicht über die Eröffnungsprozedur verbreiten, ich betrachte sie eher als Bühnenanweisung, als technische Instruktionen, die die Spannung im Stück aufrechterhalten können. Rebecca las ihren Antrag vor, der Antragsteller sei des Mordes an George Henry Tilbury angeklagt worden. Ich genoß meinen neuen Titel. Ich war nicht mehr „der Angeklagte". Ich war den anderen weniger hilflos ausgeliefert.

Ich schaute den Staatsanwalt an, denselben alten Wirbler wie beim letzten Mal. Doch er sah jetzt anders aus. Er schien schon müde zu sein, niedergeschlagen, er sah aus wie ein Verlierer. Er war offenbar über alle neuen Beweise informiert worden und betrachtete seine Anwesenheit vor diesem Gericht als bloße Formsache.

„Wenn es Ihnen beliebt, My Lords", sagte er an die Richter gewandt, „ich vertrete bei dieser Verhandlung die Krone."

Er verzog das Gesicht und schien zu wünschen, die Krone hätte ihn mit dieser Vertretung verschont. Dann ließ er sehr leise und mit grenzenloser Trauer seine Bombe hochgehen.

„Die Krone hat keine Einsprüche gegen die Aufhebung des Urteils."

Im ganzen Saal war verblüfftes Aufkeuchen zu hören,

gemischt mit unzufriedenem Gemurmel. Sie wollten ja schließlich hören, warum das Urteil aufgehoben werden sollte, und wieso meine Unschuld als bewiesen galt. Die Gerechtigkeit muß sichtbar ihren Lauf nehmen, und die Richter kannten die Regeln ihres Amtes genau.

„Wir haben Ihre Ansicht zur Kenntnis genommen", sagte der Oberste Richter. „Aber für eine Aufhebung des Urteils sind wir und sonst niemand zuständig. Und zu diesem Zwecke werden wir uns die Beweisführung anhören."

Gerüchte über die seltsamen Entwicklungen im Berufungsgericht hatten bereits die Schlagzeilen der Mittagszeitungen erreicht. Der Saal war überfüllt, und es dauerte eine Weile, bis überall Stille eingetreten war. Dann erhob Rebecca sich und wandte sich an die Richter.

„Im Laufe meiner Ausführungen, My Lords", sagte sie, „wird es greifbare Beweise für Meineide geben, und zweifellos werden diese Beweise an die Anklagebehörden weitergereicht werden. Doch mein erster Zeuge hat damit nichts zu tun. Als er vor zwei Jahren als Zeuge der Anklage ausgesagt hat, war er noch nicht volljährig und deshalb nicht zur Eidablegung verpflichtet. Er ist jetzt zwanzig und wird unter Eid aussagen. Ich rufe James Turncastle herein."

Ich sah zu, wie er vereidigt wurde, und wieder empfand ich die tiefe Zuneigung, die ich ihm in der Schule entgegengebracht hatte. Sein Aussehen hatte sich in den vergangenen Jahren nicht verändert. Er war vielleicht etwas dünner geworden, doch er sah immer noch so eifrig und neugierig aus wie in den Tagen meiner Unschuld, als dieses Aussehen mein Herz gewonnen hatte.

„Mr. Turncastle", sagte Rebecca. „Sie haben sicher vom

plötzlichen Tod Ihres Geschichtslehrers, Mr. Eccles, gehört."

„Von seinem Selbstmord, meinen Sie", sagte James.

„Würden Sie dem Gericht Ihre Beziehung zu Mr. Eccles schildern?"

„Es gab einen Klub", sagte James. „Den Eisernen Kreis. So wurde er genannt."

„Erzählen Sie uns von diesem Klub", sagte Rebecca. „Wer hat ihn gegründet? Und welchem Ziel diente er?"

„Es gibt ihn auf der ganzen Welt", sagte James. „Aber er wurde vor ungefähr fünfundzwanzig Jahren in England von einem Mann gegründet, der sich John Coleman nannte. Er war aus Wien herübergeschickt worden, um einen englischen Zweig aufzubauen. Er arbeitete offiziell als Ingenieur in einer Fabrik bei Canterbury. Er lebte im selben Dorf wie Sir Alfred."

Mein Herz machte einen Freudensprung. Ich war wieder Schuldirektor, und mich überkam eine Welle der Nostalgie.

„Er warb überall in England Mitglieder", sagte James.

„Gehörte auch Mr. Eccles zu diesen Mitgliedern?" fragte Rebecca.

„Ja", sagte James. „Er war ein leitendes Mitglied."

„Welche Funktion hatte er inne?"

„Er sollte neue Mitglieder für den Eisernen Kreis werben. Jugendliche Mitglieder."

„Welche Ziele verfolgte dieser Kreis?"

James zögerte. „Er gehörte der extremen Rechten an." Dann sagte er lauter: „Er war faschistisch. Er verehrte das deutsche Modell. Hitler war sein Held."

Ich freute mich, als die Zuhörer aufkeuchten. Ich wußte, daß sie noch einiges erwartete, und daß sie ein gutes Publikum waren.

„Könnten Sie die Aktivitäten dieses Kreises etwas genauer beschreiben?" fragte Rebecca.

„Also, sie waren gegen Einwanderung. Weiße sollten zugelassen werden. Aber keine Schwarzen. Der Eiserne Kreis steckte hinter Rassenunruhen und den Morden an asiatischen Immigranten. Sie steckten Häuser und Moscheen an. Nicht nur in England, sondern überall in Europa. Und sie hassen die Juden. Sie fackeln ihre Synagogen ab und schänden ihre Friedhöfe. Sie streben ein judenreines Europa an. Und ein schwarzenreines auch. Ein rassenreines eben."

„Haben Sie sich persönlich an solchen Aktivitäten beteiligt?"

„Nein", sagte James. „Ich wurde zur Führungskraft ausgebildet. Das wurden wir alle. Alle in Mr. Eccles' Gruppe in der Schule. Er nannte uns die Elite."

„Die Elite", wiederholte Rebecca und legte eine kleine Pause ein. „Erzählen Sie dem Gericht von den Skiurlauben in Österreich."

„Mr. Eccles ist jedes Jahr in den Osterferien mit uns hingefahren. Wir wohnten in einer Herberge, Mr. Eccles kam bei einer Familie namens Müller unter. Sie gehörten der neuen Nazipartei an, und nach dem Skilaufen trafen wir uns alle bei ihnen und hörten Vorträge und sahen Filme über Hitler und die Hitlerjugend. Mr. Eccles hat mich zu ihnen geschickt, als ich mir ein Schuljahr freigenommen habe."

„Und was haben Sie während dieses Schuljahrs getan?"

„Ich war vor allem beim Sohn der Müllers in München und besuchte Parteiversammlungen."

„Wie dachten Sie über die Partei?" fragte Rebecca.

„Zuerst war ich begeistert, von den Märschen und den Liedern, aber ich glaube nicht, daß ich lange beim Kreis geblieben wäre."

„Und jetzt könnten Sie uns vielleicht von George Tilbury erzählen", sagte Rebecca.

„Damit haben alle Probleme angefangen", sagte James. „In einem Jahr wollte George mit uns zum Skilaufen fahren. Mr. Eccles wollte ihn nicht dabei haben. Er hatte Angst, George könne zuviel erfahren und seinem Vater, dem Minister, davon erzählen. George war ein zu großes Risiko. Aber es gab keinen Grund, ihm das Mitfahren zu untersagen, jedenfalls keinen, den Sir Alfred akzeptiert hätte. Deshalb mußte George mitkommen. Wir versuchten alle, ihm unsere Geheimnisse zu verbergen. Wir ließen ihn allein, wenn wir zu Müllers gingen, aber auf der zweiten Reise hat er dann alles herausbekommen. Der Urlaub machte ihm keinen Spaß mehr, und wir hatten Angst, er könne uns hochgehen lassen. Vor allem Mr. Eccles ging das so. Und als die Schule wieder anfing, sagte er, ich solle George im Auge behalten. George sagte mir, er werde Sir Alfred unterrichten, und eines Tages sah ich ihn vor Sir Alfreds Büro und zog ihn weg. Ich ging sofort zu Mr. Eccles und sagte ihm, daß George uns alle ins Unglück stürzen würde. Und Mr. Eccles sagte: „Überlaß das mir." Am nächsten Tag hörte ich von Georges Verschwinden, und Mr. Eccles rief mich zu sich. Er sagte mir, ich brauchte mir keine Sorgen mehr zu machen. 'George ist versorgt', sagte er. Das waren seine Worte. 'George ist versorgt.'"

Rebecca wandte sich den Richtern zu. „George ist versorgt", sagte sie. Dann drehte sie sich wieder zu James um.

„Haben Sie ihn gefragt, wie das gemeint war?" fragte sie.

„Nein", sagte James. „Ich rechnete mit dem Schlimmsten und wollte es nicht wissen. Er sagte, ich sollte mich an der Suche beteiligen und mir alle Mühe geben. Ich war bei der Suche auf dem Feld dabei, und unterwegs sah ich David Solomon auf der Mauer sitzen, und er weinte. Ich ging zu ihm, und er sagte: 'George hat mir alles über diese Skiurlaube erzählt.' Er hatte Angst. 'Wovor denn?' fragte ich. 'Einfach Angst', sagte er. Als ich bei der Suche Mr. Eccles begegnete, habe ich ihm von David erzählt, und er hat gelacht."

„Mr. Eccles hat gelacht", wiederholte Rebecca an die Richter gewandt. „George war versorgt und Mr. Eccles lachte."

Nichts an James' Aussage war mir neu. Rebecca hatte mir seine Aussage bereits vorgelesen. Aber ich staunte über seinen Mut. Während der ganzen Zeit hier vor Gericht hatte er mich noch nicht angesehen. Aber ich wußte, daß er mir irgendwann in die Augen blicken und vielleicht sogar lächeln würde. Und mein Lächeln lag für ihn bereit.

„Würden Sie dem Gericht jetzt wohl erzählen", drängte Rebecca, „was dann passiert ist? Während die Suche noch in Gang war."

„Das war, ehe Georges Leichnam in Sir Alfreds Garten in Kent gefunden worden war. Mr. Eccles bestellte mich an diesem Abend auf sein Zimmer. Dort waren schon andere versammelt. Damals kannte ich sie noch nicht. Aber jetzt weiß ich es, denn sie haben alle beim Prozeß ausgesagt."

„Würden Sie die Namen dieser Zeugen nennen?" fragte Rebecca.

„Das waren Police Constable Byrd aus dem Dorf, Mr. Clerk, ein Küster von der Kathedrale in Canterbury, Mr.

Cassidy aus London, der mit dem Eisenwarenladen, und noch ein Polizist aus Kent."

„Police Constable Byrd, Mr. Clerk, Mr. Cassidy und ein weiterer Polizist", zählte Rebecca langsam auf. Sie schaute die Richter an. „My Lords", sagte sie, „alle sind vorgeladen worden." Dann wandte sie sich wieder James zu. „Sind das alle, abgesehen von Ihnen und Mr. Eccles?"

„Es war noch einer da", sagte James. „Den hatte ich noch nie gesehen. Aber er schien der Chef zu sein. Er wurde John genannt."

„John Coleman", erklärte Rebecca für die Richter. „Er ist vorgeladen worden, My Lords, doch er ist verschwunden."

Ich sah, wie ein kurzes Lächeln über die Gesichter der Richter huschte, und aus irgendeinem Grund schien es einen Freispruch anzukündigen. Ich suchte Lucys Gesicht. Auch sie lächelte. Matthew saß neben ihr. Zusammen mit Peter und Jeannie. Meine Familie. Die, zu denen ich bald heimkehren würde.

„Erzählen Sie dem Gericht, was bei dieser Versammlung passiert ist", sagte Rebecca. „Und lassen Sie sich Zeit." Sie wußte, daß James jetzt den Kern der Verschwörung gegen mich bloßlegen würde und wollte eine interessierte und schweigende Zuhörerschaft.

„Also, dieser John sagte, sie hätten Georges Leichnam versteckt. Ich war außer mir. Mr. Eccles hatte ja gesagt, George sei versorgt, aber ich war doch nicht auf die Idee gekommen, daß er ermordet worden sein könnte. Ich fragte diesen John, wer ihn ermordet hätte. Euer Führer, sagte er. Er habe nur Befehle befolgt. Es war klar für mich, daß John diese Befehle erteilt hatte, und daß Mr. Eccles ein gehorsamer Jünger gewesen war. Ich weiß noch, daß mir schlecht wurde. Ich wollte weg. Ich wollte mit der Sache nichts mehr zu tun haben. Ich stand auf, aber sie hielten mich zurück. John sagte: 'Du gehörst dem Kreis an, du hast deine Pflichten.' 'Und wie sehen die aus?' fragte ich. Er reichte mir zwei Blatt Papier, und darauf stand die Aussage, die ich vor Gericht machen sollte. Ich überflog sie und sah zu meinem Entsetzen, daß Sir Alfred als Mörder angegeben werden sollte, und daß sie den Leichnam in seinem Garten in Kent vergraben hatten. 'Das kann ich nicht', sagte ich. 'Dann wird es dir so gehen wie George', sagte John darauf. Ich mußte bleiben und mir alles anhören. Sie bekamen Texte, die sie auswendig lernen mußten. Alle außer Mr. Eccles. Er sollte Sir Alfred verteidigen. Als Tarnung. Es war alles so unglaublich."

Und nun, zum ersten Mal, seit er den Gerichtssaal betreten hatte, schaute James mich an. „Es tut mir so schrecklich leid", flüsterte er.

Ich sparte mein Lächeln auf. Ich glaube nicht, daß James im Moment damit hätte umgehen können.

„Haben Sie sich noch einmal getroffen?" fragte Rebecca.

„Ja", sagte James. „John sagte, wir müßten noch proben. Und in der Nacht vor Sir Alfreds Verhaftung sind wir unsere Texte zusammen durchgegangen."

Ich konnte mich sehr gut an diesen Abend erinnern. Ich war mit Matthew zusammen und wir kamen aus der Dorfkneipe. Ich weiß noch, daß ich hinter Eccles' Fenster Licht sah, und daß sich dort hinter den Vorhängen Gestalten bewegten. Die Probe, wie John es genannt hatte. Der erste Akt meines Sturzes.

„Was ist bei diesem Durchgang passiert?" fragte Rebecca.

„John spielte den Staatsanwalt", sagte James. „Wir lasen ihm unsere Texte vor. Police Constable Byrd sollte sagen, er hätte Sir Alfred nachts im Auto gesehen. Und der Küster hatte ein Loch in Sir Alfreds Garten gesehen, das dann wieder zugeschüttet worden war. Und Mr. Cassidy sollte sagen, daß Sir Alfred das Messer gekauft hätte, und der Polizist aus Kent erzählte von den Fingerabdrücken und dem Knopf in Sir Alfreds Auto. John hatte alle Texte geschrieben, und ich hatte den Eindruck, er war sehr mit sich zufrieden. John brauchte nur noch die Polizei anzurufen und Sir Alfred zu denunzieren, und das hatte er morgens schon erledigt. Wir waren fast die ganze Nacht auf und sahen zu, wie Sir Alfred verhaftet wurde. Dann stießen sie mit Champagner an, den John mitgebracht hatte, und tranken auf die Erinnerung an Adolf Hitler." Wieder keuchte das Publikum auf, und Rebecca ließ erst das Echo dieses Aufkeuchens verhallen.

„Gab es noch weitere Versammlungen?" fragte sie.

„Ja", sagte James. „Wir haben uns während der Verhandlung fast an jedem Abend getroffen. Bis wir unsere Texte perfekt beherrschten. Ich wußte, daß Sir Alfred verurteilt werden würde", fügte er hinzu. „Wir hatten keinerlei Schlupflöcher für die Verteidigung gelassen."

„Noch eine letzte Frage, Mr. Turncastle", sagte Rebecca. „Warum haben Sie sich jetzt nach so langer Zeit dafür entschieden, die Wahrheit zu sagen?"

„Ich konnte nicht damit leben", sagte James. „Kurz nach dem Prozeß habe ich einen Nervenzusammenbruch erlitten. Ich habe einen Selbstmordversuch gemacht. Ich fühlte mich so schuldig. Dann wurde ich in eine psychiatrische Klinik eingewiesen. Nach meiner Entlassung beschloß ich, die Wahrheit zu sagen. Und zwar laut und vor aller Welt. Denn Sir Alfred ist unschuldig. Er hätte niemandem auch nur ein Haar krümmen können."

Wieder sah er mich an, und diesmal gab ich ihm das aufgesparte Lächeln.

„Danke, Mr. Turncastle", sagte Rebecca.

James verließ den Zeugenstand. Ich sah, daß er zitterte. Sein Gang war unsicher, erschöpft durch seine lange und mutige Aussage. Er klammerte sich am Geländer an, als er den Gerichtssaal verließ, und ich stellte mir vor, daß er sich draußen auf den erstbesten Stuhl sinken ließ und vor Erleichterung weinte.

Danach wurde die Verhandlung bis zum folgenden Morgen unterbrochen. Ich wurde aus dem Gericht geführt und stieg deckenlos in den Wagen. In meiner Zelle setzte ich mich auf die Pritsche und ließ meinen Tränen freien Lauf. Die vielen Tränen aus all den langen Monaten und Jahren traten in meine Augen, diese Tränen, die ich so energisch verdrängt hatte, jetzt ließ ich sie frei. Ich weinte um die verlorenen Jahre, um den Glauben meiner Familie, um meine zukünftige Freiheit. Und ich weinte um James. Aber vor allem weinte ich um den jungen George Tilbury.

Dreiunddreißigstes Kapitel

Rebecca hatte Entlassung gegen Kaution beantragen wollen. Sie war ganz sicher, daß die nach allem, was an diesem Tag ans Licht gekommen war, bewilligt worden wäre.

„Dann könntest du nach Hause", sagte sie. Aber ich hielt sie davon ab. Denn ich wollte nicht nach Hause. Ich hatte Angst. Plötzlich brauchte ich die Geborgenheit meiner Zelle. Dort fühlte ich mich zu Hause. Es hätte mich nervös gemacht, an einem Tisch mit weißer Decke zu sitzen und mit Silberbesteck und Porzellan umgehen zu müssen. Ich hätte mich in der Gesellschaft der anderen unwohl gefühlt, wäre an normale Umgangsformen nicht mehr gewöhnt gewesen, hätte Angst vor Fragen gehabt, die ich nicht beantworten konnte, oder mich über die geärgert, die nicht gestellt wurden. Und vor allem fürchtete ich, daß ich wirklich nur in meiner Zelle schreiben könnte. Daß meine kleine Pritsche, mein vergittertes Fenster, mein Holztisch in den vielleicht fünfundfünfzig Quadratfüßen meines kleinen Nestes mir jedes Wort eingaben, jeden Satz formten, jedes Bild hervorriefen, meine oft widerstrebende Feder antrieben. Ich konnte mir nicht vorstellen, wie ich in der Freiheit schreiben sollte, aber ich wußte, daß es eine Freude war, auf die ich bereitwillig verzichten würde, und ich fragte mich, ob alle Schriftsteller in einem selbstgeschaffenen Gefängnis hausen mußten.

An diesem Tag brachte mir der Gefängniswärter selber das Abendessen. Er hatte der Verhandlung so eifrig beigewohnt wie irgendein Pressemann. Er freute sich über die bisherigen Erfolge, vermied aber sorgsam jegliche Diskussion. Er hatte mir eine Abendzeitung mitgebracht.

Auf der ersten Seite war James zu sehen. Die Schlagzeile lautete: „Verschwörer packt aus." Ich fühlte mich von dieser Aussage leicht beleidigt. Stellvertretend für James. Sie machte ihn zum Verbrecher, doch in vieler Hinsicht war James so unschuldig wie ich, verführt, formbar, verängstigt, aber immer noch unschuldig. Die zweite Seite brachte ein Foto von Rebecca. Sie schien kurz vor einem triumphierenden Lächeln zu stehen. Ich betrachtete dieses Bild eine Zeitlang und versuchte, Susans Gesicht vor mir zu sehen, doch das blieb verschwommen. Die Hälfte der dritten Seite war von meinem eigenen Foto bedeckt. Ich wußte nicht, woher es stammte, denn der Hintergrund war nicht zu sehen. Ich bin durchaus kein gutaussehender Mann. Mein Gesicht hat keine richtigen Proportionen. Mein Stirn ist zu breit und entspricht nicht der Länge meines Gesichts. Meine Ohren ragen arrogant hervor, mein Kinn ist viel zu stolz. Früher einmal habe ich meine Nase gehaßt, doch wenn ich sie jetzt betrachte, ihre Länge, ihr jüdisches Aussehen, dann finde ich sie fast schön. Ich musterte die Zeitung und hatte den Eindruck, dieses Bild schon einmal gesehen zu haben, und es war wirklich das Bild, das am Tag des Schandurteils veröffentlicht worden war. Jetzt war es jedoch retuschiert worden. Der schuldige Blick war verschwunden und durch Unschuld ersetzt worden. Sie hatten mir ein Aussehen unzerstörbarer Integrität gegeben, und ich kündete von perfekter Makellosigkeit. Ich las den dazugehörigen Artikel nicht. Noch immer hallten James' Worte in meinen Ohren wider, und wieder bestaunte ich seinen Mut. Ich hoffte, daß Peter sich mit ihm anfreunden würde. Ich hoffte, ich hoffte. Ich wollte alles so, wie es gewesen war, aber ich wußte, das war unmöglich.

Ich legte mich auf meine Pritsche und erlaubte mir die Vorstellung, wie ich nach Hause ging. In Gedanken übte ich mein Benehmen, ich übte die Antworten auf die Fragen, die mir gestellt werden würden. Ich saß vor dem

Eßzimmertisch, an meinem früheren Platz, ich schnitt den Braten und schenkte den Wein ein. Ich sah zuerst das Gesicht von Lucy, die mir gegenüber saß, dann die von Peter und Jean zu meinen Seiten. Und zu meinem Schmerz mußte ich zugeben, daß ich mich nicht zu Hause fühlte. Ich glaube, ich blieb am Eßtisch sitzen, bis die Lichter in meiner Zelle ausgingen. Ich saß dort, während ich schlief, und am nächsten Morgen saß ich immer noch dort, Alfred Dreyfus, Familienoberhaupt, Gatte von Lucy, Bruder von Matthew, Vater von Peter und Jean. Ich schaute mich in der Zelle um, sah durch das vergitterte Fenster das stärker werdende Licht und wußte, daß ich, wenn ich sie endlich verlassen würde, dabei mein Zuhause verlieren müßte. Gott helfe mir, dachte ich, ich war zu lange eingesperrt.

Vierunddreißigstes Kapitel

Der erste Zeuge des folgenden Tages war David Solomon. Ich hatte ihn zuletzt am ersten Prozeßtag im Zuschauerraum gesehen.

Der junge David, einer der Alibijuden an der Schule. Er war jetzt gewachsen, erwachsen, und nachdem er den Eid abgelegt hatte, seinem Wunsch gemäß auf das Alte Testament, lächelte er mich an.

„Mr. Solomon", sagte Rebecca. „Wir haben von Mr. Turncastle gehört, daß George Tilbury Ihnen seinen Verdacht in Bezug auf die Eccles-Gruppe anvertraut hatte."

„Ja", sagte David. „Und zwar nach dem Skiurlaub."

„Was genau hat er Ihnen erzählt?"

„Er sagte, die Gruppe gehöre einer faschistischen Organisation an. Und die Mitglieder dieser Gruppe würden als Führungskräfte trainiert. Er erzählte mir von den Treffen bei Müllers, an denen er nicht hatte teilnehmen dürfen. Er wußte nicht genau, was dort passierte, aber das, was er aufgeschnappt hatte, hatte seinen Verdacht erregt. Ich sagte, er solle sich Sir Alfred anvertrauen, und das wollte er auch tun."

„Was ist dann passiert?"

„Später an diesem Tag wurde ich zu Mr. Eccles bestellt. Mr. Eccles war nicht mein Hausvater, und ich konnte mir nicht vorstellen, was er von mir wollen könnte. Er war sehr freundlich und sagte, ich solle mir Georges Gerede nicht zu Herzen nehmen. Er sagte, George habe eine sehr lebhafte Phantasie. Ich hatte Mr. Eccles nie leiden können und war wütend, weil ich das glaubte, was George mir gesagt hatte, und deshalb sagte ich, wenn George Sir Alfred nicht informierte, dann würde ich es tun. Worauf Mr. Eccles mich am Arm packte und sagte: 'Wenn du auch nur den Mund aufmachst, Solomon, dann wird es dir gehen wie George.' Ich wußte nicht, wovon er da redete, aber ich hatte Angst. Vor allem, als ich hörte, daß George tot war. Deshalb habe ich beim Prozeß nichts gesagt."

„Vielen Dank, Mr. Solomon", sagte Rebecca.

Als er den Zeugenstand verließ, lächelte David mich noch einmal an. Sicher würde er nach Verlassen des Gerichtssaals wie James vor Erleichterung aufseufzen.

Der nächste Zeuge war Police Constable Byrd. Und Rebeccas erste Frage steuerte gleich das Thema Verschwörung an.

„Police Constable Byrd", sagte sie. „Sind Sie ein Mitglied des Eisernen Kreises? Vergessen Sie nicht, daß Sie unter Eid aussagen."

Der einsilbige Byrd ließ den Kopf hängen, in einer Geste, die, wie er hoffte, als Beschämung durchgehen könnte. „Ja", flüsterte er.

„Lauter", befahl Rebecca. „Wie lange sind Sie dort schon Mitglied?"

„Sechzehn Jahre", sagte er.

„Und wie sind Sie dort hineingeraten?"

„Mr. Coleman hat mich gefragt."

„Warum sind Sie beigetreten?"

„Er hat gesagt, wir könnten die Ausländer loswerden. England den Engländern, hat er gesagt."

„Und Sie hielten das für eine gute Idee?"

„Ja", sagte Byrd so überzeugt, als ob das noch immer der Fall sei.

„England den Engländern", wiederholte Rebecca für die Richter. „Und jetzt sehen wir uns Ihre Aussage von damals an", sagte sie nun. „Sie haben ausgesagt, daß Sie am Morgen des 4. April Dienst hatten und einen Einbruch in einen Tabakladen untersuchen mußten. Wir wissen aus dem Protokoll der zuständigen Wache, daß damals kein solcher Einbruch gemeldet worden ist."

„Mir ist das aber so gesagt worden", wandte Byrd mit schwacher Stimme ein.

„Sie haben auch behauptet, um 2.40 h eine Limousine in hohem Tempo in Richtung Schule fahren und hinter dem Lenkrad den Antragsteller gesehen zu haben. Behaupten Sie das noch immer?"

„Ich weiß nicht mehr", murmelte Byrd. Dann rief er

lauter und fast hysterisch: „Ich weiß es nicht mehr. Es ist so lange her."

„Aber, aber, Police Constable Byrd", sagte Rebecca mit zuckersüßer Stimme. „Sie sind noch zu jung, um sich auf einen Gedächtnisverlust berufen zu können. Also, haben Sie einen Wagen gesehen oder nicht? Und wenn ja, haben Sie den Antragsteller hinter dem Lenkrad gesehen oder nicht?"

„Nein", murmelte Byrd. „Wahrscheinlich nicht."

„Aber warum haben Sie dann unter Eid ausgesagt, das alles gesehen zu haben?"

„Na, das war doch meine Aufgabe, oder etwa nicht?" brüllte Byrd. „Den Text hatten sie mir doch gegeben!"

„Wer hat ihn Ihnen gegeben?"

„Coleman", antwortete Byrd.

„Und Sie haben alles auswendig gelernt?"

„Ja."

„Und haben es immer wieder geprobt?"

„Ja."

„Ihre ganze Aussage war also das pure Lügengespinst."

„Ich habe nur Befehlen gehorcht", sagte Byrd.

„Aber natürlich." Rebecca wandte sich den Richtern zu. „Er hat nur Befehlen gehorcht", sagte sie. Dann kam wieder Byrd an die Reihe. „Und jetzt reden wir über Mr. Eccles."

„Darüber weiß ich nichts", sagte Byrd eilig. „Ich war nicht dabei. Ich habe es nicht gesehen."

„Sie waren nicht wo? Sie haben was nicht gesehen?"

„Sie wissen schon."

„Nein, das weiß ich nicht", sagte Rebecca geduldig. „Sagen Sie es mir."

„Den Mord", sagte Byrd. „Das ist passiert, ehe ich eingeweiht worden bin."

„Woher wissen Sie, daß Eccles den Mord begangen hat?"

„Das ist uns gesagt worden. Er hat nur seine Pflicht getan. Das mußte er, sonst wäre alles herausgekommen."

„Was wäre herausgekommen?"

„Das mit dem Eisernen Kreis. Und was wir gemacht haben."

„Aber was haben Sie denn nun gemacht?"

„Ich weiß nicht. Ich war nur ein einfaches Mitglied. Mir hat niemand etwas gesagt."

Vielleicht sollten wir Mitleid mit ihm haben, mit diesem armen Fußsoldaten, der widerspruchslos einfach Befehlen gehorchte. Doch uns fiel ein, daß wir dieselbe Beteuerung auch von Dr. Mengele, Eichmann und nach My Lai von Lt. Calley gehört hatten. Weshalb er mit keinerlei Mitgefühl rechnen durfte. Sondern höchstens mit dem Bedürfnis, ihn und alle seinesgleichen anzuspucken.

„Danke, Police Constable Byrd", sagte Rebecca mit ausgesprochener Höflichkeit. „Sie können gehen."

Ich sah zu, wie er mit hängenden Schultern den Gerichtssaal verließ. Wie James würde er sicher den nächstbesten Stuhl ansteuern. Und vielleicht würde er auch weinen. Aber nicht aus Erleichterung, sondern aus Angst vor der möglichen Bestrafung.

Rebeccas nächster Zeuge war Mr. Clerk, der Küster aus der Kathedrale von Canterbury. Sie erinnerte ihn daran, daß er unter Eid aussagte, und fragte, ob er ein Mitglied des Eisernen Kreises sei. Er antwortete stolz, das sei der Fall, und auch er sei von John Coleman angeworben worden. Dann stellte Rebecca eine Frage, die im ersten Moment nichts mit meinem Antrag zu tun zu haben schien.

„Ich habe gehört, Mr. Clerk, daß Sie ein ganz besonderes Hobby haben. Könnten Sie dem Gericht erzählen, worin das besteht?"

„Ich sammele alles, was mit Hitler zu tun hat", sagte er mit einem gewissen Stolz. „Meine Sammlung wird in ganz Europa bewundert." Er blickte zu seiner Schwester auf der Publikumsgalerie hinüber und reagierte dann auf das Aufkeuchen, das durch den Gerichtssaal lief. „Das ist ja wohl nicht verboten", sagte er.

„Jedem Tierchen sein Pläsirchen", sagte Rebecca freundlich. „Sie sind offenbar ein großer Hitler-Bewunderer."

„Das bin ich in der Tat. Ich finde, er ist nicht weit genug gegangen."

Ein einzelnes Zischen war zu hören, in das dann andere einstimmten, und der Oberste Richter mußte sich mit dem Hammer Ruhe verschaffen. Doch Mr. Clerk wollte sich nicht den Mund verbieten lassen. „Dieser ganze Unsinn mit den sechs Millionen Juden. Das ist doch ein Märchen."

Der Mann redete sich um Kopf und Kragen, aber ich mußte seinen Mut doch bewundern. Er benutzte den Gerichtssaal, um seine Überzeugungen zu verkünden.

Der Richter klopfte noch einmal. „Wenn Sie so weitermachen, dann werden Sie wegen Mißachtung des Gerichts belangt werden, Mr. Clerk. Ich will nichts mehr davon hören. Frau Anwältin", sagte er dann zu Rebecca. „Machen Sie mit dem Verhör weiter."

Rebecca ging dann die frühere Aussage des Küsters

durch: das Loch, das er angeblich in Kent im Garten des Antragstellers gesehen hatte, das plötzlich zugeschüttete Loch, und seinen darauf folgenden Anruf bei der Polizei. „Bleiben Sie weiterhin bei dieser Aussage?" fragte sie.

„Mir war aufgetragen worden, das zu sagen. Das war mein Text. Das war der Text, den John mir gegeben hatte."

Rebecca drehte sich zu den Richtern um und zuckte mit den Schultern.

„Eine letzte Frage", sagte sie zu Mr. Clerk. „Wissen Sie, welche Rolle Mr. Eccles in dieser ganzen Angelegenheit gespielt hat?"

Mr. Clerk ließ sie kaum ausreden. Der Name Eccles schien einen überaus wunden Punkt zu berühren.

„Darüber weiß ich nichts", rief er. „Rein gar nichts. Und das sage ich unter Eid!"

Plötzlich erschien der Eid ihm als Sicherheitsventil, und er strahlte geradezu vor Ehrlichkeit.

„Danke, Mr. Clerk", sagte Rebecca. „Sie können gehen."

Doch zuerst mußte Mr. Clerk noch seine Schwester ansehen und ihr zulächeln. Er hatte auch in ihrem Namen Zeugnis für die gemeinsame Sache abgelegt.

Auch er würde schließlich im Gefängnis landen, überlegte ich, und dort würde er zweifellos viele Freunde finden, potentielle Mitglieder für seinen glorreichen Eisernen Kreis.

Das Gericht legte dann eine Mittagspause ein. Wieder führte mich ein freundlicher Begleiter in den Warteraum, und schon bald wurde mir das gleiche nichtssagende Essen serviert wie am Vortag. Ich sehnte mich plötzlich nach einem Glas Rotwein, und während mir das Wasser im

Mund zusammenlief, wußte ich, daß ich bald frei sein würde. Rebecca suchte mich in dieser Pause nicht auf. Sie aß zusammen mit Matthew, Lucy und den Kindern. Ich freute mich sehr darüber, denn für mich gehörte Rebecca bereits zur Familie.

Der Wärter holte das Tablett. „Dauert nicht mehr lange", sagte er. Ich weiß nicht, ob er das Verfahren oder die Mittagspause meinte. Aber er sprach in einem freundlichen Tonfall, und das war für mich sehr wichtig. Ich war auf dem Weg zur Vergebung, und dieser Weg kam mir nicht mehr gefährlich vor.

Der erste Zeuge nach der Mittagspause war Mr. Cassidy, der Eisenwarenhändler aus der Tottenham Court Road. Er bekannte sich als Mitglied des Eisernen Kreises und sagte aus, daß Mr. Eccles ihn angeworben habe. Diesen Namen, so explosiv der auch zu sein schien, nannte er ohne zu zögern. Er bezeichnete Eccles sogar als seinen guten Freund.

„War er jemals Kunde in Ihrem Laden?" fragte Rebecca.

„Von Zeit zu Zeit hat er dort eingekauft."

„Messer zum Beispiel?" fragte Rebecca.

„Kann schon sein", erwiderte Mr. Cassidy.

Rebecca ließ dieses Thema für eine Weile auf sich beruhen. Dann sagte sie: „In Ihrer Aussage von damals haben Sie unter Eid ausgesagt, der Antragsteller habe einige Tage vor dem Verschwinden von George Tilbury in Ihrem Geschäft ein Messer gekauft. Bleiben Sie weiterhin bei dieser Darstellung?"

„Natürlich nicht", fast hätte Cassidy gelacht. „Das stand so in meinem Text. Das mußte ich sagen. Coleman hat es mit mir eingeübt. Er hat mit uns allen geübt."

Wieder zuckte Rebecca hilflos mit den Schultern. Die Zeugen machten ihr die Arbeit so leicht, sie war hier eigentlich kaum noch nötig.

„Hat Mr. Eccles in Ihrem Laden ein Messer gekauft? Sie stehen unter Eid, Mr. Cassidy", fragte Rebecca mahnend.

„Nein", sagte Cassidy. „Unter Eid." Und dann, als kleinen Scherz hinterher: „Er hat es nicht gekauft. Von meinen Freunden verlange ich kein Geld. Ich habe es ihm geschenkt."

„Wußten Sie, was er damit vorhatte?"

„Nein. Mit einem Messer läßt sich ja soviel machen", sagte er.

„Keine weiteren Fragen." Damit war er entlassen.

Dann trat Mr. Cassidys Ladengehilfe in den Zeugenstand. Er war ein schlaksiger junger Mann mit einem bleichen, von Aknenarben übersäten Gesicht. Man brauchte ihn gar nicht erst anzusehen, um zu wissen, daß seine Nägel bis auf die Haut hinab abgeknabbert waren. Auf die Frage, ob er Mitglied des Eisernen Kreises sei, antwortete er, er habe seine Probezeit noch nicht beendet, hoffe aber, bald zum Vollmitglied zu avancieren.

„Haben Sie an dem fraglichen Tag den Antragsteller in Ihrem Laden gesehen oder nicht?" fragte Rebecca.

„Ich habe nur gesagt, was Mr. Cassidy mir aufgetragen hatte. Er sagte, das gehöre zu meiner Probezeit."

„Aber haben Sie den Antragsteller gesehen oder nicht?" fragte Rebecca.

„Nein", erwiderte der Junge. „Ich habe nur Befehle befolgt."

Ein angehender Eichmann, dachte ich, und hätte verzweifeln mögen.

„Sie können gehen", sagte Rebecca.

„Lang lebe der Eiserne Kreis", murmelte der Junge, und sicher war ihm auch das als Schritt zur Vollmitgliedschaft aufgetragen worden. Ich fragte mich, ob der Junge eine Mutter hatte, und ob diese jetzt auf ihren Sohn stolz war oder sich seiner schämte. Auf jeden Fall würde sie ihn im Gefängnis besuchen dürfen, wo sicher irgendwer ihm die Bedeutung des Begriffes „Meineid" erklären könnte.

Als nun alle Eisenhandelsfragen geklärt waren, brachen die Richter die Verhandlung für diesen Tag ab. Ich freute mich über diese Atempause. Ich hatte Heimweh. Sehnte mich nach meiner Zelle.

Wieder bot Rebecca einen Antrag auf Kaution an, und wieder lehnte ich ab. Meine Pritsche würde mich vermissen. Und meine vergitterten Fenster. Sie warteten auf mich. Ich konnte sie nicht im Stich lassen.

Als ich zum Wagen geführt wurde, fragte ich mich mitten in meiner Euphorie, ob ich wohl gerade den Verstand verlor.

Fünfunddreißigstes Kapitel

Mir war klar, daß das Verfahren am folgenden Tag zu Ende gehen könnte, und daß ich damit möglicherweise die letzte Nacht in meiner Zelle verbrachte. Ich wollte keine einzige Minute davon versäumen. Ich beschloß, nicht einzuschlafen, ich wollte auf meiner Pritsche liegen, vielleicht ein wenig lesen, und zwischendurch mein kleines Zuhause in mich aufnehmen. Nicht, daß ich es meiner Erinnerung einprägen wollte. Ich würde es wohl nie vergessen. Ich wollte es jedoch anerkennen, jeden Quadratzentimeter, wollte mich zu den hier verbrachten Monaten, Jahren bekennen, wollte es verfluchen, weil es mir soviel genommen hatte, und es segnen, weil es bisweilen meine Feder beschützt und eingesperrt hatte. Und so lag ich wach da, meine Augen wanderten von der Seite zur Ecke, zu den Wänden, zum Fenster, und zum von vielen verzweifelten Füßen glattgetretenen Boden. Das Licht der Dämmerung drang ungehindert durch die Gitter, und ich hieß es mit dem Lied meiner Großmutter willkommen.

Zum Frühstück gab es wieder die zusätzliche Scheibe Brot. Ich zog mich rasch an. Ich brauchte weiterhin Zeit, um meine Zelle zu betrachten. Ich würde erst in einer Stunde abgeholt werden. Bald darauf erschien der Gefängnisdirektor. Er brachte mir die Morgenzeitung, und als er sie mir reichte, sagte er: „Ich nehme an, das hier bedeutet das Ende." Er streckte die Hand aus. „Das bedeutet offenbar den Abschied", sagte er und verzog sein Gesicht zu einem strahlenden Lächeln.

„Sie sind gut zu mir gewesen", sagte ich, „und ich danke Ihnen sehr."

Es war ein förmlicher Abschied. Das mußte so sein. Er war ein Beamter. Und würde das auch noch sein, wenn ich diesen Ort verlassen hatte.

Ich brauchte die Zeitung nicht aufzuschlagen. Die Nachrichten füllten die erste Seite, die Hälfte war für jeweils ein Foto von Eccles und von mir reserviert. Ich ärgerte mich über diese Gegenüberstellung. Zuerst betrachtete ich mich selber. Wieder war das Bild des Schuldigen zur

Unschuld umfrisiert worden. Ich hätte in dieser Pose fast als Pin-up durchgehen können. Neben mir war Eccles zu sehen, und als ich ihn anstarrte, glaubte ich, ihn zwinkern zu sehen. Dieses Eccles'sche Zwinkern, das ich nie vergessen hatte.

Die Schlagzeile lautete: SELBSTMORD ALS GE-STÄNDNIS. Und darunter stand: „Eine kurze Nachricht wurde neben dem Leichnam von Mark Eccles gefunden, der am Dienstag tot in einem Marseiller Hotel entdeckt worden war. Darin gestand er den Mord an George Henry Tilbury und gab zu, daß Dreyfus unschuldig ist. Das Dreyfus-Verfahren wird voraussichtlich heute zu Ende gehen."

Ich empfand nichts, was mich selber betraf. Ich dachte an Sir Henry und Lady Tilbury und hätte gern gewußt, ob diese Nachricht ihnen irgendein Trost sein könnte. Der junge George wäre inzwischen fast schon ein Mann, und ich stellte mir vor, daß das ihr einziger Gedanke sein würde. Ich wünschte, Eccles wäre noch am Leben, denn dann hätte ich ihn selber umbringen können.

Schließlich wurde ich dann abgeholt. Obwohl ich der Freiheit entgegenfieberte, war ich niedergeschlagen und erfüllt von meinem Haß auf Eccles. Ich warf einen letzten Blick auf meine Zelle. Keine Nostalgie. Keine Sehnsucht. Denn meine plötzliche Gleichgültigkeit kannte keine Grenzen.

Sechsunddreißigstes Kapitel

Der erste Zeuge an diesem letzten Tag war Dr. Tweedie. Er sah ziemlich gut aus. Er zeigte eine tiefe Bräune, was Rebecca sofort zur Sprache brachte.

„Sie haben Urlaub gemacht, Dr. Tweedie?" fragte sie.

„Ja", sagte er.

„In Spanien, nehme ich an. Sie haben dort ein Haus."

„Das schon", murmelte Dr. Tweedie. Er wußte, worauf sie hinauswollte.

„Wie lange haben Sie dieses Haus schon?" fragte sie.

„So ungefähr zwei Jahre", gab Dr. Tweedie zu.

„Dann müssen Sie es kurz nach dem ersten Verfahren des Antragstellers erworben haben."

„Ja." Dr. Tweedie konnte das nicht abstreiten.

Rebecca ging nicht weiter darauf ein. Sie schaute die Richter einfach nur an und zuckte mit den Schultern.

„Sie haben damals zwei Aussagen gemacht", sage sie dann. „Die erste hat ihm ein Alibi verschafft. Sie haben ausgesagt, daß Sie ihn am 3. April zwischen 2.30 h und 3.00 h in Ihrer Zahnarztpraxis behandelt haben. Später haben Sie diese Aussage wieder zurückgenommen und erklärt, der Antragsteller habe seinen Termin nicht eingehalten. Ich möchte Sie daran erinnern, daß Sie unter Eid stehen, Dr. Tweedie. Also, welche Aussage ist die richtige?"

„Die erste", sagte er. „Ich habe ihn behandelt. Er hat seinen Termin eingehalten."

„Warum haben Sie diese Aussage dann zurückgezogen?"

„Mr. Eccles hat mich darum gebeten."

„Sind Sie ein Mitglied des Eisernen Kreises?"

„Natürlich nicht", sagte Dr. Tweedie empört.

„Aber warum wollten Sie Mr. Eccles dann einen Gefallen tun?"

„Er wollte mich dafür entschädigen."

„In welcher Weise?"

„Das hat er damals nicht gesagt."

„Also wirklich, Dr. Tweedie", Rebecca verlor jetzt die Geduld. „In welcher Weise hat er Sie entschädigt?"

„Das Haus", sagte Dr. Tweedie. Er besaß immerhin Anstand genug, um zu murmeln. Er war fast nicht zu hören, und deshalb wiederholte Rebecca seine Antwort noch einmal für das gesamte Gericht.

„Danke, Dr. Tweedie", sagte sie dann.

Ein weiterer Zeuge wurde hereingerufen. Der Police Inspector von der Kent Constabulary.

„Sie haben damals ausgesagt, Sie hätten den Wagen des Antragstellers untersucht."

„Sagen wir, ich habe ihn untersuchen lassen."

„Was bedeutet das?" fragte Rebecca.

„Das bedeutet, daß ich den Wagen nicht eigenhändig untersucht habe. Das hat einer meiner Assistenten übernommen."

„Wenn Sie aber den Wagen nicht selber untersucht haben, woher konnten Sie dann wissen, daß sich George Tilburys Fingerabdrücke auf dem Armaturenbrett befanden? Und daß der Knopf auf dem Beifahrersitz lag?"

„Das ist mir gesagt worden", sagte der Inspector.

„Aber Sie haben das alles nicht gesehen?"

„Nein", mußte er zugeben.

„Dann könnten sie dort angebracht worden sein. Eine Auswahl von George Tilburys Fingerabdrücken war leicht zu besorgen. Und sein Knopf auch", sagte Rebecca. „Kurz nach dem Verfahren", fuhr sie dann fort, „haben Sie mit Ihrer Familie eine Weltreise gemacht. Das ist ja nicht gerade billig. Wie konnten Sie das von Ihrem Gehalt finanzieren?"

„Die Reise war ein Geschenk", sagte er. „Ist das vielleicht verboten?"

„Durchaus nicht", erwiderte Rebecca. Dann wandte sie sich an die Richter. „Die Reise war ein Geschenk", wiederholte sie. „Und damit, My Lords, ist die Verteidigung mit ihren Aussagen zum Ende gelangt."

Es war erst elf Uhr. Ich wagte zu hoffen, daß mir ein weiteres Mittagessen im Warteraum erspart bleiben würde. Der Oberste Richter rief zur Ordnung auf, was eigentlich überhaupt nicht nötig gewesen wäre. Der Gerichtssaal war in erwartungsvolles Schweigen gehüllt.

„Wir legen jetzt eine kurze Pause ein", sagte der oberste Richter.

Wir erhoben uns, als die Richter den Saal verließen. Rebecca kam zu mir herüber.

„Es wird nicht lange dauern", sagte sie. Und sie lächelte. Sie wußte so gut wie ich, zu welchem Entschluß die Richter gelangen würden.

Und wirklich kehrten die Richter schon nach weniger als zehn Minuten zurück. Wir erhoben uns wieder, bis sie ihre Plätze eingenommen hatten. Sie sahen ganz gelassen aus, als kehrten sie einfach von einem kurzen Spaziergang zurück. Ich hatte den Eindruck, daß sie den Saal nur verlassen hatten, um sich zum Mittagessen einen guten Tisch zu reservieren. Der Oberste Richter stand nicht einmal auf, um das Ergebnis zu verkünden.

„In diesem Verfahren", sagte er, „hat der Antragsteller

um Aufhebung der Verurteilung wegen Mordes ersucht, da er sich als Ziel einer Verschwörung sah. Durch diese Verschwörung sollte verhindert werden, daß der Gerechtigkeit Genüge getan werden konnte. Die Aussagen, die wir hier gehört haben, zeigen in überzeugender Weise auf, daß der Vorwurf der Verschwörung zutrifft. Während dieses Verfahrens haben wir geradezu erschütternde Dinge hören müssen. Einwandfrei liegt ein schwerwiegender Justizirrtum vor, der die Verantwortlichen teuer zu stehen kommen wird. Unser Mitgefühl gilt den Eltern von George Tilbury, die noch einmal die schmerzlichen Erinnerungen an ihren tragischen Verlust durchleben mußten. Und es gilt auch dem Antragsteller, der auf so ungerechte Weise für die Verbrechen anderer bezahlten mußte. Seinem Antrag wird stattgegeben, der Antragsteller ist hiermit frei.«

Ich hörte die Jubelrufe im Saal. Ich spürte, wie Rebecca mich umarmte. Und wie andere ihrem Beispiel folgten. Vielleicht meine Familie. Vor meinen Augen war alles verschwommen. Ich kann mich an kein Detail erinnern. Ich weiß nur noch eins. Ich sang das Lied meiner Großmutter, und das Jiddische glitt wie Seide über meine Zunge, als ich mich an jedes einzelne Wort erinnerte.

Sechstes Buch

Dreiunddreißigstes Kapitel

Jetzt war alles vorüber. Aber nicht für Dreyfus. Für Sir Alfred, wie er nun wieder hieß, nachdem der Palast ihm seine alte Würde zurückerstattet hatte. Für Dreyfus begann jetzt ein weiteres Verfahren. Dreyfus gegen Dreyfus, das nur von Dreyfus selber geleitet werden konnte. Nur er selber konnte sich anklagen, er allein konnte sich verteidigen, er allein konnte das Urteil verkünden. Und nur dann, wenn das alles geschehen wäre, könnte er mit seinen Großeltern den letzten Weg gehen. Und er wollte seine Kinder mitnehmen, damit diese niemals die zweifelhafte Sicherheit anstreben würden, die damit verbunden ist, „dazu gezählt zu werden". Zusammen könnten sie dann ihr Erbe, dessen lange Geschichte von Triumph und Niederlage und seine unendliche Trauer akzeptieren. Zusammen könnten sie das Kapitel der Verleugnung schließen. Und seine eigenen Eltern würden auf diese Weise an der vielfältigen Ernte beteiligt werden.

Zusammen mit Matthew fuhr er mit seiner Familie in ihr Heimatdorf in Kent. Er erinnerte sich an die Reise nach Paris, bei der er mit seinen Eltern das Haus besucht hatte, aus dem sie geflohen waren. Dasselbe Gefühl des Ekels wie damals überkam ihn, als er das Dorf erreichte. Er hätte am liebsten sofort kehrt gemacht, weil dieser Ort ihm zuwider war. Er sah keine Schönheit in den grünen Feldern, auf denen er als Junge gespielt hatte. Die Dorfkirche und alles, wofür sie stand, erschien ihm als Hohn, doch auf ihrem Grund und Boden ruhten sein Lebensblut, seine vielgeliebte Herkunft, wenn auch trügerisch versteckt. Mit dieser Lüge aber sollte nun ein Ende sein. Er wollte seine Eltern exhumieren lassen.

Zusammen mit Matthew trat er an das Grab. Es war überwuchert, von Unkraut verstopft, verkommen und mit Disteln bewachsen. Es war ihm lieber so. Die Gepflegtheit vor dem Prozeß, die adretten Blumenbeete schienen dem Jesus, der sie schützen sollte, ihre Reverenz erwiesen zu haben. Die Statue war nicht repariert worden. Der Arm endete am Ellbogen, und die rote Farbe besudelte noch immer den zerbröckelnden Alabaster. Dreyfus und Matthew wandten sich ab und ließen die Totengräber an ihre Arbeit gehen.

Sie folgten dem Leichenwagen durch das Dorf.

„Wir werden nie wieder herkommen", sagte Matthew.

Der Rabbi erwartete sie vor dem jüdischen Friedhof von Willesden, und dort konnten sie ungestört ihre Eltern auf traditionelle Weise bestatten lassen. Auf diese Weise war die erste Rate der Buße beglichen.

Dreyfus hatte seine Reise sorgfältig geplant und wollte dabei, so weit wie möglich, der ungeplanten seiner Großeltern folgen. Und zwar von dem Tag an, an dem sie auf dem Weg in die Gaskammern in die Viehwagen gepfercht worden waren. Die Archive nannten für dieses Datum den 17. Juli, vier Tage nach ihrer Festnahme. Am 13. Juli 1942 war seine Großmutter in der Hoffnung losgegangen, Milch auftreiben zu können, und am selben Abend hatte sein Großvater sich, unter Mißachtung der Ausgangssperre, auf die Suche nach ihr gemacht. Am 14. Juli waren sie beide noch nicht zurückgekehrt. Dreyfus wußte nicht, wo sie ihren Häschern in die Arme gelaufen waren, aber er ging davon aus, daß beide ins Vel d'Hiv oder nach Drancy gebracht worden waren. Er betete, daß ihnen zumindest eine Umarmung erlaubt gewesen war, ehe sie ins Gas mußten.

Dreyfus und seine Familie brachen am 16. Juli, mehr als ein halbes Jahrhundert später, nach Paris auf. Nach ihrer Ankunft fuhren sie sofort in die Rue du Bac, wo sie eine Weile vor dem Haus standen. Danach gingen sie durch enge Gassen zu dem Haus, in dem damals die Bäckerei gelegen hatte, in der auch Milch verkauft wurde. Jetzt lag dort ein Frisiersalon, aber sie mußten trotzdem dorthin. Danach gingen sie zum Boulevard Raspail. Sie betrachteten keine Schaufenster, achteten nicht auf Sehenswürdigkeiten. Eine Biegung nach rechts führte sie in die Rue de Varenne und von dort nach Les Invalides. Dort gingen sie vorüber, denn Napoleon I hatte mit Dreyfus' derzeitiger Mission nichts zu tun. Es ging weiter zur Avenue de la Motte und zum Boulevard de Grenelle. Hier blieb Dreyfus stehen. Sie waren seit vier Stunden in der Hitze unterwegs. Irgendwo auf der Strecke, die sie hier zurückgelegt hatten, waren seine Großeltern festgenommen worden, und ihr Bestimmungsort war bereits in Sicht. Das Vel d'Hiv, an der Ecke der Rue Nelaton. Früher war es ein Sportstadion gewesen, ein Ort der Unterhaltung. Nachdem die Deutschen gekommen waren, blieb es ein Versammlungsort, aber von Unterhaltung konnte nicht mehr die Rede sein. Das Vel d'Hiv war der Platz, an dem die Juden zusammengetrieben wurden, ihre erste Zwischenstation auf dem Weg in die Gaskammern. In Paris waren schon seit langem Gerüchte über das unvorstellbare Schicksal der europäischen Juden im Umlauf, aber sie wirkten zu grauenhaft, um glaubhaft zu sein. Im Vel d'Hiv gewannen diese Geschichten an Glaubwürdigkeit, wirkten nicht mehr an den Haaren herbeigezogen, und, abgesehen davon, daß die Kinder weinten, schien das Schweigen im Stadion diese Gerüchte laut auszusprechen und zur Tatsache werden zu lassen.

Dreyfus führte seine Familie zu dieser Stelle. Das Stadion war abgerissen worden, an seiner Stelle erhob sich jetzt eine Nebenstelle des Innenministeriums, aber es war dennoch eine unumgängliche Station auf ihrer Pilgerreise. Sie legten an dieser mit Grauen behafteten Stelle eine Pause ein, doch ihre Erinnerungen ließen sie nicht zur Ruhe kommen.

An dem Tag, an dem seine Großeltern festgenommen worden waren, war es außergewöhnlich heiß gewesen, und Dreyfus hatte gehört, daß im ganzen Stadion nur ein Wasserhahn funktioniert hatte. Tausende von Juden waren an diesem Tag zusammengetrieben worden, und der erbarmungslose Durst hatte unter der sengenden Sonne zuerst vielen Alten und Gebrechlichen das Leben genommen. Doch der Tod war hier eine Gnade gewesen, denn die, die das Vel d'Hiv überlebten, gingen unvorstellbaren Qualen entgegen. Viele wollten Selbstmord begehen, was jedoch durch die schlichte Tatsache unmöglich gemacht wurde, daß es einfach nicht genug Platz dafür gab. Dreyfus wußte nicht, wie lange seine Großeltern in diesem Stadion gelitten hatten. Ihr Aufenthalt war sicher von der Beute der folgenden Treibjagden und vom Vorhandensein von Zügen abhängig gewesen, die sie zu ihrem endgültigen Ziel bringen sollten. Gegen Ende Juli wurden vierzehntausend Juden aus Paris fortgeschafft, die alle im Vel d'Hiv Zwischenstation gemacht hatten, und es war gut möglich, daß seine Großeltern dabei gewesen waren.

„Ich habe Durst", sagte Peter, bereute das aber sogleich. „Ist aber egal."

„Ist es nicht", sagte sein Vater. „Wir sind Überlebende."

Sie gingen in ein Restaurant und nahmen die erste Mahlzeit dieses Tages ein, dann suchten sie ein Hotel auf, um nach Möglichkeit zu schlafen. Dreyfus wälzte sich in dieser Nacht zumeist von einer Seite auf die andere. Er wußte genau, was er tat, und seine Pilgerreise war fast beglückend für ihn, denn er wußte, daß sie zu seiner persönlichen Befreiung führen würde. Er fragte sich, warum er sie so lange aufgeschoben hatte. Warum es ihm so leicht gefallen war, ihre Notwendigkeit zu ignorieren. Und er schämte sich, weil er so lange mit einer Lüge gelebt hatte, mit dieser von seinen Eltern geerbten Lüge. Er wollte seinen Kindern dieses falsche Erbe verwehren. Wie er selber sollten sie die Wahrheit suchen, so unerträglich die auch sein mochte.

Am folgenden Tag fuhren sie mit der Regionalbahn nach Drancy. Drancy ist einfach ein Vorort von Paris, der heute keine besondere Rolle mehr spielt. 1942 jedoch war Drancy ein überaus wichtiger Name. Für Juden war Drancy das Tor zur Hölle.

Es war der 17. Juli. Dreyfus hielt seinen Zeitplan ein. An diesem Tag, vor mehr als fünfzig Jahren, waren seine Großeltern zusammen mit Tausenden von ihrem Volk wie Vieh in die Güterwagen gestoßen worden, die sie zu den Gerüchten bringen sollten, von denen sie gehört hatten, an die zu glauben, sie jedoch nicht gewagt hatten. In der

Nähe des Bahnhofs lagen die Gebäude, in denen die verängstigten Fahrgäste, die auf die Züge warten mußten, untergebracht worden waren. Diese Häuser waren hufeisenförmig angelegt und hatten ursprünglich Wohnungen für die Armen sein sollen. Doch die Gestapo hatte sie auf Eichmanns Befehl den sechszackigen gelben Sternen zugewiesen. Die Häuser hatten vier Etagen und die, denen das im Vel d'Hiv nicht gelungen war, hatten dort Platz genug, um allem ein Ende zu machen. Vor den Häusern gab es eine Betonrampe, einen roten Teppich für die zerschmetterten Leiber, die sich den Viehwagen in den Osten verweigerten. Und als ihre vom Kummer gebrochenen Verwandten ihr Martyrium beiseitegefegt hatten, diente diese Betonrampe den Kindern als Spielplatz. Es waren keine temperamentvollen Spiele. Sie hatten zu großen Hunger, um zu rennen oder zu springen. Sie spielten im Sitzen, sie sangen. Sie sangen über „Pitchipoi", das war ihr Name für den Ort, zu dem die Züge sie bringen, den Ort, an dem sie ihre Eltern wiederfinden, wo sie zusammen essen und lachen und singen würden. Obwohl ihre Eltern inzwischen schon zu Asche geworden waren.

„Du kommst mit nach Pitchipoi", sangen sie. Und sie glaubten es, weil ihnen nichts anderes übrig blieb.

Jeden Tag trafen neue Transporte ein, immer neue Sterne drängten sich in den Baracken. Die Kinder hörten Sprachen, die sie nicht verstanden. Ein Babel aus Polnisch, Ungarisch und Griechisch hallte in den Gebäuden wieder, doch Pitchipoi war ein Wort, das alle verstanden, und alle versuchten, es für einen wirklichen Ort zu halten.

Durch seine Untersuchungen in den Archiven wußte Dreyfus, daß seine Großeltern gleich nach ihrem Eintreffen in Auschwitz-Birkenau vergast worden waren. Als Datum war der 21. Juli angegeben. An diesem Tag wollte er die letzte Station seiner Pilgerfahrt erreichen und sich der Vergangenheit, die er bisher verleugnet hatte, endgültig stellen. Die Reise von Paris in die Gaskammern hatte ungefähr vier Tage und vier Nächte gedauert. Er wollte sich an diesen Stundenplan halten und bis fünf Uhr morgens in Drancy bleiben, um mit ihnen am Rand der Bahngleise zu warten. Denn um diese Zeit mußten seine Großeltern ihre letzte Reise angetreten haben.

Der Bahnhof war leer, und die wenigen Arbeiter, die auf dem Weg von oder zu der Nachtschicht über den Bahnsteig gingen, wunderten sich sicher über die seltsame Dreyfus-Versammlung. Aber sie waren nicht alt genug, um ein Gefühl von déjà vu zu haben, ansonsten wären sie sicher stehengeblieben, weil ihnen schlecht geworden wäre. Die Deutschen achteten peinlich auf Pünktlichkeit, und als eine nahegelegene Kirche fünfmal schlug, trat Dreyfus zusammen mit Matthew an den Bahnsteigrand, und zusammen sprachen sie das Kaddisch, das Gebet für die jüdischen Toten. Danach kehrten sie nach Paris und zum Gare du Nord zurück, um von dort aus weiter den Spuren ihrer Großeltern zu folgen.

Von Paris aus waren die Viehwagen nach Compiegne gerattert. Von dort nach Laon und zur Grenzstadt Neuberg. Mit gelegentlichen Unterbrechungen waren die Wagen dann über die tausend Meilen durch Deutschland in den Osten gefahren, um dann endlich in Auschwitz zum Stillstand zu kommen. Die Fahrt hatte fast vier Tage gedauert, und diese Zeit hatte Dreyfus auch für seine eigene Pilgerfahrt angesetzt. Und er wollte genau dieser Route folgen. Dazu war vielmaliges Umsteigen vonnöten, Atempausen, die seinen Großeltern verwehrt gewesen waren, denn die waren mit hundertzehn anderen in einen Wagen gepfercht worden und hatten um Luft und Platz ringen müssen, die es nicht gab. Kostbaren Raum hatten zwei Eimer eingenommen. Einer enthielt Trinkwasser, war jedoch schon nach wenigen Stunden wie ausgedörrt. Der andere sollte hundert verschiedenen Bedürfnissen genügen und wurde durch pure Angst sehr bald zur Überfüllung gebracht. Einige Reisende betrogen das Gas, starben unterwegs, und ihre Körper dienten als Sitze oder Rückenlehnen. Und immer wieder gab es Gebet und Gesang, ersteres zur Resignation, letzteres zur Hoffnung. Doch der Gassenhauer „Du kommst mit nach Pitchipoi" wirkte jetzt weniger überzeugend, und die Kinder, die wie durch Gehirnwäsche noch immer das Paradies vor Augen hatten, psalmodierten wie erschöpfte Roboter. Es gab aber noch ein anderes Lied, ein Lied der lebhaften Hoffnung, eines, das dem Rhythmus der ratternden Räder entsprach. Cela ne va pus durer ainsi. Das wird so nicht weitergehen. Ein Lied, das die Schienenstränge nach Buchenwald, Bergen-Belsen, Maidanek, Ravensbrück, Treblinka, Flossenbürg, Mauthausen, Lublin, Sachsenhausen, Oranienburg, Theresienstadt, Sobibor zum Vibrieren brachte, auf den vielen Meilen dieses stählernen Wagenzuges, ein Lied, das auf Griechisch, Polnisch, Deutsch, Ungarisch, Niederländisch, Italienisch gesungen wurde, eine Symphonie des Überlebenswillens, die für immer von diesen Gleisen widerhallen wird. Vier lange Tage voll Gesang und Gebet, voll Hunger, Durst und Tod, so daß am Ende das Öffnen der Tore im Bahnhof von Auschwitz fast wie eine Erlösung wirkte.

Dreyfus und seine Familie erreichten das Ende der Strecke am 21. Juli um 17.33 h. Die Gleise waren von Unkraut überwuchert, alles war jetzt still und fast friedlich. Und doch konnte Dreyfus die Hunde bellen hören, als die Waggontüren sich öffneten. Er hörte die Wärter schreien, hörte ihre Peitschen knallen. Er sah die Koffer, die sich neben den Schienen auftürmten. Seine Großeltern hatten kein Gepäck. Die Milch, falls seine Großmutter sie je aufgetrieben hatte, hatte schon längst den Durst irgendeines leidenden Menschen gemildert. Sie hatten allein die verdreckte Kleidung bei sich, die sie am Leib trugen, und bald würden sie, dieser Kleidung beraubt, so nackt sterben, wie sie geboren worden waren. Dreyfus sah die unendlich vielen erschöpften Gliedmaßen, die sich in die Warteschlange schleppten. Wenn sie den Rauch nicht rochen, müssen sie doch gesehen haben, wie er aus dem Schornstein in der Ferne quoll, wodurch die Gerüchte endlich ihre Quelle und ihre Bestätigung fanden.

Dreyfus führte seine Familie an die Rampe, den Ort der Selektion. Ein Blick auf seine Großeltern mußte dazu geführt haben, daß sie als zu alt und zu gebrechlich bewertet worden waren, um noch von irgendeinem Nutzen zu sein. Sein Großvater war nicht zur Arbeit zu gebrauchen, seine Großmutter nicht zu Experimenten. Deshalb wurden sie zusammen mit Kindern und Schwangeren nach rechts geschickt. Das Register zeigt zwar, daß an diesem Tag eintausendundfünfundzwanzig Personen vergast wurden, die Anzahl der Föten jedoch ist unbekannt.

Einige in der Schlange verlangten nach ihrem Gepäck, und die Kinder wollten ihr Spielzeug mit nach Pitchipoi nehmen. Die Wärter versicherten ihnen, daß das Gepäck später gebracht werden würde, fügten aber nicht hinzu, daß es auf Wertsachen hin durchwühlt und dann weggeworfen werden sollte.

Dreyfus sammelte seine Familie um sich und führte sie langsam zu den Krematorien. Ein Großteil des Lagers war von den Deutschen, die keine Beweise hinterlassen wollten, vernichtet worden. Doch das, was übrig war, war Beleg genug für Armageddon. Die Meilen von eilig angebrachtem Stacheldraht, die Ruinen der vier Krematorien von Birkenau. Die Flutlichter, die die von Stromstößen getöteten Leichname im Draht anstrahlten. Im unzerstörbaren Kellergeschoß fanden sich die Räume zum Entkleiden und Haarescheren, und einige Gaskammern, in denen der Schmerz zur Explosion gekommen war, um danach zu verschwinden.

In der Gedenkstätte sah Dreyfus alles, worüber er gelesen hatte. Er wußte von den Schuhbergen, den Prothesenhaufen, den Brillenkaleidoskopen. Er wußte das alles. Aber es war eine andere Art des Wissens gewesen. Es war ein Wissen, dem niemand je entkommen konnte. Es war der Beweis. Der unverwässerte Beweis, ungeschönt von Metapher oder Literatur. Ein Haufen von Kinderschuhen ist genau das, ein Haufen von Kinderschuhen eben, und noch das kleinste Lächeln ist dafür eine Beleidigung. Schweigend gingen sie umher. Dieses Entsetzen duldete keinen Kommentar.

Sie hatten die letzte Station von Dreyfus' Pilgerfahrt erreicht, und er und seine Familie gingen zur einzigen erhaltenen Gaskammer auf dem übrigen Gelände weiter. Dort fanden sie viele Trauernde vor, doch alle waren allein, denn jede Trauer war eine private, und der Raum war erfüllt von der Schuld der Überlebenden. Dreyfus stand vor der Gaskammer, seiner letzten Station, und sprach zusammen mit Matthew ein weiteres Mal das Kaddisch. Danach begann sein Fasten. Außerhalb des jüdischen Kalenders, aber nach den Bedürfnissen seines eigenen Herzens sollte das hier sein Bußtag und sein Tag des Gedenkens sein. Und danach würde er endlich zusammen mit seinen Ahnen weitergehen können.

Jetzt war sein Prozeß wirklich und wahrhaftig zu Ende. Er hatte unter Eid sein Zeugnis abgelegt, und es war eine Wahrheit, die den Rest seines Lebens beeinflussen würde, dessen Freuden und dessen Freiheit, doch ihre Last würde für immer über dem Augenlid der Trauer schweben.

Achtunddreißigstes Kapitel

Bei seiner Rückkehr fand Dreyfus eine Anzahl von Briefen vor. Einer stammte von seinem Verleger.

17. Juli 1998

Lieber Sir Alfred,

inzwischen habe ich mit großem Vergnügen Ihr Manuskript gelesen. Ich erwarte mir sehr viel davon. Ich habe dabei festgestellt, daß Sie auf Ihrem Lebensweg immer wieder mit Antisemitismus konfrontiert worden sind. Ich hoffe, Sie zählen mich nicht zu diesen antisemitischen Zeitgenossen. Ich möchte Sie darauf hinweisen, daß einige meiner besten Freunde Juden sind.

Mit freundlichen Grüßen,

Bernard Wallworthy